张国庆 著

老北京忆往

北京燕山出版社

图书在版编目（CIP）数据

老北京忆往／张国庆著．—北京：北京燕山出版社，2015.1
ISBN 978-7-5402-3652-6
Ⅰ.①老… Ⅱ.①张… Ⅲ.①随笔-作品集-中国-当代 Ⅳ.①I267.1

中国版本图书馆 CIP 数据核字（2015）第 016414 号

书　　名：老北京忆往
作　　者：张国庆
责任编辑：金贝伦　马明仁
责任校对：甄　飞
特约编辑：叶青竹
摄　　影：张国庆
照片提供：张富强

出版发行：北京燕山出版社
社　　址：北京市西城区陶然亭路 53 号
邮　　编：100054
电　　话：010-65243837
经　　销：新华书店
印　　刷：北京九州迅驰传媒文化有限公司
开　　本：710 毫米×1000 毫米　1/16
字　　数：360 千字
印　　张：20
版　　次：2015 年 11 月第 1 版
印　　次：2015 年 11 月第 1 次印刷
定　　价：58.00 元

版权所有　翻印必究

序

民俗是中华传统文化的重要载体与传承。读了张兄国庆的《老北京忆往》，我更有此感受。

我们失去了保护北京历史文化古城完整性机会，但我们不能再失去载有文化信息的地面物质了。近些年，不断的破坏性的所谓"城市建设"加剧了这种文化载体的消失。三环内的高端四合院还有北京味吗？还能传承她的独有的历史信息吗？张兄笔下的老北京旧闻掌故，透散着现代气息和时代的律动，都有自己独到的领悟和见地。更有自己深深的思索和焦虑，便更加对北京民俗文化的怀念与追昔。

张兄笔名张乐，是老北京，回族。他的《老北京忆往》写的都是他自小亲历亲闻的事，这些事在他的笔下非常感人。一些考据扎实、明确，使人感到厚重的历史感，感觉到了皇城根卜特有的民俗和文化。其中《一条礼士路 南北皆故事》《漫话颐和园的牌楼》《马尾沟的消逝》《从前北京有座马市桥》《广场·长街·单牌楼》《"长安分塔"追忆》《乱坟岗上开新路》《京西有条高粱河》等，既有对这些历史陈迹的怀古与思恋，又有对现有新貌的感慨与激动。《菜市口点滴记忆》《阜外大街忆旧》《闲话土地庙》《记忆一些断了档的饮食》《漫话京城理发业》《那些消逝的老行当》《旧时的街头杂艺》《难忘儿时小零食》《老北京的称呼与招呼》《白云观往事》《逛厂甸的乐趣》《农历六月二十四祭关羽》等，老北京的风情民俗尽展眼前，使人品味到那时的淳朴民风和浓郁的生活气息。

他的《年味儿·年声儿·年色儿·年趣儿》一文先后在《北京晚报》《人生》杂志刊出后，受到了北京市民的很大关注，编辑收到不少读者来信和电话。那浓浓的年味，浓浓的情，浓浓的喜庆氛围，绝不是现在一家老小围在电视机前一年看一次"春晚"所能体会到的，这是一种无奈和尴尬。

他的《记忆北京解放初期传唱的革命歌曲》一文，使我读后思绪翩翩，为之心动。那激情燃烧的岁月让北京古城焕发出多么强烈的青春魅力啊！综观张兄的这五十多篇文章,可见他涉猎广泛,文章不但充满温情,而且具有史料性,有些独到的见解超出了专职地方志研究者的水平,结集出版很有意义,否则时间久远难免湮没。

书要出版了,张兄嘱我写篇序,虽然我已经在北京生活了一个甲子,其实我对北京的民俗少有研究,写上这些浅识委屈了老兄,权当为序吧。

秦剑波

2014.3.28

目 录

序 ………………………………………………………… 1
广场·长街·单牌楼 ……………………………………… 1
"长安分塔"追忆 ………………………………………… 12
西单商场旧影 …………………………………………… 17
记忆棋盘街 ……………………………………………… 21
话西四 …………………………………………………… 24
从前北京有座马市桥 …………………………………… 31
阜成门旧事 ……………………………………………… 33
阜外大街忆旧 …………………………………………… 40
月坛的故事 ……………………………………………… 48
月坛昔日有菜市 ………………………………………… 60
一条礼士路 南北皆故事 ……………………………… 63
马尾沟的消逝 …………………………………………… 73
乱坟岗上开新路 ………………………………………… 76
复兴门外 ………………………………………………… 79
菜市口点滴记忆 ………………………………………… 83
漫话颐和园的牌楼 ……………………………………… 88
话说北海公园的牌楼 …………………………………… 96
妙哉，恭王府花园 ……………………………………… 101
儿时逛天桥 ……………………………………………… 106
难以忘怀的白塔寺庙会 ………………………………… 114
闲话土地庙 ……………………………………………… 123
白云观往事 ……………………………………………… 127
逛厂甸的乐趣 …………………………………………… 134
京西有条高梁河 ………………………………………… 138

话说五塔寺	147
长河之滨万寿寺	150
正月里来节日多	153
农历二月的讲究	157
老北京的阳春三月	160
农历四月的节日与习俗	166
老北京人过"端午"	169
旧京六月天	172
农历六月二十四祭关羽	176
农历七月回味多	182
"七夕"爱看《天河配》	185
老北京的八月节	188
京城九月天	192
闲言碎语农十月	194
冬至也当节日过	197
腊月也有节	200
年味儿·年声儿·年色儿·年趣儿	204
京城与气象有关的谚语	212
老北京人的称呼与招呼	216
难忘儿时小零食	222
记忆一些断了档的饮食	230
漫话京城理发业	236
那些消逝的老行当	240
忆儿时游戏	262
旧时的街头杂艺	271
小院春秋	275
北平解放亲历记	284
记忆北京解放初期传唱的革命歌曲	292
我的六所小学母校	295
后记	312

广场·长街·单牌楼

广场者，当然是天安门广场了；长街者，也自然是长安街了；单牌楼有两座，即东单牌楼与西单牌楼，现在简称为东单、西单的地方。之所以要把这几处放在一起写，是因为它们是"近邻"，言其一必然牵扯其二，言其二则离不开其三。几百年来，它们共同见证了古都北京这一地区的历史发展。而且，也互相见证了旧貌换新颜的巨大变化。

一

当年，明成祖朱棣派人改建元大都时，在皇城南端天安门（明代时称承天门）外金水桥至正阳门内棋盘街北侧（现毛主席纪念堂位置）修建了一个"T"形封闭式的宫廷广场。"T"形上边（北）的一"横"，是以天安门为中心，东到现劳动人民文化宫（明、清两代皇家太庙）南门外东侧皇城城墙拐角处附近，西到现中山公园（明、清两代为社稷坛）南门外西侧皇城城墙拐角处附近（文化宫与中山公园原无南门是在民国以后相继开辟的，以前的正门均在天安门与端门之间，东、西相向）。由此两处向南至人民大会堂、国家博物馆北侧，再分别向东、西对折至约100米的宽度（与"T"形广场南墙同宽）。"T"形下边（南）的一"竖"，即由此向南折，至现毛主席纪念堂位置。东、西、南三面都砌有一丈多高的紫红色围墙。在三面各开有一座单檐歇山顶带脊兽覆琉璃瓦有三

天安门·广场·中华门旧景

天安门前千步廊旧址

券门洞的门。南门为正门,在南墙正中,现毛主席纪念堂位置。隔着正方形的棋盘街(旧时亦称"天街")与正阳门(前门)相对。此门在明代叫大明门,到清代改称大清门,民国二年(1913年)起,又改叫中华门。门外左、右各有一尊石狮,一通下马碑(即石碑上刻有"文武官员至此下马"的字样)。门内,巨石铺成的御道直达天安门前的金水桥。御道东、西两侧沿围墙从南向北建有相向的通脊联檐、红柱黄瓦带廊檐的房屋各110间。围墙分别向东、西(即约现人民大会堂与国家博物馆北侧位置)拐弯后,建有门向北的同样房屋各34间(均见《日下旧闻考》)。因为,从金水桥到大明门约有千步之遥,故而此广场又叫"千步廊"。东门在现文化宫南门东侧皇城城墙拐角附近,叫长安左门,亦称东长安门。西门与东门相对,在中山公园南门西侧皇城城墙拐角附近,叫长安右门,也叫西长安门。东长安门到东单牌楼的街道叫东长安街。西长安门到西单牌楼的街道叫西长安街。两街分别在现府右街南口东侧和王府井南口西侧各建有一座跨街牌楼,额题均为"长安街"。用"长安"二字命名皇城门、街道、牌楼,就是祈望"长治久安,皇朝永固"。但是,两街的名称也曾有所变更。而且,在民国以前也没贯通。这个"T"形广场就是现天安门广场的前身。

明宣宗朱瞻基宣德五年(1430年),大明门正式成为皇城的正门,三面围墙亦随之"升格"为宫墙。大明门(及改名为大清门后)平日是不开启的,只有皇帝在宫外举行完毕祭祀天、地、日、月和神农的仪式后,或南征凯旋之后,或南巡归来,此门才开启。届时,皇帝的车驾在隆重的仪仗队引导下经五牌楼正中间,过箭楼前边的中间石桥(旧时五牌楼与箭楼之间有并排的三座大石桥,叫正阳门桥),进箭楼门洞,进正阳门,穿棋盘街,进大明(大清)门,走御道,过金水桥,进承天(天安)门、端门、午门,回到宫中。再有,皇帝大婚时,皇后第一次入宫也必须走这条路线。这条皇家专用路线象征着至高无上的皇权统治,是任何人都不能任意侵犯、涉足的。当然,奉旨陪王伴驾者可以沾沾光。如果,帝后妃嫔等是从京西诸皇家园林或承德避暑山庄再或木兰围猎回京，就轻骑简从地从北边的玄武门（清康熙时改称神武门）或西华门进宫就行了。

普通的平民百姓要是从东、西长安门穿行成不成呢？不成。因为，这个封闭式的"T"形广场属于"宫廷广场"。明、清两代皇帝即位或颁布重要诏书时，王公与文武大臣先在太和殿前跪听宣诏。然后，百官再站到天安门前金水桥南、北恭迎诏书。诏书被仪卫官托在云盘上，从官举着黄盖，护送出午门，放进龙亭（外观与大小跟轿子相同）送上天安门，再次宣读。之后，诏书由一只人工"金凤"（高2尺1寸5分，"立"于宽3尺4寸的镀金"云朵"之上）"衔"着，从天安门正中堞口徐徐放下。礼部官员恭恭敬敬地接住放进龙亭内，护送到位于东长安门外东长安街南侧的礼部刻版印刷颁行全国。明代盛放诏书的礼器是一个精致的木匣子。在明代，金水桥南侧的广场上，还是每月初一早晨由京师大兴（县衙在东城）、宛平（县衙在西城）两县推举的有德行、有威望的老人代表全国百姓在官员的带领下恭听皇帝对他们发布谕旨的地方。其实，每次的谕旨都很简单，只有几句训诫百姓勤于耕种、奉公守法的大白话。（见《紫禁城全景实录》）

那么，能够在东、西长安门穿行，以至经过天安门进入皇宫大内的都是何许人也？有：有资格上朝奏事、当值的官员，觐见皇帝的外藩和外国使节，参加殿试的贡士（实际已获得进士资格）等。旧时把参加科举考试最后"金榜题名"视为人生四大乐事之一（其他三事为：久旱逢甘霖、他乡遇故知和洞房花烛夜），更比喻为"鲤鱼跳龙门"。这个"龙门"在何处呢？明、清两代的龙门就是东长安门。每逢科考进行殿试后，都在太和殿举行传胪仪式。即，宣布殿试结果。皇帝钦点第一甲前三名为"状元"、"榜眼"、"探花"，并赐予众贡士的"进士"资格。众人谢恩后，礼官抬着"榜亭"，引导"状元"、"榜眼"、"探花"三人从午门的正中门洞出宫（从午门正中门洞出宫这种荣耀，亲王与宰相都无权享受），余人走旁边的门洞。众人出天安门后，再出东长安门。在临时搭的"龙棚"

2010年10月的天安门

今日西长安街

内,"状元"等人簪花、披红,然后游街夸官。因此,东长安门又被称为"龙门"。与其相对的西长安门则被称为"虎门"。这是因为一年一度的"秋审"和"朝审"要在这里对各地被判死刑的罪犯进行复审定案,犯人进西长安门犹如进"虎口"。百姓们无缘跃"龙门",更不愿意闯"虎门"了。

其实,在那个年代,一般的平民百姓也不可能到这两座长安门去。因为,在"T"形广场宫墙外边东、西两侧,东、西长安街以南分别有五府六部的衙门;街北是皇城的城墙(现天安门两侧的红墙即是)。南池子南口、南长街南口和府右街(旧为灰厂街、石厂街)的南口都尚未开辟。住在地安门、东安门、西安门内的人要想去前门大街一带,只能分别出东、西安门绕行。明正统年间,又分别在东、西长安门外设南向的左、右公生门通到五府六部各衙门。清乾隆十九年(1754年),在东、西长安门外增筑围墙,分别在现南河沿南口与南池子南口之间、现南长街与现新华门之间各设一处三洞门。民间称其为东三座门和西三座门。普通百姓只能止步于这两处三座门外边。民国十年(1921年)绘制的《新测北京内外城全图》和民国三十年(1941年)绘制的《北平市全图》上都清楚地标有这两处三座门的位置。

二

1911年10月10日,爆发了辛亥革命,继而推翻了大清王朝。1912年1月,中华民国成立。当年,东、西长安门两侧的宫墙拆除,仅留下两座门,民间也称为东三座门和西三座门;改修了清乾隆年间增添的围墙;在现国旗杆座南边约原"T"形广场宫墙向东、西折的位置附近修建了花墙式围墙,封闭的"宫廷广场"从此成为开放式的广场。东、西长安街打通,人们可以自由地通行了。

"长安街"这个东、西长安街的总称渐渐地叫响了。原东、西长安门外的左、右公生门改建为砖牌楼,只是其拆除年代不详。记载着此二门的《故都变迁记略》中也没有表明。

　　同年，中南海西侧的灰厂街、石厂街整修，并在西长安街上开辟街口，使得当时位于中南海西北角的国务院可以直达西长安街。1912年3月，窃国大盗袁世凯以卑劣的阴谋手段篡夺了临时大总统的宝座。1913年10月，袁任正式大总统，迁总统府于中南海。一心梦想当皇帝的他认为中南海正门朝东，不符合"坐北朝南"的传统——实际是不适宜他将要"面南称帝"，便下令把中南海的南墙扒开一道口子，改宝月楼为正门，在其左右增筑了"八字墙"，命名为"新华门"。将其西侧新辟街口的灰厂街与石厂街更为统一名称府右街；西长安门至府右街的路段更名为府前街；在府前街南侧路边由新修的北新华街北口东到石碑胡同筑了一道一丈多高的浅黄色西式花墙（此墙于1999年改涂灰色），保存至今。从府右街南口至西单牌楼，还叫西长安街。

　　而东长安街在清末以前不是直的，是到现南河沿南口处过御河桥向南拐了一个小弯再向东至东单牌楼。民国以前，内金水河出皇城后，由此向南，经正阳门东水关出城入内护城河。这段被称为御河的河道上有三座桥都叫御河桥。清末，河道因淤塞而改为暗沟。民国初年修筑成路，起名儿为正义路。东长安街上的这座御河桥是三座桥中最北边的一座。在1950年出版的《北京市街道详图》上仍标有位置，并且标明由东长安门至这座桥的路段为东三座门大街，御河桥至东单牌楼段为东长安街，而这两段街道统一为东长安街则是不久以后的事了。还需要说明的是，1900年八国联军攻入北京，第二年便签订了丧权辱国的《辛丑条约》。"条约"中规定，要在东江米巷建使馆区（巷名由此改称东交民巷，西江米巷改称西交民巷），使馆区界外要有"公共道路"，"公界"内不能有房屋。"使馆界"北边至东长安街北80

长安左门旧影

长安右门

米为止的地界也作为"公界"。因而就拆除了街北的房屋,一直拆到东单头条胡同,东单头条从此在地图上消失了。东长安街就势北移,无形中为解放以后调直东长安街的工程打下了基础。

1913年,大清门改名中华门。1914年,拆除千步廊房屋。同年,在东长安街(时为东三座门大街)上开辟出南池子南口街门;在西长安街(时为府前街)上开辟出南长街南口的街门。从此,又添了两条南北通道。住在皇城区域内的人们上长安街或到前门大街一带就不用再从东安门或西安门绕行了。长安街可以四通八达了。

也是在这一年,社稷坛改为公园,初名中央公园,在天安门西侧皇城城墙上开辟一门为公园正门。后来,为纪念孙中山先生,将公园名称更换为中山公园。而太庙则是在1926年才改为公园的,因无正式园名而俗称为太庙公园,在天安门东侧皇城城墙上也开辟了正门。解放后,太庙公园有了正式名称:北京市劳动人民文化宫。毛泽东主席亲笔题写匾额。1914年底到1920年,当时的市政部门陆续把东、西三座门和中央公园门前的路面铺上了沥青,成为北京城内最早的柏油路。1924年12月中旬,北京城内开始通行俗称为"铛铛车"的有轨电车,也有人称其为摩电车。这种车开起来微微有些颠,且颠得人感到舒服。我管它叫"颠颠屁股"。有轨电车有三条路线从广场两侧和东、西长安街上通过,交通便利了许多。

1937年七七事变后,日军侵占北平,曾一度把东、西长安街称为东、西三座门街。他们以为能够长期霸占北平,便计划在东郊搞工业区,西郊建商业和住宅区(公主坟、五棵松一带那时曾叫作"新北京")。而于1941年前后,在对着长安街的东、西城墙上各开了一个豁口。东豁口叫"启明门",西豁口叫"长安门"(1941年绘制的《北平市全图》尚无此二门),为的是打通横贯全城东西的大道。然而,直到1945年8月15日日本侵略军无条件投降前,他们也没圆上这个梦。抗战胜利后,"启明门"改叫"建国门","长安门"改叫"复兴门"。这样,北京的城门就不是"里九外七皇城四"了。

1949年1月31日，北平和平解放。2月3日，人民解放军举行隆重的入城式，古城获得新生。人民政府组织人力物力清除了天安门广场堆积如山的垃圾、杂草等；修筑了东、西三座门和中华门与宫墙之间的道路；修缮了天安门；兴建了国旗杆及底座和金水河两岸的观礼台。在第一届全国政治协商会议上，决定北平恢复为北京，并定为新中国首都。10月1日，盛大的中华人民共和国开国大典在天安门广场隆重举行。此后，有关部门对天安门广场和长安街不断进行大规模改造建设。在上世纪50年代初期，相继拓展道路，铺设路面，移动华表与石狮，拆除花墙，拆除长安左、右门，拆除东、西三座门及东、西长安街牌楼；在广场上建立人民英雄纪念碑（第一届全国政协会议上举行了奠基礼）。50年代中期，拆除旗杆两侧宫墙，铺设水泥混凝土方砖；拆除西长安街路北始建于金代的庆寿寺（俗称双塔寺）；拆除经过天安门地区和长安街上的电车道，长安街两侧所有的架空线改走地下——北京第一条地下管线"走廊"就此诞生，达到设计方案中的地表"无轨无线"、在"紧急时刻，长安街上能起降飞机"的要求。（见《天安门广场设计揭秘》一文）。1958年，拆除西单牌楼与复兴门之间的旧刑部街、报子街、邱祖胡同、卧佛寺街等数条大小胡同。与其先后又拆除了东单牌楼至建国门之间的观音寺、银碗胡同、官帽胡同等数条大小胡同，使得长安街向左右延伸到建国门至复兴门。自此，原本东单牌楼到西单牌楼只有8里之遥的长安街延伸为14里（老北京旧有"门见门3里，门对门14里"的说法。如：西直门到阜成门和东直

1955年时的西单路口

今日西单路口

门到朝阳门都是3里,阜成门到朝阳门是14里)。于是,诗人们便在歌颂北京的诗里有了"十里长街"的赞美(作为诗的语言,"14里"有些拗口)。1959年1月,又一次开始进行天安门广场大规模改建工程。期间,拆除了中华门及全部宫墙,移走了石狮与下马碑;拆除了棋盘街四周残存的石栏,使棋盘街成为天安门广场的一部分并扩展到正阳门下。3月份,北京内城区域的有轨电车全部停驶,拆除所有轨道。无轨电车代替了有轨电车。人民大会堂、革命博物馆和历史博物馆(现合并为国家博物馆)、电报大楼、民族文化宫、广播大楼、军事博物馆等著名的宏伟建筑相继拔地而起,矗立在天安门广场和长安街两侧。9月中旬,金水河北岸观礼台改建工程,广场东、西两侧路(旧时东为公安街,西为西皮市)至各重大建筑物之间的人行道、植树绿化、安装象征着56个民族的56盏莲花形照明灯等一系列工程全部完成。欢庆新中国成立十周年的盛大庆典活动如期成功举行。

60年代中期,东郊八王坟到通州八里桥的大道开通;西郊至石景山的大道也畅通无阻了。东、西延伸近百里的长安大街很快为世人所知,被誉为"百里长街"。也有称其为长安街延长线的。但是,每段路都各有名称,即:除东长安街和西长安街(东三座门大街和府前街的街名早已弃用)的街名必然要保留外,东有建国门内大街、建国门外大街、建国路等;西有复兴门内大街、复兴门外大街、复兴路、石景山路等。

改革开放以来,天安门广场与长安街更是发生了翻天覆地的变化。广场成为全世界最宽阔最壮观的广场。长安街成为最宽最长现代化设施最齐全的"神州第一街"。八王坟以东还修成了京通快速路,开通了城轨,地铁也从苹果园达到了四惠东(东四环以东),与长安街构成了立体交通。古老的南北中轴线与高科技现代化的东西中轴线在天安门前形成十字交叉,串起二环、三环、四环、五环和规划建设中的六环。若是从空中俯瞰,一定会令人神驰心醉、目不暇接、惊喜振奋、赞不绝口。

三

单牌楼是东单牌楼和西单牌楼的统称。因为,两座牌楼还有各自的简称:东单与西单。旧时,在一般情况下,住在西城的人要是提起西单牌楼,往往省去"西"字,只说单牌楼。例如,二人相遇,甲问:"哥哥,今儿个,您上哪儿去了?"乙答:"去了趟单牌楼。"如果在西城要是提东单牌楼，就不能少了"东"字。再例如，二人问答："兄弟，正格的，你们家住哪儿呀？""住东单牌楼那边儿呀！"反之，住在东城的人也一样。把东单牌楼简称为东单和把西单牌楼简称为西单，全是为了说着方便。例如，说东单牌楼北大街或西单牌楼北大街，就有点啰

重建的西单牌楼瞻云坊

唆，要是说成东单北大街或西单北大街，就显得简单明了，嘴皮子也省事。西单、东单，也就渐渐地叫开了。之所以将这两座牌楼笼统地称为单牌楼，是因为这两座牌楼都是单个儿的，不像东四牌楼和西四牌楼那样各是一组建筑；也不像现存的国子监牌楼和成贤街牌楼那样成双成对的。再有，无论是东单牌楼还是西单牌楼，都不是牌楼的本名，而是因其所在位置的方位称呼的。即，分别在单牌楼的前边加上了"东"字、"西"字。按汉语语法讲，"东"与"西"是方位词；"单"，在这里是数量词"一个"的意思；"牌楼"是名词。其实，东单牌楼的榜心题的是"就日"二字，叫"就日牌楼"，也叫"就日坊"；西单牌楼的榜心题的是"瞻云"二字，叫"瞻云牌楼"，或叫"瞻云坊"。两座牌楼的规格、造型、材质都一样，全是四柱三门三楼冲天式下为带铁箍的汉白玉夹柱石底座的木牌楼。久而久之，人们淡忘了两座牌楼的本名，而只称呼其代称了：东单牌楼、西单牌楼。继而又叫响了简称：东单、西单。

东单牌楼始建于明永乐年间，位于崇文门大街与东长安街交汇处北侧街口，为东长安街终点。牌楼以北叫就日坊大街，与米市大街相接。在北京的历史上曾经有"东单西四鼓楼前"之说，也有说"东四西单鼓楼前"的，是说这些地界儿繁华。"东单"指的就是东单牌楼一带；"西四"，自然指的是西四牌楼一带，西四牌楼在民国以前正名为"西大市街"；"鼓楼"，就是现在的鼓楼地区；"前"，有两种说法，一种说法是指鼓楼前边的大街，另一种说法是指前门大街一带。"东四"，是指东四牌楼，其在民国以前正名为"东大市街"；"西单"即西单牌楼。然而，这里是在清末民初才渐渐繁华起来的。不管是哪种说法，东单是一处公认的繁华地区。而且，"发"

今日东单十字路口

起来的时间要早。1916年，袁世凯下令将牌楼上的"就日"改为"景星"，"就日坊"变为"景星坊"。袁世凯倒台后又改了回来，恢复了"就日坊"的名称。1923年，因街面道路增高、牌楼年久失修、柱础朽坏、几乎倾倒等原因而被拆除。东单牌楼（东单）作为地名被保留下来，就日坊大街改名为东单北大街。1958年，路口外街东的数条大小胡同拆除后，这里成为一处交通繁忙的大型十字路口。后来，米市大街街名撤销，东单北大街与东四南大街衔接。改革开放后，东单路口与东单北大街都发生了巨大变化，不愧为"银街"。

西单牌楼也始建于永乐年间，位于宣武门大街与西长安街交汇处北侧街口，为西长安街之终点。牌楼以北为瞻云坊大街，同缸瓦市大街相连。也是袁世凯在1916年下令将牌楼上的"瞻云"改为"庆云"，变成了"庆云坊"。袁世凯倒台后又改了回来。1923年，与东单牌楼同样原因而被拆除。西单牌楼（西单）作为地名被保留下来。瞻云坊大街更名为西单北大街。大约在"文革"前后，缸瓦市大街街名撤销，丰盛胡同东口与大酱房胡同西口成为西单北大街与西四南大街的交界处。公交车还保留了"缸瓦市"站名。

与东单地区不同的是，西单地区成为商业繁华地区的历史才百年而已。西单商场的开业也较东安市场晚。说其颇具文化氛围倒不为过。区域内多王府故园，有戏院、影院、游艺场所、老字号饭庄、百货商店等。特别是在西单石虎胡同内，旧有吴三桂之子吴应熊的驸马府，雍正年间建为八旗子弟学府右翼宗学（改革开放后辟为民族大世界商场）。曹雪芹曾在这里任教。有曹雪芹和学生与好友清代著名兄弟诗人敦敏及敦诚、近代梁启超、蔡锷、徐志摩、张君劢、陈叔通等诸多名人大家的足迹。因为，敦诚的名诗《寄怀曹雪芹》中有"当时虎门数晨夕"句，所以红学家们又将这里称为"虎门"（此"虎门"不同于西长安门的"虎门"）。后来，右翼宗学迁址。再后来，为纪念逝世的蔡锷将军，这里一度改为"松坡图书馆"。

值得一提的是，闻名于世的"燕京十景"之一的"长安分塔"就在西单牌楼东边。前边提到的建于金代的庆寿寺（现电报大楼位置）内因有大小两座高僧灵塔而俗称为双塔寺。旧时，要是在早晨太阳似出似不出之际站在西单十字路口东南角老长安大戏院门前向东看双塔，双塔仿佛分别在马路南、北两侧。在此时由西往东走，临近双塔再看，双塔都在马路北边的庆寿寺内相"依"而立。由于是在西长安街上，所以这一因早晨光学作用而形成的奇特景观便被称为"长安分塔"。（详见另文《"长安分塔"追忆》）

1958年，西单牌楼以西至复兴门之间的数条大小胡同被拆除，这里也成为一个交通繁忙的大型十字路口。改革开放以后，西城区大搞"西西工程"建设，使得西单地区日新月异。一座现代化多功能的文化广场引人流连。街两侧新建商厦鳞次栉比。西边建设起金融街。西单地区以迅猛的速度发展着，成为北京城内最繁华地区之一。以前的繁华是小店小铺唱"主角"，而今是豪华商厦当"台柱"，二者岂能同日而语？

2008年，北京奥运会开幕前夕，在西单文化广场南侧，一座完全仿照"瞻云坊"原样建筑起来的新西单牌楼向公众亮相了。近日，右翼宗学旧址也在修复中。

2008.5 于京

"长安分塔"追忆

"长安分塔"追忆

一提起"燕京八景"来,许多老北京人都会如数家珍地一一道出:"琼岛春荫"、"太液秋风"、"玉泉垂虹"(旧为"玉泉趵突")、"西山晴雪"(旧为"西山积雪")、"蓟门烟树"(旧为"蓟门飞雨")、"卢沟晓月"、"居庸叠翠"和"金台夕照"。若是问"燕京十景"呢?恐怕清楚的人就会大减。告诉您吧,另两景是"西便石羊"(一说是"西便群羊")和"长安分塔"。"西便石羊"是指西便门外不知何时起有了一些大小不一的白色石块儿,远远望去好像是一群羊卧于绿草之中,分外显眼。蓝天、白云、古城、碧水绿草、白羊,真是一美景(专有此景的民间传说故事)。"长安分塔"之景在西长安街上。

20世纪50年代中期以前,在现如今西长安街上电报大楼的位置,有一座古庙叫庆寿寺。由于寺内有两座分别为九级和七级的砖塔,而俗称双塔寺。那时,在早晨太阳似出似不出的时刻,站在西单牌楼东南角老长安大戏院门前朝东看,就会看到那两座塔一在路南,一

1954年时双塔寺之双塔

在路北。就在此时由西向东走,临近双塔寺再看,原来两座塔都在路北的寺内,而且,仿佛长幼相依。这个因早晨的光学作用所造成的视觉景象,便是被誉为"燕京十景"之一的"长安分塔"。这"长安"二字当然指的是西长安街了。

金时建寺　元时建塔

庆寿寺(又称大庆寿寺)和双塔不是同时兴建的,而是先建的寺后建的塔。而且,这两座塔也不是同时建造的。

庆寿寺是金代第六位皇帝章宗完颜璟明昌元年(1190年)奉皇太后之命兴建的。那时,一座塔也没有。寺院内种有高大的松树,树荫遮满庭院,景色萧爽。院内还有水有桥。石屏上刻有金章宗御笔题写的"飞渡桥"、"飞虹桥"6个字。元代大书法家赵孟頫来大都时曾客居庆寿寺,有诗《庆寿僧舍即事》留世。诗曰:"白雨映青松,萧飒洒朱阁。稍觉暑气销,微凉度疏箔。客居秋寺古,心迹俱寂寞。夕虫鸣阶砌,孤萤炯丛薄。展(同"辗")转怀故乡,时闻风鸣铎(大铃铛)。"借写庆寿寺之景,抒忧国思乡之情。明、清两代也多有文人墨客写诗作赋称颂庆寿寺之景观。其中,明代长乐人谢杰《双塔寺》诗曰:"帝城西望郁崔嵬,雁影联翩般若台。灵凤乍扶双杖出,巨鳌遥驾二山来。摩空法界参差现,转日慈轮次第开。圆寂自应通觉海,海中杂毒并难猜。"那时新官离京赴任之前还有的来庆寿寺作临别一游或是焚香许愿盟誓。例如,京剧马派(马连良大师)的代表剧目《四进士》和麒派(周信芳大师)的代表剧目《宋士杰》中都有这样一句戏词:"自从双塔寺分别后。"这"双塔寺"指的就是这座正名为庆寿寺的古庙。

双塔寺是到了元代寺内相继有了双塔以后,庆寿寺的俗称。双塔指的是前边提到的那两座砖砌的灵塔,是分两次建成的,右边的塔高九级,左边的塔高七级。一高一矮,远远望去仿佛长者与少年并肩而立。九级塔额题"特赠光天普照佛日圆明海云佑圣国师之塔";七级塔额题"佛日圆照大禅师可庵之灵塔"。所谓灵塔,说通俗了就是和尚的坟墓。僧人圆寂(逝世)以后都要火化,建塔安置骨灰,特别是得道高僧。高僧多的寺庙往往都有塔林。塔的规格与圆寂僧人的职务、地位、修行、品德等各方面是成正比的。

海云、可庵生平

海云俗家姓宋，名印简，山西宁远人。他7岁入学，8岁拜中观沼公为师受戒，修童子行，11岁纳具足戒。三年后，随其师到岚州广惠寺时就已经能够讲演经文了。当时，天灾肆虐民不聊生，有的地方竟然出现食人惨象。海云每次在经坛上讲经时，都竭力开导善行赈济灾民。金宣宗完颜珣得知后赐给他"通元广慧大师"的称号。后来，宁远城被蒙古军队攻陷，海云与师父一起被俘。成吉思（亦为青吉思）汗得讯后，立即派使臣前去释放，并问候"老长老、小长老可好"。自此以后，天下人皆尊称海云为小长老。那时，他还不满20岁。可见已颇有声望了。师父圆寂后，海云才到燕京。那时，燕京尚未改称大都。海云到燕京后直接进入庆寿寺。原任住持对他进行一番考核后，将衣钵传与他，接任住持。丞相霞哩（亦作厦哩）和大官人胡土克（即忽都护）不但常来拜谒海云，听他宣讲经文，而且还经常讨教。诸如蝗灾、出猎、刑罚等。海云便教以官政民心共感之致，以救人为急，以仁恕为心。海云知道霞哩以严为治，便建议要安抚百姓。并且，倡导儒学尊崇孔孟，凡是习孔孟之业者皆免差役，使其更加勤奋。有一年，皇帝降旨，要对僧道进行考试，不识字者令其还俗。霞哩征求海云的意见。海云回答："僧本不尚世学，以悟为期，岂宜与聘士同科？"意思是：僧道修行的深浅、佛法是否高深，关键在于"悟"性，怎么能采取与为了聘官任职而进行考试相同的办法呢？结果，就不对僧道们进行考核了。总之，无论是丞相霞哩，还是大官人胡土克，都对海云待之师礼言听计从。一些外国使节到燕京后也去拜谒海云，向他求教。他也总是以佛家之爱心予以教诲，劝以慈悲安利众生。海云亲传弟子有可庵、元大都规划设计者刘秉忠等14人。他著有语录《杂毒海》。前边所引谢杰诗中的"杂毒"二字，即指海云的语录《杂毒海》。

海云圆寂后，可庵继任庆寿寺住持。这样，这座寺庙才有了第一座灵塔，即海云灵塔。可庵圆寂后，又有了第二座灵塔，即可庵灵塔。以后历任住持的灵塔就都不建在这里了。自从有了双塔以后，庆寿寺才有了双塔寺的别称。直至乾隆年间，寺内还保留有海云和可庵的画像。海云像旁有其弟子刘秉忠所作赞词。在寺内西堂竖有元代燕京编修所次二官王万庆撰写的《海云大禅师碑记》。寺初建时的"庆寿寺碑"之碑文是金代小篆名家党怀英的《八分书》，可惜在明正统年间为太监所毁。元仁宗皇庆元年（1312年），又增添了程钜夫撰写的《大庆寿寺大藏经碑》。元明宗至顺二年（1331年），皇太子的画像供进了庆寿寺东鹿顶殿。不过，这样极富盛名的古刹在元代时紧临大都城的南城墙，山门外显得特别狭窄。到明洪武年间重建北京城时，把北边的城墙南移了5里。南边的城墙移至宣武门（旧称顺城门，后又俗称顺治门），庆寿寺的外边才有了较宽的道路，即西长安街。

明初极盛　嘉靖时衰

明永乐六年（1408年），曾为燕王朱棣发动"靖难之役"从侄子建文帝手中夺得皇位的策划者、第一功臣道衍和尚姚广孝奉旨到北京住进庆寿寺。因其功高盖世，朱棣要将庆寿寺赐给他建宅。姚广孝固辞不受，后又退居天宁寺。他圆寂后，庆寿寺内供有他的画像和牌位。

明英宗朱祁镇正统三年（1448年）二月，朱祁镇听从太监王振奏本重修大庆寿寺，役使军民万余人，费库银数十万两。同年十月竣工，改名为大兴隆寺，又称为大慈恩寺。其壮观程度位于京师诸寺庙之首。新建一处牌楼，额题"第一丛林"。此后，朱祁镇经常驾临寺中。可惜的是，金代党怀英书写的"庆寿寺碑"被毁坏了。

明嘉靖初年，大兴隆寺遭火灾，殿堂、碑刻损失惨重。嘉靖十五年（1536年）五月，因寺内做法事时金鼓太响，以致传入大内——按现在话讲就是噪声太大。嘉靖帝降旨废大兴隆寺为射所，名为讲武堂。后来，锦衣卫都督陆炳上奏，射所距紫禁城太近，安定门外有废官厅，可将宣武门外之民兵教场迁至废官厅，射所迁至民兵教场原址，大兴隆寺改为演象所。就这样，一座有几百年历史的京师名刹又跟大象打上了交道。

明崇祯十七年——中国历史上有名的甲申年，即1644年。之所以有名，是因为在这一年里中国同时有三个皇帝：大明朝皇帝朱由检、大清朝皇帝福临、大顺朝皇帝李自成。也就在这一年的春三月，双塔寺内添了一缕"忠"魂，那就是大明工部尚书兼东阁大学士范景文因大顺军攻破北京城，而投身于海云禅师灵塔旁边的井中，到"那世"陪伴崇祯皇帝去了。清初，皇帝赐范景文谥号"文忠"。有人为其立碑题"范文忠公殉节处"。至20世纪40年代，井尚存，碑已无。

清乾隆二十九年（1764年），重修大兴隆寺，并更名为双塔庆寿寺。

双塔寺又由俗称变为简称了。

　　还应该提及的是，至清末时，紧挨双塔寺的北边稍东，原有一座关帝庙。再东北约半里许也有一座庆寿寺。寺中有明末崇祯年间重修该寺的碑记。所叙寺名、原委与一些历史书籍所记相同。据光绪年间考证，尽管前后两寺都不是旧时的寺院了，只是由于西长安街边寺内双塔尚存因而被认为是原寺遗址。虽然是重建，但是仍然保留了庆寿寺之名。

　　我在少年时期，为了看到"长安分塔"这一景观，曾经在头天晚上住到西绒线胡同的亲戚家，第二天天不亮就起床，急急忙忙往长安大戏院门前赶。而且，也多次从双塔寺外经过。并且不止一次仰视双塔，数一数级数。只是没有进去过。上世纪50年代中期，因长安街扩展工程施工，双塔寺及双塔都被拆除了。

2007年5月一稿于京
2009年8月二稿于京

西单商场旧影

一提起西单商场来,那富丽气派的门面,堂皇豪华的售货大厅,立马儿就会浮现在您的眼前。可是,在解放初期那阵儿,西单商场是什么样子,您知道吗?我知道。

记得,我5岁那年(1944年),祖父带我去逛天桥。我们爷儿俩由打西四牌楼坐上铛铛儿车(即有轨电车),从北往南到第三站时,我看到大街两边的买卖一家紧挨一家,有的还有楼,比西四牌楼还热闹。我问祖父这里是什么地方?祖父告诉我这里是西单商场。我又问,什么叫商场啊?祖父告诉我,就是卖东西的地方。我还问,干吗要叫商场啊?祖父说,卖东西的地方大就叫商场。我似懂非懂地"噢"了一声。按《现代汉语词典》中"商场"条目解释有二:其一为,聚集在一个或相连的几个建筑物内的各种商店所组成的市场;其二为,面积较大、商品比较齐全的综合商店。祖父只是在幼年时读过时间不太长的私塾。对他老人家那个(祖父生于光绪十五年,即1889年)时代来说,商场还是个新生事物,只有耳闻而未眼见,怎能说得清楚呢?不过倒也靠谱。我自小对什么就都好奇,从那次来回经过西单商场起,就总想进去逛逛,开开眼。谁知,到10岁的时候才跟着父亲到西单商场去买了一回东西,没把整个商场逛一遍。但是,知道了西单商场一共有6个小商场。

1962年时的西单商场内景

那时，北京刚刚解放。由此，我更是以好好逛一回西单商场为快事。13岁时，我终于如愿以偿。那年（1953年）春天，我当时就读的位于阜外大街的圆广寺小学组建中国少年儿童队（后更名为少先队），我被第一批批准入队。为了奖励我，父亲让我自己到西单商场去买一支自来水钢笔。在那个年代，这可是稀罕物。又戴红领巾，又买新钢笔，多美呀！（这一年我还有两件特美的事：暑假后我考上了心仪已久的时有全国回民最高学府之誉的回民学院，即现回民学校；国庆节时我参加了天安门广场少先队观礼方队，位置正对着天安门。）于是，借着这个机会，我把西单商场逛了个够。西单商场的旧影也就深深地印在我的脑海里了。

　　整个西单商场坐东朝西，即在西单北大街的东侧，那时共分六个商场，以现东槐里西口为界，南边是第一至第五商场，北边是第六商场。如果把整个商场看成是一个头南脚北放倒的大惊叹号的话，第一至第五商场是上头的一"竖"，第六商场就是那个孤立的一个"点儿"。那阵儿，胡同口的上方还没有过街楼。每个商场都有一个面向西单北大街的正门。第一商场在紧邻的堂子胡同西口内有个旁门，算是南门吧。此门以东是红光电影院（旧为仙宫电影院）。第五商场北侧（即东槐里胡同西口内）有一个门，是为北门。在正对着太仆寺街有一个后门（另有进货的门）。这些门都是通着的。第六商场的正门与第一至第五商场的正门平行，亦门向大街。门北边有几家小商店和一小戏园子，是我听过戏的戏园子当中最小的一个，只有几十个座位。祖母带我在这儿听过一回戏（从前说听戏就指的是京剧，管评剧叫落子，管河北梆子简称梆子），前头的帽儿戏是《两将军》（亦名《战马超》），正戏是全部的《四进士》。饰演宋士杰的是位女老生，唱、念、做还真不错，有马派的味儿。大厅里挂着几张相声名家的照片，其中有王世臣、赵玉贵。那时，他们的岁数都还不太大，西服领带大背头，倍儿帅气。小戏园子北边有耶稣教布道的福音堂，后来改为邮电局了。第六商场在东槐里胡同西口内也有门，与第五商场的北门相对。

　　六个商场各有主营。第一商场（最南头的商场）专营食品，糕点面包、烟酒饮料、糖果茶叶、熏酱熟食、干鲜果品，应有尽有。第二商场是个书店，古今中外新旧书籍、字画印章等都有。第三商场一进门是鞋店。第四商场以文具为主，一进门的文具店字号叫"精精"，我有生以来的第一支钢笔就是在这儿买的。我记得那是一支蓝色透明的赛璐璐的，我很喜爱，一直使到初中毕业。第一至第四商场都只是在一层营业，第五商场就有楼上楼下了，经营布匹绸缎、服装鞋帽、日用百货。在这几个商场正门之间，还有国泰照相馆、盛锡福帽庄、明明眼镜公司、万里皮鞋店及药店、茶庄、食品店等。第六商场的买卖有些杂，有出租旧书的书社、租看小人儿书的书屋，有食品饮料店、小五金店、小杂货店、小电料行等，还有一个小戏园子。我在这儿也听过两回戏。一回是京剧《大泗州城》，一回是评剧《小女婿》，前边的帽儿戏是《井台会》。那时，《小女婿》、《刘巧儿》、《罗汉钱》等宣传婚姻法的现代剧目正盛行。让我不明白的是，第六商场比起第一至第五商场来明显地冷清了许多，通道里的灯光也没有那几个商场里亮。

　　第一到第五商场，跟东安市场一样，也有整个的大屋顶，临街楼房都不高，绝大部分是二层。前边已经说过，从第一到第五商场的门都是相通的。而且，整个商场的里边也不再分成是第几商场了。如果从第一商场的南门进入，可以走到第五商场的北门，经胡同进第六商场，或是出后门经太仆寺街他去。商场的里边多为二层小楼，有独立的，也有几座相连的。里边有清真饭馆（一只只圆鼓鼓的待烤的鸭坯子挂在门外檐下，令人望而勾引"馋虫"）、小吃店、汉民饭馆、西餐馆、冷热饮店。楼上还有可以下象棋、围棋的棋社，可以打台球、乒乓球的球社。从楼下经过时能听到打乒乓球和棋子拍在棋盘上的声音。在这里下棋、打球都是要花钱的。那时，我既不会打球，也不会下棋，因此也没花过这份儿钱。

　　西单商场里最招人的地方是几处曲艺园子：启明茶社、西单游艺社，以前还有茗园、桃李园等。相声世家常连安父子、郭荣启、张寿臣、侯宝林、赵霭如、赵振铎、赵世忠、宋大红、白凤鸣、王佩臣、骆玉笙、花小宝、魏喜奎、架冬瓜等诸多相声前辈和鼓曲名家都分别在这几处演出过。

　　公私合营之前，西单商场内的商家都是各做各的生意，跟前门外廊房头条里的劝业场（后改为新新服装店）一样。之后，就由个体变为集体，

今日西单商场大门

集体变国营了。在50年代中后期，首先拆的是第六商场的一部分。"文革"中，武斗最厉害那阵儿，财贸系统有人在这儿进行武斗，竟动用了路西的一家文体用品商店库房里的气枪，使西单商场遭受了劫难。那天，我正赶上从商场外边经过，差一点儿被误伤了。后来，整个西单商场关门停业了好长时间。在改革开放的大潮中，西单商场一年年在变化，终于变成现在的模样了。

我有好多年没去逛西单商场了，一来，因为家住得远了；二来，商场里的商品都是高档的了；三来，我在有生之年的衣帽鞋袜都不用再添置了，即便极需要买的也是由孩子们代办了；四来，年老多病逛不动了。再者，那灯光、音响也真受不了。然而，一闭上眼睛，脑海中出现的还是50年代初期的老西单商场的模样。因为，那是平民百姓的商场，兜里有钱没钱，都愿意进去逛一逛。现在——反正兜里钱少的主儿得掂量掂量进不进去。一让三摇头，即便卖主儿不说什么，自己也不好意思。您说是吧？

2010年8月一稿于京
2012年2月二稿于京

记忆棋盘街

棋盘街，顾名思义，即街像棋盘，方方正正。北京城里有这样的街道吗？有，肯定有。上世纪50年代末以前，它就在现如今毛主席纪念堂与正阳门城楼之间的位置，四四方方，形如棋盘，正名就叫棋盘街。可别小看它，早年间它可是大大的有名。

在明、清两代，天安门（明代叫承天门）前金水桥以南，有一个"T"形封闭式宫廷广场（亦称千步廊），东、西、南三面都围有一丈多高的紫红色宫墙。广场的南门为正门，就在现毛主席纪念堂位置。此门在明代叫大明门，在清代叫大清门，民国以后改叫中华门，直至1959年拆除。中华门与与正阳门之间，隔着的就是棋盘街。明、清时期，此街四周围有石栏，街边排列商铺，百货云集，每日人、车络绎不绝，熙来攘往，热闹非凡，享有"天街"之美誉。正如《日下旧闻考》所记："大明门前棋盘街，百货云集，乃向离之景也。""棋盘街府部（指明、清时的五府六部——笔者注）对列，街之左右，天下士民工贾各以牒至，云集于斯，肩摩毂击，竟日喧嚣。此亦见国

中华门前旧为棋盘街

家丰豫之景。"此书中还记载着:"棋盘街直宫禁大明门之前,每朝会诸典,京营将先期领营军护卫驻足其中,树帜甚盛。若乃天街步月,虽城中多旷,观乎此属第一。"意思是说,每逢宫廷有重大庆典活动时,这里成为防守重地,遍插旗帜,显得壁垒森严。因为,这里就在宫禁(即紫禁城)的大明门外边。每当皓月当空时,在这里漫步赏月,更是最佳选择。

清人查嗣瑮有诗赞棋盘街:"棋盘街阔静无尘,百货初收百戏陈。向夜月明真似海,参差宫殿涌金银。"(见《光绪顺天府志》)

在明、清两代,每逢皇帝到宫外举行完毕隆重的祭祀天、地、日、月、神农等诸多仪式,或者是南征凯旋,或南巡回京,都要在盛大的仪仗队引导和官员、侍卫、禁军保护下过五牌楼,穿棋盘街,进大明(大清)门,过金水桥,再进承天(天安)门,回到紫禁城内。棋盘街是皇帝回宫的必经之地。皇帝大婚,皇后第一次进宫也要走这条路线。别看慈禧亚赛一代女皇,可是她没走过这条体现皇家特权的专用路线。因为,她是以秀女的身份进宫的。她的侄女、光绪帝的皇后隆裕倒是正经八百地走过。在棋盘街,南北方向路线甭说普通百姓,就连王公大臣平时都不能走。而东西方向则能随意通行,只是宵禁时间除外。否则就没有"百货初收百戏陈"了。

早年间,棋盘街东、西曾经各有一口水井,不知何时废了。街东紧临公安街(旧名户部街,在现广场东侧路中心线西边),隔街与东交民巷(旧名东江米巷)相通。巷口曾有一座四柱三门三楼冲天式下以汉白玉夹柱石为底座的木牌楼,因额题"敷文"二字,被称为"敷文坊"。街西倚傍西皮市(街名,现广场西侧路中心线东边),向西与西交民巷(旧名西江米巷)相接。巷口也曾有一座与"敷文坊"相同的木牌楼,因额题"振武"二字,被称为"振武坊"。棋盘街与东、西交民巷连接在一起,成为民国成立以前正阳门内皇城南边贯通东西城区的交通要道,也是北京城内最长的胡同:从崇文门内大街上的东交民巷东口至北新华街上的西交民巷西口,长达六里半地。在英法联军、八国联军先后侵入北京后,古都均遭大难,

这里曾经是棋盘街

满目疮痍，就连正阳门城楼和箭楼都被烧毁，棋盘街亦未能幸免。此后，昔日的繁华景象再也没能恢复起来。

辛亥革命推翻满清王朝后，棋盘街上的石栏更换成水泥的了。曾经的皇帝御用的南北专线，普通百姓也可以通行了。1912年，东、西长安街打通，成为从东单牌楼直达西单牌楼有八里之遥的通衢大道。棋盘街与东、西交民巷的交通压力才渐渐地得以缓解。1924年12月中旬，北京城内开通了有轨电车。不久即增至七条线路，其中有两条线路从棋盘街经过。使得棋盘街周边的交通便利了许多。

记得，在我五六岁时，有一天，父亲带我到天桥去玩，就是从西四牌楼坐铛铛车去的。就在电车拐出西交民巷东口向南开的时候，父亲指着车外东边告诉我："这儿叫棋盘街。"我顺着父亲指的方向望去，只见棋盘街上有几个日本兵扛着枪在巡逻。街面上冷冷清清。父亲又指着路西的一家清真饭馆告诉我，那儿是怹（tān 是对"他"或"她"的尊称）小时候学过徒的"小东来顺"。我看见饭馆门口有跑堂的在招徕吃主儿。可是，人们都行色匆匆。这是六十六年前的事了。

新中国成立后，棋盘街上又热闹起来。随着全市公共交通事业的快速发展，上世纪50年代初期，棋盘街成为市内公交汽车的枢纽站。1959年3月，北京内城区域停驶有轨电车，不久即拆了天安门广场周围的电车轨道。之后，又拆除了原"T"形宫廷广场余下的所有宫墙和中华门，使天安门广场向南扩展到正阳门下。从此，棋盘街成为天安门广场的一部分。

棋盘街，古都北京城南北中轴线上的一颗明珠，有着五百年历史的"天街"，留在了老北京人的记忆中。

2008年10月一稿于京
2011年7月二稿于京

话西四

提起西四牌楼,无人不知,无人不晓。京城早年间流传着"东单西四鼓楼前",什么意思?用一个俗词儿就是"热闹",套一个文词儿就是"繁华"。人来车往不断,大小买卖扎堆儿。那阵儿还没王府井什么事呢。

作为地名的西四,其实是西四牌楼的简称,并不是牌楼本身的名称,是四座牌楼组成的一组地标性建筑的统称。因为,位于西城(明、清两代北京城内分为东西南北中五城区)而叫西四牌楼,它与东四牌楼隔皇城相望。四座牌楼的规格、工艺、材质、造型全都一样,都是四柱三门三楼出头式前后有戗柱下带汉白玉夹柱石底座的木牌楼。东、西牌楼分别额题"履仁"、"行义",南、北牌楼额题都是"大市街"。由此可见,旧时西四牌楼和西四牌楼大街也只是俗称,正式名称叫"西大市街",明代时叫"西市"。

牌楼南为西四南大街,从前接缸瓦市大街。缸瓦市大街撤街名后直接与西单北大街(旧名瞻云坊大街)相连;牌楼北为西四北大街,隔平安里为新街口南大街;牌楼东为马市大街(旧称西马市街,现名西四东大街)至西黄(旧为皇)城根;牌楼西为羊市大街(现为阜成门内大街)至马市桥(即今白塔寺东侧十字路口,旧有东西走向的桥),可到广济寺、帝王庙、白塔寺、锦什坊街内的清真寺(正名为普寿寺,有敕建额)、阜成门,出城可到月坛、白云观、钓鱼台、门头沟、

西四牌楼旧影

妙峰山一带。真可谓四通八达。

在清代，帝、后出宫到京西的皇家"三山五园"游玩或驻跸时，都爱走神武门（或西华门）——西安门——西四牌楼——新街口——西直门这条最佳路线。因为，西直门外的高梁桥畔有皇家御用码头倚虹堂，可乘船沿长河（又称高粱河）过广源闸换龙舟奔所到之处。清乾隆二十六年（1761年），乾隆帝为给母后庆贺七十大寿，不仅降旨重新大修了沿途的五塔寺（正名真觉寺，一度叫正觉寺）和万寿寺，而且还把从西安门经西四牌楼、新街口到西直门的街道两侧所有店铺的门脸儿都修饰一新，悬灯结彩，营造普天同庆的气氛。慈禧太后六十大寿（1894年）时要到颐和园去，西四牌楼是必经之地。时任军机大臣的世铎为讨好慈禧便在这里的东北角和西北角各建了一座木质结构的二层转角楼。一是为了点缀街景，二是把转角楼当成制高点，既可居高临下瞭望四面八方的动静，又可屯兵埋伏以确保安全。这两座转角楼几经风雨，多次修缮，仍屹立在原处。东北角楼现为工商银行，西北角楼自解放后即为新华书店，最近又修饰一新。在西北角还曾建有一座木架高耸带小阁的"望火台"，是旧时消防队瞭望火情用的。

其实，西四牌楼一带保留至今的古迹不只是这两座转角楼。在南边有建于元代的"万松老人塔"（俗称砖塔）和自元代起至今没改过名称的砖塔胡同、羊肉胡同；西边有始建于辽代的妙应寺（俗称白塔寺，初名大圣寿万安寺）、始建于金代的广济寺（金代时为西刘村寺，明代天顺初年重建更名为弘善广济寺）、明嘉靖十年（1531年）在原保安寺旧址上建成的历代帝王庙和始建于明宣德四年（1429年）的清真普寿寺（即锦什坊街礼拜寺）等。

西四牌楼还是一处古代刑场。在元、明、清三代，北京城内有三处刑场。元代的刑场在柴市（有史料称在今交道口附近）。清代的刑场在菜市口。明代的刑场就在西四牌楼，那时也叫西市。处以斩首的在西边牌楼下行刑，处以凌迟（即剐刑）的在东边牌楼下行刑。行刑前都搭席棚立高杆。席棚为监斩官专设，高杆为挂人头示众。著名清官杨继盛（号椒山），于谦、袁崇焕等都是在这里被害的。

杨继盛是嘉靖年间的进士，痛恨大奸臣严嵩，向嘉靖帝上书痛陈其"十罪五奸"，遭迫害被捕下狱，他仍大义凛然毫无惧色，后被杀于西市。临刑前他以诗明志："浩气还太虚，丹心照万古。生前未了事，留与后人补！"七年后，严嵩父子终获罪罢官而死。隆庆帝朱载垕继位，后于隆庆元年（1567年）即为杨继盛平反昭雪，追赠其为中顺大夫、太常寺少卿，赐谥"忠愍"，建祠堂祭祀。今宣武门外校场口内仍有"杨椒山祠"遗址。其名句"铁肩担道义,辣手著文章"被革命先烈李大钊改为"铁肩担道义,妙手著文章",以明志并激励后人。于谦是明正统、景泰年间兵部尚书。袁崇焕是明天启、崇祯年间兵部尚书、蓟辽督师。二人分别于景泰初年和崇祯初年率军在惨烈的京师保卫战中大败敌军,挽救大明朝于危难之时,立下赫赫功勋。但是,他们都千古奇冤被押往西市(西四牌楼)处以极刑(凌迟)。于谦是明英宗复辟后成为英宗与景泰帝皇位之争的牺牲品。袁崇焕是皇太极向多疑的崇祯帝施以反间计的受害人。于是,他们在赴死时又有着截然不同的遭遇。于谦被押往西市的途中,满城军民无不焚香、痛哭、沿途跪送,更有闭门偷祭者。而袁崇焕却是背着卖国贼的骂名,受蒙蔽的百姓们不明真相,竟花钱买其肉生食,并食而骂之。二人虽然后来都得到平反昭雪,却又大不相同。于谦是明英宗之子明宪宗朱见深在成化初年平反的,时隔八年,在本朝之内。而袁崇焕却是在清乾隆四十七年(1782年)十二月,由乾隆帝亲自平反的,时隔一百五十二年(袁遇难时为崇祯三年,即1630年)。明代的功臣却由敌国的皇帝平反,可悲可叹!自此以后,袁崇焕的蒙冤真相大白于天下,人们才公开怀念祭奠他。明史上有名的"壬寅宫婢案"中谋杀视百姓生死于不顾的嘉靖帝未遂的16名宫女也全是在西市处以凌迟的。据史料载:"其惨状令人不忍视之。"对于这些千古奇冤,繁华的西四牌楼是最好的见证,不知它有没有灵性?明王朝之所以把西四牌楼当作刑场,就因为这里繁华热闹,过往行人众多,可以起到"示众"、"震慑"作用。

西四牌楼也确实繁华热闹。在距牌楼较近的东西南北街道两侧,大小店铺鳞次栉比,吃的、喝的、穿的、用的、玩的、看的、听的、睡的(旅店)、洗的(澡堂子)、理的(理发馆、剃头棚),应有尽有。早年间还有马市、牛市、羊市、骆驼市、肉市、菜市、油粮市、缸瓦市、人市(雇用劳力的地方)等。清代的右翼税署衙门就设在马市大街上。1924年底,北京城区内开通了俗称为"铛铛(diāng)儿车"的有轨电车(1924年12月18日正式售票运行),起点站在西直门的1路有轨电车从西四牌楼经过并设站。没几年,始末站都在东单牌楼的环行有轨电车也从西四牌楼经过并设站。西四牌楼的交通就更为便利了。

在马市大街路北,原先有个西安市场,也叫建国西堂,有些杂乱,远不如东安市场。特别是南门外的早市,卖早点的、卖肉的、卖菜的、卖鱼的、卖鸡鸭的、卖冰的，弄得又脏又乱。整个市场也没有统一的罩棚，每逢下雨下雪，通道泥泞难走。

市场的南门为正门，在今胜利电影院附近。北门在小糖房胡同内，占地六七亩。市场内的几条通道都是南北走向的。通道两侧是门面相对的店铺，经营各种京味小吃、斤饼斤面（论斤约的大饼和面条）、小百货、小玩意儿，简陋的理发馆和剃头棚，有只出租不卖的书屋（古今中外小说和小人书），有几家大小不同规模的茶馆、酒馆，还有卖估衣、旧鞋的等。几家茶馆中名气较大的是南门内东侧的"欣蚨来"。这是一家较大的书茶馆，常聘请王杰魁、连阔如、赵英颇、品正三等书坛名家来此说评书：《包公案》《东汉演义》《聊斋》《隋唐》等。每到星期日下午，这里还搞有奖猜谜活动，很招人。一些小型茶馆则有单弦、大鼓书、双簧、相声、数来宝等，或请京剧票友来清唱。市场北头儿是胜利电影院，红砖到顶，特别显眼。听说，最初也是茶园，名叫"西庆轩"。由于所占地界儿较大，日军侵占北平后将其改为电影院，起名为"北平电影院"，北平解放后不久即更名为胜利电影院。

我小的时候特别喜欢逛西四牌楼。因为，在我的心目中西四牌楼是最热闹最好玩的地方之一。而且，比起天桥、前门、西单牌楼来近多了。所谓逛，就是先挨着个儿地围着每座牌楼仰头看一圈儿。再背贴着牌楼的汉白玉底座让奶奶看看我又长高了多少。其实在哪儿看不了身高啊！况且，离家最近的月坛牌楼也有汉白玉底座，非得到这儿来看身高？这就是小孩子的心性。看完身高就往北走一小段，大约过了小糖房胡同，再回过身来往南走到丁字街（旧时西安门大街正对着砖塔胡同与羊肉胡同之间，呈"丁"字故称为丁字街）。到这地界儿来就为的是在红楼电影院看看门口贴的电影画儿（海报），听听里边放的电影。

要说可着北京城的老电影院从打开张到眼面前还在，而且没改名

西四转角楼旧影

儿的还真没几家，人家红楼电影院就是其中的一家（此影院约在2012年改建他用）。开始我还以为是电影院破，所以能站在门外"听"电影。后来才明白，敢情是成心留点门缝儿让人听，为的是招人买票进去看。有一回听见从里边传出来："春季到来绿满窗，大姑娘窗下绣鸳鸯……"那动听的歌声，奶奶没等我"磨"就主动掏钱买票了。这首歌在话匣子（收音机）里放过没数儿了。调儿好唱得更好，奶奶爱听。等我们娘儿俩进去找到座儿刚坐下，人家已经唱到"冬季到来雪茫茫了"。看完电影，奶奶问旁边的一个人："劳您驾，这电影叫什么呀？"那人感到很好笑，说："您这老太太真是的，看了半天还不知道是什么电影呢，真逗！叫《马路天使》。"后来，奶奶带我看的《吕四娘》《千里送京娘》，也都是先听后买的票。

我也爱逛西安市场，在这里可以看小人书，看卖玩意儿的。也可以在胜利电影院门外看看电影画儿，听听里边放的电影。在这儿我也看过电影，有《不求人》《万家灯火》。还有一部韩兰根、殷秀岑主演的片子，好像叫《年年如意》，演的是穷人过年的事。韩兰根是真瘦，殷秀岑是真胖，演得挺逗的。但是，乐过之后是心酸。

跟奶奶在西四牌楼玩儿饿了，奶奶就带我到牌楼南边的清真饭馆西德盛去吃白汤杂碎和烧饼，那叫一个香。有一回吃得回家后不光当天晚饭没吃，就连第二天早上打嗝还有香味儿呢！解放后，家里有点富裕了，差不多有半个月我就跑去吃一回烧饼杂碎汤。有一位跑堂的姓夏的伯伯（回族称叔亦为伯）都认识我了。我一进门，他就问我："爷们儿，今儿个是大碗杂还是小碗杂？"每次都多浇芝麻酱，这样就更香了。

在我的记忆中，临解放前到刚解放那阵儿，西四牌楼东到黄城根，西到帝王庙，南到缸瓦市，北到大红罗厂，有大饭庄、小饭馆、西餐馆、酒馆、茶馆，饽饽铺（糕点店）、糖果食品店、果局子（水果店）、干果炒货店、烧饼铺、包子铺、馒头切面铺、牛羊肉铺、猪肉杠（店）、水产店、粮店、菜店、油盐店、冰店、茶庄、药店、文具店、书屋、电影院、绒线铺（小百货店）、鞋帽店、服装店、裁缝铺、布店、钟表店、眼镜店、电料行、澡堂子、理发馆、剃头棚、旅店、洋车场（出租人力车）、汽车行（相当于现在的出租车）铁工厂等五行八作，大小买卖，应有尽有。上世纪50年代，上海造寸服装店迁到丁字街。后来，又有了洗衣房。那阵儿，牌楼南边马路边上有以饮食为主的夜市，那叫一个热闹。街面上更显得繁华了。

大约在1952年前后吧，有了以阜成门门脸儿为始发站的公共汽车，经西四向东开，到四牌楼可以坐车去了。加上原有的1路有轨电车和环行电车，使得西四牌楼地区的交通又便利了许多。马车、人力车渐渐地消失了。不久，三轮车也减少了。再不久这里又有了4路环行汽车。先是起始站和终点站都在红楼电影院的东边。据当时报载：有一天，周总理从中南海北门出来，乘坐了一段4路环行汽车，以体验市民出行乘车情况，访查民间疾苦。后来，4路环行汽车的首末站北移到平安里，仍从西四牌楼经过并设站。在此前后，又增添了13路汽车，时至今日一直有西四站。

西四牌楼的第一次大变化就是拆除四座牌楼。时间是1954年12月底至1955年1月中旬，历时20多天。目的是为了改善西四地区的道路状况和交通条件。东四牌楼也因为改善东四地区的道路状况和交通条件于同期被拆除了。从此，在风雨中屹立数百年的两处雄伟建筑群只留下了两个简单的地名：西四、东四。不过，西四还保留了那两座转角楼。而东四的老建筑只剩下牌楼南边的清真寺，余下皆难觅踪迹了。

公私合营后的十几年间，西四地区又有了变化。西四南大街路东包括清真饭馆西德盛在内的一些买卖或关张或迁移了，相继出现了西四菜市场和西四百货商场。路西有了西四小吃店，涌泉堂（澡堂子）迁到阜外大街去了。马市大街上的小铁工厂因公私合营迁走了。西安市场除了南门外的早市，里边渐渐地萎了，一些店铺变成了住家户，后来终成大杂院了。50年代末，有轨电车停驶，满街跑的是无轨电车了。随着乘坐公交车的人迅猛增长，公交车的线路不断增加，西四地区的交通更为便利了。

改革开放后，西四又有了明显变化。一是街上跑的车越来越多；二是店铺的门脸儿越变越勤。一个没留神，马市大街改叫西四东大街了，羊市大街改叫阜成门内大街（改得不合理，西四东、南、北大街都有，唯独没有西大街，不合老北京起地名的传统规矩。何况距阜成门太远了）了。缸瓦市大街没了，只留下个缸瓦市公交站名。西四南大街与西单北大街以丰盛胡同东口和大酱房西口为界。后来，路西有了"小吃胡同"，东口在同和居（旧京"八大居"饭庄之一）和丽丰祥（旧京"八大祥"绸缎店之一，曾一度更名为西四呢绒绸布商店）之间，南口在羊肉胡同里边。再后来，西四东大街路面展宽了，早市、冰店都没有了。路北的一溜儿店顶替了变为大杂院的西安市场。胜利电影院不仅早已迁到马路边上，而且扩展为豪华影院了。红楼电影院也豪华了。

到上世纪90年代末期，西四百货商场被乐器店取代。剩下唯一的澡堂子也让一个酒楼给顶了。西四北大街以电子电讯器材、电料行唱"主角",俨然成为电子一条街了。西四以西至帝王庙东侧,马路两侧的店铺大多经营装饰装修材料。

进入新世纪后,西四的变化更大了。西四南大街几乎成为婚纱摄影一条街了。造寸的门面被挤得越来越小了,其南边添了瑞蚨祥分店。万方超市让珠宝城顶替了。十字路口以西,路面拓宽了许多,路南老大一溜儿铺面房没有了。国土局大楼和地质博物馆露出了"庐山真面目"。公交线路增加到数十条。在地铁4号线建设期间,十字路口南、北的西侧又拆迁了不少店铺。如今,十字路口至羊肉胡同,不仅有已经通车的地铁4号线一处站口,而且把地质博物馆与马路之间的地段辟成绿地,并竖有李四光先生的半身塑像。

据说,西四是规划开发建设中的文物古迹最多的景(山)阜(成门)大街——一说为朝(阳门)阜(成门)大街——的中段。西四,这个古老的通衢之处最终会变成什么样子呢?

2008年4月一稿于京
2011年6月二稿于京

从前北京有座马市桥

马市桥在什么地方？

马市桥就在白塔寺东边的十字路口。也就是说，早年间在这里有一座东西走向的大石桥，是从阜成门到西四牌楼的必经之路。有一首老北京的地理歌谣中有"白塔寺，挂红袍，过去就是马市桥。马市桥，跳三跳，过去就是帝王庙"句。这座桥、这个地界儿，在明代张爵于嘉靖三十九年（1560年）成书的《京师五城坊巷胡同集》中就有记载，是以桥名为地名。而桥名又因紧傍马市而得名。在北京解放前夕，这里还有桥的痕迹。而且，一直到了上世纪50年代，这里还被称为马市桥。后来，马路拓宽了，桥的痕迹完全无影无踪了。于是，马市桥这个地名就只能留在还健在的老北京人的记忆中了。

按北京地名的惯例，有桥名就可以找到河流的痕迹。千真万确。马市桥南北走向的马路在早年间就是一条河，是元代金水河的故道。明代时河运的功能渐退而成为一条排水的沟渠，改称为河漕，在此时设有河漕西坊。清代时称为大明濠，亦属河漕西。后改称为西沟沿。再后又改称南、北沟沿。即以马市桥为界，北至西直门内大街为北沟沿；南至宣武门内象房桥（水到此出水关汇入宣武门外的护城河），为南沟沿。1917年以后，南、北沟沿逐渐改为暗沟了，部分沟段被改造为盖板马路（用拆西皇城根的砖）。不过，直至1950年前后，在马市桥南、北两侧的马路西边与住户之间还各有极少的一小段沟沿的遗迹。

这里旧为马市桥

自 1946 年起，为纪念于 1937 年七七事变后在北平南苑大红门相继为国捐躯的抗日爱国将领佟麟阁、赵登禹两位将军，西直门内大街至马市桥这一段（北沟沿）命名为赵登禹路；复兴门内大街（1956 年以前为旧刑部街和报子街）至象房桥（即今宣武门西大街，原为南沟沿）路段命名为佟麟阁路。马市桥南至二龙路称为太平桥大街。但也有人仍把这两段马路称为南沟沿、北沟沿。这就如同阜成门，元代时叫平则门，明代改为阜成门，可是直到上世纪 60 年代前后，仍有一些老人称其平则门。

自上世纪 50 年代中期起，由于马路的不断拓展，城市改造步伐的一再加速，马市桥不但早已完全不见了踪迹，就连地名也被"白塔寺"代替了。尽管如此，仍有两件与马市桥有关的事儿令我至今未忘。

一件是，在 1948 年底至 1949 年初，人民解放军入城前夕，马市桥南、北两侧的沟沿边上，一到天擦黑儿以后，就成为倒卖银元的黑市。因为，那时路灯既少又不怎么亮，沟沿边上越发显得黑。从远处看人影晃动，走近后，就会听到银元贩子在手上颠着几块银元发出"哗啦啦"的响声。一见有人过来，就低声吆喝着："卖俩，买俩！买俩，卖俩！"这里的"俩"是指两块银元，是虚数。除了"袁大头"，还有"战人"、"小龙"等。他们既买也卖，蒙人的居多。

第二件，就是几天以后的 1949 年 2 月 3 日，中国人民解放军举行了隆重的入城式，北京城内外到处都是欢腾的人群，马市桥这地界儿也不例外。路边两侧里三层外三层的人们手里举着各色小旗，高呼口号，兴高采烈地迎接解放大军。舞狮、耍龙、跑旱船、小车会、踩高跷、五虎棍、少林武术、扭秧歌、打腰鼓……欢庆古都新生，欢庆翻身解放。

现如今，昔日马市桥东西南北的马路都更加宽阔了，而且也更现代化了。来往的人流与车流又开始见证这里新的历史了。

正是：

古都古河古桥，见证历史大潮；
旧貌新颜生巨变，明日更胜今朝。

2005 年春于京

阜成门旧事

本人生于阜成门外，长于月坛地区。在京师九门中，自降生以来第一个看到的城门就是阜成门，第一次进出的城门也是阜成门，上过城墙和城楼的地方还是阜成门。因而，对阜成门情有独钟。时至今日，脑海中还时常浮现出那巍峨的城楼、高耸宽厚的城墙和城外护城河两岸的可人风光。

阜成门在元大都时代叫平则门。据《光绪顺天府志》载：明英宗正统元年（1436年）十月，太监阮安、都督同知沈青和少保工部尚书吴中奉旨率军夫数万人修建京师九门的城楼。自正统二年（1437年）正月开工至正统四年（1439年）四月竣工，修建了京师九门的城门楼和月城楼（即箭楼，月城亦称瓮城）；各门外立碑楼，城四隅立角楼；深挖了护城河；将木吊桥改建为大石桥，桥下设水闸，桥两端的桥翅临水一面皆砌以大条石用以加固。平则门就是在这次大规模修建工程竣工的当年改叫阜成门的（同年，丽正门改称正阳门，文明门改称崇文门，顺承门改称宣武门，齐化门改称朝阳门，崇仁门改称东直门，和义门改称西直门）。经明、清、民国，延至到现在。但是，有一些祖居北京的老人有时仍称其为平则门。桥也一样，直到解放以后还有人叫它"吊桥"呢。

平则门改叫阜成门，取"物阜民安"之意。这是由于，门头沟、斋堂、木城涧等京西众多煤矿均在阜成门外，运煤进城走阜成门最为近便。煤是生活、生产最重要的资源之一，只有物阜（阜，有物资多

明洪武六年石刻平则门匾额

阜成门箭楼

之意）才能民丰，民丰才能民安。民安是海晏河清、社会安定的头等要素。因此，无论是运煤的大、小车辆，还是驮煤的骆驼、骡、马等就专走阜成门了。煤商们还特意捐资在门洞里刻上了梅花的图案。"煤"与"梅"同音。于是，便有了"阜成梅花"之景和"阜成梅花报暖春"之赞语。

阜成门与朝阳门隔城对望，城门楼的结构也相同；面阔7间，进深3间，楼为两重，檐是三重（上二中一），歇山顶覆绿琉璃瓦。从整体上看，楼的上部比下部逐渐向内稍有收缩，有些近似于梯形。如此高大的城楼建在3丈5尺5寸高的城墙上，不论是远望还是近看，都显得非常雄伟壮观。

记得小时候听过一个笑话，说有一个久居乡下的人头一回进城走的就是阜成门，老远地看见城门楼子，连连惊呼："好大的佛爷龛呀！"

其实，从正面看（即从西往东看），首先看到的是月城楼。月城楼的高度与正城楼的高度相差不了多少，远看仿佛一般高。其造型与西直门的月城楼造型相同：重檐歇山顶上覆绿琉璃瓦，正面和左右两个侧面均有上中下3排箭窗，即射箭的窗孔，故此又被称为箭楼。人们习惯地称其为箭楼子，同人们习惯地把月城叫瓮城或城圈儿一样。此箭楼没有门洞，出入城要走月城东北角靠近城楼北边城墙的那个门，即月城门，人们习惯地叫瓮城门洞儿。此门与西直门的月城门遥遥相对。门上的城楼不大，从城圈儿里边可以看到城楼的门，而从外边只能看到上下两排箭窗。由此看来，此城楼应该算是小箭楼了。正城门与月城门之间紧靠城墙一侧有一座小型关帝庙，以祈求关老爷能够显圣协助镇守城门。两座城门洞内及两门之间的弧形马路至城外吊桥的马路中央都铺以麻黄色大条石，驴蹄子马掌走在上边发出"嘚嘚嘚"的清脆悦耳的蹄声。特别是在门洞里带有回声，显得越发好听。

阜成门与除去崇文门之外的另七门一样，开、关城门都以打点为信号。因之，有"九门八点一口钟"之说（崇文门开、关城门都打钟）。点，这种物件我见过，是用铁铸造的，有多种形状。有的像旧时小孩子戴的长命锁，有的像云形,有的像外圆内方的大铜钱形,还有的铸成鱼形。不管铸成什么形状都是扁的,其边缘部位比中间略薄一些,且大多悬挂在木架上,用小铁锤敲打点上的"脐儿"或是轻轻敲打边上,声音清脆响亮,老远就能听到。解放初期,我在阜外大街的圆广寺小学读书时,上下课没有电铃,也不摇铜铃铛,而是由工友(旧时称"管爷")用小铁锤敲打庙里的点。

有城门就得有官兵防守,从而也就会有战斗发生。阜成门也不例外。历史上在元末和明末都曾有过战斗。尽管远不如于谦在德胜门外的北京保卫战和袁崇焕在广渠门外的北京保卫战么赫赫有名,但在史书上也小有记载。其中一次是在明末崇祯甲申年(1644年)春,李自成率军攻打北京城时,有一部分人马攻打阜成门。当时守城的将领是崇祯元年(1628年)进士出身时任河南道监察御史的王章。王章不敌,负伤坠马遭擒,骂不绝口而被杀。后来,清朝的皇帝追赐其谥(shì)号为"节敏"(见《日下旧闻考》、《宸垣识略》)。

清代更为重视各城门的设防。据史料记载:"阜成门,镶红旗汉军官二员,兵一百二十五名,台湾炮、神威炮等类铜炮三十八位,木箱炮二位,神机神枢炮一百零六位。"部分城墙垛口还布有各种火器,并设有信炮和铁钟用以报警或号令、节制军事行动。为防城楼上遭到偷袭,在城门内侧登城马道上设置铁栅栏,派兵把守。

民国以后,守城的兵没有了,在紧挨着城门洞两侧相向的高大房屋内换上了负责开、关城门和值更的军警。

日本侵略军入侵北京(时称北平)后,守城门的又换成了日、伪军,凡出入城者一律查验"良民证"(亦称"居住证"、"出门证"),随意抓捕他们认为可疑的人。弄得由打城门经过的人无不提心吊胆,小心谨慎。

抗战胜利后,国民党反动派的所谓接收大员们只顾着抢夺抗战胜利果实了,除了派兵在城门口站

阜成门瓮城门洞

1960年拍摄的阜成门（外）

岗外，盘查行人就有些稀松二五眼了。平津战役发起后，解放大军围困北京城。国民党的大兵对各个城门严加防守，城门紧闭数十天。普通百姓难以随便出入城门。1949年1月31日，北平终于和平解放。2月3日，举行隆重的入城仪式，解放军进驻获得新生的古都。从此，阜成门和所有的城门一样，再也不用每天都开关城门了。

记得，还没解放那阵儿，有一次我一个人去逛白塔寺庙会，由于贪玩，险些被关在城门里。家里的大人可急坏了。看着我要挨打，街坊劝说："孩子自个儿吓得够呛了，别打了，省得吓坏了。"可是，奶奶忍不住还是打了我屁股两下子，我也不敢哭。她老人家自个儿倒背过气去了。大伙儿又是掐"人中"穴，又是胡噜后背，一通紧忙活，奶奶才缓醒过来，老泪纵横地搂着我又哭了一阵儿，才算"风停雨住"。但是，仍然严厉地告诉我，再也不让我一个人进城去玩儿了。

自打城门不再关闭，家里对我的"禁令"也就解除了。几乎每个星期天我都进城去玩儿。

那会儿，城内门脸儿马路两侧都有店铺。并且，在解放前跟德胜门内的德胜桥一样，也形成了早市。除去卖早点的铺子和摊位，还有卖干鲜果品、炒货、小百货、小玩具等摊儿。由于既零售也批发，所以在阜成门内外摆小摊儿的人家儿大都到这里来趸货。

城门内左右各有一条沿城墙走向的小街，分别叫南顺城街、北顺城街。别看都是顺城街，街景可大不相同。南顺城街两侧商铺与住户相杂，进街口不远向东深进去一大块，店铺较为集中，有茶馆、饭馆、酒馆、杂货铺、小百货商店、药铺、剃头棚、鞋店等。记得鞋店的字号叫"步云斋"，与前门外的"步瀛斋"仅一字之差，也是以制作经营千层底布鞋为主。这里俨然成了一个小小的市场。相比之下，北顺城街就显得萧条多了。除了在街口左边有几家小买卖外,一直到西直门都是一侧是城墙,一侧是住家户,且间杂有寺观庵堂。这可能是因为明代时依城墙曾有过私人宅邸、园林的缘故吧。据清代乾隆年间吴长元著《宸垣识略》中载:"月张园,明冉都尉别业,在阜成门内傍城垣下。宜家园在阜成门内,为宣城伯卫公别业……今无考。""今无考",即在清乾隆年间这两处"别业"就都没有了。"别业",依本人理解,就是在正式宅邸之外的产业,包括住宅、园林等。至于"冉都尉"和"卫公"是何许人也,本人未曾考证过,且不管他。"别业""无考"证了,就是没有了呗,也就是荒芜了呗,就可以有人另行"建业"了。为了通行方便,也就渐渐形成直至上世纪60年代末未拆除城墙以前的景象。

月城圈里,在解放前就有买卖家了。一家是由关帝庙改成的山货庄(庙没有大拆大改),字号叫"王荣全祥记",经营陶瓷、铁器和砖、瓦、缸瓦、石、灰、沙、麻刀等建筑材料。另一家在城门洞南边坐南朝北,叫"胡记木材厂"。这两家买卖都没有库房,货物全散乱地堆放在城门洞与月城门洞之间弧形马路两侧至城墙根的大空场上。整日仿佛下霾一样灰沉沉的,就连树木也像挂了霜似的。

月城外的道路是顺着月城墙的弧形走向而走向的。路两侧有许多铺面房。靠城墙一侧俨然成为"大车用品一条街"了。有打造、修理大车的作坊,有卖鞍子、缰绳、嚼子、笼头、套包、鞭子、支车棍子、用荆条编的或芦席做的车围子等大车用具的店铺,有卖锹、镐、木锨、木杈、柳条簸箕、笸箩、筛子、竹耙、钉耙、扫帚、各式各样的筐、住家户用的炕席和粗糙炊具、餐具的山货庄,有经销车把式穿戴的皮帽、皮袄、皮坎肩、皮套裤、各式皮靴等的皮货庄。还有草料铺和钉马掌的马掌铺、小铁匠炉。在距桥头不远的地方有字号为"吊桥王记"的清真小吃店,干、鲜果子店。所谓干果店就是出售花生、各种瓜子、核桃、栗子、榛子、松子、蚕豆、枣(大枣、小枣、脆枣、

1960年拍摄的阜成门(内)

黑枣、酸枣)、酸枣面、果子干儿(梨、苹果、槟子、沙果、海棠等切成片晾成的干儿)、柿饼、山楂片、杏干儿、桃脯(一种有桃味用淀粉为主料制成的条形小食品)等炒货和干货的食品店。还有烟叶店和种子店。在这几个店铺之间有一条土路可达南城墙根。不过,一般的车不走这条路,只走大粪车。因为,月城南侧的城墙根一拉溜有好几个晾晒粪干儿的大粪场子。

路北,靠近河岸一侧有几家茶馆、饭馆、剃头棚。其中,"虾米居"以专用这段护城河里特产的大青虾烹制菜肴而闻名。

过吊桥就是阜外大街了。关于阜外大街的旧景、旧事,请另见拙文《阜外大街忆旧》。

吊桥南北两侧的护城河边,树干粗壮的大柳树掩映着沿岸的小路。除此以外,风光大不相同。

桥北东岸,紧挨着城墙有一溜煤栈,一条专门运煤的铁路向北通到西直门火车站。西岸,除去新华印刷厂后身儿河坡上的小松林和离吊桥不远的冰窖以外,以前少有人家儿。由于平日桥下水闸提得不高,因之桥北的河水比桥南较宽且深,常见有人摇着小船在这里捕鱼捉虾。

桥南,东岸靠城墙根有前边提到的大粪场子。除了在这儿晾晒大粪的人以外,少有行人去。西岸,住家户儿较多。过桥往南一拐这段叫南河沿,第一家的东山墙上钉有"南河沿"的牌子。再往南叫瓜市营房。1946年春末至1953年夏末,我家就住在瓜市营房。由于平日河水没有桥北那样宽,因而河床两侧的滩地上绿草如茵,小花如锦。再配以"白毛浮绿水,红掌拨清波"的成群鹅、鸭,河边青石上洗衣服的姑娘、媳妇儿的身影,真令人有置身于江南水乡之感。这里是我儿时的乐园:夏天可以在河边树下温习功课,戏水、摸鱼,兼放牛、羊和鸭子。偶尔还可以在草丛中捡到鸭蛋哪!冬天可以在冰上比赛打冰出溜、滑冰车。真是快哉人也!时常乐而忘返。

60年代末期即将拆除的阜成门城楼

我也曾同几个小伙伴顺着城墙里侧的马道登城玩耍过。这马道并没在南顺城街的街面上，而是在一个已无人居住的院子的后门儿的外边。马道半腰有铁栅栏门，但已没有锁了。城墙上是砖墁地，非常平坦，可以并排开两辆

现阜成门桥北拉驼人与骆驼塑像

大卡车。我们在上边尽情地跑跳撒欢儿；站在城墙垛口处比赛往护城河里扔石子，不过谁也没有扔到河里过；在空荡的城楼里轰野鸽子玩儿……可惜，只上去过一次而已。但是，却没齿不忘。虽然是1952年春天的事了，那也是什么时候想起来都会笑出声来。

大约在1954年前后，为了改善交通，阜成门的月城全部被拆除了。月城圈里、外的买卖家儿全迁走了。50年代末至60年代初，在城楼的两侧各开了一个豁口，以便于行人、车辆分上下道行驶。孤零零的城楼更像个好大的"佛爷龛"了。60年代末至70年代初，为了修地铁和西二环路，城楼、城墙、护城河、河边的古柳都相继消失了。到了80年代，这里再也找不到旧时的痕迹了，同阜外大街一起旧貌换新颜了。

阜成门，你那巍峨的城楼、高耸的城墙，连同护城河两岸的风光，都永远地留在我的心中了。

2005年6月初稿于京
2008年2月二稿于京

阜外大街忆旧

阜外大街是阜成门外大街的简称。旧的阜外大街从阜成门吊桥（现立交桥位置）算起至甘家口，约有4里地左右。展览路（上世纪50年代初开辟，初名展览馆路）南口（这里原有从西直门火车站经广安门车站至丰台车站的铁路）以东为关厢，以西为西下关或称下关。

旧街旧景

关厢地段繁华热闹，特别是从教场口（旧为校场口，现北营房中街西侧便道位置）往东，店铺鳞次栉比，令人目不暇接。记忆中有：饭馆酒馆和茶庄，羊肉床子（铺）猪肉杠（铺）；大菜市（月坛牌楼下有菜市）小菜床（旧时小菜店也称菜床子），馒头切面烧饼香（旧时有的牛羊肉铺带蒸包子、烙烧饼、豆馅烧饼——也叫"蛤蟆吐蜜"——火烧、罗丝转儿、牛舌饼等）；油盐店大酱园，回汉糕点隔街望；豆腐房饹馇房，旁边紧挨铁工厂；水果店干果铺，和生米庄面粉厂；建材店山货庄，绒线麻绳大酒缸；布店百货中药房，当铺门小有高墙；剃头棚理发馆，牌楼对面有澡堂；轿子铺挨棺材铺，冥衣烧活对杠房；煤铺带卖碎劈柴，草料铺里铡刀忙；张家店学孟尝，粥厂魏记名声响；教场口有清真寺，政府公安驻庙堂；若问哪里有学上？寺庙里边书声朗。

可能会有人说了：这段顺口溜绝大部分都清楚明白，阜外关厢还真热闹，吃

1955年时的阜外大街

穿使用，生老病死，红白喜事，小孩上学，在这全能解决了。可是，"政府公安驻庙堂"是怎么档子事呢？原来，明、清两代，在阜外大街两侧建有许多庙宇，至解放时绝大多数都已坍毁。保存较好的有路南的圆广寺和路北的慈慧寺（现北营房中街南口东侧——此街在90年代末才辟成）。在现国投大厦东半部的位置原来有一座人们称为慈孤寺的古庙，其西院早已破败不堪，山门不整，东院还有两层院落。前院正殿门窗紧闭，蒙着破席。两侧配殿被隔成一间一间的，全住上了贫民百姓，俨然成为大杂院了。后院西配殿就是下辖阜外大街，月坛东、西夹道，南、北营房，南、北礼士路和瓜市营房等一大片地区的阜外大街人民政府所在地。其中的一个办公室还兼传达室。北殿早已改成平房，权充街政府的会议室。真可谓政府官员深入百姓之中。套一句新词，就是官民"零距离接触"了。在现展览路南口东南角原先有一座庙叫海潮观音庵（此庙为和尚庙），早年间也是东西两院。后来，和尚没了，东院卖出去了，西院改成局子。解放初期，这里成为阜外大街派出所所在地。现在的阜外大街派出所仍距此不远，并早已改成楼房了。新中国成立初期，经济还很困难，一穷二白，人民政府和公安派出所大多没有单独兴建自己的办公用房。尤其是基层单位更是因陋就简。堂堂的一个街政府在破庙里办公，仍然做了大量工作，为国操劳，解民忧愁，实在令人感动。那时，慈慧寺里也住上了贫民百姓。

至于"寺庙里边书声朗"，是指解放前与解放初期，阜外大街临街仅有的3所小学校，都与寺庙密切相关。在南营房北边与教场口隔街相望的位置，原先有一座四层院落的大庙叫圆广寺。其前三层院子在临解放前就已辟为小学校，叫圆广寺小学。1951—1953年，我在这里读五六年级（详见《我的六所小学母校》）。后来，该校与别的学校合并改为别的校名了。再后来，圆广寺被拆得只剩下一间大殿。于2007年7月20日被西城区人民政府公布为西城区文物保护单位，定名"圆广寺大殿"，"隐身"于一处居民小区的楼群中。教场口内的清真寺在新中国成立后不久经政府批准开办了专收回民子女、只有初小（一至四年级）的育生小学。学校条件极为简陋。一位校长、三位老师、四五十个学生，两间教室才相当于现在的一间正规教室。但是，从校长到老师与学生都乐观向上，艰苦奋斗，严谨治学，深得信赖与支持，并得到发展壮大。1949—1951年，我在这里读三四年级（详见《我的六所小学母校》）。地处下关路北有一座海砣寺（俗称倒影庙），规模可观，西院有佛殿，东院有火化尸体的砖窑和临时停尸房。东南部辟为小学校，叫下关小学。火化时的那股气味让人实在受不了。1952年前后，政府接受意见将砖窑与停尸房先后迁移到别的地方，学校师生的教学与学习环境才有改观。令人欣慰的是，这三所小学校都为新中国教育事业的迅猛发展作出过最大努力并取得了一定成绩。尽管因拆迁或合校都不复存在了，但是学生们都没有忘记自己的母校和老师们。

旧街旧事

在上世纪50年代中期以前，整个阜外大街最热闹的地方莫过于月坛菜市了。头天晚上，各菜行接菜车的伙计扯着嗓子互相招呼的喊声、卖夜宵的摊贩的吆喝声、拉菜车的各种牲口的叫唤声，此起彼落，能吵到小半夜。第二天刚蒙蒙亮，各菜行的职工、各机关团体学校的采购人员、趸菜的小贩、逛早市吃早点的人们又喧闹起来，声传老远，每天都是到10点多钟才渐渐消停下来。这一曲分早晚两个"乐章"的"马拉松式混声大合唱"，一直"唱"了约三十年左右。到50年代中期，阜外大街和月坛周边地区开始大规模改造建设工程时，菜市搬到北礼士路内，这里才"曲终人散"。尽管五十多年过去了，那喧闹声连同在街头巷尾听惯了的"唤头"声（剃头的）、"响帘""喇叭"声（磨剪子磨刀的）、"冰盏儿"声（卖冷饮的）、"梆子"声（卖油的）、"小鼓儿"声（收旧物的）、"拨浪鼓"声（卖布头的、卖小百货的、卖油盐副食的）、"小锣儿"声（锔盆锔碗的）、"大锣"声（吹糖人儿、画糖画儿、变戏法、耍猴儿、耍"乌丢丢"——一种单人街头表演布袋木偶戏）、"小洋鼓"声（卖药糖的）、"盲锣儿""吹笛子"声（盲人算命的，"盲锣儿"亦称"报君知"，此种锣特小，直径也就五六寸，锣脐儿特鼓，锣与小槌是拴在一起的，槌头正对着锣脐儿，可以一只手同时提着，敲时用食指控制锣槌，另一只手拿探竿儿探路，可以边走边敲；"吹笛子"实际曲调只有八个音符，是"斗—来咪来斗，咪—来斗"，吹时一只手捏住笛子，用3个指头捂住3个孔，起落两个指头即可发出这个声音，盲者另一只手拿探竿儿探路，这样可以边走边吹）、"唢呐"声（耍小白耗子的）、"皮鼓"声（卖木炭的，因鼓面较松弛而声音发闷）、敲"铁壶底"声（焊洋铁壶的）等五花八门的响器（亦称货响儿）的声音；"江米小枣儿的嘞，好大个儿的粽子包啊！""吃来呗，沙得你的口儿甜嘞，块儿大嘞！吃来呗，闹块儿尝啊！""小枣儿的豌豆黄儿咪，好大的块儿嘞！""茉莉花儿咪，晚香玉——""臭豆腐，酱豆腐，卤虾小菜儿，酱黄瓜！""牛筋儿的豌豆哎，多给了豌豆（哇），赛过榛儿瓢儿！豌豆咪多给！""烫手热吔，烂泥咪云豆！""五香蚕豆，烂糊的！""冰糖——葫芦！葫芦，冰糖的！""半空儿咪，凉炒豆儿咪！""（"半空儿"，即炒花生中的次品；"凉炒豆儿"，即炒黄豆、黑豆、玉米豆等混合起来后的统称）"买——大小，买小金鱼儿咪！""锔锅漏锅——有钢种锅换底！""焊——洋铁壶噢！"卖"蒸而炸"（亦称锅贴儿）的、卖包子的、卖炸丸子的、卖老豆腐的、卖牛蹄筋儿的、卖煮活秧老玉米的、卖冰核（hú）儿（即小碎冰块儿）的、卖黄土的、换"取灯儿（即火柴）"的、收破烂儿的、收活鸡鸭的，晚上还有卖"墩饽饽"的、卖驴肉的、卖夜壶的……千腔百调的吆喝声（亦称市声）；饭馆里的刀勺声、"吱扭吱扭"的小车子声、"嘚嘚嘚"的驴蹄马掌声、"嘚儿、驾、哦、喔、吁"车把式赶大车时的轰牲口声、"当啷当啷"的驼铃声等各种声音，时不时地还老在我的耳边萦绕。

一年四季随着季节的变化而变化的街景和满街筒子飘溢着的各种香味，同样让人难以忘怀。春三月，炸黄花鱼、炸大虾的香味和夏天里烧牛、羊肉的香味，不管你是穷是阔，都会一个劲儿地往你的鼻子里钻。不由你不来句"京夸"："真他妈的香！"秋天，各种水果和应节花卉的香味；冬天，烤白薯、煮麦茬小白薯、糖炒栗子和粘糖葫芦、吹糖人儿、画糖画儿时熬糖稀的甜蜜味，引得人能够使劲儿地闻——反正闻多长时间也不用花钱。尤其是卖煮麦茬小白薯的，煮成深红色的匀溜块儿的小白薯一层层地码在坐在小火炉上的敞口大铁锅里，煮白薯的汤已经熬成浓浓的蜜汁，还在"扑哧扑哧"地小开着锅，冒着热气，散发着蜜糖的香味，让人看着就喜欢，不勾起馋虫才怪呢！能连白薯的皮儿都吃了。

不过，也有一种气味谁都避而远之，那就是夏天里牲口粪尿的干燥干臭味。解放前，阜外大街一带的交通运输工具主要是洋车（即人力车）、三轮车、手推车、排（pǎi）子车、大车、骆驼等。有自行车的人家很少。那些拉车的牲口和驮煤的骆驼屎尿一来，不管不顾，撅起尾巴来不是拉就是撒。马、驴、骡拉的是粪球比较好捡——那时在街上常见有人背着粪筐捡粪。牛和骆驼拉的是排子屎，一大坨一大坨的，捡都不好捡。还时常有人赶着羊群从街上走过，那羊有时也随走随拉。羊拉的是小粪蛋儿，而且好些羊凑份子一起拉。羊群一过，地上留下一片羊粪蛋儿。正应了那句顺口溜："马拉球儿，羊拉蛋儿，牛拉排子一大片儿。"夏天的太阳毒，天儿热，这些牲口的粪尿的臊臭味在空气中一挥发，真让人受不了。即便用手捂住鼻子，那味能顺着手指缝儿硬往鼻子里钻。那时候，没人讲究环保。上世纪50年代，驾辕的牲口都得在屁股后头挂个粪兜子。60年代，爽的就不让大车进城了。那令人讨厌的干臊干臭味再也没有了。

旧时，除了过大年，人们还特讲究过正月节（即元宵节，正确名称是上元节，又称灯节）、五月节（即端午节，又称端阳节、重五节）、七月节（农历七月十五，正确名称是中元节）、八月节（即中秋节）、重阳节。每逢这几个重大的传统节日，大街两侧的店铺都会纷纷推出应节食品、用品（专有另文叙述）。路边的大、小摊位一个挨着一个，卖的也都是应时当令的东西。其中少不了各品花卉。尤其是重阳节，除了有专卖菊花的摊位外，几乎所有店铺都会在店内、门外摆上几盆菊花。菊香弥漫在清凉的空气中，人人都可以尽情地享受，精神都会为之一振。

到年根儿底下，整个关厢地段几乎成为一个大集市。吃的、用的、穿的、戴的、玩的、摆的、看的、送的，各种年货应有尽有，琳琅满目。还有平时少见的现写现卖春联、斗方和代写平安家信的。"挂钱儿"和年画儿也是到过年时才有。从早到晚，人们摩肩接踵，购买的、品评的、闲逛的，好不热闹。

令人回味无穷的还有，大年三十、正月十五、七月十五这几个夜晚，阜外大街上又成为各式各样的花灯争奇斗艳的大"舞台"。天上的星、月与地上的灯、花（爆竹、烟花）交相辉映。真是天上人间，人间天上。

教场口至铁道，虽然也属关厢，但是店铺明显地少了许多，而住户较多。前边顺口溜中提到的"张家店"、"粥厂魏"和改成派出所的海潮观音庵都在这一地段。在派出所的斜对面，也有一座破庙，是火神庙。庙西侧是一处大型农场，叫阜丰农园，东家姓乔。这座离城最近的农园南起阜外大街，北至马尾沟（现百万庄大街东段）。临街一道大铁门，四周砌有围墙。园内有南北走向的通道，西边种植苹果、梨等，东边种了大片葡萄，北边养过梅花鹿。最北边有一座残破的孔王坟，临解放时还有王八驮石碑和供桌等。据年近九旬的当地老人讲，北京有好几座孔王坟，这里是哪一代孔王的坟就不得而知了。由农园往西不远，就是关厢地段最末一家铺面。这是一家小馆子，字号叫西山馆。由于隔着铁道是一个老大老大的黄土坑，因而西山馆所处位置的地势就显得高一些。好天的时候，站在西山馆门前向西远眺，看到的西山好像离着不远。

尽管阜外关厢如此这般的热闹，但是我至今也没忘掉解放前每到数九寒天滴水成冰的季节，街角、旮旯，时有"倒卧"出现的情景。那是饥寒交迫流浪街头冻饿而亡的呀！每逢有了"倒卧"，巡警都会找人抬到三塔寺（位于现展览路与车公庄大街交会的十字路口）的乱葬岗子（详见另文《乱坟岗上开新路》和《马尾沟的消逝》）埋掉。解放以后，这种惨象就再也没有了。

往西一过铁道，街景就大不一样了。首先是两个大坑隔街相望。北边的就是前边提到的黄土坑。坑口临街，由于长年累月地人踩车轧，一道斜坡可达三四米深的坑底。此坑的土质特好，是正宗的好黄土。一些城市贫民或四乡的农民常在此取土，用排子车或小驴车运到大街小巷去卖，以此养家糊口。这就是旧京三百六十行之一"卖黄土的"。此坑也就被人们称为"黄土坑儿"。当然，也有自挖自用的。上世纪50年代初期，我在圆广寺小学念书时，学校就曾组织过高年级同学用筐抬、簸箕端、小车拉，从这里取土垫操场。这里就是展览路南口未开辟之前的原貌。街南的大坑是个水少苇子多的大苇坑，叫杜家坑。1952年镇反运动中，在这里曾经枪毙过一批罪大恶极不杀不足以平民愤的反革命分子和特务。北京开始有无轨电车那年，苇坑被填平，修建了北京市无轨电车一场。现为三里河东路北口。

由这两个大坑往西，有两条隔街相望的胡同，分别叫南露泽园、北露泽园（旧名漏泽园）。两条胡同口各有几家门面不大的店铺。胡同内曾经分别有几座古庙。南有普济药王庙、泰山圣母宫；北有关帝庙、黑塔寺、扣钟庙等。这些庙在解放前即已圮废。但是，在解放后好长一段时间还保留有黑塔寺、扣钟庙、扣钟北巷等地名。上世纪90年代中期，因拓宽展览路，北露泽园彻底地消失了。而南露泽园在50年代末就盖起了楼房。

由南、北露泽园再往西至甘家口，就成了穷乡僻壤了。距南露泽园不远的路边，有两座相邻的穆斯林风格的青砖大墓。一座是京剧马派艺术创始人马连良大师之父马西园老先生的坟。旁边是马家自建的小型清真寺，专为纪念老爷子用的。另一座是"筛海"坟。"筛海"是伊斯兰教中德高博学、伊斯兰教义精深的学者。两座大墓以西、以南，除了临近路边有一座残破的尼姑庵外，就是一块挨一块的私家坟地。路北除了海砣寺（倒影庙），还有一座建于清代乾隆年间的慈悲院。50年代中期，在这里开办的华侨补习学校一度小有名气。据《日下旧闻考》记载，甘家口及左近还曾有过报恩寺、天仙圣母祠、广福禅林、大悲庵等，约在清末民初就都已无存了。

阜外关厢还是一处回民聚居地。在教场口内建有清真寺。"文革"中清真寺被拆毁。现在的北营房中街就是"穿"寺而过的。前边顺口溜中提到的和生米庄、张家店都是回民开的买卖。粥厂魏记也是回民，但不是买卖的字号，而是开粥厂舍粥。魏家富有，他家那两座"并肩"立于路南的房屋高大青砖到顶的四合院，在阜外关厢属于鹤立鸡群的建筑。前廊后厦，院墁方砖，真有"天棚鱼缸石榴树"，而没有"先生肥狗胖丫头"。魏家乐善好施，常在冬天开粥厂舍粥，过年的时候还增添馒头、窝头。而且，不论回民、汉民，来者人人有份。因而，有"粥厂魏"之誉。和生米庄，因门窗的木框和明柱都涂以绿漆，而被人们习惯地称为绿门粮店，简称"绿门儿"。老东家李贯一老先生是北京昌平西贯市人。他为人豪爽仗义，不仅买卖真正做到质好量足，童叟无欺，而且对贫困者、危难者多有照顾。因而，他在家乡和阜外地区的回民中很有威望。一次，粮店失火，老先生当机立断，不顾个人安危，指挥伙计们用玉米面、豆面、高粱面，甚至白面及时救火，抢在救火车到来之前将火扑灭。因此，没有造成太大损失，更没有殃及左右相邻的店铺。此事是我亲眼所见，而且忘不掉那股子粮食被烧焦的煳味儿。这档子事一时传为美谈。1956年，和生米庄参加了公私合营。张家店是阜外及以西广大地区最大的旅店货栈，开业于清末。第一代东家张松山老先生祖籍山东济南府济阳县。该店在大街南北两侧各有一座大四合院，共数十间房。北院客人以拉骆驼的、赶大车的、推小车的脚行人居多。南院多投宿文人墨客、下层官吏、普通过客。张老先生及其后人均平等待客，一视同仁，颇有孟尝君子店之风。孟尝君，名田文，齐国人，春秋战国时期著名的四君子之一。他礼贤下士，非常好客，门下食客最多时达三千之众。后来，旅店业均奉其为楷模。因之，戏词中有"孟尝君子店，千里客来投"之句。更应该称道的是，在抗日战争和解放战争期间，由平西根据地进城执行任务的中共地下工作者大多于进城前在张家店落脚，受到热情接待和掩护。该店还被当作地下党组织向山区运送医药等物资的中转站，为革命事业作出过贡献。1956年，张家店公私合营。

旧街新颜

自1953年中期阜外大街和月坛周边地区的大规模改造建设工程开始起，一切都在变化着。先是月坛菜市迁移到北礼士路内，月坛牌楼被拆除。继而开辟出与旧大街平行的新马路。旧大街一度称为阜外北街。所有的破庙相继被拆除。"筛海"坟和马西园老先生的坟得到妥善迁移，小清真寺拆除。街政府和派出所也搬了家。火神庙先改建成小诊所，后扩建为展览路医院，现为展览路社区卫生服务中心。街南侧盖起了楼房。一些机关、单位、商店、理发馆等迁到这里。阜丰农园及其西墙外边"粥厂魏记"的农田陆续改建成民居，还建了一个锁厂。20世纪60年代，老的南礼士路开始了改建工程，并最终移到现在的位置，由新路完全代替了老

今日阜成门外大街

路，且保留了南礼士路的名称。20世纪70年代，铁道被全部拆除，开辟并通了十几年公交车的展览路与在铁道旧址上修成的三里河东路、白云路贯通。在改革开放大潮中，整条阜外大街的改造建设工程加快了进程。从阜成门立交桥至甘家口，大街两侧，一座座风格各异的高楼大厦拔地而起，机关、银行、学校、医院、商厦、宾馆、酒店、娱乐场所、社区等令人目不暇接。在海砣寺旧址上兴建的天意市场不断发展壮大。20世纪90年代初，北礼士路南口也移到现如今的位置，又与南礼士路隔街相对了。而且，建起了四通八达的过街大桥。1996年前后，阜外北街与新马路之间的狭长"孤洲"上的包括张家店、粥厂魏记大四合院在内的所有民居和店铺全部拆迁。两条马路打通成现在的样子。展览路也拓宽为今天的规模。谁还记得旧时这里的黄土坑与杜家坑的苇塘啊！

有数百年历史的阜外大街经过近半个世纪的改造建设，成为两侧高楼林立、具有多条车道、设施齐全的现代化大街，彻底地旧貌换新颜了。

正是：

古老大街数百年，

旧貌彻底换新颜；

忆旧并非恋过去，

全为珍惜今日甜。

2007年10月一稿于京

2009年5月二稿于京

月坛的故事

月坛,古称夕月坛,位于北京阜成门外大街南侧。建于明世宗朱厚熜嘉靖九年(1530年),是明、清两代皇帝祭祀夜明之神(即月神)、二十八宿神、金木水火土五星之神和周天星辰之神的地方。与天、地、日、社稷等诸坛一起承载着上自帝王下至百姓对天下太平、美好未来的殷切期待和诚挚向往。现为月坛公园。

月坛的形制与祭祀

月坛整体建筑坐西朝东,与朝阳门外的日坛(古称朝日坛)相对。在天、地、日、月四坛中,月坛的规模最小。祭坛只有一层,呈方形,长、宽均4丈,高4尺6寸。坛面初始铺以白色琉璃,清乾隆年间大修时改铺"金砖"。祭坛四周各有一道棂星门,门外均有6级汉白玉石阶,门柱、门楣及门槛的材质也皆为汉白玉石。每道棂星门都装有两扇带窗格的朱红色木门。各棂星门之间有砖墙相连。墙高8尺,厚2尺2寸,周长94丈7尺(见方)。东棂星门为3门6柱,西、南、北三门皆1门2柱。由此可见,东棂星门为祭坛之正门。此门外有燎炉(焚烧物品用)、瘗(yì)池(用于埋葬祭品、宰牲尸体、随葬物品的坑池,亦称瘗坎)各一处。偏东北有具服殿,是皇帝和代祭大臣更换

月坛钟楼

祭服并休息的地方。这里自成一院，正殿与左右配殿各3间。正殿内有御书匾额"典崇郊坎"，对联为"西兑斋心陈白晓"，"大田发咏庆黄云"。院围红色宫墙，坐北朝南，宫门中间大两侧小亦为3间。旧时附近原先还有祠祭署3间，为北向。北棂星门外有钟楼1座，燎炉1处。这里旧时还有遣官房1处。南棂星门外有祭器库、乐器库各3间，井亭1处，偏西有神库、神厨各3间，宰牲亭1处。这些建筑与设施的四周是内坛墙（井亭在内坛墙外侧，早已修葺一新，亭中有井，并有一米左右石口，亭顶透天。据说每逢皓月当空时，月光可从亭顶照入井中。现井口已加厚厚的木盖），周长235丈9尺5寸（见方），两面砌砖，青瓦绿椽。内坛墙只是在东、北两面各有一道3个门洞的宫门，分别称为"东天门"、"北天门"。"北天门"现为公园北门。"东天门"常年紧闭，门外即现南礼士路。在其南边新辟一门为公园东门。旧时，内坛墙外侧有36亩护坛地，遍植古柏成林。至今，"东天门"外的马路东边，月坛大厦前尚残存着8株古柏可为见证。这些古柏显得非常可怜，尽管都已被围上铁栏以示保护，但是也被后栽的其他树"挤对"得够呛。护坛地外侧还有一道墙，是外坛墙。此墙东、西、南各有一道没有门楼的随墙门，每门都有两扇包着铁叶子的厚重大木门，常年紧闭着。现在的月坛大厦就在原东坛墙的里边。在北坛墙东端对着"东天门"外甬路的地方开有一个大角门。这里是日常出入月坛的唯一通道，包括皇帝来祭月也走此门。大约在现南礼士路42号楼的位置。

  祭坛是正方形的，内坛墙也是正方形的，而外坛墙是不规则的。在大角门东侧顺坛墙向南的走向有一条特小的胡同，是月坛东夹道的延长部分。穿过去，视野顿觉开阔，紧挨着坛墙的是一大片荒地，杂草丛生，坑洼不平。荒地东傍老的南礼士路。向南走约200米，坛墙向东拐了一个弯（即现月坛北街中心线北侧的位置）就紧挨着老南礼士路了。路东最后一个院子的房山上钉过"南礼士路"的路牌，表明南礼士路到此为止。坛墙由此再向南拐，到同现月坛东门相对的位置又向西拐，与西坛墙相接，是月坛的南坛墙。外坛墙的东门对着"东天门"。南门在现南礼士路的路中央，正对着原"东天门"外的甬路。由南门往南可达复兴门外的真武庙，再往南通西便门；往北则对着大角门。从坛墙向东再向南的这个拐弯起，紧挨着坛墙的马路由灰渣路变为土路了，路面上有深深的大车辙印儿。从这里到真武庙一段路，没有路名。只知道大人们提起这段路时总是说"月坛南边"，或是"真武庙"北边，往往还把"真"字说成"周"的音。在南坛墙门稍南一点，有一条叫乐道湾的小路可以斜么歪儿地奔三里河（关于老南礼士路的旧貌请详见另文《一条礼士路　南北皆故事》）。在东坛墙至护城河之间是瓜市营房（有关瓜市营房详见另文《小院春秋》）。瓜市营房的南边是一个大菜园子，即现月坛体育场。再往南至复兴门外（即那条"无名路"的东侧），是一个挨着一个的菜园子。

大角门外，两侧南北走向的外坛墙直抵阜外大街。两墙之间是三合土夯实的大道，叫礼神街。在与阜外大街交会处（约现南礼士路北口红绿灯位置），有一座4柱3门7楼不出头式高大巍峨的木牌楼，叫礼神街牌楼。清雍正二年（1724年），街名改为光恒街，牌楼亦随之更名为光恒街牌楼，俗称坛牌楼。牌楼每根立柱的底部都有一人多高需几个人才能搂得过来的汉白玉夹柱石，上边都打着两道扁形的大铁箍。牌楼下边北侧有一道与街同宽的朱红色木栅栏，长12丈8尺。牌楼中间门洞的木栅栏可以开启关闭，以供人、车、马、轿通行。这里就是月坛最外边的门户。即，进木栅栏，过牌楼，走光恒街，进大角门，沿南向甬路可达"东天门"，沿西向甬路可到"北天门"。坛牌楼与阜外大街之间是一个小空场儿。平日，晚上卖夜宵、早晨卖早点的摊位都摆在这里；上午至傍晚有人力车（旧亦称洋车）、三轮车在这儿趴活儿，运煤的人与骆驼在这儿歇脚。小孩子也爱在这儿玩耍。

清乾隆年间，清廷对月坛进行大修与改建，主体建筑更换残破瓦件；重新油漆彩绘；祭坛地面的白琉璃改铺

残留的月坛古柏

"金砖"；内、外坛墙改为城砖包砌；在东北角空阔处增建照壁；修整牌楼两侧的坛墙等，使整个月坛焕然一新。

祭月时间在农历二十四节中秋分节这天的酉时，即17至19时，日落月升之际。皇帝并不是每年都亲自来祭，而是在丑（牛年）、辰（龙年）、未（羊年）和戌（狗年）这四个年份亲祭，其余年份皆由武职大臣代祭。祭月时，"玉用白璧，礼神制帛一，色白，牲用太牢，乐六奏，用光字，舞八佾（yì）。祝版白纸黄缘墨书，祭器豆登簠（fǔ 古代祭祀时盛谷物的器皿，长方形，有盖、耳）簋（guǐ 古代盛物的器具，圆口，两耳）铏（xíng 古代盛菜羹的器皿）尊（古代盛酒器具）均用陶，色白，祭品兼用太羹和羹，祭服御玉色礼服。"（见《大清会典》）此段引文的意思是：由于月光是银白色的，从而，不仅祭坛的门柱、门楣、门槛儿、石阶都是白色的，就连祭品、祭器、祭服也都是白色的。这在众坛中是独具一格的。"太牢"，古代祭祀宴会时，牛、羊、猪三牲具备齐为"太牢"。"羹"，是指用肉或菜调制成的带汁的食物。"佾"，指古代乐舞的行列，一行8个人为一"佾"。古制：天子八佾，诸侯六佾，大夫四佾，士二佾。祭月乐舞的规格是最高的，与皇帝同。清承明制。

乾隆帝对于祭月比别的皇帝尤为重视。他不仅降旨整体大修月坛，而且于乾隆十三年（1748年）对祭品、祭器、祭服、祭礼亲自审定，并于同年御制《八月朔日秋分夕月》诗一首："少采当仲秋，禋（yīn 祭祀）宗重夜明。九经循白道，万物荷西成。朔魄将临望，亏轮本是盈。银蟾与丹桂，齐语任闲评。"

皇家每次祭月时都要劳民伤财，都要黄土垫道净水泼街。看街的差役老早就上岗净街了，不时挥舞着短把儿长梢儿的皮鞭或棍子，如狼似虎地吆喝着驱赶行人、摊贩，不许停留。就连临街的店铺都得上板儿关门，生怕有刺客冒出来行刺。尽管如此严加戒备，也仍然有不少好贪热闹的大人、孩子或是躲进相熟的店铺里扒着门缝儿、透过窗缝儿单眼吊线儿地朝外看，或是爬在光恒街两侧的坛墙头儿、缺口处观看。我的祖父、祖母在少年时期都曾开过这种眼界（二老分别出生于光绪十四年、十五年）。而且，还赶上过光绪皇帝亲来祭月。不过，人们费劲巴拉地根本就看不到皇上的模样，看到的只是铜锣开道，鼓乐齐鸣，前呼后拥，浩浩荡荡，旗幡遮天地，枪戟似麻林的那种皇家出行时特有的气势与排场。然后，作为茶余饭后的谈资，印入脑海，成为开心的记忆，时不时地向儿孙后代们显摆显摆，当成一个乐子。

神圣祭坛破败

其实，在满清王朝被推翻以前，大小坛庙就已经逐渐地荒废了，月坛也不例外。尤其是1900年八国联军进北京后，大肆烧杀淫掠，古都满目疮痍。月坛岂能逃过劫难？

究竟月坛里边荒废和被毁的程度如何，周边的百姓进不去，无从知晓。但是，月坛大角门外光恒街两侧的坛墙惨遭严重拆毁是有目共睹的。民国以后，坛牌楼下边的大木栅栏也被毁坏了。光恒街也就不再是封闭式的神路了。看街的早另找饭辙去了。人、马、车、轿可以在这条曾经的神路上随意穿行。

光恒街两侧坛墙外边各有一条与之走向相同的小胡同，分别名叫月坛东夹道、月坛西夹道。之所以称为夹道，就是因为其一侧紧挨着坛墙，而且都很窄。但是，在临阜外大街的路口都钉有正式路牌，有门牌编号。光恒街没有路牌，自打有了月坛菜市以后，街名也被代替了。西夹道略宽一些，是土路，只能通行大至马车一类的车辆，直到北平解放初期都没走过汽车。中段有一个岔道口（约现阜成门宾馆的位置），向西可进阜外大街南营房，向西南可通到钓鱼台、三里河一带。那时，要是从三里河到阜外大街甚至进阜成门，这是一条最近的路线。西夹道的民居集中在岔道口往南与月坛北坛墙之间。岔道口往北与坛牌楼相齐处是一座二层小洋楼。楼南是月坛菜市职工搞活动的大屋（早年间是座古庙的大殿），其余地段都被一家前店后厂的酱园子占用了。此酱园先叫小鼎和，后改叫小天丰。这家酱园的酱菜味道好极了，我家常在此买酱菜当礼品送人。月坛东夹道则窄得只能通行自行车、人力车、三轮车和送水的独轮推车。从北到南，除中间（现华远大厦南端及附近小区大门位置）有一个形如"歪把儿梨"的大漫坡外，都是民居。而且，都是坐东朝西，门向坛墙。所谓的"歪把儿梨"的"把儿"，是指大漫坡上头东南角有一条无名小胡同，可以通到老南礼士路。在1946年夏天以前，我家就住在紧挨大漫坡南侧的陈家院子里，记得门牌好像是月坛东夹道16号（约现南礼士路38号楼北半部）。房主陈二巴巴（bǎ 回族亦称爷为巴）是我祖父的表兄。他家在阜外大街路南开有羊肉铺，因此在院中对着街门有个羊圈。一次，日本兵挨户搜捕"八路探子"，连这个羊圈也没放过。幸亏当时圈里没羊，不然准倒血霉不可！他们见了羊还不逮走"咪西"去呀？东夹道最南头儿与前边提到的大角门东侧坛墙外的小胡同相接，这里往东还有一条无名小胡同，也可通到老南礼士路。

到上世纪 30 年代末，光恒街西侧的坛墙坍塌得成了断壁残垣，有好几个大小不同的豁口。有的地段的残墙时刻都有再坍塌的危险。黑夜之中，仿佛一头头巨大的怪兽蹲踞在那里。其中一个较大的豁口正对着西夹道的岔道口。豁口里侧光恒街边上开了一家茶馆，还卖酒与小菜。除了屋里有几副座儿，屋外也摆了几张白茬旧桌子和条凳，可以在这儿喝茶饮酒下棋歇歇脚儿。提笼架鸟的主儿也爱在这儿比一比鸟叫，山侃海哨。茶馆旁边有一个只卖清油大饼炸丸子的摊儿，买卖也不错。不光人、马、车、轿爱打这儿经过，就连回民往西去送"埋体"到坟地，汉民出殡，也拿这儿当了必经之路。因为，走西夹道除了车辙硌脚，就是起土呛人。东侧的坛墙更惨了，都塌没了。由于东夹道地势北低（与阜外大街路面一样高）南高，所以从我家往南的路面与光恒街的路面就有了一人多高的落差，站在街边可以看到坛墙根部裸露的城砖。有的地段因长年累月地倒炉灰、脏土而形成了约 45 度的斜坡，再加上冬天一泼脏水，就冻成冰坡了。有的小孩子不管脏净把这儿当成了滑梯，玩得特欢实。巧的是，大漫坡的下边正与街西的那个有茶馆的大豁口相对。人们可以从老南礼士路穿小胡同，下大漫坡，跨光恒街，进大豁口，经西夹道，奔南营房、钓鱼台、三里河了。于是，光恒街在这里有了一个无名有实的小小的稍微有点儿斜的十字路口。在我家北边的路边上又添了一个公共厕所（时称官茅房），这下更方便了，人们在这块方圆顶多三四十步的地界儿，吃喝拉撒都能解决了。

那时节，坛牌楼柱子上的漆皮已大部剥落，顶部斗拱的油漆彩绘也已大多模糊。白天看，整座牌楼显得灰不溜秋的；晚上，在昏黄的路灯和菜市几盏汽灯的映照下，牌楼门楣以上至顶部又变成黑乎乎的，再加上夏夜难以数计的蝙蝠上上下下地飞舞，更显得异常神秘，令人不敢仰视。即便如此，孩子们仍把晚上在这里玩捉迷藏等游戏当成最佳选择。玩累了，还冲着半空中飞舞的蝙蝠反复喊着歌谣："燕目虎，扎花鞋，一双袜子，两双鞋！""燕目虎"是蝙蝠在北京地区的俗称，也有人称其为"夜目虎"的。此物虽然形象不佳，但因"蝠"与"福"谐音，而且捕食蚊虫，所以倒不令人讨厌。"扎"在这里是"绣"的意思。

菜市场和兵营

月坛菜市大约是从上世纪 20 年代中期起逐渐形成的，由几家私营菜行组成。一水儿的灰顶平房，在坛牌楼以南光恒街两侧由北往南排开，背靠着坍塌程度不同的坛墙。即在现南礼士路北口红绿灯至北京银行与华远大厦之间路口位置。在这个位置稍南一点曾有一处井窝子，井水是甜的，除了供菜市用，还供给附近的住家户。井窝子以南街两侧是停车场，在现华远大厦北半部位置。送菜的各种车辆（没有汽车等现代交通工具）和拉车的各种牲口都在这儿过夜。虽然从傍晚到深夜人喊马嘶驴叫牛哞哞（骡子只会喷响鼻儿）吵得住在附近的人家难以入睡，但是谁也没有怨言。因为，各家菜行的职工连同家属大部分就住在附近。谁都希望送菜的车多，车多就说明来的菜多，第二天卖得就多（只批发不零售），分到职工手里的份儿钱就多（那时各菜行都是每天分发份儿钱）。加起来几百名职工、近千口子家属都指着这行吃饭呢！我的祖父、父亲就分别在路东的顺兴菜行（俗称东黄记）和路西的同义菜行掌秤。总之，一个菜市占了半条光恒街。再往南就是前边提到的大漫坡和那个大豁口形成的无名有实的斜十字路口了。说此斜十字路口"有实"，确实通过漫长时间的"磨炼"已成为一个四通八达的道口了。特别是日本侵略者侵占北平以后把月坛当成一处兵营，在这个道口东侧靠近官茅房的地方修了一个半地下的水泥地堡，他们把这个道口看得多么重要。这个地堡北边的射击孔对着菜市和阜外大街；东边的射击孔对着大漫坡；西边的射击孔对着大豁口；南边则是地堡的出入口。日本鬼子投降以后，我和几个小伙伴进地堡玩过。里边蚊蝇特多，臊臭味儿呛得要命，没待两分钟，就都跑出来了。

　　日本鬼子占了月坛后，在大角门外设了岗哨的木阁子、沙包堆、拒马子，把守得特严。老百姓甭说走近了，连看都不敢看。他们不光在光恒街筑了地堡，还在外坛墙的东南角修了圆形的大炮楼，监控着南边真武庙、西便门的方向；东边护城河的方向；北边南礼士路（那时叫南驴市口）、阜外大街及阜成门，再往北到北礼士路（那时叫北驴市口）至西直门的方向。周边的百姓可不得安宁了，三天两头地"查户口"，大白天戒严更是常事。

　　一个冬日上午10点多钟，照往常这个时候，我祖父和我父亲该先后从菜市回家了。可是，这早晚儿还没回来，奶奶不放心了，便带着我上菜市去找他们爷儿俩。奶奶拉着我出街门往北走了没几步，就见陈家二娘儿（陈家二巴巴的二闺女，是我的姑姑辈儿，回族称姑姑为娘儿）站在官茅房旁边朝我们一个劲儿地摆手，意思是让我们别过去，赶紧回家。正在奶奶不明所以的时候，只见从官茅房的另一侧转过来一个端着明晃晃刺刀的日本兵来，喊我们娘儿俩快些过去。原来又戒严了。看他那凶恶样我们不过去是不行了。吓得我双手抱着奶奶的胳膊往后缩。奶奶一边低声哄着我，一边搂着我慢腾腾地往前蹭过去。这时候，大漫坡下、官茅房边上已有好几个人被戒严到这儿。陈家二娘儿是要上街被截在这儿了。一个赶着牛车在这个茅房淘粪的老头儿手里拿着粪勺子，日本兵也不让他淘了，粪池子的盖子打开后也不让盖上。这要是在夏季天儿，守着粪池子待一会儿，非熏坏了不可。另一个日本兵把两个正在茅房里解手儿的人也轰了出来，其中一个是茶馆里的伙计。这时，住在坡上的刘家舅奶奶（我奶奶的表弟妹）端着一大碗打卤面要上菜市给老伴送去。老太太正要下坡，我们赶紧使劲儿向您摆手，让您回家。老太太刚要转身，日本兵就朝您喊起来，让您过来。老太太装聋扮傻地哼哈着还要转身。日本兵竟拉枪栓了。大家忙向老太太喊："您快下来吧，他要开枪啦！"老太太吓得只好端着面碗一步比一步慢地蹭到茅房跟前。一碗色味俱佳的打卤面还冒着热气呢！把日本兵馋得一个劲儿吸溜鼻涕咽唾沫。正在这时，一阵杂乱的大皮鞋声从南边传来。大家连忙望去，只见一些日本兵和汉奸从最南边跑来，挨着门进。过了大约半个钟头，他们最后从我家院里跑出来，又奔下坡去了。再过一会儿，戒严解除了。奶奶不放心家里，拉着我三步并两步地回家了。陈家二娘儿也回来了。一进街门，就见我妈、陈家三大妈、五婶儿在二奶奶的指挥下收拾院里被翻乱了的东西。二巴巴站在羊圈边上还在撅着小白胡子生着气。原来，日本兵和汉奸在挨家串户地搜捕"八路探子"，水缸、面柜、炕洞都没放过，连羊圈和院里的小茅房都翻了个遍。结果，人家虚惊一场，鬼子瞎忙一回。

好不容易熬到日本鬼子投了降，人民喜笑颜开欢天喜地，放鞭炮、游行、看民间花会。欢庆胜利的热乎劲儿还没过去，一车又一车的国民党的大兵又开进了月坛。就在这一年冬天的一个下午，我同几个小伙伴正在坛牌楼下边玩儿弹球儿，忽然，发现看我们玩儿的几个人不再看了，而是惊恐地扭脸向南望去。只见几个衣裳破碎、浑身带伤、戴着手铐、趟着脚镣的人在一队大兵的押解下从南边走来，显然是从月坛里边出来的。这几个人没有一个熊包样，有的还在笑，有的冲我们挥手，有的唱着一首很带劲的歌。解放后上学时，我才知道这首歌叫《国际歌》。后来，在回民学院上中学时，我也学会唱了。当时，在路两侧看的人先是惊恐，接着是钦佩、赞叹。我旁边有人高声喊着："好样的！"对面路边也有人喊："是汉子！"我们一直看着他们从我们面前昂首挺胸从容容地走过去，过了牌楼又向西拐过去，直到看不见他们的影子。人们久久没有散去，有的低声议论起来。这时，过来两个巡警，边走边喊着："咳咳咳！该干嘛干嘛去，别给自个儿找病！"人们这才四散，有的还边走边摇头叹气。这是我亲眼看到的革命先辈戴镣长街行。直到现在,每当在电影里或电视剧里看到这样的场景,我都会想起他们。

那天,我可真是吓坏了,夜里竟做了一个噩梦。第二天上午,我端着一个小盘儿到坛牌楼北边的大街去买煮麦茬小白薯时,把这件事告诉了卖煮白薯的大爷。这个小老头曾经教我们几个小孩说过"抽汉奸,打汉奸,不知道汉奸在哪边?在哪边?在那边!抽抽抽,抽汉奸"的儿歌。这回他听完我的诉说后,先是眼睛里射出两道愤恨的目光,接着重重地叹了一口气,低声说:"来,大爷再教给你一段歌谣,好不好?"

"好!"

大爷一个字一个字地教我:"想中央,盼中央,中央来了更遭殃!"

"大爷,中央是什么东西呀?"

他朝着月坛的方向仰了一下下巴颏,说:"那些大兵叫中央军。哼,夜再长也有天亮的时候!"

他见我似懂非懂地看着他,伸手跟我要过小盘儿,说:"来,大爷给你拿白薯。"

他说着,用小铲子往盘儿上盛了5块煮成深红色带蜜汁的白薯,又用小勺舀了好几勺蜜汁浇在白薯上,递给我。

"大爷,我就有买两块白薯的钱。"

"拿去,多余的算是大爷白送给你的。"

"谢谢大爷!"

我对大爷笑了一下,小心翼翼地端着盛满白薯的盘儿回家了。

第三个年头儿,也就是1949年的1月31日,北平果然解放了,而且是和平解放的。不久,驻扎在月坛里的大兵开拨了。听说他们是接受和平改编去了。欢庆的锣鼓响起来了,欢乐的歌声唱起来了。《没有共产党就没有新中国》、《东方红》、《解放区的天是明朗的天》(两种唱法)、《义勇军进行曲》、《解放军进行曲》、《民主青年进行曲》、《团结就是力量》等一批革命歌曲唱遍城市与村镇。就连我年过花甲的奶奶也学会了几句:"南京到北京,哪一个不闻名,人民的领袖,就是那毛泽东。"

人们纷纷学习扭秧歌、打腰鼓、打霸王鞭。

月坛的坛墙上、居民的院墙上、房山的山墙上,都用白灰刷上了大标语:

打到南京去,活捉蒋介石!

打过长江去,解放全中国!

不慌不忙，瞄准放枪！

平时多流汗，战时少流血！

……

古坛新生

一天，有人发现月坛的大角门打开了，几个坛墙门也打开了。而且，没有兵把守着了。消息传开，人们怀着好奇心，试探着进了大门。嘿！果然没人管，没人往外轰。人们顿时明白了，月坛里边再也不会有兵了，可以随便进去了。在月坛周边生活了几辈子人的后代，终于可以到这个神秘地方的里边去开眼了。

谁知，人们进了月坛里边看到的竟是残破的景象。八国联军的兵、日本兵、国民党反动政府的兵把一个古代帝王祭祀夜明之神、众星辰之神的庄严神圣的场所毁坏得不成样子。"北天门"外边的古柏林尽遭劫伐。"东天门"外边的古柏林被辟成练兵场。在陈旧破损的"独木桥"、"木板墙"、生锈的单杠、双杠和变硬了的沙坑旁边，有一个大粪堆。几只蜣螂（北京地区称其为屎壳郎）在不慌不忙地各自推着一个粪球。正应了那句歇后语"屎壳郎搬家——滚蛋"。这样的粪堆在内、外坛墙之间有好几处。到处都有垃圾堆，蚊蝇乱飞，臭气熏天。人们纷纷避而远之。内坛墙以里，到处有断壁残垣、烧过的灰烬；屋子里大多散发着霉味，破鞋烂袜子随处可见……不过，也有人有所收获，钟楼上乱扔着好多好多彩色粉笔的碎头儿，好些人都捡，拿回去在地上或石板上写写画画多方便，可以省石笔了。我也捡了一些。

新成立的阜外大街人民政府（辖阜外大街，月坛东、西夹道，南、北营房，南、北礼士路和瓜市营房等地）了解到月坛里的脏乱差，迅速组织

月坛东天门

人力、物力对月坛进行了初步清扫整理。到月坛里边玩儿的人日益增多。十多档民间武花会到月坛里走会（表演）。有钢叉（"开路"）、五虎棍、少林（武术）、高跷、地秧歌（不同于陕北和东北大秧歌）、中幡、文场（用大镲、铙钹、单皮鼓、小堂鼓等演奏）、狮子、旱船、小车会、龙灯、杠箱、石锁、双石头、跑驴等，让人看得过瘾。家父参加了五虎棍的表演，勾的是黑脸儿。军民在祭坛里联欢时，解放军文工团表演的秧歌剧《兄妹开荒》、《夫妻识字》和《东方红》等歌曲以及陕北大秧歌、东北大秧歌、腰鼓、霸王鞭、舞蹈，真让人开心；各种号、手风琴、小提琴、中提琴、大提琴等西洋乐器，真让人开眼。

不久，大角门外又成了露天电影场，每逢周末的晚上都放映一场电影。《钢铁战士》、《翠岗红旗》、《保卫胜利果实》、《中华女儿》、《白衣战士》、苏联电影《勇敢的人》等，好多解放初期的电影，我都在这儿看过。由于一分钱都不花，所以每次都是人山人海的。有的人不等太阳落山就拿着小板凳来占地儿了。

1950年冬，中国大地上又掀起了"抗美援朝保家卫国"的热潮。月坛大角门外、坛牌楼前，几乎每天都有机关、学校、企业、事业、商业等单位进行宣传、演出活报剧。当时我先后就读的育生小学、圆广寺小学也都参加了这一活动，其中就有我参加演出的快板剧《铁匠回家》（只有老两口两个角色，我演老太太）。临街的商店大都把收音机摆到店门外播放抗美援朝歌曲、关于志愿军英雄的报道等，如：黄继光、邱少云、罗盛教、杨根思、杨连第等人的英雄事迹。

"雄纠纠，气昂昂，跨过鸭绿江。保和平，卫祖国，就是保家乡……"

"嗨啦啦啦，嗨啦啦啦，天空出彩霞呀，地上开红花呀，中朝人民力量大，打垮了美国兵呀……"

"紧敲那个板儿来，慢拉琴，听我唱一唱英雄的志愿军……"

"王大妈要和平，要那么要和平。每天动员妇女们，来呀来签名……"

……

人们纷纷解囊，做慰问袋，献慰劳品，菜市职工搞京剧义演，捐钱买飞机、大炮，支援前线。

1953年，抗美援朝战争取得伟大胜利。

同年，阜外大街地区、月坛周边的大规模改建工程拉开序幕破土动工了。月坛的外坛墙连同东南角的大炮楼开始拆除（大漫坡下的地堡已先期拆除）。

1955年前后，月坛菜市搬迁到北礼士路内（现国家无线电办公室大楼及附近一带）。不久，坛牌楼也拆除了。从复兴门外真武庙到阜外大街的道路打通了，代替了原先的老南礼士路。月坛北街也有了雏形。

1955年，北京市人民政府批准将月坛建成公园，对外开放。从此，阜外大街一带、月坛周边地区的居民正式有了一个环境幽雅的休息娱乐场所。50年代后期，月坛公园初具规模。"文革"期间，在祭坛中修建了电视发射塔，并在坛南侧桃园中修建了地下人防工事。1983年，又把桃园改为邀月园景区。同时，组建了月坛公园管理处。后来，在公园里又兴建了邮票市场、职业介绍所、婚姻介绍所、小商品批发市场等。公园变得喧闹起来，失去了应有的幽静。1984年5月，月坛被市政府列为北京市第三批文物保护单位。1991年，开始售公园门票。2004年，市、区政府出资配合奥运会整体环境建设，由西城区园林局组织实施对月坛公园进行大规模改建。历时三年，耗资数亿元人民币，拆除占用公园用地不合理的设施，迁出占用古建遗存的驻园单位，改造人防工事，复建内坛墙与神路，整饬古迹，遍植林木，梳理园林，修建节水设施等，使月坛公园以全新的面貌重现于世。2006年6月，月坛被列为全国重点文物保护单位。

月坛人在用睿智聪慧的大脑和灵巧勤劳的双手，书写着古老月坛的新故事。

2007年10月于京

月坛昔日有菜市

一提起月坛菜市来，生长在阜外地区的60岁以上的人都会记得。它就在如今南礼士路北口红绿灯以南至北京银行与华远大厦之间路口的地段。1955年以前，在现红绿灯的位置，有一座高大巍峨的四柱三门七楼不出头式以汉白玉夹柱石为底座的木牌楼。这里是明、清两代进出月坛的门户，俗称坛牌楼。原南礼士路北口与隔街相对的北礼士路南口均距此往东半里多地。约在上世纪中期起，从坛牌楼根儿起往南马路（即光恒街）两侧，相继出现了黄、徐、张、陈等五六家菜行，逐渐形成了一个只批发不零售的菜市，通称为月坛菜市。其中较大的一家是路东的顺兴菜行，因东家姓黄而俗称东黄记。黄先生的弟弟黄二在路西开了一家菜行，称为西黄记。抗战胜利以后，西黄记易主改字号为同义菜行。先祖父和先父分别在这两家菜行掌秤。

1946年春季以前，我家住在紧临菜市的月坛东夹道中间，对于菜市的热闹劲儿记忆特深。那时，一到傍晚，来自右安门外、广安门外、公主坟、五棵松、西八里庄、蓝靛厂等远处的菜农就陆陆续续地赶着大大小小的车辆送菜来了。一时间，"接车来，伙儿（即伙计）——"的喊叫声此起彼伏。其间夹杂着马、驴、牛（骡子只会打喷鼻儿）的不同音量、"旋律"的叫声："哞——""啊——噢啊——""哞——"。"老豆腐开锅"、"炸丸子开锅"、"蒸而

今日南礼士路北口

又炸的嘞"（煎饺子又叫"蒸而炸"）、"硬面儿饽饽"等吆喝也一声赛过一声。这种不分乐章的"混声大合唱"直到晚上九、十点钟才渐渐消停下来。

第二天一大早儿，人们就来上市了。趸菜的小贩，机关、学校、团体的采购员，逛早市的人熙熙攘攘，人声嘈杂。牌楼北边，年糕、油饼、烧饼、火烧、锅饼、包子、面茶、豆腐脑、杏仁茶、杂碎汤、丸子汤……样样招人。牌楼南边，各菜行掌秤、写帖儿的先生、伙计们忙得不亦乐乎。秤，用的是约1.5米长的木杆儿秤。掌秤人不仅要快而准地看好秤星（即计量的标志），而且要当即高声报出分量与金额。写帖儿的先生赶紧拿毛笔在小纸条儿（即帖儿）上用"苏州码子"（见注）记下来。账房先生好凭帖儿算账。菜市南边还有卖杂粮、旧货、旧家具的。

一般10点钟以后，菜卖完了，市也散了。菜农拿上钱赶着车走了。各菜行也该分份儿钱了（日工资，即当天发工资）。照例是东家拿五成多，余下的份儿钱按掌柜、账房、掌秤、写帖儿等先生与大、小伙计的不同分工不同等级不同份儿分给大家。总是小伙计干的时间最长活儿最累而拿的份儿钱却最少。常有人因为又累又饿份儿钱又少而急出病来。先父就亲眼见过一个叫小奎子的伙计，手里掂着不足1毛钱钢镚子，一声长叹，一口痰没上来，当场摔倒在地人事不省了。先父立马儿招呼众人又是撅又是掐"人中"穴又是摩挲胸口、后背的一阵紧忙活，才算缓过这口气来。他媳妇哭得差点儿昏过去。

旧社会的菜行在一年里最红火、挣钱最多的时候，就是农历二十四节中"霜降"节前后的"腌货（又称腌菜）季儿"。因为，在这一季儿里，可供腌制成咸菜的芥菜疙瘩、蔓菁、甘露、小柿子椒、辣椒、鬼子姜（亦称洋姜）、香菜、小茄包儿、胡萝卜、小萝卜、白萝卜、雪里蕻、苤蓝、秋黄瓜等各种蔬菜大量上市。菜量大，价钱相对就便宜一些，销量也就大。所以，在短短20天左右的进项（即收入）能抵得上冬春两季的进项。大伙儿的日子过得也就松快一些。日子过得仔细一些的还能多多少少攒下一点儿，以供入不敷出时花费。冬末春初那是真惨。为了养家糊口，除去东家和掌柜的以外，都不得不在散市以后去临时找别的活儿干。有去拉洋车的、蹬三轮儿的、短程拉脚的，有摆小摊儿的、走街串巷卖黄土的、代写书信的，有到办红白喜事的人家儿去当茶房的。干什么的都有，只是没有人去下街卖菜。因为，你本身就是吃菜市这碗饭的，散市以后你去串街卖菜，这菜的来源能让人生疑。先祖父与先父都学过"勤行"，最初爷儿俩都去

"赶大棚"（到办红白喜事或过生日、办满月的回族人家儿去当临时厨师）。1946年春末夏初之际，我家搬到月坛东坛墙与护城河之间的瓜市营房去住了。先父就不去"赶大棚"了，而是到邻居开的豆芽菜作坊去帮工，或是与前后院的街坊联手借一辆排子车到公主坟一带熟识的菜园子去拉回几百斤大白菜在家里加工：削去根儿和青帮大叶。第二天送到菜市去带手儿卖了，挣个加工费，几家均分。

我们全家老少也给人家加工过豆芽菜、黄豆芽，一天也能挣个三两毛钱。由于新家是独门独院，自家方便多了，便养了鸡、鸭、牛、羊，养大了卖钱。一来为偿还买房时借的债，二来也可以贴补家用。1947年，我开始念私塾了，放学回家早一点儿就到护城河边去放羊，最远处到过复兴门（那时我们管此门叫豁子）外的"洋鬼子坟地"（即今广电总局的位置）。那时，我才8岁。

新中国成立后，有了菜行公会（不是工会），菜行职工的生活有了明显的改观。没几年，又成立了国营蔬菜公司，从掌柜的到小伙计都成了国营企业的正式职工。每个月都有固定的工资收入了，到退休年龄的人可以享受到退休金。真和歇后语"炮仗点火——一步登天"说的一样了。

1953年，阜外大街和月坛周边地区大规模改造建设工程拉开序幕。一年多之后，月坛菜市迁到了北礼士路内。坛牌楼底下数十年的喧闹声从此平静下来了。

正是：

新旧社会两重天，菜市职工盼新天；

今天不能忘昨天，祝愿祖国常蓝天。

〈注〉：苏州码子，亦称"草码"。其1—10的写法是卜、刂、刂刂、乂、ㄅ（不能写成8）、丄、亠、亖、攵、十。直到上世纪60年代初，有的菜市场还用这种字码写价格牌。例如，"乂刂"（不能写成刘）是"92"，既可是9角2分，也可以是9元2角，还可以是92元。

2005年1月于京

一条礼士路　南北皆故事

北京阜成门外的南礼士路和北礼士路旧名分别为南驴市口、北驴市口。民国初年绘制出版的《新测北京内外城全图》和1950年绘制出版的《北京市街道详图》，都标的是旧名儿。

其实，翻看民国三十六年（1947年）的《北平市城郊地图》，那上边标的已经是南、北礼士路了。可是，为什么1950年出的地图上标的还是南、北驴市口呢？只能说明，这改路名的事是解放以后才最终落实下来的。

南、北驴市口名称的由来，是因为早年间这南、北马路口内各有一个驴市，可供雇驴拉脚。即用驴驮人或运货，后来又增加了大车。旧时，阜成门外的交通非常不方便。腰包里有钱的主儿只能在这儿雇头毛驴骑，或是雇辆大车坐。不过，还是雇驴便宜些。可是，赶到过年时要是去逛白云观，或到更远些的妙峰山，大车的买卖反倒比驴的好。因为，可以几个人或十几个人合伙雇一辆大车。大车不是按人头儿计价，而是按里程计价。而且，大车的脚程也比驴快。由此，大车就逐渐地把驴的买卖给挤掉了。直至北京解放那两年，我还在南驴市口里看到过有大车在这儿趴活儿。尤其是在过年时去逛白云观的那段日子里。大约从1951年往后，阜外地区的交通日渐改善，才很少有人再去雇驴或坐大车了。驴市也就此终结了。就在那阵儿，驴市口改叫礼士路了。南驴市口改为南礼士路，北驴市口改为北礼士路。

1962年拍摄的北礼士路

谁也没留神从何时正式改的。只记得北京解放当年，我就读的陆公墓小学（位于北驴市口内与马尾沟相交的西北角）和北边的第二中心小学合并为北礼士路一小。后来就传开了，驴市口改叫礼士路了。可是，仍有一些老人就是改不过口来。直到50年代末60年代初，还是有的老人不知道礼士路，而一提起驴市口就门儿清。就跟阜成门一样，元代时叫平则门，从明代正统初年起改叫阜成门，可是到了上世纪70年代还有人管阜成门叫平则门。是恋旧？守旧？其实，甭管您习不习惯，反正是新路名很快就叫开了，新路牌也钉在路口的墙上了。门牌上街道名称也改过来了。至于为什么要把驴市口改称礼士路，还真没听谁解释过。说改就改呗！街道改名称的事历来就有过。何况"礼士"比"驴市"还文雅多了呢！

　　南、北驴市口也好，南、北礼士路也罢，在解放前至解放初期，这两条相对的马路与交叉的阜外大街构成了离城门最近的十字路口，也是离城最近的交通要道。南，可达月坛南边的真武庙、西便门；北，可至西直门外大街、西直门火车站，过高梁桥还可以斜么饯儿地奔万寿山、玉泉山、香山、卧佛寺等地。那阵儿，您要是从月坛周边或阜外大街一带去逛三贝子花园（北京动物园旧称之一），最佳路线就是由北礼士路往北奔西外大街再往西才行。要是穿关厢的教场口（现北营房中街西侧便道）经北营房，还得向东拐走北礼士路。如果从北营房向西拐，就得再往北经过三塔寺奔西外大街。可是，三塔寺一来没有正经路，二来又有一个老大的乱葬岗子。没有要紧的事，还真没人斗胆从那儿走。再有，要是从阜外大街奔西下关从现甘家口往北拐，也不适宜。那时，这条路既绕远又荒僻，路北是一座座破庙，路南有一块块坟地，再加上路边寥寥可数的住户院墙上大多用白灰画的吓唬狼的大圆圈，因而很少有人走。您瞧，南、北礼士路是不是交通要道？直到1954年，展览馆路（后改为展览路）从乱葬岗子上开出来，阜外地区的南北交通才算有了改善，南、北礼士路的压力才算减轻了一些。

　　但是，我所说的南、北礼士路可不是现如今的南、北礼士路，而是深深地留在我记忆中老的南、北礼士路，也就是原先叫作驴市口时的同样隔街相对的有着数百年历史的马路。二者的区别有如天壤。您只有了解老南、北礼士路的旧貌，才能感受到新南、北礼士路变化之巨大。不只是"旧貌换新颜"，而是"地覆天翻"。

　　老南、北礼士路在现南、北礼士路以东半里之遥。即约在大街两侧地铁站口的位置。路南为南礼士路北口，路北为北礼士路南口。两个路口一样宽窄。一进口都有一小段路面铺着麻黄色的大条石，驴蹄子马掌踏在上面发出"嘚嘚嘚"的声音，清脆悦耳。过了麻黄石路面，基本上都是灰渣路了。由于年久失修，有的地段有深浅不一的大车辙印儿。北礼士路较直而略窄，路边的民居是一"疙瘩"一"线儿"到北营房才成"片儿"。南礼士路较宽，向西南稍斜，路边的民居一院挨着一院。

南礼士路

南礼士路进口不远，东侧向东拐了一个大弯，这里便是当年驴市所在地。1951年以前，我常在这里看到有驴、大车在这里趴活儿。路西侧除了有两条无名小胡同可通到月坛前边外，基本上是直的。这段路从空中往下看像个大马勺。至月坛东坛墙的拐角处（现月坛北街的位置）就不叫南礼士路了。解放后，在这里路东最后一家的西山墙上钉有"南礼士路"的路牌。也就是说，老的南礼士路就到现月坛北街为止。由于在月坛东坛墙与护城河之间是瓜市营房的南半部，因而由此往南就属瓜市营房的地界了。灰渣路变成了纯土路。1946年春末夏初至1953年夏末秋初我家就住在这里的大道东侧，街门正对着坛墙，稍偏北一点儿就是那个坛墙拐角。坛墙由西向东拐到大道边又向南拐去。大道上有两条深深的车辙。冬天冻得干硬干硬的，硌得脚生疼。到夏天一下大雨，车辙成了小水沟，能在里边摸到小鱼和泥鳅。雨下大了，更成了一片汪洋，夜里蛙声吵得人难以入睡。记得有一年北海清淤，黑乎乎的臭泥就倒在我家街门北边与大道之间的一小片空地上，招得大人、孩子都来连挠哧带扒拉地

今日南礼士路

捡莲子、鸡头米和菱角，着实地解了几天馋。

由这里再往南，在大道与护城河之间是一个大菜园子。东家姓周，因为地处月坛东南角而被称为"坛角周"。这里就是现在的月坛体育场。大道顺着坛墙经过月坛东门向南，拐过东南角的大炮楼（日军在月坛驻军时建，50年代中期随着外坛墙的拆除而拆除），向西至月坛南门（在现南礼士路的路中央），再往南拐直到复兴门外的真武庙，过马路再往南，可达西便门。从月坛南门到真武庙这一段就是现南礼士路的南段，早先没有路名。记得二十年前，有一天，单位里几个同事在午饭后聊天谈到南礼士路的时候，有位原籍在外地的长者（是退休后来我单位"找补差"的）以教育下一代"不忘昔日苦，珍惜今日甜"的口气说："为什么叫南礼士路呢？因为在解放前那里尽是烂泥和石头，叫'烂泥石路'。50年代铺上沥青以后，才顺着音改叫南礼士路的。"哈哈！真逗！也不知道是哪位高人杜撰出来的。说得不好听点儿，就是瞎编乱造。我当即语带嘲讽地笑着问他："那，北礼士路以前是不是叫'白泥石路'呢？"八成他听出了我的话音儿，把脸一绷，问我"什么意思"。我可不怕横的，就毫不客气地把我从少儿时期就无数次走过这条路的真实情况讲了一遍，以正视听。他竟然说："解放前你才多大呀！"我告诉他，解放那年我都10岁了。他把嘴一撇说："10岁能记

南礼士路上的新小区

得什么事！"我忍住愤怒，反唇相讥说："啊？都10岁了还不能记事，那不成大傻瓜了吗？"惹得大伙儿一阵哄笑。他悻悻地走开了。

说真格的，我一直是非常尊重长者的，尤其尊师重道。后来我也觉出当时对他有些不恭，而且也当众向他道了歉。可是，关于这段路的原貌，他说得确实不对。在我的记忆中，这段路上既没有大泥塘，也少见乱石。大部分地段是比较平坦的灰渣路，也是因为年久失修，路面上有断断续续深浅不一的大车辙印儿，每到下雨时显得有些坑坑洼洼的。除去靠近月坛西南角有一个桃园子（月坛辟为公园后划进园内），一个专门制作粉丝、团粉等绿豆制品的粉房和一个小型石灰厂，南口内路两侧分别有小旅店、小饭馆、小茶摊、剃头棚儿、铁匠炉、马掌铺等小买卖以外，就是一个挨着一个的菜园子。普通住户很少。从石灰厂边上往西去有一条小路倒有名，叫乐道湾，可以通到三里河。解放后，改叫社会路，现又叫月坛南街了。除此，无任何街道、小胡同。整条路都没有路灯，夜晚更是路静人稀，漆黑一片。

人气旺一些的路段还就是正宗的老南礼士路。路边有稀稀拉拉的路灯，尽管在夜晚只有点点昏黄，可也能照见人影。路边的住户院院相连，只是买卖不多。一进街口不远，路西墙下有个白布支撑着的剃头棚儿，师傅姓王，人挺和气，手艺很好。往里一点路西是一个棚铺，门两侧靠墙立着粗竹竿、长杉篙等用来搭棚架的大杆子代为招牌，专给办红白喜事、寿诞满月的人家儿搭大席棚，也在夏天搭凉棚，冬天搭暖棚。

再往南，在第一条小胡同口北边一点儿，有一个很小的杂货铺，卖些针头线脑、糖果饼干。接着走，就什么买卖也没有了。

路东，驴市的南侧是一家鸡毛小店，常见有以店为家的人们在门口晒太阳。与路西第一条小胡同隔路斜对的，是座极为破旧的明代古庙——万明寺，大殿院墙皆无，只是在路边有几间破旧房屋和几株遮天蔽日的古树。树下有几个小摊分别卖大碗茶、炸三角、干果、炒货等，还有副剃头挑子。

南礼士路上买卖最大、住房最好的，当属"顺城满"了。满记是回族，当年在京城"牛行"中颇有名望。干活的都是自家子侄，不雇外工。这里是京剧马派艺术创始人马连良大师的外祖母家，也是我祖母的娘家（他们是姑舅表姐弟关系）。

"顺城满"坐东朝西的大街门里，是一条东西走向的甬道。道南是一个带有牛棚、草料棚、工具堆房的大牛圈，有木栏围着。道北是一宅分两院的大四合院。中西结合的门楼，门上有"忠厚传家久，诗书继世长"的楹联。两边有一对雕花石门墩。院内迎门有一座漆着绿漆的木影壁，上有铁皮带瓦垄的滴水，下有带框边的木架底座，四周摆着各种盆栽花卉。一条甬道连接东、西两院，两院内一水儿的青砖墁地。院里摆着大鱼缸和一盆盆石榴、夹竹桃、无花果。不管是正房还是厢房，都是前廊后厦，青砖青瓦，透着灵气。一到夏天还高搭凉棚，一进院子就感到凉快了许多（在月坛西夹道还有一套三合院是我大舅祖父居住，比这里略差）。1959年我参加工作以前，到这里来过无数次。

1956年公私合营后，牛圈里的牛都并到位于天桥福长街六条的牛行公会去了。我的伯伯（bāi 回族对叔的称呼）们也就都到那里干活去了。60年代初，住在这里的二舅祖父和四舅奶奶两家儿都搬离了这里。老南礼士路大规模改建开始后，这所大院落便不知所终了。

整条南礼士路没有一所小学校，只在"坛角周"外院有所私塾（详见另文《我的六所小学母校·"坛角周"私塾》）。解放后，这所私塾归阜外大街的圆广寺小学代管。1953年以后，随着月坛周边大规模改建，这所月坛地区甚至是整个阜外及复兴门外地区的最后的私塾，关张了。

上世纪50年代中期，月坛菜市迁到北礼士路去了，街南的坛牌楼与月坛外坛墙陆续拆除，从真武庙可以直达阜外大街了，在内坛墙东天门外侧出现了一条新的柏油马路。后来有了15路公交车，也就有了南礼士路南口的站名。新的南礼士路逐渐地替代了老的南礼士路。自上世纪60年代起，月坛北街以北的老南礼士路也开始了改建，经过几十年的变迁，所有的平房统统改建成楼房，最后建成了如今的万明园小区和临街的高楼大厦。老的南礼士路，也就在北京市的版图上彻底地消逝了。

北礼士路

北礼士路与南礼士路大不相同。北礼士路从南到北宽窄基本差不多。南口外左有清真宛记饭馆，右有天丰酱园。天丰酱园在阜外大街的三个酱园中最大。店堂内，东边是酱菜和各种副食品的柜台，西边是米面粮柜，粮柜的上边架着带秤盘的木杆秤。

令我至今不忘的是，日伪时期，母亲常带我在这里排队买粮食而又经常买不到。有一次，我们娘儿俩排了有半天队只买到一小块儿豆饼。那东西原本是喂牲口的，既粗糙又硬，年轻人啃着都费劲，就甭提豁牙缺齿的老年人了，只能掰碎了泡着吃。

天丰酱园东墙外就是北礼士路，他家的院子长，高高的围墙连同房屋山墙在路边占了老长一大段，足有六七十米。直到其后身儿才有

今日北礼士路，右侧为阜外医院大门

几户人家儿。这就是前边提到的北礼士路的民居之"一疙瘩"。这几家住户是在一个岔路口的两边。岔路口里是一条先西后西北可以斜么戗儿地奔北营房的小道。

紧挨住户一南一北两侧各有一个围墙高耸、大门常闭的旧园子。围墙下半截都砌着形状不同、大小不一的"虎皮石"，上半截墙皮剥落布满绿苔，可见有些年头了。由于看不清匾额上的字，因而不知道是什么园子，只知道人们管这块儿叫"大屋园"。

"大屋园"以西，北营房以南，教场口内清真寺和教会办的小诊所以东，阜外大街路北店铺以北，这四至中间原有清代正红旗营房的校场，民国以后废弃，逐渐辟为农田。解放初期，这里有菜园、麦田，还种着玉米、高粱、谷子等。上世纪60年代，在这里的东半部兴建起阜外医院。那时医院的大门距北礼士路尚有几十米的距离。

岔道口北侧的园子大致呈长方形，东边的围墙紧邻北礼士路，也是又高又长，约有100多米才到北营房的东头。北营房原为清代正红旗的一处老营房，要不怎么会有大校场呢？之所以给带个"老"字，是因为在西直门南下关还有一处新营房。民国以后，营房改成了一排排都是坐北朝南的小门小户小院子，没有鹤立鸡群的大四合院。由于位置在阜外大街路北，便有了北营房的俗称，时间一长了俗称也就进而成了正式名称。要知道，在1950年出版的《北京市街道详图》上，标的还是"正红旗营房"。现在，更是只知北营房而不知曾是正红旗营房了。在这里，北礼士路里的民居才成了"片儿"。但是，已归属北营房了。

在解放初期，北营房东头，有家小杂货铺，有个小茶摊儿，还有剃头的、修车的。

整个北营房的北边紧邻着马尾沟。沟北路西，有学校、杂货铺、小饭馆、新华印刷厂的西厂区，没有住家户。再往北早年间就不属于北礼士路了，叫西直门南下关。

在北礼士路东侧，宛记饭馆以北有十来个南北相连的小院，这就是前边提到过的民居"一条线"。中间有一个小院是家庭式作坊，马路斜对面就是那个岔道口。这个作坊既没门面又没字号。北屋住人，东屋与南屋是作坊和库房。当家人叫蔡松林，外祖母家也是"顺城满"，是我祖母的外甥。他家平日每天早晨赶月坛早市卖面茶、豆腐脑什么的，浇豆腐脑的卤倍儿地道——羊肉、鸡蛋、口蘑、黄花、木耳，一样儿都不少，味道好极了。常有人等着豆腐脑卖完了专买剩下的卤，回去浇面，或是就馒头、烙饼、窝头吃。看着四辈儿哥哥（松林大伯的长子）用铜筷子往面茶碗里打芝麻酱，能让人看得入了神。一双铜筷子不碰锅不挂碗，"唰唰唰"，麻酱如一条条匀溜的线一根挨一根地盖在面茶上，满满一层密不露面，再均匀地撒上芝麻花椒盐儿，您喝去吧，管保您连碗都能舔干净了。

蔡大伯家每到年根儿底下还制作各种关东糖、芝麻糖、花生糖、大小糖瓜和各种糖粘食品应节上市，既批发也摆摊零售。届时，他们在北礼士路口外街边上，支个案子，铺上蓝布，上面摆着一溜细瓷大果盘，分别盛着各种糖粘食品，玻璃匣里码放着关东糖、糖瓜儿等。看着就洁净，招人待见，谁不想买呀！因而，生意很好。1951年前后，蔡家搬到牛街香儿胡同去了。至此，北礼士路内一家作坊

1975年拍摄的北营房

也没有了。

过蔡家往北四五个院子后，到马尾沟南堤之间是一大片空场。西为北礼士路，东滨护城河。这里在早先也有一个驴市，不然为什么叫北驴市口呢？后来成为大牲口交易市场。

解放初期，牲口市合并到德胜门外的牲口市去了，为规划中要搬过来的月坛菜市腾好了地方。1953年前后，在紧靠马尾沟南堤的地方，建成一个小型的在路边带铺面房的平房居民点。住户大多是因拆除阜成门瓮城而迁来的。两年后，月坛菜市迁到居民点的南侧，不久后组成了国营蔬菜公司。

马尾沟以北，路东紧靠沟堤有两处断壁残垣，不知原先是何处所。往北是新华印刷厂东厂区。听老人讲，该厂早先叫新民印书馆，后改叫新华印刷厂了。该厂无论在解放前还是在解放后，都堪称为北京市印刷行业的"龙头"。

北礼士路到新华印刷厂厂区的北墙为止。厂北的马路早年间也是一条河沟，沟水也注入护城河。1953年前后，在与沟隔河相望的城墙上开了一个豁口，河上架了一座大木桥，由桥至三塔寺的这段沟修筑成路。开通展览路后，这条路又连接上了二里沟，这就是如今的车公庄大街。新马路以北属西直门外南下关，路向西北斜去，同西直门外北下关隔街相对。

南下关路西有一座小型清真寺，寺旁有小河，河上有小木桥。路边原先有一所"市立西直门外南下关短期小学"。这里有一位名叫黑佑军的老师，课教得很好，也肯自掏腰包买奖品奖励优秀学生。路东有正红旗新营房，民国以后也改成普通民居。营房至北头路口，路两边分别有大车店、小旅店、小饭馆、小茶摊、剃头棚、小杂货铺、马掌铺、铁匠炉、草料铺等一些小买卖。从西直门分别到门头沟和丰台的铁道，从这条路上穿过。

关于车公庄，在民国时期印的各版和1950年版的北京市地图上都标的是"东公庄"，而非"车公庄"。二者有何关系，何时改名的，抑或是地图上标错了，本人未作考察，不敢妄言。

南下关的大规模改扩建工程，也是从六七十年代开始，八九十年代加快进程的。北京老牌儿医院之一的人民医院于90年代迁到现址。南下关被统称为北礼士路也就是十来年的事吧。

北礼士路南口迁移到现在的位置，大约是上世纪90年代初的事了。这一挪动，使得阜外医院的大门紧邻着马路了，可是，它的北边出现了一个明显的弯儿，路东金都假日饭店的走向就是佐证——这家饭店是沿着北礼士路原先的走向兴建的。在北礼士路整体改扩建进程中，这家饭店是建设比较早的了。有的大型建筑是在 90 年代前后兴建的，甚至有相当一部分是进入新世纪后才兴建的。但是，不管怎么说，南礼士路北口与北礼士路南口在"分手"二十多年后又隔街相对了。

南礼士路地覆天翻，北礼士路旧貌新颜。

更美好的未来，更巨大的变化，将会发生在我们下下一代的手中。我坚信不移。您呢？

2008 年 7 月一稿于京
2010 年 5 月二稿于京

马尾沟的消逝

马尾沟在什么地方？您从阜成门外北礼士路往北走，到第一个十字路口。您看到那条东西走向的大街了吗？路牌上写的是"百万庄大街"呀！不错。要不怎么说变化大呢！很早以前的一条水沟，约在民国以后渐渐干涸，至40年代时终于成为土路。50年代成为灰渣路。又过了大约十多年，成为了柏油马路，到80年代成为一条宽敞的大马路。到90年代末，更加现代化了。而且，索性连名称都变没了，马尾沟改叫百万庄大街了。

历史上的马尾沟确实是一条水沟，甚至可以说是一条正式的河道，水向东流注入护城河。

所谓马尾沟是指西起现展览路（此路1954年竣工），东至护城河这一段的名称。清代吴长元先生（乾隆年间久居京城）所著的《宸垣识略》和余棨昌先生成书于1941年的《故都变迁记略》上都记载着"欧罗巴修士利玛窦葬在白石桥西"。这里所提的白石桥，并非是现国家图书馆附近的那座横跨于长河之上的白石桥。两书中的白石桥就在如今北礼士路与百万庄大街交叉的那个十字路口，当年横跨于马尾沟之上的石桥。因桥墩、桥柱、桥栏、桥板皆为汉白玉石的，故而人称白石桥。利玛窦被誉为西儒，其坟墓就在马尾沟西头路北的天主教大教堂院内。解放后，市委党校即建于此处。

因为有河道，所以才有桥。从余老先生的书中看，1941年前后这座桥还有。沟水也尚未干涸。但是，有的地方已经成了路。1945年秋，我在天主教教堂办的育才小学（俗称石门小学，非解放后建于先农坛内的那所育才学校）读书时，每天上下学都要经过马尾沟。那时，已经成为约有10米左右宽的土路了。可能是由于干涸得还不够硬实，路面上的大车辙印儿比别处的都深，足有1尺左右。而且，在春暖花开的季节里，路面翻浆得厉害，踩在上面如同踩在充气垫子上一样。雨后更是出现一个个大小不一的泥塘。1948年暑假后，我到位于石桥西北角的陆公墓小学（1949年春末夏初，与北边的第二中

昔日马尾沟所在地

心小学合并为北礼士路第一小学）读书。那时，石桥早已坍塌，桥墩、桥柱、桥栏、桥板呈南北走向垫于低洼处，行人、车辆皆需踏石而过。原来，自水沟干涸成路后，两侧仍有槽状泄水沟。因为地势西高东低，所以至石桥处沟底几乎同路面相平。泄水沟里的水便漫散着向垫路的桥栏、桥板等的空隙流去，深可没鞋底。到桥板空隙浅处水可至脚踝，深处水能及小腿肚。其间滋生了许多芦苇和水草，有寸来长的小鱼和小蝌蚪在水中游弋。我每次从这里经过时，都会流连一小会儿，尤其是在夏天。

　　石桥以西至展览路（解放前无此路）北侧，由东向西原先依次是陆公墓小学、零星的麦田、嘉兴观、明太傅惠安伯张公园遗址、天主教大教堂；南侧是北营房（旧为清正红旗营房）。旧时，这一带较为偏僻，其西口北边一点儿是个老大老大的乱葬岗子，真是坟挨坟、坟摞坟。从远处望去仿佛是约有两丈来高的小丘，蜿蜒的小径在坟头间穿过，罕有人至，到冬夜甚至有狼觅食（详见另文《乱坟岗上开新路》）。因而，解放前北营房紧邻马尾沟的住家户大多在后檐墙、院墙上用石灰画上大大的白圈，用以吓唬狼。石桥以东至护城河，则仍是旧河床。河床上杂生着芦苇与荒草，到处有大小不一、形态各异的鹅卵石。细细的流水分成几股蜿蜒东去，注入护城河。入河处早已被冲成了大"簸箕口"。河床两岸有一人多高的堤坡。北坡上有断壁残垣，不知早年间是何建筑。再往北为新华印刷厂。南坡上为一大片空地，旧有雇驴代步的驴市（北礼士路旧名北驴市口即因此而得名）和大牲口交易市场，俗名牲口市。再往南至阜外大街是民居。

　　从北京解放初期起，这一带就开始有了变化。首先是驴市没有了。接着，牲口市合并到德胜门外的大牲口市去了。约在1952年后，一个没留神，垫路的汉白玉石桥的桥栏、桥板等不知被挪到何处去了，低洼处垫平修成了正规的马路。整条马尾沟由土路变成为灰渣路，路面硬实多了。石桥旧址变成了十字路口。堤南路东出现了一个带铺面房的平房居民小区。1955年前后，月坛菜市搬到小区的南边，并进而变成国营蔬菜公司。明争暗斗了几十年的各菜行的职工们终于在一口大"锅"里"吃饭"了。

到了上世纪60年代末70年代初，随着西二环路的施工，马尾沟东端的旧河床最终也变为正规马路。马尾沟两侧的破旧平房，不断地变成楼房。灰渣路在不知不觉中变成柏油马路。改革开放的春风催生了马尾沟和北礼士路两侧的机关、学校、医院、商厦、宾馆、写字楼、饭店、社区、娱乐场所……

上世纪80年代末到90年代中期，马尾沟两侧的便道上一度成为阜外地区最大的农贸早市，备受欢迎。后来，随着百万庄大街的拓展延伸，马尾沟成为了该大街的一部分。一条昔日的小河沟变成了具有现代化设施的大街了。"马尾沟"这个名字也渐渐地被人淡忘了。

不过，本人认为，马尾沟改成百万庄大街不太合理，要是改成北营房北街还比较准确。因为，它离着百万庄远。从历史上看，它一直在北营房的北边。既然教场口能改成北营房中街，马尾沟为什么不能就近改名，反倒舍近求远呢？

2010年7月于京

乱坟岗上开新路

我说的这处乱坟岗（亦称乱葬岗子）在北京阜成门外的三塔寺。在这里开出的新马路就是展览路（初称展览馆路）。这条路是在1954年竣工的。

解放前，出了西直门往西是西外大街（亦称下关，或西下关）；往北是北下关、高梁桥；往南是南下关，再往南是北驴市口（解放后正式更名为北礼士路），可达阜外大街。南下关和北驴市口相连的这条路在1954年以前，是连通西外大街与阜外大街的唯一正规也是离城最近的交通要道（详见另文《一条礼士路　南北皆故事》）。西直门大桥（旧称吊桥）以西与南下关北口（南、北下关两路口隔街相对）之间有三条铁道线横跨大街。一条沿城墙奔南，连接靠城墙根的几个煤栈，专走运煤车；另两条铁道从南下关北口东边的道口奔南，进口不远，其中一条向西穿南下关、榆树馆，从乱坟岗北侧再奔西，经现天文馆后身儿到西口改向西南，奔门头沟接丰沙线去了；余下的一条铁路再向南一点儿穿过南下关奔向西南，经三塔寺，从天主教大教堂（上世纪50年代改建为北京市委党校）西墙与乱坟岗之间向南，穿过阜外大街，奔广安门车站，再奔丰台。这两条铁路也是走货车为主。

那时，三塔寺早已坍毁，只剩了一座残塔。此塔是安放僧人骨灰的灵塔，俗称和尚坟。三塔寺本名西域寺，建于明代，因先后建有三座灵塔而俗名为三塔寺。由三塔寺往北至西去的铁道，往南至天主教堂与北营房之间的马

今日展览路口

尾沟西口北边一点儿，三塔寺西边是二里沟和老大一个葡萄园，这四至中间的一大片地方由于长年累月地掩埋尸骨，而成为乱坟岗子。那真是坟挨坟，坟挤坟，坟压坟，坟撂坟。不仅是见缝插针地埋，而且是没缝也要硬插针地埋。以至形成远看仿佛是一片约有两丈来高的连绵起伏的荒丘。丛生的杂草之间可见块块白骨。数条时隐时现的羊肠小径纵横交叉，弯弯曲曲。饥饿的乌鸦、野狗不绝。冬夜里还有狼光顾这里觅食。所以，在1952年以前，附近居民的院墙、房山上都用白灰画成大大的圆圈用以吓唬狼。君不闻"狼怕圈，虎怕鞭，狗怕低头捡大砖"的民谚吗？夏季，这里多有蛇、虫出没。天黑以后，可见点点磷火。这是人和动物的尸体腐烂时分解出磷化氢来自动燃烧而形成的。由于其焰光为白中带有蓝绿色，且一闪一闪的，令人望之惊恐。因而，又被称为"鬼火儿"。冬夜，这里的狼嗥声、猫头鹰的叫声、西侧葡萄园里的犬吠声，再加上天主教堂内晚祷的阵阵钟声，更使人毛骨悚然。除非万不得已，否则很少有人涉足这里。

上世纪20年代一个冬末的一天，我祖父到蓝靛厂帮完工要回月坛东夹道的家中。您推着一辆小车子走到三贝子花园（今动物园旧称之一）时，天已大黑。如果按照以往绕道西直门外南下关走北驴市口再到阜外大街，到家得半夜了。妻儿老小肯定担心不安。您仗着自己会武功，一咬牙，决定夜闯乱坟岗，再从北营房穿过去奔阜外大街。这样，可以近一半路，省许多时间。您小心翼翼地摸着黑儿深一步浅一步地走了没多远，一脚踩在一个坑沿儿上。土一塌，身子往下一沉。您暗叫了一声"不好"！知道要掉进一个坟坑里了。您赶紧叉开双脚撑在坑帮上，使身子不再下落，紧接着往起一长身儿，同时伸手抓住坑沿儿上的小车子，借力使劲跃出坑外。虽说那会儿您才30多岁，又"艺高人胆大"，架不住是掉在死人坑里，也吓得头发根儿都挓挲起来了。若干年后，看到从乱坟岗子上开出来的新马路，真是感慨万端。忆起当年那惊恐之夜，老人仍心有余悸：如果当时摔昏在坑里，如果遇上狼……

这个大乱坟岗子还阻住了东入护城河的二里沟的水流。于是，岗子以东的那段水沟就变成了干沟，直到把天主教堂改建成为市委党校时，才把沟填平修成柏油马路。再后来才有了车公庄大街的名称。教堂南边的马尾沟早在40年代初就已经干涸成了路。而二里沟修成马路还要晚一些。

大约1952年，动物园东侧开始兴建苏联展览馆（现北京展览馆）。作为配套工程，要在乱坟岗上开出一条新马路，通到阜外大街。虽然没有拆迁住户的任务，但是挖坟起灵的工作量也相当大。而且，在紧临阜外大街地段，西有北露泽园，东有铁道，中间是一个老大的黄土坑。此坑深达三四米，土质非常好。常有人从这里挖土装在小车子上去沿街叫卖，以养家糊口。这个大黄土坑当然也要填平。1953年夏天，我家从瓜市营房搬迁到位于百万庄东南角的市110中学（初为一所速成中学）南边的新高井（后改为扣钟北）时，新马路都已经夯完三合土了，大汽碾子整天地来回轧。由于乱坟岗子的坟大多是无主坟，所以起出来的尸骨只好装进小火匣子（用薄板钉成的小棺材）里，码放在尚未铺沥青的路边。在北起二里沟东口，南至现外交学院（当时外交学院尚未筹建，路东是铁道和庄稼地）的马路两侧，火匣子码了有一米多高，好像要"夹道欢迎"谁一样。那时，我在回民学院上学，平时住校，周末才回家。每次走到新马路南口时，都是天已经黑下来了，因还没装路灯，走在这样的"欢迎""队列"之间是什么感觉就可想而知了。为了壮胆，我就大声地唱起来，自己都觉出岔声儿了。好在壮胆而行只需300多米就可以向西拐进小胡同回家了。不过，那也得是一溜小跑。当时，心里只盼着快些把路修好吧。

有关单位还真不错，没用太多的日子就把小火匣子都运走了。1954年，整条马路竣工。大约过了两年，这条新马路开通了15路公交车，这段路有展览馆、二里沟东口、百万庄东口等站名。其中，百万庄东口离我家最近。

上世纪70年代中期，西直门至门头沟和西直门至广安门的铁道线都拆除了。在展览路南口以南至广安门的铁道旧址上修成了柏油马路，分段命名为三里河东路、白云路。80年代，展览路拓宽了。90年代，西邻的北露泽园被拓为展览路的一部分，成为现在的样子。如今，展览路已经建成一条配套设施齐全，两侧饭庄、酒楼、宾馆、商厦、学校、写字楼、住宅楼等林立，美丽繁华的现代化大道了。

2005年春一稿于京
2010年春二稿于京

复兴门外

提到北京城的城门,素来有"内九外七皇城四"之说。"内九"指内城九门。明嘉靖年间增建了外城以后,把正阳(俗称前门)、崇文、宣武三门以北称为内城。九门有:正阳、崇文、宣武、朝阳、阜成、东直、西直、安定、德胜。"外七"即外城(亦称南城)七座城门。有:永定、左安、右安、广渠(俗称沙窝门)、广安(旧称广宁门)、东便、西便。"皇城四",指皇城(紫禁城之外围城池)的四座门,即天安(明代称承天门)、地安(俗称后门)、东安、西安四门。数遍二十座城门哪里有复兴门呢?查阅民国三十年(1941年)绘制出版的《北平市全图》和同年成书的《故都变迁记略》(余棨昌先生著),均未标出或提及复兴门。由此可见,复兴门连同与其遥遥相对的建国门皆为1941年以后才有的,也许就在1941年。反正是日伪统治北平时期。记得好像是在我3岁时,听大人们聊天提到,要是到西单牌楼去,进真武庙东边新开的豁子可近便多了。我问奶奶,什么叫豁子呀?奶奶告诉我就是在城墙上开口子。那时,我家住在月坛东夹道(简称坛夹道,有人误写成谭家道)。真武庙在月坛的南边,现南礼士路南口外路北,我见过。老的南礼士路在解放以前叫南驴市口,就截止到现月坛体育场(旧为大菜园子)北门外。从这里沿坛墙往南再西拐至月坛南门到真武庙这一大段路在过去没有名称(详见另文《月坛的故事》、《一条礼士路 南北皆故事》)。

据有关史料记载,复兴门确实开辟于上世纪40年代初。当时的日本侵略者幻想着长期占据北平城,要在城西的公主坟、五棵松一带筹建商业和生活新区,并把这里称为"新北京";在东郊搞工业区。于是,便在对着长安街的东、西城墙上各开了一个豁口。东边的叫启明门,西边的叫长安门。抗战胜利后的第二年,两门分别改名为建国门、复兴门,并修建了城门洞。尽管像个城门的样子了,老百姓还是称其为豁子,直到解放后才渐渐地改了口。至于复兴门外大街的名称是50年代中期以后才有的。

我第一次见到复兴门是在1947年夏天。那时我8岁了。我家已于一年前从月坛东夹道搬迁到月坛东坛墙与护城河之间的瓜市营房南头儿，门临大道，具体位置在现月坛北街与二环路的相交处。即，月坛北街是从我家院子开过去的。为了偿还因买房而欠下的债，家里养了一头小牛、几只羊、几只鸡鸭，养大了好卖钱贴补家用（详见另文《小院春秋》）。这放羊的任务就交给我了。平时我就在护城河边上放羊。这年夏季里的一天，爸爸吃完午饭兴致挺高，提出带我去放羊。我们爷儿俩轰着连大带小4只羊，沿着护城河往南走，一下子就到了豁子外边的"洋鬼子坟地"（即外国人公墓）。羊儿自由自在地吃草。我们爷儿俩则是在大小不同、造型各异、材质多样、颜色有别的坟墓之间串着观赏着。我们回民不信有鬼，因而尽管当时我年纪小，但是一点也不害怕。这些坟墓有的是大理石的，有的是水磨石的，有的是汉白玉的，有的是花岗岩的，最不济的就属洋灰（水泥）的了。有的墓碑上镶有死者的相片，有的还雕出挺好看的花纹。要说相同的地方，就是每个坟墓都竖有石或木的十字架。附近还有一个破旧的小教堂。玩得挺开心，只是没有到豁子的城门洞跟前去过，然而也不止一次地遥望过。后来，我自己又多次来这里放羊，也没进过豁子。

我第一次进复兴门是1951年的事了。那是我第一次独自到位于西单牌楼的长安大戏院去听戏，戏码儿是明来京剧团的徐东明、徐东来姐儿俩主演的《四郎探母》。那天，为了节省车钱，我从复兴门进城步行去的。那时的复兴门还有门洞，上边没有城门楼子，而是竖着一个木头的大三角架子，不知是干什么用的。城门里并不直通西单牌楼，要往北拐一个小弯儿走卧佛寺街，再走旧刑部街，或是向南拐一个小弯儿经邱祖胡同，再经报子街，才能到西单牌楼。后来，这两条路线我都走过。

复兴门外与别的城门外边大不相同。别的城门外边都有大街和关厢，复兴门外没有。过了护城河上的大桥往西一看，马路南侧就是前边提到过的那个外国人坟地，北侧是菜园子。再往西一直到木樨地、公主坟一线，

今日复兴门外大街

马路两侧以菜园子、庄稼地、荒地居多，民居寥寥。甭说商店了，连小茶摊儿都很少见。"大街"的定义是：城镇中路面较宽，比较繁华的街道。"关厢"的定义是：城门外大街和附近地区。没有民居和众多的商店，当然就称不上繁华，也就不能称其为大街和关厢了。因而，在上世纪50年代中期以前没有复兴门外大街这个名称。

南边的西便门关厢，北边通往月坛的道路（即现南礼士路南段），与复兴门外的大马路交叉成十字路口。南、北口内分别有小饭馆、小旅店、小茶摊、小铁匠炉、马掌铺、剃头棚儿等小买卖。如今仍保留为地名的真武庙，在路北道口附近坐北朝南。这是一座小破庙，墙皮与山门上的漆皮早已剥落，两扇木门紧锁着，锁上锈迹斑斑。山门上方石刻匾额的字迹模糊不清。我曾扒着门缝往里看过，院子很小，殿堂也已破败。这座庙大约是在1953年前后拆除的。从复兴门大桥到公主坟一带的马路路面有的地段是灰渣路，有的地段是土路。然而，这条路在当时来说是全北京所有城门外大街极为少见的分成上、下行车道的大马路。即，由东往西走北边的路，自西向东则走南边的路。当然，也有的大车把式赶着车乱走的。在平行的两条路中间，是长着杂草或露着黄土的狭长地带，仿佛如今马路中间的隔离带。到了公主坟，更是沿着围墙的单行线了。那时的公主坟的围墙墙皮斑驳，看不清原来的颜色了。围墙内林木茂密，远远望去真像烟笼雾锁一样，显得倍儿神秘。

让我念念不忘的是，在真武庙和十字路口稍西一点儿，两条马路中间，有一株参天古树。树下是一座典型的伊斯兰教的青砖大墓。这是一座筛海坟，呈南北向长方梯形（即下宽上窄）。筛海，是伊斯兰教义精深德高望重知识渊博的学者。传说因有人看到过坟边大树上曾挂有一盏纱灯，故而此坟又被称为"纱灯巴巴（即爷爷）坟"。奶奶每次从这里经过时，都要跪在坟边虔诚地念诵一遍"法蒂海"（《古兰经》中的一章，"海"在此说成"孩儿"音），以表崇敬。这座筛海坟和古树于50年代中期不知迁往何处。

另外，50年代中期以前，复兴门外往西一线没有一盏路灯。如果那时有路况播报，那就是——路静人稀。

大约是在1955年前后，复兴门外开始有了变化。先是马路中间的"隔离带"没有了，成为一条宽阔的大马路。灰渣路面变成水泥的了，没几年铺上了沥青，成为柏油马路。路边立起了电线杆，有了路灯。庄稼地、菜园子、荒地逐渐减少，房屋、商铺从无到有，且陆续增多。特别是一个个大型工地相继出现。"洋鬼子坟地"迁走了,小教堂拆除了,变成了一大片工地。这里将要建起来的广电大楼和木樨地西边将要建起来的军事博物馆,都名列新中国十年大庆的"十大建筑"。其实,在这二者之前先建成的是全国总工会大楼。这是整个复兴门外地区第一座大板儿楼,远远望去特像巨大的"影壁"矗立在马路南侧。

1958年,复兴门到西单牌楼之间的邱祖胡同、报子街与平行的卧佛寺街、旧刑部街打通了,使长安街西延至复兴门。同期,东单牌楼与建国门之间的几条大小胡同也拆除了,使长安街东延至建国门。由此,长安街享有"十里长街"之美誉。于是,复兴门外的大马路也就顺理成章地成为了长安街的延长线,也就有了复兴门外大街之名称。

1974年,国庆节前夕,京城的第一座立交桥复兴门立交桥建成了。复兴门外地区的发展变化,更是日新月异了。

2011年5月于京

菜市口点滴记忆

菜市口在我的记忆中，曾经是出宣武门过校场口往南，进广安门经牛街北口往东，由虎坊桥经骡马市大街往西一个最热闹的地界儿。

我最初知道这个地方，不是因为众所周知的清代的刑场。如果是以刑场而闻名的地方，那谁还敢去呀！我在小时候，知道毙人的地方就是阜成门外的杜家坑（现展览路十字路口南侧，旧时是个大苇坑）。解放前，国民党反动派在这儿枪杀过革命志士。解放后，人民政府在这儿镇压过一批罪大恶极的反革命分子。听说，解放前在天桥南边的窑台儿也砍过人，著名的人物有五四运动时期有"马天安"之称后成为第一任中共北京市委书记的马骏烈士。另一位就是燕子李三。至于元代的刑场在柴市，明代的刑场在西市（即西四牌楼），清代的刑场在菜市口，都是在中学学历史后知道的。尤其是元代的文天祥、明代的于谦和袁崇焕、清代的谭嗣同等"戊戌六君子"，都使人深记不忘。柴市（有历史学家说就是现交道口）和西市都是十字路口，车水马龙，来往人多，可以起到广而传之杀一儆百的震慑作用。菜市口是个丁字路口，宣武门外大街、广安门内大街、骡马市大街在这里交会。北可进宣武门到内城，西出广安门奔卢沟桥是出京的旱路大道，东可出广渠门，既有旱路又有水路。菜市口真可谓地处交通要道。这里店铺鳞次栉比，繁华热闹。再加上周边多会馆，有点儿什么消息传播得也快也广。清廷认为在此设刑场更可以起到震慑作用。而且，只有东、西、北三个方向的道路，对刑场的防卫警戒也省事一些。

我第一次听到菜市口这个名字，是因为跟奶奶第一次从这里经过，听奶奶告诉我的。那是1948年的春天。之所以记得这么准，是因为这一年是北京解放的前一年。我娘儿的婆婆全家从通州迁到牛街住了。奶奶带我去串亲戚。那时，一出宣武门就感觉到明显的不热闹了，有护城河、大石桥、铁路道口。虽说也还是在城里，可是还不如我所熟悉的阜外大街关厢热闹呢！一来，街两边的铺面房太少了；二来，房屋大多显得破旧；三来，马路和便道都不够平整。谁知，到了菜市口北边约现公交车站的地界儿，街面儿上一下子就热闹起来了。人也多了，车也多了，店铺一家挨着一家，门外的幌子一个挨着一个，从远处看仿佛连成了片。尽管没什么大门脸儿，可是架不住多呀，都赶上西四牌楼那么热闹了。我问奶奶，这是什么地方？奶奶告诉我这是菜市口。啊，菜市口。我知道了这个地名，也记住了这个地方。我想，要是把家搬到这边来住也不错，可以天天到这儿来逛了。

　　后来，果然遂了我的心愿。倒不是真的把家搬过来了，而是1953年暑假，我考上了心仪已久的距此西边约一里多地的回民学院。连初中带师范，一共念了六年，还一直住校。这样一来，到菜市口买东西、玩儿的次数能少的了吗？凭良心讲，学校里的伙食是相当不错的了，味道好，花样多。可是，不做面茶、豆腐脑、年糕、驴打滚儿、艾窝窝、豌豆黄儿等小吃呀，想吃了就得奔菜市口。想吃中果条（即江米条）、开口笑、套环儿、绿豆糕等小点心、糖果什么的，奔菜市口；想买笔、本、墨水、橡皮等文具、小刀、小剪子、杯子、小皮球等物品，奔菜市口；想买手绢儿、毛巾、肥皂、裤衩、背心、鞋袜等，奔菜市口。总之，无论想买点儿什么，都奔菜市口。其实，这些吃的、用的、穿的、玩的，在牛街口里口外也都能买得到。不就是想找个理由上菜市口逛逛嘛！

　　在我的记忆中，我一直保留到现在的戴红领巾的照片，就是考上回民学院以后在菜市口东头路南的华昌照相馆照的。为什么要在这家照相馆照考上可心学校后的第一张照片呢？因为，这家照相馆的橱窗里摆着一张戏曲界名人的合影，有人认出来其中一位是吴素秋。这可是京剧名角！连名角都在这儿照相，肯定是照得不错的了。于是，我就在这儿照了。用一句现在的时髦话，就是"名人效应"，或是"追星族"。

　　在我的记忆中，当年菜市口有过"幌子大战"。所谓"幌子大战"，就是店铺门前的幌子特多，好像摆开阵势一样。而且，多种式样，多种颜色，有的是镶边绣字，有的是印字，还有的是用彩色缎或绢剪出字形粘贴或缝上的。有的幌子上只有店铺字号，有的除了字号还有经营项目，中间字大，两边字小。从幌子的大小、材质，能显示出商家的财势与气势。可谓利用幌子进行"大战"之一说；再一说就是势如"大战"之竞争了。这是从幌子上的字号表现出来的，最为明显的当属刀剪行业。这些店铺幌子上字号分别是："王麻子刀剪""真正王麻子刀剪""老王麻子刀剪""真正老王麻子刀剪""老老王麻子刀剪""小王麻子刀剪""真正小王麻子刀剪"，还有"汪麻子刀剪""旺麻子刀剪"。让人感觉到陷入"麻子阵"一样。您说，这算不算是"幌子大战"？1956年公私合营后，"麻子刀剪"的"幌子大战"才偃旗息鼓，统归为"王麻子刀剪"了。

在我的记忆中，这里之所以叫菜市口，是因为确实有个菜市场。民国以前，这个菜市场的名称与规模本人都不太门儿清，只知道解放前后叫过广安市场。在靠西边路北，是个露天的中型菜市场，既批发也零售。原先在右安门外、广安门外菜园子较多，菜农们既往月坛菜市送菜，也有往这里送菜的。广安市场不仅经营蔬菜，还有鱼虾、肉类。上世纪50年代末60年代初，改露天为室内，成为经营蔬菜、鸡鸭、鱼虾、肉类、蛋类、熟食、副食、豆制品、糕点、烟酒、糖果等综合性的菜市场了。没留神是什么时候就没有了。

在我的记忆中，菜市口的清真小吃店原先都是个体的。1956年公私合营时，把这一带的清真小吃店、摊儿都合并起来了，组成了清真菜市口小吃店。星期天，我要是不回家，就到这里解解馋。顶多也就是二两年糕、一碗豆腐脑的事。在学校已经吃饱了，多了也找补不下去了。浇豆腐脑的卤真棒！不像现在有的地方那卤就是酱油汤一勾芡就得，连点儿肉末、黄花、木耳都看不见，更甭说口蘑了。60年代初，南来顺饭馆与该小吃店合并，更名为南来顺饭庄。很快便以京味清真小吃品种多、质量优而名冠全北京，很多名人都光顾过这里。这里光麻花就有好几种，脆麻花酥，蜜麻花透，干糖麻花软，馓子麻花香。盆儿糕现蒸现卖，常常有人等着吃这口儿。炸糕也特地道，味儿、色儿、个儿、火候，都可以跟天津的"耳朵眼儿"炸糕相媲美。为了买几块炸糕，来回跑个二三十里地，我都愿意。

在我的记忆中，具有六百多年历史的鹤年堂中药铺（开业于明成祖朱棣永乐三年，即1405年）早年间在菜市口东、西各有一家门面。东边的鹤年堂是总店，在路北，与丞相胡同（后改成菜市口胡同）隔街斜对。西边的鹤年堂在口儿西也在路北，叫西鹤年堂。过去，人们爱将"鹤"字说成háo的音，仙鹤说成仙háo。因之，鹤年堂往往有人说成háo年堂。两个鹤年堂的门脸儿都是古色古香的，除了门前的镂花铁架子挑着膏药造型的幌子以外，在店门两侧墙上各有一块略显长方形、四周有花边、中间是白色底儿的地方，上边用楷书分别写着"汤剂饮片""丸散膏丹"。门匾上分别是"鹤年堂""西鹤年堂"。约在50年代末，东鹤年堂被迅速发展的菜市口百货商场扩进去了，从此没了，只剩下了西鹤年堂。西鹤年堂旁边有理发店、美味斋饭庄、可北京城独一无二的清真茶叶铺正兴德茶庄和广安市场等。街对面有书店、糕点铺、小百货店、照相馆、小吃店等。据久居当地的老一辈儿人讲，清代处斩犯人时就在鹤年堂总店门前的马路上。

在我的记忆中，把着菜市口西北角的是一个大当铺改成的委托商行，朝南、朝东都有店门。这里，钟表、首饰、服装、鞋帽、文体用品等应有尽有。但是，都是旧的，也有八九成新的，价格合理。解放初期，老百姓的生活水平都不高，要是买不起或是舍不得买新的话，到委托商行选购一番也划得来，穿戴出去照样儿显得体面。因而，每天都有不少人在这儿进进出出的，到了星期天人更多。

在我的记忆中，现在有"京城黄金第一家"之称的菜市口百货商场，起初只是一家开业于50年代中期的小型百货商场，是由几家小店打开隔断墙改建成的，西、南各有一个门。可能开业前筹备得比较仓促，店内的地面都不是一般高，逛商场的人老得反复地上台阶下台阶。北边的墙壁也不是一样齐。商品种类不少，只是那时还没有黄金首饰。由于经营思想和管理等诸方面合理、妥当、科学，因此发展得很快。没几年就向东扩展了，南向的一个门变成了两个门，接近了中型商场的规模。再后来，金银首饰柜台由一个发展到两个，没几年就成为该商场的龙头商品了。近几年终于跨进了大型百货商场的行列。

在我的记忆中，丞相胡同东边，有一家隶属于原宣武区文化馆的剧场。60年代初期，我在原宣武区文化馆话剧队参加活动时，在这里演出过多次，有大型话剧、独幕话剧、雕塑剧和诗歌朗诵会等。有时演出完了就顺便在菜市口再逛一逛，或是在南来顺吃点儿夜宵。在夏季演出完了，大家找个酒馆来一顿"集股啤酒"，就是大家凑钱买啤酒。有一次演出完了在南来顺西边的人民照相馆，又照合影又照剧照。后来，丞相胡同改叫菜市口胡同，小剧场也改成以放映电影为主的菜市口电影院了。

小剧场的东邻是家文化用品商店，我在回民学院上学时，常在这里买文具、修理钢笔。

在我的记忆中，菜市口周边的胡同比较多，有宽有窄，有长有短；会馆也比较多，无论是在明、清两代，还是民国时期，这片地区都留下过许多名人的足迹。然而，我只是走过南横街、烂缦胡同和丞相胡同，为的是去看看那些会馆是什么样子。在我的印象里，会馆有大有小，基本上都是老式的宅子。可惜，一个院子我都没进去过，只是在门口往里边看了看。因为，那时有些会馆已经改成普通的大杂院了，不敢贸然进去，怕受到误会。让我至今不忘的是，几次从丞相胡同（包括后改称菜市口胡同时期）穿行时，都会从一个过街楼的下边走过。这座过街楼造型独特，有灰色城砖建造的城墙基座，"城"上是立柱飞檐琉璃瓦盖顶的殿堂，木柱木门木窗，显得非常古朴典雅。"城"下的券洞仿佛城门洞一样，只是没见过有城门，行人可以任意通行。在幽静的胡同里从别致的过街楼下穿过，别有一番兴致在心头。记得，我最后一次从这里走过是1994年秋天的事了，可惜，不会再有可能了。因为，这座过街楼拆了，永远地消失了。

如今，古老的菜市口已经变成现代化的十字路口式的菜市口大街了。如此这般的旧景与往事从笔尖流出来，也只是为告诉后人北京城里曾经有过这么一个地方，曾经如何如何，仅此而已。对于研究北京城历史的学者，或对北京城旧事感兴趣的平民百姓，也可能会从这里得到点儿什么。

2010年6月于京

漫话颐和园的牌楼

凡是到颐和园游玩的人大都在意于山水风光、文物古迹。殊不知园内的一座座牌楼（亦称牌坊）也是一道道令人赏心悦目的景观。

颐和园里的牌楼无论是种类还是数量，都应算是北京所有公园之最了。本人认为种类包括：从位置与作用分、从材质上分、从造型上分、从结构上分四方面。颐和园里的牌楼，从位置与作用来分，有园林牌楼、桥梁牌楼、津渡（码头）牌楼、店铺牌楼、寺庙牌楼；从材质上分，有木牌楼、石牌楼、琉璃牌楼；从造型上分，有出头式与不出头式（二者的区分就是看牌楼的立柱是否超过顶部的"楼"）；从结构上分，有2柱1门1楼的、4柱3门3楼的、4柱3门7楼的。真可谓形式多样，各呈风姿，均值观赏，皆可称道。

颐和园东宫门外大牌楼

漫话颐和园的牌楼

您到颐和园若从正门（即东宫门）进，在现停车场以东，先看到的是一座大牌楼。此牌楼为4柱3门7楼不出头式下有汉白玉夹柱石底座的木牌楼。东侧额题"涵虚"，西侧额题"罨秀"。整体规格大，斗拱彩绘。从前，立柱上还"盘绕"着"金龙"，显得十分庄严、雄伟、巍峨、壮观。具有关颐和园的史料记载，旧时的大牌楼两侧还立有大栅栏，老百姓是不准随意靠近的。牌楼东南侧原有石碑，也早已不知去向。由此看来，这座大牌楼可算是颐和园的第一道门户了。再者，额题"涵虚"，是说此园环境清幽、恬淡、宁静；"罨秀"是指风景如画。用现代经济眼光来看，这座园

颐和园内谐趣园知鱼桥石坊

林牌楼是不是还肩负着极其准确及其精辟地介绍颐和园美景的重任？可不可以算作古代的一个绝妙的广告牌？

进颐和园右行，经"紫气东来"关可至享有"园中之园"赞誉的谐趣园。此园内有一座小小的知鱼桥。桥东端（大致方向）是一座小巧灵秀的石牌楼，这是一座2柱1门1楼的桥梁牌楼。牌楼名称因桥而取。楼、檐、额、柱皆为汉白玉石精雕而成。门楣额心处，镌刻有乾隆帝御题"知鱼桥"3个字。并且，刻有乾隆帝御

颐和园万寿山后山须弥灵境北牌楼"慈福牌坊"亦为苏州桥南端

制诗一首:"屧步石桥上,轻儵出水游。濠梁真识乐,竿线不须投。子我嗤多辨,烟波匪外求。琳池春雨足,菁藻任潜游。"真是有声有色、有动有静、有情有景。石柱内外均刻有古人吟咏此园美景的诗联。东侧楹联是:"月波潋滟金为色","风濑琤琮石有声"。西侧楹联是:"迴翔凫雁心含喜","新茁蘋蒲意捻闲"。其余诗句因数百年的风雨侵蚀字多已模糊不清,而不便抄录了。若说此牌楼极富文化底蕴,不为过吧?

颐和园万寿山后山须弥灵境东牌楼遗迹

出谐趣园右拐,傍水西行,可至后湖买卖街。此街旧称后溪河买卖街,因后湖原名为后溪河。此街仿苏州一河两街的式样,故俗称苏州街。于清漪园(颐和园原名)建成二十八年后兴建的。初有60余家仿民间典型铺面房的店铺,其中有20余家店铺门建有牌楼、牌坊(二者在通常情况下可以统称为牌楼或牌坊),大多为2柱1门出头式。在英法联军焚毁圆明园、颐和园的大劫难中,买卖街也遭到焚毁。慈禧太后重修颐和园时,买卖街没得到修复。直到上世纪80年代初,才按照原样进行复建,这20多座店铺牌楼(坊)也同时得到复建,以显现出整条买卖街建筑之古色古香。这里还有一座全园地势最低、规格最小、工艺最简的2柱1门(只相当于一般牌楼间量的一半左右)额题为"小香洲"的牌楼。因其位于一座小桥的一端,故而也应算作桥梁牌楼吧。

颐和园智慧海前琉璃牌楼

颐和园后湖买卖街之店铺牌楼

颐和园排云门前大牌楼

颐和园荇桥牌楼

颐和园铜牛码头牌楼

出买卖街过苏州桥南行，有一座4柱3门7楼下有汉白玉夹柱石底座的木牌楼立于桥的南端。其南额题"慧因"，北额题"慈福"，故而称为"慈福牌坊"（在这里北为正面）。从其现在立于桥头的位置看，应算是桥梁牌楼，原来的"身份"还应

颐和园南湖岛广润祠前东牌楼

兼为寺庙牌楼。因为，由此向上原有须弥灵境（佛殿），殿门前东、西、北各有一座牌楼，均为4柱3门7楼下有汉白玉夹柱石底座的木牌楼。据《日下旧闻考》记载，东牌楼两额分别题"梅林"、"莲界"；西牌楼两额分别题"梵天"、"宝地"；北牌楼就是这座"慈福牌坊"。从牌楼上额题内容看，这三座同样材质、同样规格、同样造型的牌楼都属于寺庙牌楼。1860年，在颐和园遭英法联军烧毁后，须弥灵境只剩下平台了。这三座牌楼也只留下了汉白玉夹柱石底座的残迹。上世纪80年代修复后湖

颐和园南湖岛广润祠前西牌楼

93

买卖街时,"慈福牌坊"也在原址按照原样得到修复。须弥灵境变成的平台与东、西两座牌楼都未得到修复。我想,大概是为教育与激励后人的吧?

由平台上行,经"香岩宗印"殿阁、石山曲径,可到达万寿山山顶的智慧海大佛殿。在智慧海与佛香阁之间,有一座4柱3门7楼五色琉璃大牌楼,名为"众香界"。从其名称和位置来看,当属于寺庙牌楼。这是全园地势最高的牌楼。

由"众香界"沿山路西下,经"宿云檐"城关南行,在石舫的北边是一座建有重檐长方形亭子的亭桥,名叫"荇桥"。桥两端各建有一座4柱3门3楼冲天式下有汉白玉夹柱石底座的木牌楼。东牌楼的东侧额题"蔚翠",西侧额题"霏香";西牌楼西侧额题"云岩",东侧额题"烟屿(屿)"。这两座牌楼可算是目前全园唯一的成双成对的桥梁牌楼。

由荇桥沿湖东行,至排云门前的御用大码头。这里,有一座规格不小于东宫门外的那座大牌楼的木牌楼,也是4柱3门7楼不出头式下有汉白玉夹柱石底座。因其位于码头之上,码头雅称"津渡",而属津渡牌楼。北额题"云辉玉宇",南额题"星拱瑶枢"。这是把北边依山而建的宫殿、寺庙喻为玉宇琼楼,把南边的昆明湖喻为王母娘娘的瑶池,整个一个人间仙境。此牌楼巍峨雄伟金碧辉煌,游人多爱在这里摄影留念。

在此处乘渡船到南湖岛,沿小径绕至龙王庙前。庙名"广润祠"。"广润王",是宋真宗给西海龙王的封号。因昆明湖前身名为西湖,当供西海龙王。所以,此庙便叫"广润灵雨祠",简称"广润祠"。庙前有一组三座高大同样材质、同样规格、同样造型的木牌楼。正对着"广润祠"(南边紧临小码头)的牌楼南侧额题"澄霁",北侧额题"虹彩";东牌楼东侧额题"凌霄",西侧额题"暎日";西牌楼西侧额题"绮霞",东侧额题"镜月"。这三座同为4柱3门3楼

颐和园南湖岛广润祠前南牌楼

冲天式下有汉白玉夹柱石底座的牌楼，因南有码头，北有庙，东临长虹卧波的十七孔桥，所以可谓"身兼三职"了。即，桥梁牌楼、津渡牌楼、寺庙牌楼。在绿树的衬托下，色彩更为艳丽。

　　过十七孔桥至铜牛处，这里也有一个小码头。与码头隔路相对的位置，有一座4柱3门3楼冲天式下有汉白玉夹柱石底座的木牌楼。东侧额题"延旭"，西侧额题"舒云"。姑且算是津渡牌楼吧。至此，颐和园现有的牌楼观赏完毕。

　　由此牌楼东去新辟一门，可以出园。亦可沿湖北行，经文昌阁，过知春亭，绕仁寿殿，出东宫门。您走哪条路出园，就"后脑勺留胡子——随辫（便）"了。嘻嘻，悉听尊便吧。拜拜了您哪！

2008年3月一稿于京
2010年2月二稿于京

话说北海公园的牌楼

北海公园里的牌楼从类别与数量上看,在全北京的公园中可占第二位。这里现存的牌楼也可分为桥梁牌楼、津渡牌楼和寺庙牌楼,材质分别为木、石、琉璃。

提起北海公园里的桥梁牌楼,人们准会脱口而出,有:南门里的积翠、堆云牌楼,东门里的大牌楼,濠濮涧的小石牌楼。不错,您可知道这几处牌楼各有什么特点吗?在下认为其特点可以各用两个字来概括,即:"壮观"、"伟岸"、"灵秀"。

积翠牌楼和堆云牌楼是一对,分别在永安桥(亦称永安寺桥,旧称太液桥、积翠堆云桥)南、北两端,均为4柱3门3楼不出头式下有汉白玉夹柱

北海公园南门内永安桥南端的积翠牌楼

石底座的木牌楼。南牌楼额题“积翠”，北牌楼额题“堆云”。牌楼下各有一对石狮子“雄踞”于外侧。由于有这两只石狮子，两座牌楼才显得分外壮观。

北海公园东门内陟山门桥牌楼

公园东门名为陟山门，桥名陟山门桥。桥西半月城前，有一座4柱3门3楼不出头式下有汉白玉夹柱石底座的木牌楼。此牌楼别具一格的是，在门楣与顶楼之间没有可供题字的额心，而是有几排窗格式的雕饰。因此，显得格外伟岸、脱俗。没有额心自然也就没有额题了，姑且称之为陟山门桥牌楼吧。

濠濮涧的小石牌楼堪为颐和园中谐趣园知鱼桥石牌楼的“一奶同胞”。它也是2柱1门，通体皆为汉白玉石，顶楼斗拱雕工精湛。所不同的是此牌楼没刻桥名，且只有楹联，没有诗句。二石柱南侧面分别镌刻着“日永亭台爽且静”，“雨余花木秀而鲜”；北侧面二石柱分别镌刻着“蘅皋蔚雨生机满”，“松嶂横云画意迎”。南向额横刻“山色波光相罨画”；北侧额横刻“汀兰岸芷吐芳馨”。实际上这两侧额题也是一副对联。观景赏联使濠濮涧景区更加充满诗情画意，令人流连忘返。

北海公园濠濮涧石牌坊

其实，现北海大桥东、西两端原有的两座木牌楼也应算是北海公园范畴内的。即金鳌牌楼、玉蝀牌楼。在明、清两代，北海与中海、南海统称为“西苑”，是皇家禁苑。水面统称为太液池。这座大桥横贯东西，称为金海桥、御河桥。之所以又被称

北海玉蛛牌楼与团城旧影

为玉蛛桥和金鳌玉蛛桥,是因大桥两端牌楼的名称而叫的。即,两座牌楼的额题分别是"金鳌"、"玉蛛"。这对牌楼均为4柱3门3楼不出头式下有汉白玉夹柱石底座。桥有7孔,略呈拱形,为市内最大的石桥。帝王后妃游西苑时常乘船从桥下穿过。清乾隆帝数次题诗赞美大桥景致。其中,乾隆十二年(1747年)诗为:"玉蛛桥头驻八骢,溶溶太液一舟通。苑花堤柳添烟景,弱苇新蒲苴露丛。"乾隆二十八年(1763年)诗为:"玉蛛金鳌亘卧虹,承光楼阁倒涵空。胜朝遗迹春明梦,殷监兼存水监中。"(均见《日下旧闻考》)民国以后,此桥成为东西通衢大道。上世纪50年代中期为扩展马路,将桥面高度降低、展宽,同时将二牌楼拆除,改称为北海大桥。后来,又经多次扩建,汉白玉石的桥栏也改成金属栅栏表面涂以白漆,才成为今天的样子。

北海公园内的码头(即津渡)不少。但是,作为装饰性建筑的津渡牌楼现如今仅存一处。就是琼岛西侧小玉带桥以北小码头上的那两座小牌楼。尽管也都是4柱3门3楼下有汉白玉夹柱石底座,然而整体规格小了许多,且都是只有额心而无题字。这两座小牌楼是后修的。按《日下旧闻考》记载:"山西石桥……渡桥有坊(即牌楼),坊南向曰'芳渌',曰'舞藻';北向曰'静游',曰'纫香'。"是不是指这一对津渡牌楼呢?未题额心,是何原因,不得而知。

园内的寺庙牌楼现有三处,一处是木牌楼,两处是琉璃牌楼。木牌楼即永安寺内法轮殿后的那座"短腿"的龙光牌楼。您别看其"腿短"——4根立柱都比正常牌楼的立柱短,可是"五脏俱全"。即,门、柱、额、楼、底座都有,因额题"龙光"二字,故叫龙光牌楼。当初建造这座牌楼时为何要设计成"腿部残疾"呢?有多种说法,其中一种说法是,因其位于半山腰,怕影响观瞻白塔。由于此牌楼在永安寺内,所以不买公园通票或不另购永安寺门票的人是看不到的。从而,它的"知名度"就远低于积翠牌楼和堆云牌楼了。

两处琉璃牌楼,一处在大西天"西天梵境"前边,另一处在小西天"极乐世界"。大西天的琉璃牌楼是单个儿的,为4柱3券(门)7楼式,楼顶覆绿琉璃瓦。斗拱与券洞上方为浮雕着云、龙、花、草等图案的黄琉璃砖和绿琉璃砖贴面。券洞与底座为汉白玉石。北侧额题"须弥春",南侧额题"华藏界"。牌楼的前边(南)"雄踞"着两只大石狮子,衬托出佛祖的威严与尊贵。

小西天的琉璃牌楼是一组4座,即四周各有1座,也均为4柱3券7楼式,券洞与底座亦皆汉白玉石。整个小西天坐北朝南,即南门为正门。南牌楼南额题"证功德水",北额题"现欢喜园";北牌楼北额题"法轮高胜",南额题"妙境庄严";东牌楼东额题"震旦香林",西额题"神州宝地";西牌楼西额题"仁寿谱缘",东额题"安养示谛"。这四座牌楼尽管造型、装饰图案、所用琉璃砖瓦的颜色等均与大西天的牌楼相同,但是在规格与气势上都逊色多了。

在我的记忆中,解放前父母带我来逛北海的时候,在南门外还看到过两座横跨马路的大牌楼,也是4柱3门的,记不准上边是几"楼"的了,只记得上边题的是4个字,记不清是什么字了。拆除的具体时间不清楚,大概也是解放初期为扩展马路吧。提这两座牌楼,是想说明北海公园正门外原先也

北海公园大西天琉璃牌楼

有过属于它的园林牌楼。

据《日下旧闻考》记载，北海公园在早年间，还有几处牌楼。

其一："山西（指琼华岛西侧）石桥南北坊楔（即牌楼）各一，南向曰'涵秀'，曰'濯锦'；北向曰'挹源'，曰'艳雪'。"此桥当是那座小玉带桥了。

其二："水殿（大概指东岸船坞）之北有龙王庙，庙后小渠亘之……上有桥，桥南北坊（牌楼）各一。二坊在南者榜（即额）曰'贮月'，曰'摛锦'；在北者榜曰'轶云'，曰'延春'。渡桥即蚕坛也。"今桥仍存，桥下东侧尚有溪水，然西侧已覆水泥矣。

其三：五龙亭后原"有石坊二，南向额曰'性海'，北向额曰'福田'"。

其四："佛殿（大概指小西天）之北为普庆门，入门南北置二坊，南曰'大千轮置'，曰'满万昙霏'；北曰'聚诸福德'，曰'现大吉祥'。"

以上几处牌楼均不知因何故毁于何时，可能连照片也没留下。可惜，可惜。

2008年3月一稿于京
2010年2月二稿于京

妙哉，恭王府花园

在北京风景秀美的什刹海西侧，有一处全国重点文物保护单位。这就是清代近百座王府之首的恭王府及花园。

此处府园仅从清乾隆年间成为大贪官和珅的府第算起，就有二百余年的历史了。实际上，从园中的康熙御笔"福"字碑和山石垒砌具有明代工艺特色来看，可以上溯到清初、明代，甚至更为久远。嘉庆四年（1799年），和珅被赐死，此处改为庆王府。咸丰元年（1851年），又赐给恭亲王奕䜣为府第，始称恭王府。据传，奕䜣在重建花园时，集能工巧匠之百艺，融南方园林艺术与北方建筑风格于一体，汇西方色彩和东方特点于一园。我国著名历史地理学家侯仁之教授赞誉为"什刹海的明珠"。

整座花园紧接前边府第，坐北朝南，环山衔水。中间的正园门具有西方建筑特色，内外侧园门上分别镌刻着楷书题额"静含太古"、"秀挹恒春"。意为，在城市的喧闹中取太古之幽静，满园秀色永远如春。由此门向里看，一块名为"独乐峰"的刀削般巨石高耸于甬路中央。两旁形如彩云的假山，显现出明代的山石叠砌工艺。再加上满目碧翠，令人顿时神清气爽。

门左侧，有"曲径通幽"，右侧有"榆关险隘"，皆可通园内。

恭王府花园园门

园内，方塘水榭，清流穿院，馆舍亭廊掩映在繁茂花木之中，步步有景。门右侧之龙王庙可以表明，园内之水有龙王管辖；庙前古井井口那深深的勒痕，则显示出其年代之久远。东侧假山脚下的流杯亭，更是京城内外屈指可数的几处之一。据园主人

恭王府花园之榆关

奕䜣次子载滢在世时撰文记载，共有20余景。方塘水榭、龙王庙、流杯亭、榆关等皆各有景名。

沿关旁石阶登上城墙，花园西侧树木葱茏的土山、碧波荡漾的方塘、塘中央的水榭、塘旁之馆舍亭廊……诗情画意尽收眼底。

自关墙东行，过小小的山神庙，走在一侧为山一侧为崖的小径上，可领略到鸟语花香的山野风趣。耳边仿佛响起"砍砍伐檀"之声和粗犷嘹亮的山歌。此景名为"樵香径"。下山后即"独乐峰"之侧，地势顿觉开阔。

峰后是一个周匝叠石的大水池，因形如蝙蝠，而名为"蝠池"，以取"福"之意。池水由小溪与方塘相通。池水清且涟漪，游鱼时隐时现。这里的叠石之法，亦属明代工艺。

过池上的"渡鹤桥"，即达安善堂。此堂是昔日恭亲王待客之处。堂前有抱厦，后有月台，左右有抄手游廊与两侧建筑群相接。过安善堂就是全园的制高点大主山。

此山取八卦中之乾位。山前有一山石环绕的方池，呈怀中抱月之势。池旁有陡立的太湖石，苔藓壁挂，名为"滴翠岩"。载滢生前有诗赞曰："怪石叠悬岩，壁立千寻（古代长度单位，八尺为一寻，此处是虚数）峭。振衣拂尘埃，游目任

恭王府花园之"曲径通幽"景

恭王府花园内山神庙

舒啸。烟雨滴空翠,嶙峋透云窍。凭栏眄（miǎn 斜着眼看）归鸟,隔林明夕照。四望画屏开,登高领其要。"池后有一深邃大洞,名"秘云洞"。前边提到的"福"字碑,就嵌在洞内山石正中间。碑前地上有碎石嵌成的棋盘。想来,昔日盛夏之际常有人在此纳凉对弈。其时,定是悠哉乐哉。

由洞中石阶蜿蜒而上可至山顶。暑天,这里云窦零芬,苔痕晕翠,古树参天,大有元诗中"地蕴清凉界"之境。重岩叠嶂之上构屋3间。屋前平台周围雕栏,是为"绿天小隐"与"邀月台"二景。在此四望,全园美景一览无余。每到月挂中天,在此吟诗举杯别有一番情趣。尤其是中秋之夜在这里赏月时,不仅主人饮酒赋诗,喜好诗词的仆人们也可以参加作宝塔诗与和韵,有佳作者奖赏。只是苦了孩子们,既不会饮酒,也不会吟诗,只能吃些水果、月饼,凭栏望月而已,不一会儿便索然无味了。

沿屋侧石阶迂回而下,经"倚松石"就到了全园最北端的"云林书屋"。这里一排数间有游廊相连,似展翅的大蝙蝠,故称"蝠殿",亦称"蝠厅"。屋后,昔日曾辟有鹿苑与鹤苑。此一组景点取"福禄双至,益寿延年"之意。

由屋前小径,过取"幽燕沉雄"之势的东山山口,穿游廊就到了著名的大戏楼。说是戏楼,其实并没有楼,而是一间可容纳百余人看戏的大厅。厅内四壁至屋顶皆为彩绘紫花盛开的藤萝,且连成一体,使人产生在巨大的藤萝架下看戏之感。厅的南端为戏台,高不过1米。台前放置数十张八仙桌,每桌八把椅子。北端为园主人、贵宾看戏的包厢。看戏时,大家围桌而坐,边品香茗,吃水果、糕点,边看京昆名角的精彩演出。

恭王府花园流杯亭

恭王府花园内秘云洞与邀月台

演员与观众近在咫尺。当时有不少艺人之所以愿意到这里来唱堂会，盖因为喜欢借机在园内游玩一番。曾红极一时的著名余派女老生孟小冬就是其中的一位。有时，府中主仆也同台扮戏自唱自娱。每当自己演戏时，他们都大开门窗，任外人观看。在此园内出生并生活过九年的著名画家爱新觉罗·毓峋先生（继明，道光帝第五世孙，恭亲王奕䜣之重孙、载滢之孙）在生前曾对我回忆说，有一次，年幼的他由大人抱着看戏，一个"大花脸"刚一亮相，他就吓得大哭不止。稍长后，他在父兄的熏陶下也迷上了京剧。府里的红白喜事也在这里办。载滢的夫人（毓峋先生之祖母）六十大寿时，戏楼里挂满寿屏、寿幛、寿联，又演戏又祝寿，好不排场，好不热闹；她寿终正寝时，戏楼里又布满了挽联、挽幛，长幡高悬，烟雾缭绕，各寺僧众相继诵经超度亡灵。每换一个寺庙的僧、尼，就换一种颜色的圆筒形的长幡，仪式长达49天。据说，这样的红白喜事已远不是王府应有的规模了。

大戏楼的东侧和南边有几个精巧的小院，过去是王爷、福晋、阿哥、格格曾经居住过的地方。院内修竹婆娑，百花吐艳，颇具《红楼梦》中怡红院、潇湘馆之风韵。

南出垂花门，几株龙爪槐排列于门之两侧。门前有一块小小的田园，可种植粮蔬。东山有桑麻，南山有古树，山脚下是名为"沁秋亭"的流杯亭。山中有一古井，可以汲水流觞，再灌田园。这里集山、亭、树、水、田，不正是桃源之境吗？此处东南隅（即东山与南山之间）

恭王府花园内爬山游廊

就是"曲径通幽"了。

　　1937年，七七事变以后，恭王府花园被卖给了辅仁大学。作为历代恭亲王及其家族成员生于斯长于斯的豪华府第及花园也就降下了历史的帷幕。

　　新中国成立后，党和政府对这座几易其主、年久失修的王府名园非常重视。周恩来总理曾亲自来此视察，指示修复后要对公众开放。1982年，花园与府第一起被定为全国重点文物保护单位，并于同年开始施工修复。1988年7月，正式开始对游人开放。至今，此地已成为京城内一处重要的旅游胜地。

　　当您在故宫参观完了帝王宫殿后，再来此地看看王公贵族如此这般的生活遗迹，领略一下古园的风韵，一定会发出一番感慨的。

1988年7月一稿
1993年3月二稿
1993年6月三稿
2005年3月四稿
2010年2月五稿皆于京

儿时逛天桥

　　天桥，乃天桥公平市场之简称，是真正属于平民百姓的乐园。它位于北京城中轴线南端的西侧。繁盛时期，在马路东边也有不少摊位和小茶馆、小饭馆、小戏园子。称得起横跨中轴线之上了。我与天桥的缘分是从5岁开始的。即从那时起，我就爱逛天桥了。去的次数"老鼻子"了。要知道，当时我们家在远离天桥的阜成门外月坛一带，这得有多大的瘾呀！

　　"逛天桥能治病"这档子事就发生在我5岁那年。有一回我病了，头疼脑热，浑身难受，不思饮食，端起药碗眼泪汪汪。家里的大人们可着急了。祖母问我想吃什么好给买去。我的回答让大人们都是一愣："我想逛天桥。"在这之前，我听外边的大人和孩子们都说天桥如何如何热闹，总想着去。这次，谁也没想到病怏怏的我竟会在这个节骨眼提出这样的要求。我撒娇着说："带我上天桥，病就准能好。"于是，刚刚撂下饭碗的祖父当即痛快地答应下来，而且是说走就走。我高兴地下了炕。我们爷儿俩出了家门，雇了一辆三轮车到西四牌楼，坐上铛铛车，就奔天桥去了。

　　在电车经过前门箭楼时，我的一句话把祖父和旁边的人都吓了一大跳。当时，我看到车外马路边上有几个扛着枪的日本兵走起来帽子后边的布片一忽闪一忽闪的。我小声对祖父说："您快看，那些兵帽子后的屁帘儿直忽闪！"祖父听到这话后向车外扫了一眼，连忙捂住我的嘴。同时，偷眼向左右看——八成是想看看旁边有没有"便衣"。旁边的人也都吓了一跳，一个劲儿地冲我摆手。我赶紧一头扎进祖父的怀里。这一

天桥广场"八大怪"塑像

吓不要紧，我竟然出汗了。万幸的是，当时车上没有"便衣"。车过珠市口以后，我才敢又坐起来。所谓"屁帘儿"，是过去小孩儿在三岁以前常穿开裆裤，为防止小屁股蛋儿受风，就做个棉的或夹的屁帘儿系在腰里挡在屁股后边。因其是专门用来挡屁股的，所以叫屁帘儿。我把日本兵帽子后边的布片说成屁帘儿，不是把他们的脑袋当成屁股了吗？这要是让鬼子、汉奸听见，还不得倒血霉呀！祖父知道我已经吓得够呛了，便也就不再数叨我了。

天桥四面钟

到天桥后，我们爷儿俩一通玩儿。听相声、评书、竹板书、小戏儿，看演双簧的、钻罗圈的、耍中幡的、练杠子的、拉硬弓的、吞铁球的、耍大刀的、变戏法儿的、练硬气功的、拉洋片的、耍狗熊的、赛活驴……祖父年轻时好摔跤，因而我们在一个跤场看了足有一个钟头，是我一个劲儿地催着才离开的。那时，我太小，还不知道宝三、飞飞飞、八大怪、云里飞、大金牙、张宝忠、朱国全、关德俊等大大有名的天桥艺人。走到天乐戏园外边的时候，从里边传出来的锣鼓声把我吸引住了。祖父是个老戏迷，还没等我磨叽就掏钱买票了。这是我有生以来第一次进戏园子听戏，兴致特高，回家后还不止一次地跟人家显摆。

病了好几天的我，逛了一趟天桥，竟然好了。您说，新鲜不新鲜？逛天桥，咳，治病！

后来，父亲又带着我逛了几次天桥，才知道，整个天桥市场有老大的一片。早年间，连马路东边都是。七七事变后，才渐渐缩小了。临解放前，只剩下西边的地界儿了。但是，我仍然感到很热闹，它仍然吸引着我总想去。然而，去了数不清的次数，我也没有把所有的角落都转到。市场里不光有打把式卖艺的、评书、相声、杂耍儿、拉洋片、小戏儿、赛活驴、跤场、飞飞飞、独角戏、变戏法的等搭的棚子、围的场子、没遮没拦的地摊儿、戏园子、电影院、照快相的，还有饭馆酒馆小吃摊，茶馆茶摊大碗茶；专

天桥练硬气功的

治瘊疣脚鸡眼，跌打损伤拔补牙。相面算卦半仙嘴，古旧书摊能解乏；估衣旧鞋旧家具，五金杂项多去啦。

在这儿，父亲让我照过一张"骑"在"马"上的快相。所谓的"马"是木板做成马的形状，涂上颜色，后边用木架固定住，照相者可以"骑"在上边，照出的相来是"纵马驰骋"的画面。明知是假的，"骑"在上边还是美滋滋的。可惜，这张照片没有留到现在。不然的话，让儿孙们看看，那得是多大的乐子呀！

1953年暑假，我考进了国立回民学院，初中毕业后又念师范，平时住校。那时，我姑伯伯（即姑父）和我娘儿带着孩子们从牛街麻刀胡同搬到天桥福长街六条原牛行公会的院子里。这一来就给了我不必每个星期日都回家的借口，理由是我要去看望娘儿和姑伯伯。实际上，每去一次娘儿家就顺便到天桥市场去玩儿一番。每个月差不多得有两回。我独自逛天桥时跟别人有点儿不一样。别人是尽量地白看白听白玩儿。我不价，只要兜里有"块儿八毛"的，就爱往戏园子、电影院、杂技大棚跑。花个两三毛的就能听一场戏或看一回杂技。花个五分一毛的就能看一场电影。

听说早年间，天桥的小戏园子可多了，有天乐、吉祥、小小、丹

天桥唱小戏的

天桥练杂技的

天桥演独角戏的

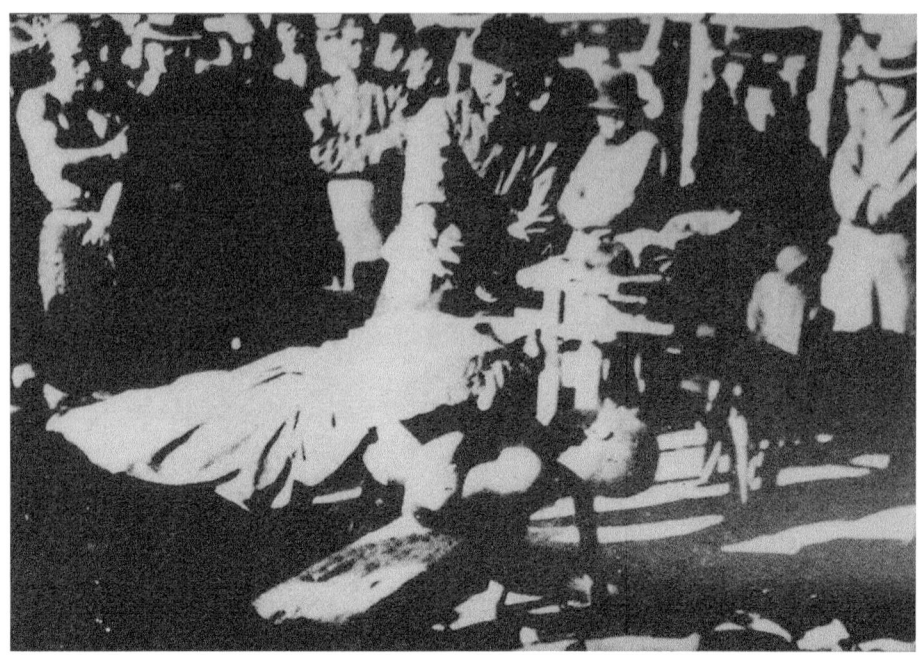

天桥练硬气功的

天桥的卦摊

桂、万盛轩、德盛轩、小桃园、燕舞台、歌舞台、乐舞台、升平等20多家。到解放前，大多关张停业了。解放初期，保留下来的戏园子经过整顿并进行了分工。如，由天乐戏院（后改为天桥乐茶园）专演京剧，万盛轩专演评剧，丹桂专演河北梆子，吉祥（并非原东安市场内的吉祥剧院）改建成杂技大棚。

天桥的药摊

我受家庭熏陶，又有唱京剧的亲戚，因而从小就迷上了京剧。所以，我一到天桥去玩儿就惦记着到天乐听一回戏。解放前和解放初期，久占这里演出的是素有"小马连良"之称的梁益鸣先生和武生名家张宝华先生领衔的鸣华京剧团。梁先生的唱、念、做皆学马派，演出的剧目也多为马派代表作。该团在20世纪60年代迁到大栅栏里的庆乐戏院演出。从天桥的天乐到大栅栏的庆乐也算是"升级"了。后来，马连良大师正式收梁先生为入室弟子。梁先生再演马派戏就不是"私淑"，而是正宗的马派传人了。

从天乐出来，要是赶上万盛轩、丹桂还没散场，就可以去"蹭"戏。那时，这里的小戏园子在离散场约有半个小时左右都敞开大门，让人随便进，不要票。人们可以大大方方地进去听戏。像《小女婿》《刘巧儿》《罗汉钱》《井台会》《打狗劝夫》等戏，我都在这里"蹭"过。

天桥有两家电影院，靠马路边的是中华电影院（现中华影城），往西一点的是天桥电影院。这两家电影院都比大电影院的票价便宜许

天桥唱小戏的

多,而且是"循环场",即买一张票进去爱看几场看几场,只有最后一场才清场。解放初期的一些电影,如《保卫胜利果实》等,我都在这儿看过。

中华电影院的北侧靠马路边就是吉祥戏院改成的杂技大棚,每天由新成立的北京杂技团演出。原先一些摆地摊、跑码头的杂技艺人归到了这里,生活有了保障,排练演出也更加卖力气了。而且,不断推出新节目。这里的票价也不高,花个两三毛钱就能看一场。我在这儿看过几回,挺过瘾的。

在天桥,我还第一次接触并很快就喜欢上了一种音乐,这就是"广东音乐"。那是在一个星期天,我去看望娘儿和姑伯伯时,顺便又去了天桥。赶上一阵风,刮来一阵雨。我连忙跑到一处屋檐下避雨。忽然间,从屋内传出来从未听到过的优美曲调。我这才注意到这里是一个演幻术的园子。门口的海报上写并画着"大变活人"一类的节目名称和相关的画。我情不自禁地掏出三毛钱,买了一张最后一排的票进去了。说是最后一排,实际上全场也就五六排。场子不大,小小的舞台与观众席几乎各占一半。乐队的乐器有四胡、高胡、扬琴、琵琶、笛子,还有几种乐器我叫不上名称来。另有一种按照拍节击打的电镀的三角形金属棍儿(也可能是管儿),声音清脆悦耳,肯定是打击乐器。这几样民乐演奏出来的乐曲非常优美动听。有的观众听得如醉如痴、摇头晃脑。此时,正要演出的节目是幻术"美女蛇"。先出来一位美女摆姿势亮相。接着,展示了一下一条粗壮的蟒蛇。灯光一暗,再一亮时,灯箱里的蟒蛇头换成了美女的头,蟒在动,人在笑。顿时掌声盖过了外边的雷雨声。对于我来说,真是开了眼界。我悄声儿地问邻座,乐队演奏的是什么音乐?人家告诉我,是"广东音乐"《步步高》《彩云追月》。看来,人家懂行。后来,在音乐欣赏课上,又听到了几首"广东音乐"的曲子。音乐老师石介如先生还专门对"广东音乐"进行了介绍。我才知道,"广东音乐"是优秀的民族传统音乐之一,也有不少的经典名曲。如:《旱天雷》《彩云追月》《步步高》《雨

天桥说快板书的

打芭蕉》《得胜令》《广陵散》等好多好多。

1959年，我参加工作以后，就再也没有时间去逛天桥了。

1964年秋，我调到朝阳区少年之家工作。这里有木偶皮影戏组。领导曾经让我和几位同事到天桥的一个专门演出皮影戏的小剧场去观摩过。那时的天桥已经远没有从前热闹了。一些原来打地摊儿的场子有的围了起来成了工地，有的地方拥挤地盖上了民居。

天桥耍狗熊

1993年初，我以记者的身份到重张开业不久的天桥乐茶园（即老天乐戏院）去采访。古老的天桥市场，一丁点儿旧模样都没有了。一些经典的杂技被画在了墙上，供人回味。

儿时逛天桥市场的欢乐场景，今生今世也忘记不了。没事的时候，就在脑海里"闪回""闪回"。

2010年春于京

难以忘怀的白塔寺庙会

从前,北京有许多庙会。其中每个月都开办的有五处,合称为"五大庙会"。有白塔寺、土地庙、隆福寺、护国寺和花市。白塔寺在阜成门内。原先我家就住在阜成门外月坛边儿上,相距较近,去的次数就多一些,记忆也就最为深刻,至今回忆起来仍旧有如昨日。

据《北平庙会调查·庙会的历史》(北平民国学院1937年5月印行)记载:"北平庙会之最早者,今所确知,当为辽之'上巳'春游。《辽史·礼俗志》云'三月三日为上巳,国俗刻木为兔,分朋走马射之。先中者胜,负朋下马,列跪进酒,胜朋马上饮之。'此正与清代蟠桃宫春场情形相似,实为一种庙会。辽时北平曾为都城之一,则北平之有此庙会可知矣。"而在"五大庙会"中,只有白塔寺始建于辽代。由这段引文可否推断出白塔寺庙会应起于辽代呢?相烦民俗专家与学者考证考证吧。但是,不管怎么说,到明代时,这"五大庙会"都已经相继开办了。

白塔寺庙会逢农历每个月的初五、初六、十五、十六、二十五、二十六开办,共六天。其实,准确地说,白塔寺的庙会应该算是庙市。因为,它在开办时,庙内没有法事活动,游人也不上香礼佛,只是纯粹地购物与游玩、娱乐。在上世纪30年代,有机构对北平的庙会做过调查,白塔寺庙宇面积为1600方丈,庙内集会面积240方丈,庙外集会面积700方丈,合计为940方丈,在"五大庙会"中名列第三;集会商摊共计735个,仅次于隆福寺。以上仅为调查时统计的数

白塔寺内景

字。当然，商摊的数量是根据季节、天气、社会情况的变化而变化的。在我的记忆中，每逢白塔寺庙会时，庙外西起宫门口西岔，东到马市桥（今白塔寺东侧十字路口），大街两侧摆满了摊儿。特别是赶上逢年过节的时候就更多了。有摆地摊儿的，有支案子的，有放在架筐里的，有挎篮、挑担来回走着卖的，有直接放在大车、排子车、儿童车上卖的，还有把自行车一支就成摊儿的。真是五花八门，吆喝声不绝于耳。

　　庙内，绝大部分商摊尽管货架也是五花八门，但是都有固定位置。一些熟主顾如要购物可以直接奔那个摊位。三层大院的正当中与两侧南北走

白塔寺塔院门前

向的通道之间，通道与配殿房舍之间，都摆满了摊位。各种商品琳琅满目。您说买什么吧？大到家具、服装，小至绒花儿、绢花儿；贵到珍玩工艺品，贱至针头线脑儿，应有尽有。商场里有的，这儿也有。商场里没有的，这儿不见得也没有。在这儿，您想买新的有新的，想买旧的有旧的。何况还有吃的、喝的、玩儿的、看的、听的、乐的。后门儿（也是坐北朝南）外的胡同里整个儿是花鸟鱼虫市场。

　　院子当中的摊位，绝大多数支的是蓝布或黄布的棚子或围子，个别摊位用白布支棚或围子。这些摊位按东西走向排列，行与行之间留有通道。通道两侧摊位相对而设，便于游人"左顾右盼"。前院由于很少有人大声吆喝，因而尽管游人熙熙攘攘，人声反倒不如庙外嘈杂有如鼎沸。但是，时而有清脆或欢畅或委婉的京胡声响起来。

　　这是中间一行有一个坐北朝南专卖京胡和京二胡的摊位，摊主在拉胡琴，想必是以文雅的方式代替吆喝招徕顾客。这是一位中年男摊主，40岁上下，留背头，穿一身中式裤褂，高挽白色衣袖，显得特干净利落。他总是面带笑容，气质儒雅。为了吸引顾客，有时拉一段《小开门》，有时拉一段《夜深沉》，或是来一段"反二黄"、"西皮原板"、"西皮流水"、"高拨子"、"南

梆子"、"四平调"等版式的曲调。每次拉琴时,准有京剧爱好者围过来听。遇有顾客,那真是百问不烦,百拿不厌。而且,热情耐心地讲解"京胡入门"方面的小知识,指点"指法"。特讲究"买卖不成仁义在"。先父自小特迷京剧,曾与坐科富连成失之交臂(您如能去坐科的话正值"盛"字"尾","世"字"头")。闲时喜欢唱几句,拉拉胡琴。您逛白塔寺庙会,就专为来这儿和摊主对京胡、京二胡的弓法、指法进行讨教切磋。当然,我家的京胡、京二胡都是在这儿买的。双方交谈的次数多了,便很熟了。先父让我管摊主叫大爷。过去,小孩子是不能随意问大人姓甚名谁的。因此,我也就一直不知其姓氏,而无法在本文中提及,为其传名了。

在前院还有一个"熟"摊。那是进西角门后走不了几步在西房檐下卖绒花儿和绢花儿的摊子。两个竖立的木板架子上蒙着白布,上边一行行整齐地别着五颜六色的各种绒花儿与绢花儿,做工之精细几可乱真。摊主是一位30岁上下的女子,据说是一位"老姑娘"(即大龄尚未出嫁的姑娘)。她细高挑儿,长得"四称",一条油黑光亮的大辫子长及小腿肚,上边系着一块花手绢儿,冬天穿一件长大的棉袄,但不显臃肿,夏天穿一件旗袍,也很合体。她说话总是细声慢语的,嘴儿特甜,不管买与不买她的花儿,也是大妈、大婶、大姐、大妹地叫着(那会儿还没时兴叫阿姨)。在这儿,买主儿可以任意挑选、试戴。她还主动用两面镜子帮人家前后打"闪"(即照)。试戴完了,您要是还不想买,她也不搭拉脸,末了还和气地说一句:"下回您再来看看。"若是祖母或母亲带我来逛白塔寺时,准是先到这个摊儿来。祖母曾经戴过的红绒双喜字、寿字;母亲戴的绢花儿,都是在这儿买的。祖母和母亲都喜欢她的和气劲儿。

白塔寺内景

由这个绒花儿摊儿往北隔几个摊位是一个卖香草儿的,其香味儿特浓,老远就能闻见,让人久久不忘。每次经过这里时,我都会使劲儿吸几下鼻子,闻个够。

在前院与中院之间的大殿两侧各有一个小门相通。东边的门内有一个小型照相馆，慢相、快相、室内、室外都能照。室内还有布景片子和桌椅等摆设，技术还不错，我和二弟都在这里照过相。

中院比前院热闹了许多。因为，在中间大殿的月台上有曲艺艺人分成几摊儿在演出。有京韵大鼓、西河大鼓、乐亭大鼓、梅

白塔寺之山门

花大鼓、京东大鼓、单弦、河南坠子、评书、相声、双簧、竹板书等。说竹板书的这位艺人姓张，艺名"小蜜蜂"，专说《刘公案》，讲的是罗锅子刘墉的故事。他嘴皮子利落，表情丰富，很吸引人，"打（收）钱"时，都很少有人离去。听说后来他到评剧院指导排演西路评剧《顶锅》等剧目去了。

在月台与前殿之间的平地上，还是一行行的摊位。房檐下的商摊有吆喝声了，因此也显得人声嘈杂了。

说到吆喝，谁也吆喝不过后院东边一处房檐下卖估衣的。"这一件皮袄唯，是原来当（dàng 说成 dā 音）儿的！""不错！""看看这领子吧，还是水獭的！""不错！"一唱一和，有韵有味儿。这个估衣摊面西背东，一张长条案子上堆放着一堆旧衣服，其中也有材料次做工糙的新衣服，长的、短的、单的、夹的、棉的、毛的、皮的、绒的全有。两个人吆喝着卖，就跟相声里说的一个样，一个吆喝，一个帮腔。每提起一件衣服来都是边吆喝边翻过来调过去、里里外外地让围观者看。要是无人问津，便放在一旁。就这样一件件吆喝、展示，很快旁边又成了一堆。缓口气，喝口水，略微歇一会儿，再一件件边吆喝边展示往回倒腾。

估衣摊斜对面有两个相隔不远的卖布头儿的地摊儿。地上铺着大包袱皮儿，上边堆放着各种布头儿。有单色的、大花的、小花的、碎花的、蓝印花布，有平纹的、斜纹的、灯芯绒的、平绒的、单面咔叽、双面咔叽、花洋皱的，有漂白的细布，也有"大五蝠（福）"粗布等。小贩把系着红布条的木尺插在衣领里，需要量的时候再拿下来。他们吆喝得都很简单，只是"布头儿，布头儿！看布头儿来！让尺让寸啦！"要是有人问有没有某种布，要是有的

话，他就再吆喝一声那种布。比如，有人问："卖布头儿的，有花儿洋绉的吗？"他就吆喝一声："看看花儿洋绉的吧，可地道啦！"至于"让尺让寸"，那是广告词，兴许真让，可是您别忘了"买的没有卖的精"（详见另文《那些消逝的老行当·卖布头的》）。

白塔所在的塔院在后院的北边，我进去过。由于人们传说白塔寺的塔下边有海眼，建这座塔就为的是镇住这海眼的。因此，我曾天真地把耳朵贴在塔座上听，想听听海眼里的海水声。可是，一次也没听到过。还有不少人也乐此不疲，凡是进塔院来的人大多都想听一听。个别人就太差劲儿了，到这儿来是为了找个旮旯"解手儿"。因而，常有骚臭味儿飘散出来。后来，我也就不进塔院了。

逛白塔寺庙会的人大多不是为买东西，而是为到西院大空场来玩儿的，特别是小孩子们。这里是比天桥小了许多许多的平民乐园（只是有庙会时才有）。有钻地圈、拉硬弓、耍大刀等杂技表演，有摔跤的场子，有变戏法的、打把式卖大力丸的，有唱京剧、评剧、河北梆子等戏曲的戏棚子，"大妖怪"的"滑稽二黄"的场子。还有拉洋片的、演日光电影的、套圈的、租克郎棋的。靠北墙一拉溜有好几个小人书摊儿。靠东南角有各种风味小吃的摊儿。有一回，我看一个变戏法儿的，这个艺人不打钱，而是卖一种自己可以做汽水的东西。我买过，按照他说的兑出的汽水一没气泡，二来喝了直拉稀，又打针又吃药才止住。从此，我再也不敢在庙会上买这类东西了。当然，戏法儿还是照看不误。

变戏法儿的、摔跤的、钻地圈儿的、拉硬弓的、耍大刀的、"大妖怪"的场子等都是一面权充后台，放张桌子和使用的家伙，另三面围以长条板凳算是观众的座位。他们都是零打钱。唱京剧、评剧、梆子的都是用布围成场地，计时收费，一般的是10分钟左右就收一次钱。我受家里大人们影响自幼就偏爱京剧，从五六岁时起就跟着大人到戏园子去听戏，12岁时起就能独自到戏园子买票听戏了。像白塔寺庙会上的小戏棚子的戏我也听过。布围子内，有一尺多高的小土台子，观众的座位是几排长条板凳，整个演出场地非常简陋。旦角的头部化妆基本规矩，只是头饰太少了，也就三五样头花儿、簪子。外穿旧戏装、彩裤、彩鞋。男角化妆就"二五眼"了，基本上不勾脸，帽盔大多是硬纸壳糊的，髯口是用麻批儿和铁丝自己做的。有的上身是旧戏装，下身是普通裤子、鞋；有的下身穿条彩裤，上身穿普通衣服。戏码大都是文戏，没有武戏，土台子太小，既翻不了跟头，也打不了把子。文武场面也很简单,只有单皮,京胡,月琴,镲和大、小锣,并且是镲和大、小锣由一个人打。方法是:在桌子上放两个小草圈,一个圈上仰面放着一只镲,一个圈上放小锣(锣面儿也朝上),大锣挂在桌子边上。这样,一只手打镲,一只手拿锣槌,既可打大锣也能打小锣。然而,唱的还是有板有眼有嗓子有味儿。也有熟识的戏迷来帮场。我进京剧棚子听过几回,听的时间的长短是根据我兜里的钱的多少来决定的。我不喜欢从布围子底下钻进钻出的。那样做让人讨厌,干吗要给家里大人招骂呢?每次家里也就给我两三毛钱。我还要听"大妖怪",看日光电影,看小人书,饿了、渴了还要买点儿吃的、喝的。真是充分利用,玩儿得尽兴,花得一分钱都不剩。

"大妖怪"是唱"滑稽二黄"的。"二黄"亦可写作"二簧",是京剧两大声腔之一,另一为"西皮"。早年间没定名京剧之前,称为"皮黄戏",亦可单提"二黄"或"西皮"。"滑稽二黄"就是用滑稽的手段演唱京剧,是观众这样叫起来的。"大妖怪"不知其真实姓名,看上去40多岁,媳妇、闺女(也有人说他们不是一家子的)一家三口全上阵。"大妖怪"脸上勾着文丑的"豆腐块儿",头上、身上都是丑婆子装扮。他管拉胡琴,用嘴念"锣鼓经"(即打家伙点儿),生旦净末丑全能来,即便唱青衣时嗓子有点儿沙哑,也不荒腔走板。个论是拉胡琴,还是唱、白,都会做鬼脸儿出洋相,逗得人捧腹大笑,要不怎么叫"大妖怪"呢!他媳妇是唱老生的,唱得有腔有味。女孩儿约十二三岁唱老生、娃娃生、旦角。这三口之家的戏码儿还真不少。每唱完两三段就打一回钱。对没给钱的人,他们绝不嗔怪,更不刻薄地挖苦。因而,人缘很好,观众也多。还真有人追到别的庙会专门去听他们演唱的。据说,庙会停办以后,"大妖怪"也老了。正赶上北京市各区如雨后春笋般的纷纷办起了街道工厂。"大妖怪"在西城区展览路的一个街道工厂找到了正

1961年拍摄的白塔寺山门

式工作，每个月有了固定的收入，生活有了保障。"妖怪"成了工人阶级的一员。

"硬弓张"拉硬弓的表演，那可是真本事。他常用各种姿势拉开各种分量的弓（即以拉满弓所需力量的强度来分）。最绝的是能用双手双脚和牙叼同时拉开5张弓。那时，他先把3张弓串起来，然后坐在矮凳上，双脚蹬住两张弓的弓背儿，用牙叼住弓弦，双手握住左右两张弓的弓背儿。准备好后，用力发出一声"开"的音，人呈"大"字，5张弓同时都拉成满月状。这一姿势能保持两三分钟。喝彩声如雷贯耳。人们纷纷掏钱扔到场子里。它放好弓抱拳向众人施礼时真是"气不涌出，面不更色"。可见其膂力之强，技艺之精。有一天，碧空如洗，太阳照得白塔的塔刹金光耀眼。心情甚佳的"硬弓张"亮了一手更绝的活儿。他选了一张弓，认扣填上一粒泥弹丸，说要打白塔上的铃铛。白塔有20余丈高，塔高铃铛小，这得要有多好的视力、多强的臂力呀！他见大家的脸上都是将信将疑的神色，便微微一笑，站好位，一招"犀牛望月"——套一句评书艺术大师连阔如先生的评书"前把一推，后把一拉，拉弓如满月，箭去似流星"——硬弓张打的是泥弹丸，当时只听得"叭嗒"一声弓弦响，"日——"泥弹丸向塔盖下的铃铛飞去。众人急忙抬头望去，遥见一个铃铛隐约摆动了几下。

"好！"

喝彩之声如雷炸响。

日光电影，是我对其的叫法。因为，这种电影只是靠着一个聚光镜利用日光为光源，用一部旧手摇电影机来放映影片的。场子是一个长方形密封的黑布篷子。篷外左右两侧各有约十个仅够一双眼睛往里看的小窗孔。看的人坐在小窗孔下边的条凳上用手扒着小孔往里看。里边北头——肯定是北头，因为放映机得在南边对着日光——有小小的银幕。不知是片子的格数不对还是手摇机轮的速度不匀，银幕上的人物和动物的动作如同木偶一样。这样的片子不知放过几千次甚至几万次了，有时只见光不见影。所放的片子都是没头没尾的无声片。每次约10分钟。摊主兼放映员，每演完一"场"就吆喝一回："看来吧，看来吧，新到的美国片子《火烧大楼》（不知道这是不是本来的片名，反正一"开始"就是烈焰腾腾）二百块钱（旧币合今二分钱）一位！"如果赶上两侧小窗口下有空座，给一分钱也让你看。要是演卓别林的片子，他就吆喝："快来看看外国的滑稽大王卓别林吧！"我最早看到的卓别林主演的影片就是在他这儿"启蒙"的。跟日光电影唱对台戏的是相距不远的拉洋片的。拉洋片的画面不动，可是能听到有韵有味儿的唱。这儿是片子无声无息，然而人能动能打能翻。两头都挺招人。拉洋片的我也看过不少次。

我在这儿也玩儿过套圈儿，不知道是手气不好，还是他那圈儿有毛病，一次也没套着过东西，总是白扔钱。

小孩子最多的地方是小人书摊儿。靠北墙一拉溜有好几个小人书摊儿。在众多的小孩子当中也常有大人坐在墙根儿底下入迷地看着一本本小人书。真是"羊群里出骆驼"。每本书不分厚薄（那会儿的小人书都相当于后来的两三本厚）租金都是一百块钱（旧币合今一分钱）一本，看多长时间不限。于是乎常常有"二仙传道"，甚至"三四仙传道"。就是，你租了一本书看后悄悄地与左右的人互相交换着看。往往花一份钱可以看到四五本。但是，千万别传远了，传丢了就得赔了。我特爱看小人书，每次来逛白塔寺庙会时必看几本小人书不可。也干过"二仙传道"的事。由于胆子小，每次绝对不超过左右两个人。而且，还得看看对方的书我看过没有，凡是看过的一律不换着看，万一让摊主发现了挨罚不上算。

大院的东北角有相面、算卦的，我没去过。

东南角是一个挨着一个的吃食摊儿。我一直没在这里吃过。因为，其中炸灌肠的那股味儿能熏得我脑仁儿疼。我们回民不吃那东西，甭说走近了，连一眼都不看。我要是实在饿了，就在山门前的回民小吃摊儿吃点儿。这个小吃摊儿一年四季出售应节应令食品。要是渴了，夏天就买一盘刨冰吃。那冰用机器刨得如同雪花一样，上边再浇点儿红的、绿的、黄的糖水，又甜又凉，还不贵。其实，在一般情况下我不在庙会上吃喝，只要是玩儿痛快了，就既不感到渴也不感到饿。

白塔寺的后门在一条小胡同里，可以通到宫门口东岔。每逢庙会才有的花鸟鱼虫市场就在整条胡同里，也是熙熙攘攘的。鸟类有鸽子、百灵、画眉、八哥儿、鹩哥儿、老锡子（即锡嘴）、红靛颏儿、蓝靛颏儿、鷎子、黄雀儿、小注点儿、燕雀儿等。夏天的蝈蝈特吵人，秋天的蛐蛐品种多。祖父养过的百灵鸟；父亲养过的鸽子、金鱼和养蛐蛐用的澄浆罐、过笼儿、小水槽，逮蛐蛐的罩子等一套用具及冬天揣在怀里的小葫芦；我养着玩儿的"老锡子"、"鷎子"、"小注点儿"，全是在这儿买的。"老锡子"驯好了可以玩打蛋儿（即把小泥蛋儿抛起来让老西子去叼）。"鷎子"和"小注点儿"驯好了可以"叼八卦"（用硬纸壳糊成的八角形扁盒子上插着的小纸旗子）、"叼小旗儿"。上中学以后，我就不玩儿这些小鸟了。后来，家里人口多了，经济条件紧张了，除了金鱼之外，鸽子、百灵也都不养活了。

宫门口东岔的路两旁也摆满了摊位。直到出了东岔的街口，再过了宫门口西岔。整个白塔寺庙会才算逛完。

1953年暑假，我考上了位于牛街北口斜对面的国立回民学院后，由于离着土地庙很近，我便把逛庙会的兴趣从白塔寺转移到了土地庙。上世纪50年代末60年代初，各庙的定期庙会才相继落下帷幕。有着五百年历史的庙会终结了。

2006年春一稿于京
2010年春二稿于京
2012年春三稿于京

闲话土地庙

"土地",《现代汉语词典》释义:"迷信传说中指管一个小地区的神。"官称儿土地爷,也有的地方叫土地佬。其"办公场所",有的地方叫土地祠,有的地方叫土地堂,要是与五谷神"联合办公"即土地神与五谷神供奉在同一庙中则叫土谷祠。而北方,特别是北京及周边地区称其为土地庙。旧时的北京,城里、乡下大大小小的土地庙有好多。我见过特小的土地庙,只有1米多高,底座倒占了近三分之一,宽不足1米,照样是起脊卧瓦带瓦当,檐椽滴水有门窗。小小的庙门只能容得一个人的脑袋钻进去。里边,泥塑的土地爷、土地奶奶并肩正襟危坐。庙门前小石台上有一个小石香炉,二者连在一起,是一块石头凿出来的。香炉内还有香灰、残香。香炉边摆着已经干得发黑的供品,看不出是馒头还是点心,因为被鸟儿"分享"得差不多了。据说,还有比这还小的土地庙。这种小土地庙大多建在村头或路边。建在城镇的土地庙就大多了。有的有一间普通房屋那么大,还带小门小院儿。有的除了正殿还有配殿,可以住人。鲁迅先生笔下的阿Q就以土谷祠为家。位列全国土地庙之最的,当推北京宣武门外下斜街南口路西的这座土地庙了。

北京是国都,不管是人间的还是"那世"的全国性"总衙门"自然都在这里了。像都龙王庙、都城隍庙等。这座土地庙的前缀儿也是个"都"字,叫都土地庙。也就是说这里的土地爷是全国土地爷的总头儿,全国成千上万的大大小小的土地庙都隶属于这座都土地庙之下。由于都土地庙在这里,因而下斜街在旧时也叫土地庙斜街。老百姓为叫着省事,就把"都"字省去了,只叫土地庙。这座土地庙的规模还真不小,有住持僧人,有两层大殿,院子也比较大。要说年头儿,可"老鼻子"了。按史书记载,此庙在金代就有了,到了元代改叫老君堂,到明代又叫土地庙,有时也叫老君堂土地庙。随着时间的推移,人们再提土地庙时就不连带着"老君堂"了。这样,"老君堂"这个名儿也就渐渐地被人们淡忘了。

传说,这里的土地爷灵验,于是乎香火就很盛。常有人来烧香许愿,应了愿再还愿，一来二去地就传开了。而且，竟传到了一位贵人那儿。这贵人就是明神宗万历皇帝朱翊钧的那位笃信佛教、自称为"九莲菩萨"转世、总张罗着动用国库银子盖庙建塔的老妈李太后。这时是万历四十三年（1615年）。李太后"圣目弗安"，让皇帝儿子修都土地庙，好求助于都土地爷医好"圣目"。我理解，所谓"圣目"，就是这老太太的"凤眼"吧。"圣目弗安"，也就是眼睛闹病了。可惜，皇天不佑，未到开工，这位"九莲菩萨"就"驾鹤西游"去了。别看万历皇帝对百姓不管死活，可是对老妈那真是"二百二"的至诚至孝。尽管老妈已经死了，也照样拨款派人重修都土地庙，以偿亡母之愿。并且，亲自写了重修都土地庙的碑文，命人勒石立于庙中。这就是明神宗土地庙碑。

这座都土地庙里的"土总"到底灵不灵呢？本人是回民，没有体验过。因为我们回族不崇拜任何偶像。倒也知道一丁点儿这土地庙有"各"（gě）的地方，那就是别的庙宇都坐北朝南，而这里却庙门朝东。巧的是每逢有庙市的日子口儿，不是下点儿雨就刮阵风。于是，便有了"土地庙门朝东，不是下雨就刮风"的顺口溜儿。又于是乎有人说这就是土地爷在"显圣"。可是，有歇后语说"土地爷掏耳朵——挖（实为崴）泥"和"土地爷过河——自身难保"。这"崴泥"可不是好词儿，是陷在烂泥里的意思，比喻陷入困境不易处理。"自身难保"意思就更清楚了。您说，这是夸土地爷呢，还是损土地爷呢？自个儿危难之时怎么不"显圣"呢？

其实，这座土地庙之所以在平民百姓当中有点儿小名气，既不在于老土是否灵验、香火盛与不盛，也不在于有块明神宗土地庙碑，而是在于源自明代起就有的庙市。旧时庙会有四种形式：香火（进香）、香会（祭祀）、春场（春游）、庙市（集市）。所谓庙市就是人们定期在庙院内外摆摊交易，如同农村赶集一样。不过，人们还是习惯于称之为庙会。从清代到民国年间再到解放初期，每个月定期集市三次的共有五处，被称为五大庙会。有：土地庙、花市、隆福寺、白塔寺和护国寺。土地庙每逢农历初三、十三、二十三有庙会。我在小时候特爱逛庙会，去的次数最多的是白塔寺，排在第二位的就是土地庙。

据《燕京风土录》（王彬、崔国政辑）载，上世纪30年代，有机构对北平（当时的北京称北平）庙会的起源、历史、分布、场所、商业等诸方面的情况进行了调查与统计。土地庙的庙院总面积为500方丈，庙内集会（设摊）面积为230方丈，有摊位195个；庙外（含庙后空场、下斜街和广安门大街与下斜街南口儿相邻地段两侧）集会（设摊）面积1500方丈，摊位1730个。单就庙内外集会面积而言，土地庙在五大庙会中名列第一，而集会商摊数量则名列隆福寺、白塔寺、护国寺之后为第四位（当然这只是调查时的数字，不是固定的）。交易商品达千种之多，既有穿的戴的吃的喝的使的用的，也有听的看的玩的练的养的种的，应有尽有。每逢庙会时，熙熙攘攘，擦肩摩臂，人声嘈杂，好不热闹。

土地庙距广安门、右安门外的菜户营、黄土岗、白盆窑、草桥等地较近，因而庙门外边神路两侧（那时土地庙的山门至下斜街有二十几米的距离）、地面坑洼不平的空场上，下斜街马路边、下斜街南口外大街两侧，以农副产品居多，且五花八门。有各种应时当令的花卉，有蔬菜、杂粮、种子，有扫帚、笤帚、炊帚、笎篱（柳条编的）、掸子（这里出售的丈长杆子的鸡毛掸子为五大庙会之魁首）、席、筐、瓦盆、陶器、粗瓷等日常生活用品，有木器、竹器、藤器等家具，有鸡、鸭、鹅、鸽、各种鸟、兔、羊、猫、狗等家禽、家畜和金鱼、蛐蛐儿、蝈蝈等鱼、虫，有刀、剪、锁链、铁锅、火圈、煤铲等金属制品，有锹、镐等工具，有笼头、套包、嚼子、鞭子、缨子、木杈、木锨、车围子等大车用具和自行车零配件，等等。马路边上还有捏面人儿、吹糖人儿、画糖画儿的，有干鲜果品。庙门前有卖大碗茶的，有卖各种京味小吃的。我最讨厌的就是炸灌肠的那个令人头疼的味儿。我们回民不吃这种东西，每遇到这种摊儿我都捏着鼻子绕着走，或快步紧走。

庙院里边，大殿前后、通道两侧，商摊一个挨一个，大都支有布棚，多用细绳拴在树身或墙角处。既为遮阳挡雨，也可作为摊与摊之间的分界。有的在棚子下边挂上字号招牌，也有的在与旁边摊位之间挂上幌子的。商品有：衣帽鞋袜、日化用品、丝绸棉麻、饰物绢花、珠玉古玩、书籍字画、音体器材、文具仪器、儿童玩具、医药照相（照快相）、瓷器玻璃、针头线脑、皮货估衣……真是品种繁多，令人目不暇接。

庙后空场是娱乐天地。有：京戏评戏梆子腔，相声鼓曲演双簧，评书竹板（书）真招人，站脚助威在跤场。弹弓地圈练杂技，变戏法的两手忙，日光电影小人书，拉洋片的说又唱。饭摊之上刀勺响，各种饮食赛着香，玩了一天没乐够，日落平西才收场。最忙活最乐呵的当然还属小孩子了。

新中国成立不久，奶奶借着到住在牛街麻刀胡同的我娘儿（回民称姑姑为娘儿）的婆婆家串亲戚的机会，带着我逛了两回土地庙，我便总想着再来。1953年暑假，我考上了心仪已久的回民学院（现回民学校）。因为我住校，便把对白塔寺庙会的兴趣转移到近在咫尺的土地庙了。学校礼堂的西边有一道小门，门外是条短且窄的小胡同，出胡同就是下斜街。每逢土地庙有庙会的日子，便在下午课后约上几个同学，溜出小门去逛庙会。要是赶上小门锁着，便堂而皇之地出校门拐进下斜街。由于冬春季节白天短，往往等我们去时，路远的商贩都要收摊准备回家了。

巧了，每次我们刚刚走到庙门前的空地时，总是有一个自称"铁嘴"的中年算卦人迎上来揽生意："学生算个卦吧。"往往不等是否有人同意，便对着其中一个张嘴说开了："天庭饱满，地格方圆（音）……"说一通卦词之后，立即伸出一根手指："一千块钱。"（时为旧币合今一角钱）几个人互相推托一阵，有人甩给一角钱，大伙儿便快步向庙门走去。进了庙，我们谁也不买东西，而是径奔庙后空场儿，各找所好抓紧时间玩一番。

在这里还真有几张常在白塔寺庙会上见到的老面孔：唱滑稽二黄的"大妖怪"一家人，据说是天桥八大怪之一的"云里飞"、说竹板书的"小蜜蜂"（姓张，后来听说他受聘于中国评剧院指导排演西路评剧去了）等人。有一回正赶上"云里飞"做收摊前的最后一次表演。七十来岁的人（他自己说的）头戴一顶破旧的京剧盔头，双手拿着一把戏里关云长使的那种大刀。看上去好沉好沉的。他耍了几个刀花，便打钱了，嘴里说着："各位，我这么大岁数的人练这两手容易吗？捧捧场吧，您！"我还真有点儿心疼他，爽快地掏出了身上仅有的一角钱递了过去。他高兴地说："好学生，心眼好准有好报！"他让我试着举举这把大刀。我使出吃奶的劲儿也没举到肩膀。从此更加佩服这位老艺人了。此后，我再去时准带上一角钱专为的是给他。谁知，过了两次庙会就再也见不到他了。他确实老了，不该再捧这样的饭碗了。

大概是一年左右吧，土地庙在京城五大庙会中率先结束了几百年的历史，变成了工地。待隆隆的机器声停息后，现代化的宣武医院大楼拔地而起了。白衣天使取代了土地爷。

但是，土地庙庙会带给我的欢乐，时至今日也没有忘记。

2009 年 6 月于京

白云观往事

白云观（老年间北京人爱把"白"字说成 bó 的音），是我小时候过年最爱去的一个地方。在这儿可以摸石猴、摸铜特、打金钱眼、看打把式卖艺的、看赛马的、买心爱的玩意儿……能玩得乐而忘返。那时候逛白云观不兴打门票，要是什么都不买的话，可以白玩白逛，一分钱都不用花。至今回忆起来仍然饶有兴味。

白云观在北京西便门外西边一里多地，坐北朝南，是一座道教古刹，山门上有敕建额，山门前有大影壁、大牌楼。大影壁的正面对着大牌楼，上边浮雕着"万古长春"4个字。大牌楼是4柱3门7楼不出头式下带汉白玉夹柱石底座的木牌楼，油漆彩绘，显得金碧辉煌。南侧额题"洞天胜境"，北侧额题"琼琳阆苑"，形容这里别有洞天，如临仙境。白云观整体建筑规模宏伟壮观，其供奉道祖、神仙、星宿之众，其历代文人溢美之多，其香火之盛，可称旧京寺庙之冠。

提起白云观之历史，可"老鼻子"了。有史料记载，其旧址是始建于唐玄宗李隆基开元二十七年（739年）的天长观。金代时两遭火灾。金章宗完颜璟的泰和二年（1202年）降诏重修并赐名为太极宫。1224年，"全真七子"之一的长春子邱处机奉元太祖成吉思汗谕入主太极宫。1227年，因邱处机道号长春子而改太极宫为长春宫。同年，邱处机羽化，葬于此。不久，其弟子尹志平等在紧傍宫之东侧新建道观，名为白云观。因邱处机于1222年奉成吉思汗旨远赴西域雪山大营，以拳拳之心力劝成

白云观牌坊

吉思汗止杀，使数万人免遭杀戮，成吉思汗赐号"神仙"，封为大宗师，后人尊为邱祖。其弟子在新观中专建邱祖殿，供奉其塑像以享香火祭祀。明代，白云观获多次修葺，规模渐次扩大。明亡时，该观遭兵灾毁损。清代康熙、乾隆两朝在白云观大兴土木，使其具有了东西中三路五层殿堂七进院落的宏大规模，蔚为壮观。

历代文人雅士对白云观多有诗词赞美。

明代朱国祚《题白云观》诗："一言止杀古人难，多少逋（bú 逃亡）臣借尔安。辛苦捐躯文信国，得归也拟著黄冠。"

清代徐乾学《白云观》诗："浮图宝铎半空闻，仙观还看榜白云。霜树绀（gàn）园鸦自集，岩花丹灶鹤依群。碑镌仁寿留千载，跸驻崆峒记数君。行乐只应凭眺遍，未遑（huáng 闲暇）徙倚到斜曛（xūn 日暮）。"

自明代起就有庙会的白云观在旧日京城诸庙会中更是值得称道。过年时的庙会在全北京城所有庙会中时间最长，从正月初一到十九。另在农历六月二十三和二十四还有两天。具有特色的民俗活动多：摸石猴、摸铜特、打金钱眼、骞马、初八祭星、十八"会神仙"、十九燕九节等，套一句时尚词，都属品牌项目。此外，庙外打把式卖艺的，庙内、外诸般小吃、茶棚、百货、玩具、看相算卦的摊位到处都有。真可谓人山人海，有的地方几乎到了拥挤不动的程度。在庙外，老远望去，大影壁周围、牌楼下边的人"呜泱呜泱"的。拉人的各种车辆、牲口也占了老大一片。

摸石猴。此石猴浮雕在山门左侧石券的下方，不足一尺，传说摸了它可以祛除百病，"封侯封爵"。结果，几百年下来，此猴被善男信女们摸得面目皆无了，只是还看得出来是猴。民间素有白云观"三猴不见面"的说道。"三猴"是指三只都是浮雕在石上的猴。一只雕在

白云观山门上的石猴

山门上。另一只原来在山门西侧八字墙下端,如今在山门与窝风桥之间东边石碑底座西侧。再一只在东院雷祖殿前西边第一座石碑底座东侧。传说,这三只石猴都摸到了,就能万事如意,大富大贵。

打金钱眼。一进山门有一座石桥,名窝风桥。此桥始建于清圣祖玄烨康熙四十五年(1706年),桥下无水,专为阻风。传说,因白云观香火很盛,名气很大,一僧人不服,在白云观西边建了一座西风寺要跟白云观道士斗法。他想用"西风"吹散"白云",以达到压制白云观的目的。于是,白云观道士便修建了这座窝风桥,为的是阻挡抵制西风寺的"西风",

白云观窝风桥

使西风寺僧人难以得逞。在我的记忆中,旧时的窝风桥的桥洞不是如今(上世纪80年代新修)这样东西方向通透的。如果通透还怎能把风窝住呢?那时只有一个向西的桥洞。桥下挂着一个几乎与桥洞宽窄大小的"大铜钱"。据说此钱实际是铁铸的,外圆内方,外涂金粉,以前是过年时表面贴金纸,看似是金的,故称"金钱"。钱中间的方孔挂一铜铃。所谓打金钱眼,就是用小铜钱投打这个小铜铃铛。打中者则视为可以吉祥如意,招财进宝。记得我小时候逛白云观时还看到过有一位蓄着长髯的老道士在大铜钱的后边闭目打坐着。由于桥洞深且光线暗,而显得倍儿神秘。不是现在在桥的东西两个方向都挂有大铜钱,从两边都可以打。现在要是有道士在两个大铜钱中间打坐,那才真"腹背受敌"呢!

摸铜特。铜特又叫铜骡,是用青铜铸成的,原先在老律堂前,现已移到了西院。之所以叫"特",是因为其形象太特殊了:头像驴头,耳似马耳,尾如骡尾,蹄是牛蹄,整个一个"四不像"。传说摸一摸它能祛病免灾。

你哪有病就摸它身上相应的部位。即头疼摸其头，肚疼摸其肚，可以"摸至病除"。真是一个吉祥物。这样的铜特在全北京才有两个，另一个在东岳庙，也让人随便摸。

白云观内铜"特"

赛马。白云观的东南北的三面是农田，西边紧傍从西直门到丰台的铁道（现为白云路），道西有农田与土丘。铁道两侧的小路便是赛马的场地。在这儿赛马不是正规比赛，输赢都无所谓，纯粹为图个乐。愿意过一过骑马瘾的也可以租一匹马在这段路上跑一跑。在铁道两边看热闹的人也不少。有的还爱起哄。过去在庙会上有赛马活动的只有白云观和蟠桃宫（会期在农历三月初一至初三）两处。真是机会难得。

拜罗公塔。干剃头这一行的人到白云观还为的是祭一祭自己的一位祖师爷，即在罗公塔下顶礼膜拜一番。此塔全称"恬淡守一真人罗公之塔"。据说，这一行业有两位祖师爷，一位是大名鼎鼎的关羽关云长。因为，他善使青龙偃月刀，而剃头匠们的工具主要也是刀，所以尊其为祖师爷。这位罗公（不知其名）是白云观的一位道士，精于梳发编辫治头疮。有一年，雍正帝患头疮，难以

白云观内罗公塔

梳发编辫,许多太监受责。罗公知道后主动报名进宫,不仅为皇上梳好发辫,还用民间秘方为其治好了头疮。皇上龙心大悦,称赞罗公是剃头匠第一人。从此,罗公被剃头匠们尊为祖师爷。后来,罗公在白云观羽化,并葬于观内。雍正帝追封罗公为"恬淡守一真人"。雍正三年(1725年)建罗公塔以供祭祀。此塔在白云观东院,造型精美,堪称道教塔和我国石刻艺术中的珍品,成为观中不可不看的一处景点。

祭星。我国历来有"初八顺星"的说法。即,正月初八是顺星节,为祭祀星宿的日子。传说,这一天所有的星宿都降临人间,各自进行"专项查验",以便"奖惩"凡人。白云观内有一座顺星殿,供奉着"二十八宿"和"七星"(日、月、金、木、水、火、土)像。届时,祭祀者可来此殿中向自己命运所属的星宿焚香叩拜,敬献香烛和油钱,以祈求消灾增福。当晚,观内有祭星大典,在大殿香案上排列一百零八盏灯,两边有"二十八宿"和七星灯盏。观内住持道长率全观道士身穿法服,吹奏法器,诵《玉枢经》,祈祷众星降福,国泰民安。

正月十八"会神仙"和正月十九燕九节(亦称宴丘节、宴九节、筵九节、燕邱、阉九、淹九)。正月十九是长春子邱处机的生日。传说正月十八夜间他要降临人间,一些神仙也下凡。邱处机和这些神仙都不露本相,而是或变化成官宦商绅,或变化为老妇幼童,或变化作贩夫乞丐,到白云观内点化超度有缘的凡夫俗子。因而,众多的善男信女和非善男信女抱着各自的梦想于当晚纷纷涌来白云观中"会神仙"。梦想位列仙班的人企望被渡成仙,甚至"一人得道,鸡犬升天";财迷心窍的人妄图学到"点石成金之术",好财源茂盛,永不枯竭。由于长久以来,在大多数人感觉中有一些道家神仙喜欢破衣拉撒地混迹于市井,点化有缘人。于是,在这一夜一些乞丐便会被人误认为是下凡的神化,而既受崇敬又捞钱财。也有人假冒神仙骗钱

白云观内邱祖殿

的。那些非善男信女夜宿观中则不为"会神仙",而是想有艳遇厮混,真正是"醉翁之意不在酒"了。以《桃花扇》而闻名于世的清代剧作家孔尚任有诗写到:"金桥玉洞隔凡尘,藏得乞儿疥癞身。绝粒三旬无处诉,被人指作邱长春。"还有一首写"会神仙"的《京都竹枝词》写到:"绕过元宵未数天,白云观里会神仙。沿途多少真人降,个个真人只要钱。"真是既刻薄又风趣。据说,光绪年间,慈禧太后也曾到白云观来"会神仙",尽管没有下文,但是她赐给白云观的御膳房厨师使白云观的"素斋"从那儿以后名扬天下了。

正月十九燕九节这一天,白云观庙会达到高潮。因为,这是最后一天了,又是邱处机的生日。这天上午观内要举行盛大法会。院内到处香烟缭绕,特别是邱祖殿内香火极盛。

我小时候逛白云观的兴趣主要在摸石猴、摸铜特,打金钱眼、看赛马的、看打把式卖艺的、买心爱的玩意儿。这个殿那个殿的根本就不进去。因为,我们回民不拜任何偶像,不烧香磕头。再说,看着那些神像真害怕。对于摸石猴、摸铜特能消灾祛病,也不大信服,就是觉着好玩,纯属"娶媳妇打幡——跟着哄"。打金钱眼可以考校一下准头儿,可是又怕打不着那个铜铃铛,而打着坐在大铜钱后边的老道士,虽说他不骂,那也过意不去。因而,在旁边看的时候多。至于看打把式卖艺和看赛马的,我是能够挤到人群里去就看一会儿,人要是太多也不死乞白赖地往里挤。逛庙会本是高兴的事,何必招骂呢?最最吸引我的就属卖玩意儿的。特别是往往在卖"花脸儿"(即面具)和卖棕人儿的摊位停留的时间比较长。受家里大人熏陶,我从四五岁时起就喜欢听京剧了。"花脸儿"也买了好几个了,遇上我没有的又赶上兜儿里的钱够就还想买。我对棕人儿也着迷,那小东西做得跟戏台上的人物一个样儿,也"顶盔贯甲插靠背旗","手"持"大刀花枪"。棕人儿的

白云观山门

舞台就是一个铜盘子。把棕人儿放到盘子上，用小棍或筷子轻轻一敲盘子边儿，棕人儿就舞动刀枪"打"起来。你敲的节奏快，棕人儿就舞动得快；你敲的节奏慢，棕人儿就来慢动作。能逗得人一个劲儿地称赞制作者的手艺高。在我的记忆中就白云观庙会上能买到这玩意儿，我买过几回。后来，白云观庙会停办了，棕人儿也就不好买了。三年自然灾害时期，为了贴补家用，家里卖了一些摆设，连铜盘子也没能留下。没有铜盘子也就玩不了棕人儿了。"文革"时"破四旧"，留下摆着的两个棕人儿也在劫难逃了。

如今老了，回忆起小时候逛白云观和在那儿买玩意儿的情景也挺有意思的。

2010 年 7 月一稿于京
2011 年 7 月二稿于京

逛厂甸的乐趣

厂甸就是位于北京和平门外南新华街的琉璃厂。辽时为海王村，清初工部在这里建有琉璃厂烧制琉璃瓦等建筑构件。按清潘荣陛（康雍乾三朝时人）所著《帝京岁时纪胜》载："街长里许，中有石桥……厂内官署、作房（同坊）、神祠之外，地基宏敞，树林茂密，浓荫万态，烟水一泓。度石梁（桥）而西，有土阜（土山）高数十仞（古时八尺或七尺为一仞）可以登临眺远。门外隙地，博戏聚焉。每于新正元旦至十六日，百货云集，灯屏琉璃，万盏棚悬，玉轴牙签，千门联络，图书充栋，宝玩填街。"由此看来，厂甸旧景颇佳，过年时既可观赏灯景，又可选购古玩、字画、书帖。当然还有各种小吃、干鲜果品、儿童玩具、百货用品、杂艺表演。在上世纪30年代有机构调查显示，南新华街、

西琉璃厂

东西琉璃厂街和土地祠、火神庙、吕祖祠诸处集会面积总计760平方丈，摊位460有余，足够人们逛一气的了。

文人雅士爱逛厂甸，是为了字画古籍。豪富之辈爱逛厂甸，为的是搜求异宝，尤其爱到东琉璃厂街上的火神庙里去，那里珠宝晶莹，鼎彝罗列。好看热闹的人爱逛厂甸，是冲着各种杂艺表演去的。小孩子爱逛厂甸，除了看杂艺表演、买好吃好喝的，更是为了去买心爱的玩具。真是各有所好，各为所需。好吃的、好喝的、好玩的、好看的、好乐的，不一一列举了，单说几样再无第二家的稀罕物：大头娃娃、大糖葫芦、大风车。这几样东西，在什么样的庙会上您也买不到。

大头娃娃，是套头面具，可供跳民间舞蹈使用，也可供小孩子戴着玩。男孩型的，如同泥玩具"大阿福"，有三撮毛的，也有两撮毛的，都是咧着嘴的一副笑模样。女孩型的，都是"梳"两个抓髻，细眉笑眼的。新中国成立前卖过一种成对儿的，是根据民间舞蹈"大头和尚逗翠柳"制作的。大头和尚做成小和尚的形象，秃头无"毛"，也是细眉眼咧嘴笑。翠柳是年轻姑娘的形象，笑面如花。故事说的是：有一个柳树精，经过千年修炼变成为一个俊俏的大姑娘，取名叫翠柳。她看上了一个大头小和尚。一天，只有小和尚在庙里值班，翠柳便乘机扮作进香拜佛的样子来到庙里，见果然只有小和尚一个人，便对其进行挑逗。小和尚忘记了清规戒律，与翠柳尽情玩耍嬉戏。舞蹈动作欢快活泼。一些民间花会组织将这个舞蹈作为地秧歌中的一个节目，很受欢迎。新中国成立后，一些联欢会上也有戴这种大头娃娃套头面具表演的，

20世纪30年代的北京琉璃厂街

还有了老太太造型的、老头造型的。平添了许多欢快气氛。

　　大糖葫芦,此糖葫芦不是冰糖葫芦,而粘的是用麦芽糖熬制成的糖稀。所谓"稀"也并不是如水之稀,要是稀成那样,在山里红(红果)上就挂不住了,而是要稀稠适度。所谓"大"准确地说是长,将数十个个儿大、色儿正、没虫的山里红穿在不短于一米五长的荆条上,粘上糖稀,显得白里透红,引人食欲,勾人"馋虫",非食之而不快哉。顶上还插有或绑上一面微型三角

卖报摊

小纸彩旗。这样的大糖葫芦甭说是吃了,就是双手举着在街上一走,别提多美气了。可是,有一点,举累了可不能扛在肩上。不然,那上面的糖就粘在衣服上了。不要了吧,怪可惜了的,用钱买来的。再说那是甜蜜蜜的糖啊!要是直接用牙从衣服上往下啃吧,又怪那个的。即便是用小刀刮下来,也脏了不能吃了。所以,累就累点,还是举到家再分而食之吧。本来买大糖葫芦是个乐子,为了上厂甸买大糖葫芦跑个十里八里的都心甘情愿。要是把乐变成悲,那可使不得,真的使不得。不是在下嘴贫,厂甸卖大糖葫芦,那可是"蝎子拉屎——毒(独)一份"。那大糖葫芦的口感,可是"绱鞋不用锥子——针(真)棒"。

　　大风车,这大风车并不是指风轮儿个儿大,而是整体的秫秸秆儿架子大,最大的足有一米五六高,还不算手握的一尺多长的把儿。上面装有40至50个小风轮儿,组成一个菱形或其他多边形,最上边插着一面三角形的彩色小纸旗。随着风力的大小,风轮转动得时快时慢,清脆的小鼓声时缓时急,时轻时重。若是将大风车猛地一摆动,"嗒嗒嗒——"那声音仿

佛机关枪一样，令人振奋。别的庙会和集市在过年时也有卖风车的，但都是小架子的，撑死了也就是有10个风轮儿的。要是想买大风车，您也只能到厂甸去买了。

厂甸还有一样招人的，那就是正月十五晚上在火神庙的烧"火判儿"。"判官"按《现代汉语词典》解："唐宋时期辅助地方长官处理公事的人员（《水浒传》中在江州陷害宋江、戴宗的黄文炳就是蔡九知府属下的通判——笔者注），迷信传说中借用来指阎王手下管生死簿的官。"在戏曲中，除判官外，还有火判、医判、阴阳判（又称阴阳吏，脸谱是半边黑半边白）等。火神庙的烧"火判儿"是用黄土为泥，塑成一丈多高的判官造型，也有乌纱帽和官服（亦以泥为之），帽翅还能在风中颤动。其腹中空，肚脐与眼鼻耳口皆通，点燃其腹中填充的煤炭，使烟火从其肚脐与"七窍"冒出，甚为壮观。烧"火判儿"预示着来年红红火火。新中国成立后，这项活动就停止了。后来，火神庙被辟为西城区文化馆了。最近，火神庙得到了修复。

厂甸庙会在"文革"中停办，改革开放后又恢复了。但是，天数缩短了。短几天就短几天吧，能得以恢复就知足了。何况还有一些传统民俗得到继承发扬了哪。

2010年8月于京

京西有条高粱河

自古以来，有两大水系滋润养育着北京地区。一是永定河水系，一是玉泉水系（也有莲花河水系与高粱河水系之说）。高粱河就属于玉泉水系，它是北京护城河与城内的河、潭、湖、海之总水源。如果说够不上"母亲河"级别的话，起码也够得上"姑姑河"、"姨妈河"的级别了。

高粱河也叫长河、清水河，在历史上还曾叫过高粱水、皁河、金水河、玉河等。高粱河是因沿岸盛产高粱而得名的吗？非也。据有关史料的说法是，它流经一个叫"高粱店"（具体位置不详）的地方。在下想，这可能就是它得名的由来。因其用的是"粱"字，而非"粱"字。

俗谚有"高粱无源头，清泉无下尾"是说高粱河没有源头，也不知流到哪儿为止。列位请想，它穿城由前门东水关出去入内城的护城河，到东便门外大通桥下入通惠河，东奔通州，再入大运河南去，其"尾"在何处？说"高粱无源头"，也只是说它没有具体的固定的源头而已。对于其源头，众说纷纭，且分歧很大。其中，郦道元在《水经注》中说："高粱水出蓟城（今北京）西北地平泉。"《一统志》云："玉泉山水以玉河源属之高粱。"又据史料载，自古以来，在现在的北京城的西北郊，平地涌泉的地方很多，形成了诸多的河、湖、淀、泽。巴沟、海淀、万泉庄等地名即源于此。由此，可视为高粱河是玉泉山之水与西北郊诸泉之水汇于万寿山（旧称瓮山）下的昆明湖（旧名金海、瓮山泊、西湖），从南端的绣漪桥南出，经蓝靛厂东门外的长春桥（亦称长桥）、麦庄桥（亦称麦钟桥），改向东南，过广源闸、白石桥、高粱桥，成为护城河，由西直门北水关入城，形成城内的河、潭、湖、海，再出前门东水关东去。

在辽代，高粱河畔曾经是一处古战场。979年5月（宋太宗赵光义太平兴国四年秋七月，亦为辽景宗耶律贤的乾亨元年），宋太宗领兵伐幽州（今北京时为辽南京）。辽将耶律沙率兵御敌。双方大战高粱河两岸。初时，辽兵大败退却。辽将耶律休格（一作休哥）、耶律色珍（一作斜珍）领兵赶到，双方又是一场恶战。耶律沙也领兵杀回。这次，宋兵伤亡惨重。宋太宗中箭南逃，过了涿州改骑驴继续南逃，遇杨继业率杨家将众儿郎赶来救驾，惊魂方定。辽军大获全胜，所得甚多。此战役史称"高粱河大战"。（见《辽史·景宗纪》）

元世祖忽必烈称帝后，至元四年（1267年）迁都北京，改燕京为大都，确定下城池的位置，即现今北京内城的位置就是那时定下来的。他在瓮山建了行宫。每次自皇宫到瓮山行宫，都需要在西直门（元时叫和义门）外换乘龙舟溯高粱河上行。为加大河水的流量，当时的水利专家郭守敬从昌平境内的神山引白浮泉之水注入瓮山下的瓮山泊，即万寿山下的昆明湖。这山与湖的名称是在清乾隆帝大修清漪园时改的。慈禧太后又将园名改称为颐和园。在当初北水南调的同时，又疏浚加宽了高粱河的河道。忽必烈至元二十九年（1292年），在西直门外约一里之遥，修建了一座横跨于高粱河之上的拱形大石桥，以河名命名为高粱桥。因有闸，也称高粱闸。这座桥是从皇宫大内出来后乘船到京西皇家园林、行宫的首站。因而修得如长虹卧波一样，非常壮观。在桥的南、北两端，各建了一座牌坊。南牌坊的南侧题"长源"二字，北侧题"永泽"二字；北牌坊的北侧题"资安"二字，南侧题"广润"二字（见《日下旧闻考》）。据民国三十年（1941年）成书的《古都变迁记略》（余荣昌先生著）载："高粱桥在西直门石道转北，有坊二。"这说明，那时这两座牌坊还有。只是不知毁于何时，或是何时迁往何地，反正是没有了。

老北京人家喻户晓烂熟于胸的《高亮赶水》，是一个与高粱桥有关的民间传说故事。说的是，明成祖朱棣登基后要将京城从南京迁到北京，派军师刘伯温（名基）、姚广孝（道衍和尚）督建新的北京城。二人要将北京城修建成一座八臂哪吒城。老孽龙最恨哪吒，它要先下手为强。率领龙婆、龙子、龙女将全城之水盗走，欲置全城人、畜于死地。

古老的高粱桥之今貌

广源闸畔龙王庙

工匠高亮奋不顾身地追赶,功成返回时在西直门城楼下被大水吞没。水退后,出现了一座大石桥横跨于河上,人们将桥称为高亮桥,后改为高梁桥。史实是,明开国勋臣大将军徐达攻下北京(时称北平府)后,派指挥(官职)华云龙新筑城垣时,将北边城墙南移5里(现北二环路为明北城墙),废元大都时东北的光熙门(现光熙门北里小区附近)和西北的肃清门(现蓟门桥南附近);元大都时的健德门(现健德门桥附近)和安贞门(现安贞桥北附近)亦南移,并将健德门改称为德胜门,改安贞门为安定门,开凿了两门外的新护城河(现北护城河)。废西直门北水关,在德胜门西侧开西水关。高梁河水改由这里入城,仍为城内潭、河、湖、海的总水源。朱棣派人修的是紫禁城。并且,刘伯温已于洪武八年(1375年)被害身亡。明英宗正统元年(1436年)始建西直门等九门城楼、箭楼及月城(即瓮城);将元大都时各城门的名称改为沿用至今的名称;改护城河上的木桥为石桥,并设闸。前后历时四年。高梁桥建桥时间比西直门建城楼早一百四十多年。传说就是传说,代替不了历史。

自忽必烈起,元、明、清三代,沿高梁河两岸修建了许多寺观庵堂和园林。一些达官显贵豪绅巨贾也纷纷在沿岸购地建园。数百年间,"过高梁桥,杨柳夹道,带以清流,洞见沙石,佛舍傍水,结构精密,朱户粉垣,隐见林中者,不可悉数。""高梁桥北数十里,大抵皆别业僧寺,低昂疏簌,绿树渐远,间以水田,界如云脚下空。"(均见《日下旧闻考》)多美的景色呀!其中最著名并保留至今的有真觉寺(也叫过正觉寺,俗称五塔寺)、万寿寺。离京城最近的皇家园林乐善园与极乐寺是今动物园之一部分。位于蓝靛厂长春桥畔供奉碧霞元君的广仁宫是旧京"五顶"之中的西顶。

为了控制高梁河水流量及深浅,忽必烈至元二十六年(1289年),在真觉寺与万寿寺之间修建了号称高梁河第一闸的广源闸。其年份比建高梁桥尚早三年。河水流到此闸后有高低之分。即,落闸后,闸东之水深不足尺;提闸后,可行龙船。在闸右的云霞溪上就建有停泊龙船的船坞。广源闸不仅能节制高粱河的水,而且自元代起,每逢京东的通惠河因天旱水浅难以通行运粮船时,都有官员到广源闸来祭祷水神提闸放水。清代,广源闸多次得到修葺。皇帝后妃每到京西皇家诸园林游幸时都在此处换乘龙船。尤其是乾隆帝每当在此经过时看到沿岸风光都会诗兴大发,有一次,在从广源闸换乘龙船至昆明湖的十里航程中用一个小时的时间作了八首诗,总题目是《过广源闸换舟遂入昆明湖沿缘即景杂咏》。

其一为:"广源设闸界长堤,河水遂分高与低;过闸陆行才数武(古时以6尺为一步,半步为一武,这里指距离很近——笔者注),换舟因复溯洄西。"这是写过广源闸后,闸板即落下,河水撞倒闸板上打旋回流,水位遂升高,才适于龙舟行驶,向西奔昆明湖。当然,闸板一落,河水也就在闸两侧有了高低之分。

其二为:"万寿寺无二里遥,墙头高见绣旛(同幡)飘;维新梵宇(指重修万寿寺)非崇佛,都为今冬庆典昭。"一语泄露"天机"。原来,他修万寿寺不是因为崇拜佛祖到了多么虔诚的地步,而是为了给他母后祝寿。乾隆帝对母后极孝,这首诗可谓这位孝母皇帝的内心直白。据史书记载,乾隆帝两修真觉寺和两修万寿寺,是为母后祝贺六十大寿与七十大寿,中间相隔仅十年。修葺同一寺庙相隔时间之短,是历史上少有的。

其四为:"夹岸香翻禾黍风,无论高下绿芃芃;所希此后雨旸(yáng 指日出)若,未敢秋前说兆丰。"写的是,看两岸庄稼茂盛,祈望风调雨顺,是个丰收的好年景。

其八为:"轧轧鸣榔过绣漪(桥),昆明(湖)百顷绿波披;舟行十里诗八首,却未曾消四刻时。"古时,一个时辰分八刻,合今两个小时,四刻时,合今一个小时。

清乾隆十六年(1751年),是皇太后六十大寿。为表孝道,乾隆帝降旨除大修真觉寺和万寿寺外,还特意在距高粱桥不远处修建了一座皇家御用码头倚虹堂。此"虹"即指如长虹卧波的高粱桥。这个码头有5间宫门,可见规模与气魄之大。

长河第一闸广源闸

其匾额"云楣星鄂"和堂名匾额都是乾隆帝御笔亲题。他还题诗一首:"桥畔堂成辛未年(即乾隆十六年),大安登辇庆敷天。崇基已见祥贻永,盛典(指太后寿诞庆典)行将举继前。来往每因裁咏什(意为来往高梁桥与高梁河两岸可以看到农田,了解农事,并常吟诗题在倚虹堂的壁上),雨旸唯是廑(同勤)农田。虹光银渚一湾映,春色皇州万禩(同祀)绵。"自此以后,他每次驾临京西诸园林时,都会在这里休息、用膳、办公。

北京旧有"天坛看松(一说'天坛看柏'),长河看柳"之说。是因为天坛里的古松、古柏不仅数量多,而且还有不少奇特的柏树。如,"槐柏合抱"、"迎客柏"、"问天柏"、"莲花柏"等名贵的古柏。其中以"九龙柏(亦称'九龙迎圣')"尤为名贵。据说,全世界仅此一棵。长河即高梁河,以垂柳为最。河两岸垂柳绿荫浓密,倒映在清澈见底可观鱼、沙的河水中,引人遐思,浮想联翩。有的柳枝"抚摸"着清且涟漪的水面,一圈圈的水纹时隐时现,逗引得鱼儿聚来嬉戏;有的柳枝垂于地面,可扫人腿、马蹄。这里堪称为柳的世界。人到这里烦恼顿消。

数百年间,高梁河两岸,成为人们在阳春三月出游踏青的最佳选择。沿河"酒旗亭台,广庙小池,荫爽交匝"(见《宸垣识略》)。河坡上、堤外侧,芳草如茵,野花似锦。放眼望去,令人神清气爽。诸多寺庙内也景致可人。尤其是每逢新春、清明、端午等佳节时,踏青者、礼佛者、祈神者、观看杂艺者,或坐车轿,或乘马驴,抑或步行,每日数以万计。如,旧日有大佛寺,寺后有小山,山上有真武祠。每年正月即有踏青者先到此处。天仙庙供奉的是碧霞元君。民间传说,每年农历四月初八为神降日,亦为浴佛日,京城妇女大多到这里乞神降福。巡河厂,"门外临流,内环以渚水。东西两轩,东可待月,西(望)则诸山浓黛,涵浴水光中。"极乐寺,门前临水,杨柳浓密。寺内有几株巨松可遮天蔽日。殿左有牡丹园,前来观花者众多,花期时没有一天空闲。

高梁河御用码头倚虹堂遗址

（均见《日下旧闻考》）真觉寺，寺前临桥，桥临大道，道两侧杨柳绿荫浓密，令人心爽神清。立于寺内金刚宝座塔平台上放眼四望，一览无余，顿觉心胸开阔，流连忘返。万寿寺，更是门临河水，逢农历四月自初一起开庙半月，游人塞满道路。"柳风麦浪，涤荡襟怀，殊有天朗气清、惠风和畅之致。诚郊西之胜境也。"（见《燕京岁时记》）以上除真觉寺和万寿寺外，均早已不复存在了。

古人对高粱河畔的美景多有诗词赞颂。

明代朱茂晭把高粱河畔的美景与宋代张择端笔下的传世国宝《清明上河图》相媲美，在《清明日过高粱桥》诗中写到："高粱河水碧湾环，半入春城半绕山。风柳易斜摇酒幌，岸花不断接禅关。""看场压处掉都卢，走马跳丸何事无？那得丹青寻好手，清明别写《上河图》。"

清代王士禛的《小憩高粱桥》诗曰："昔日高粱道，绮罗娇上春。依然挑菜渚，不见采兰人。新水生鱼缬，轻丝漾曲尘。不妨成漫兴，青草正如茵。"碧水、游鱼、新柳、芳草、野花，再加上踏青的游人，极富诗情画意。

夏季，很多人又把高粱河畔视为避暑的胜地。小憩、读书、饮酒、品茶、吟诗、对弈、荡舟、垂钓、嬉水……再加上叫卖声、丝竹声、唱曲声、鸟鸣声，真是使人游哉悠哉。古人也同样多有佳句赞之。如，晚清名臣张之洞有《高粱桥》诗："珑璁圳马满长堤，水过高粱又向西。月鹊风蝉都解咏，神仙日日听朝鸡。"

当然，在几千年封建社会继而是半封建半殖民地的旧中国，哪能尽是歌舞升平花花世界呢？高粱河畔也不例外。老舍先生在《骆驼祥子》中提到的"白房子"就离高粱桥不远，是妓院的代称，是比前门外八大胡同的妓院档次低得多又多的妓院。在那里强欢卖笑饱受凌辱最后一了残生的岂止该书中的小福子一个弱女子！据老一辈人讲，新中国成立前，以西直门关厢为中心，东到德胜门一带，南到阜成门一带，人们一提起"白房子"就仿佛在谈论妖魔鬼怪一样恐怖。如果听到某人到"白房子"去玩过，就仿佛听到他患了霍乱伤寒杨梅大疮一样非避而远之不可。

从高粱桥到蓝靛厂的河两岸，流传着好些民间传说故事。前边提过的《高亮赶水》，只是其中的一个。《探清水河》则是一个真实的爱情悲剧，对封建礼教进行了泣血的控诉。

清水河，是高粱河沿岸特别是蓝靛厂一带的居民对高粱河的昵称。上世纪60年代初期以前，我曾多次由白石桥起沿着河岸到蓝靛厂去。那时的河水仍确确实实的清澈见底,用瓦片或破瓷片儿打个水漂儿,都能够看到落在什么地方。更甭说水中的鱼、虾和水底的沙、石了,都能够看得真真儿的。一群群鹅、鸭嬉戏于水中,有时挺胸昂头拍着翅膀"嘎嘎"大叫,有时将头扎进水中撅起尾巴翘起红掌捉食。大姑娘、小媳妇儿在水边青石上洗衣、洗菜,边说边笑。再加上两岸一块块享誉于京城的京西稻的稻田、远山、近树,好一派江南水乡的风光,好一幅迷人的画图。

《探清水河》是一首在这一带及周边流传了有多半个世纪的民间小曲。在新中国成立前和新中国成立初期,我都不止一次地在邻居家的堂会和街上听到过卖唱的女盲艺人唱这首歌,而且大多是听主儿点的曲目。最后一次,是1954年暑假期间一天晚饭后在新开辟的展览馆路(现展览路)边上纳凉时听沿街卖唱的女盲艺人唱的。由于听的次数多了,至今我还记得开头的几句词和曲调:"桃叶儿尖上尖,柳叶儿青满天。在其位的明公(们),细听我来言(呀)。此事(呀)出在京西蓝靛厂火器营,有个长青万字儿松老三(呀)。提起了松老三,两口子卖大烟。一辈子无儿,所生一个女婵娟(呀)。女儿(呀)年长一十六岁(呀),起了个乳名儿,荷花万字儿叫大莲(呀)。俊俏好容颜(呀)。"

上世纪50年代末60年代初,北京的一些报纸上常登一些有关老北京的典故和民间传说。其中以享有"北京通"之誉的金受申先生写的居多。那时,我刚参加工作不久,也跃跃欲试,想把《探清水河》的故事整理出来。经父亲指点,我便到祖居蓝靛厂西门外北上坡的堂伯父家,请老人讲这个故事。因为,我听父亲说,故事中的两个主要人物松大莲和佟六儿是与我三祖父(我祖父的三哥)同时代的人。而且,比他们还大几岁。我的这位堂伯父是三祖父的独子,对这个故事的怎来末去知道得较为详细。

听堂伯父讲,这个故事发生在清朝末年。那时,蓝靛厂火器营里有个戈儿答(音,堂伯父也记不清这是人名还是官职名称了,反正营房里的一个头儿),看上了开大烟馆的松老三的独生女儿,尚不到20岁的"俊

高梁河水上游

俏好容颜"松大莲,一心要占有她。大莲已经有了意中人,叫佟六儿,是个给别人拉骆驼运煤卖力气的穷小子。两个人你恋我爱,趁松老三两口子没在家的时候,偷吃了禁果。戈儿答仗势欺人,得知大莲相好的是六儿,就找松老三的小舅子合谋要把六儿抓起来。松老三的小舅子是个不务正业帮"狗"吃食的混混儿,人事不干,坏事做绝。他觉得这回出主意卖力气帮助抓了六儿,遂了戈儿答的心愿,准能乘机捞一把。不料,他酒后失言,走漏了风声。六儿得到消息后要与大莲一同出逃。可是,松老三已然有了防备。六儿险些被抓住,便只身逃走了。松老三知道女儿有了身孕,暴跳如雷,把她痛打了一顿。大莲连挨打带惊吓大病了一场。小舅子给松老三出主意,让大莲堕胎,好嫁给戈儿答。大莲坚决不从,一定要等六儿回来。戈儿答得知大莲已经怀上了六儿的孩子,并且誓死不嫁给自己,便妒火中烧,威逼着小舅子设计谋害大莲以解心头之恨。丧尽天良的小舅子不顾自己是大莲的亲娘舅,背着自己的亲姐姐,同姐夫松老三合计了一条毒计。松老三起初有些不忍,架不住小舅子一个劲儿地撺掇,只好狠下心来。

在一个寒冬雪后晴日,小舅子假意劝大病初愈已经显怀的大莲到外边看看雪景散散心。大莲妈以为弟弟是好意,便也表示同意。大莲拗不过,只好答应了。三个人出了家门。母亲搀扶着女儿,一路小心翼翼地走在雪路上。心怀鬼胎的小舅子紧跟在后边。三个人上了长春桥。就在大莲母女凭着桥栏遥看万寿山雪景的时候,小舅子见四外没人便在大莲背后猛力一推。大莲惊叫着栽到桥栏的外侧。她双手扒住桥栏,身子悬在半空,惊恐地大喊母亲与舅舅救命。母亲忙伸手去拉女儿,却被弟弟推开,同时恶狠狠地说:"这种败坏门风的丫头留她何用!"他说罢,用脚猛跺大莲冻僵的双手。母亲还要救女儿。小舅子凶恶地吼起来:"不怕戈儿答惩治你们吗?"吼完又用力掰开大莲扒着桥栏的手。大莲终于坚持不住,惨叫着坠到桥下的河水中,很快便被冰下的激流冲走了……

在外边避祸的六儿闻讯奔回家来,终日挎着装着纸钱儿、烧酒等祭品的篮子,沿着河岸上上下下地寻找着心上人。他一声接一声地呼唤着大莲的名字,不时地烧张纸钱儿,往河里洒点儿酒……后来,河边上也不见了佟六儿的身影。再后来,就有民间艺人把这件事编成唱词,配上流行于京西一带的小曲,起名叫《探清水河》,由卖唱的女艺人到处传唱,每到一处都有人点这首歌。戈儿答、松老三、小舅子听到有人唱这样的歌都火冒三丈,一心要找编这歌的人算账。这时,北京城里东打磨厂有家印书局石印出版了《探清水河》的唱词。戈儿答一伙人更是怒不可遏，与印书局打起了官司，让人家赔礼赔钱毁版收书。凡是有卖唱的艺人到蓝靛厂去的，他们就进行打骂，以致伤人。但是，他们没能封堵住人们的嘴。在别处唱，他们就管不着了，卖唱的民间艺人照唱不误。直到上世纪50年代中后期，才渐渐地听不到这支小曲了。那是因为街上没有靠沿街卖唱为生的民间艺人了。他们大多进工厂当了工人，特别是那些盲艺人进了福利工厂，有了固定收入，生活有保障了。不过，一些老人瞅不冷子还会哼上几句。经过几十年的流传，《探清水河》故事的结尾也传出了多种版本。而且，把松老三也传成了宋老三。不过，大都表达了对松大莲和佟六儿这对生死恋人的同情。至于老电影《林海雪原》中装扮成土匪即将打入匪巢的杨子荣临打虎上山前哼出了一句"提起了宋老三"，只能理解为有人把《探清水河》误会成土匪喜欢的小调了，以为哼几句这样的歌会加重匪气。纯属于"想当然"了。

　　新中国成立前夕，由于长年战乱和社会的变革，高粱河沿岸的一些寺院园林颓败荒废了，数百年的喧闹与悲欢也都渐渐地淡没了。新中国成立后，人民政府大力抢救、保护文物。真觉寺、万寿寺都不止一次地得到重修，并分别被定为全国和市级重点文物保护单位。改革开放后，这两处又相继被辟为石刻艺术博物馆、北京艺术博物馆对外开放，供人参观游览。高粱河的河道得到疏浚，堤坡得到修护；广源闸的闸板撤除，使河水不再有高低之分；高粱河恢复通航，为人们提供了水上观光游览的最佳选择。1999年，广源闸连同旁边的小龙王庙（紫金观）都成为海淀区重点文物保护单位。一个大型社区出现在高粱河沿岸。

　　古老的高粱河，风光无限。

2002年12月一稿于京
2010年5月二稿于京
2011年7月三稿于京

话说五塔寺

一提起五塔寺来，老北京人几乎无人不知无人不晓。这座位于北京西直门外高梁桥与白石桥之间长河北岸建于明代的古刹，"前临桥，桥临大道，夹道长杨（指垂柳），绿阴（应为荫）如幕，清流映带，尤可取也。"（见《日下旧闻考》）有水有路，交通甚便利；碧水绿树，景致亦可人。

五塔寺，本名真觉寺。清乾隆帝为避讳老爸雍正帝之名讳（雍正帝名胤禛，真与禛音相同形相近），便一度把真觉寺更名为正觉寺，亦称大正觉寺。因寺内金刚宝座上有五座供奉金佛像的小塔，而俗称为五塔寺。

话说，明代永乐初年，有印度高僧班迪达来贡献五尊金佛像。永乐帝在武英殿召见。通过一番交谈，永乐帝非常高兴，便下诏封其为大国师，赐金印，赐地（长河北岸元代始建的大护国仁王寺遗址）建寺，并赐寺名为真觉寺。在寺内要建造中印度金刚宝座式的塔用以供奉班迪达进献的金佛像。然而，因故一时未建成。

过了六十多年，到成化年间，明宪宗朱见深想起了先祖要修的善果（即建金刚宝座塔供奉金佛像）尚未如愿，便降旨督修殿宇，创建金刚宝座塔。成化九年（1473年）终于建成，并建有行院（亦称行宫）。当时，全寺建筑格局由南往北依次为：牌楼（两侧建有朝房）、山门、天王殿（二者之间有鼓楼）。自天王殿以北分成三路，中路有大雄宝殿、金刚宝座塔、毗卢殿、藏经楼；左路有配殿、行院；右路有配殿、僧房。建筑宏伟壮观。这座金刚宝座塔，在我国建筑史上有划时代意义。

金刚宝座塔坐北朝南，基座高5丈，以内砖外石垒砌而成。基座内为塔基，四面各塑一尊佛像。正面（南）为释迦牟尼佛，北为燃灯古佛，东为药师佛，西为阿弥陀佛。左右两侧均有石阶呈蜗形盘旋而上，可至宝座顶部。顶部是平台，四周筑以须弥山造型的石护栏。在平台上四望，周围景色一览无余，可以使人心胸开阔，感情奔放。平台的四角各建有一座7米高的方形小塔。这四座小塔拱卫着中间高8米的方形大塔。小塔代表五方佛，大塔代表大日如来。当年班迪达所贡的五尊金佛像就分别供奉在五塔之内。这种高台基座五塔对称排列的建筑造型又被称为"坛城",即曼陀罗式,是仿古印度佛陀迦耶大菩提大塔的式样。但是,在建筑工艺和技术上则采用了明代初期用于宫殿、寺庙的砖石拱券结构。在塔身装饰中,还大量运用了中式建筑的檐椽、瓦当、滴水和一斗三升的拱做成仿木石雕形式,以加强建筑的中式传统意味。真可谓中国传统建筑文化与外来建筑文化相结合的成功范例。塔上刻有梵像、梵字、梵华、梵宝,中塔正面还刻有佛的两只足迹,令人有身临梵境之感。可以说,金刚宝座塔就是一件非常珍贵的石雕艺术品。大塔前边建有一座重檐上圆下方的琉璃罩亭。亭与塔融为一体,自然和谐。亭的琉璃顶与塔的铜塔刹在阳光的照射下,熠熠生辉,交相辉映,气象万千。成化帝在御制碑文中赞道:"寺址土沃而广,泉流而清,寺外石桥望去,绕绕长隄(同堤)高柳夏绕翠云,秋晚春初,绕金色界。"(见《日下旧闻考》,此碑在清乾隆年间考证康熙年间编辑刊刻的《日下旧闻》时已无存)明、清两代,多有文人墨客对金刚宝座塔赋诗赞颂。如,明代何宇度有《真觉寺塔诗》:"五塔森森立,秋原望不迷。彤云双阙迥,绿树万行齐。堤远传蜩(tiáo 即蝉)急,天空去雁低。长安此净城,山水满城西。"

金刚宝座塔左侧还曾有一塔,传说是成化帝生葬衣冠处。

清乾隆十六年(1751年),乾隆帝为庆贺母后六十大寿,第一次重修真觉寺,为避雍正帝名讳,将寺名改为正觉寺,亦称大正觉寺。乾隆二十六年(1761年),其母后七十大寿,乾隆帝第二次降旨重修该寺。由于这里是这次祝寿活动的主要场所,更是拨巨款全面修葺一新。乾隆帝为表示致诚致孝,还御笔题写了正殿匾额"心珠朗莹"和楹联"般若演慈源,妙通筏喻","菩提宏觉路,长柄灯传"。并御制了重修正觉寺碑文。寺内屋顶都换成黄琉璃瓦。为了营造出普天同庆的气氛,就连西安门至西直门一线街道两旁的店铺门脸儿也都装

真觉寺(五塔寺)金刚宝座塔

饰一新。在祝寿期间,请了上千名喇嘛诵经。同时,吹奏长筒短角,鼓铙齐鸣,经声如潮。各国使臣也都敬献了寿礼。

孰料,清末一场无名大火使得一座曾经几度辉煌的明代古刹除了金刚宝座塔和宝座前的两株植于明代的古银杏树外,都化为灰烬。民国初年,由于无人看管,塔顶铜刹多次被盗。1934年2月,当时的北平市政府制定出保护方案,对金刚宝座塔进行了保护和维修。后来,又对寺院进行了基本修缮,包括院墙、门楼及其两侧的南房。

新中国成立后,人民政府十分重视文物保护工作。1961年,公布了全国各地的180处文物古迹为全国重点文物保护单位,其中就有真觉寺的金刚宝座塔。之后,市政府和文物部门对真觉寺尤其是金刚宝座塔不断进行修缮、保护,接好塔刹为其中一项。1980年,专门成立了隶属于市文物局的五塔寺文物保管所。1987年10月,北京石刻艺术博物馆在真觉寺挂牌,对外开放,供人参观游览。金刚宝座塔座基内辟为真觉寺寺史展厅。左、右为露天展区。左侧,有历代碑刻,如同碑林。右侧,碑廊中陈列着分别属于唐、金、元、明、清历代的石刻墓志、浮雕佛像等;有原在朝阳区架松肃王坟的"石享堂";有人、骆驼、羊、虎等石像生;有石供桌、石宝座、石香炉等石翁仲和石墓冢等历代石刻文物艺术品。塔北边的大型展厅内,常年举办着"石刻文化展",图文并茂,石刻文物颇丰,展现了我国石刻艺术义化三千多年的历史。展品还在不断充实着。

如今,真觉寺仍然不断得到保护和维修,金刚宝座塔顶部装了避雷针;那两棵古银杏树也得到了精心护理,日益枝繁叶茂,生机勃勃。

2009年6月于京

长河之滨万寿寺

沿长河上溯过广源闸西不远，就是有"京西小故宫"之誉现为"北京艺术博物馆"的古刹万寿寺。明万历五年（1577年），圣母慈圣宣文皇太后（即万历皇帝朱翊钧之母）降谕旨，从国库调拨储备银子（诸公主、妃嫔及太监也多有资助），命司礼监太监冯保督工兴建，以作为尊藏汉经香火院。一年后竣工，全名为"敕建护国万寿寺"。全寺包含庙院、田庄、园林，占地总计970亩，真可谓规模宏大。此寺坐北朝南，门临长河，建筑雄伟，古柏参天，气象万千。

庙院格局分为左中右三路，有穿堂相同。右路为行宫（旧时长河之滨多寺庙，只有万寿寺和真觉寺内有行宫），左路为方丈院，中路原有九重殿堂亭阁。即山门以内由南向北依次为：天王殿及钟鼓二楼、大雄宝殿、万寿阁（旧为藏经楼）、大禅堂、巨石垒砌的大士山（山分三组，象征着普陀山、五台山、峨眉山等三处佛教道场，分别建有观音殿、文殊殿、普贤殿，观音殿下有地藏菩萨殿，菩萨又被称为大士）、乾隆重修万寿寺的御碑亭、无量寿佛殿、光绪重修万寿寺御碑亭、万佛楼等。值得一提的是，古刹之中竟然出现了中西合璧式的院门，而且，不是今人所筑。此院门的位置在无量寿佛殿的两侧，是源于法国巴洛克式风格的券顶洋式，系乾隆二十五年（1760年）扩建圆明园时引进的西洋法式建筑。乾隆二十六年（1761年），第二次重修万寿寺扩建寺院时增添了这道门。

在万寿寺的历史上，由于以"万寿"为名，而备受皇家的青睐与恩宠。清顺

万寿寺山门

治二年（1645年），顺治帝福临御赐"敕建护国万寿寺"匾额。顺治十六年（1659年），万寿寺遭火灾，损失惨重。康熙二十五年（1686年），重修万寿寺，使之"前后殿宇九层，庄严色相，巍焕如新"。乾隆帝更是两次为给母后祝寿在十年内两次拨巨款大

清人笔下的万寿寺

修万寿寺。第一次在乾隆十六年（1751年），为庆贺母后六十大寿，不仅拨了巨款，而且还御题重修碑文。第二次在乾隆二十六年（1761年），为庆贺母后七十大寿，在重修中增添了前边提到的那道中西合璧式的院门。乾隆帝还多次写诗赞美万寿寺。其中一首诗写到："三度轻舟过，一来方丈游。地偏白足静，松老绿荫稠。驯鸽香台集，凉蝉古树收。略参今昔景，门外聆清流。"不过，他也有对不住万寿寺的地方。即，把举世闻名的俗称"永乐大钟"的华严（经）钟从万寿寺移到觉生寺去了。这口大钟自万寿寺兴建竣工后就从汉经厂移置于寺内了。明代和清代顺康雍三朝时的文人墨客游万寿寺大多为观、听此钟而来，并纷纷吟诗盛赞。如明代诗人林养栋有《观万寿寺钟》诗一首："制自三朝远，声从万斛来。龙文掀宝藏，雷声下高台。轰日中天起，惊山应律回。怖闻生爱恋，心籁寂然开。"觉生寺为清雍正十一年（1733年）敕建。两年后，雍正帝驾崩，乾隆帝即位。乾隆八年（1743年）钦命将大钟

万寿寺内中西合璧式院门

移至觉生寺内。想来，大概是他为使其父敕建的该寺更加生色增辉吧？因为，从他多次御制诗词赞颂觉生寺和大钟并在钟楼前恭立御制大钟歌碑，可以看出。其中有一首诗是："雷纹隐篆虫，半字蕴洪钟。善吼周三界，声闻具六通。横枌（fén阁、楼之栋梁）为撞杵，夏屋是

万寿寺中的慈禧太后像

乘风。待扣何须扣？当前悟色空。"令他料想不到的是，他的移钟之举在数百年后"成全"了一个大钟寺古钟博物馆。

光绪二十年（1894 年），慈禧太后六十大寿，万寿寺又得到一次大修。这次大修增建有御碑亭，由帝师户部尚书翁同龢撰写碑文。慈禧太后每到颐和园时都要在万寿寺右路行宫的后罩楼休憩、梳妆。所以，此楼又叫梳妆楼。楼前山石重叠，青藤悬挂，两侧爬山游廊缓缓而下，又有四角亭、八方亭点缀其间。整体布局精巧、秀美、典雅，极具宫廷园林之特色。

由于万寿寺集寺院、行宫、园林于一体，再加上门临长河，交通便利。因而，也成为普通平民百姓焚香拜佛、求福祈寿和游览之胜地。旧时，每年农历四月自初一起开庙半个月，届时游人塞满道路，"柳风麦浪，涤荡襟怀，殊有天朗气清、惠风和畅之致，诚西郊之胜境也。"（见《燕京岁时记》）古人有多首吟诵万寿寺风光的诗句留世。如明代林尧俞《万寿寺》诗："十里广源路，一林开士家。洪钟来禁苑，清梵散春花。洞窈观云入，萝生箸石斜。寺成全帝力，民共拜烟霞。"

民国年间，万寿寺已日渐残破，殿堂斑驳，荒草遍地。1937 年，中路主体建筑万寿阁在一场大火中无存。

新中国成立后，万寿寺一直被用为学校，六七十年代，由军队驻守。1979 年 8 月 21 日，北京市人民政府颁布万寿寺为市级重点文物保护单位。自此，掀开了万寿寺历史上新的一页。1984 年，市政府拨款大修万寿寺。1987 年 8 月，北京艺术博物馆在这里正式挂牌开馆，供人参观游览。1992 年、2000 年，市政府又两次拨款修缮，使得这一明代古刹重现昔日的光彩，参观游览之人络绎不绝。

2007 年 5 月于京

正月里来节日多

正月，即农历一月。自古以来，将正月初一这一天叫"年"。辛亥革命后决定按西历（即公元，俗称"阳历"，农历称为"阴历"）纪元，一月一日为"元旦"，改旧历年为"春节"。然而，在民间，人们将"元旦"称为"阳历年"，把过"春节"仍称为"过年"、"过大年"。解放后，人们才渐渐地叫开过"春节"了。但是，老人们还是说"过年"。

旧时，在正月除了过"年"，还有好多的节日。有初五的"破五节"、初七的"人胜节"、初八的"顺星节"、十五的"上元节"、十九的"燕九节"、二十的"天穿节"、二十五的"填仓节"，等等。

正月初一过大年的讲究特多，人人皆知，在另文《年味儿·年声儿·年色儿·年趣儿》中已有详述。

正月初五"破五节"。"破"即"破除"、"解除"之意。过大年时不是有很多禁忌吗？其中包括商家关门歇业，在初五这一天全解除了，新的一年的生活、工作、交易等又开始了（也有从初六开始的）。因而，人们也当节日来过。有的地方就直呼"破五节"。这一天的习俗主要就是吃饺子，曰"破五饺子"，意在"捏住小人的嘴"，不让其在新的一年里胡说八道、造谣生事，以免除谗言诬陷之苦。

初七"人胜节"，又称"人生节"、"人庆节"、"人日"。传说，这一天是女娲（我国古代神话中的神）捏土成人的日子，即人类的生日。这一天讲究要祭喜神。因为，喜神能给人以快乐吉祥。然而，喜神没有具体的形象模样儿，也就没有类似灶王爷、财神爷一类的木刻画像可供奉。于是，一些人便用纸写上"抬头见喜"4个字贴在屋内高处，以期望喜神降临到身上，使全家人一年都精神十足快乐吉祥。

古时，人们还以"人日"这一天的天气阴晴占卜年终时收成好坏。若是阴天，就会有灾。古人还有在"人日"这一天外出登高的习俗。

初八"顺星节"，传说这一天是众星降临人间之日。京师西便门外的白云观内有一座顺星殿（即元辰殿），殿内供奉着众多星宿。过去，这一天游人极多，纷纷在此殿向自己本命星宿敬献香烛、油钱，顶礼膜拜，祈求消灾致福。晚上，观中有祭星大典。在大殿香案上排列着一百零八盏油灯，两边有二十八宿和七星灯盏。观主率领众道士击鼓鸣钟，诵"玉枢经"，祈祷除灾降福国泰民安，直至油尽灯灭为止。

另据《燕京岁时记》载："初八日，黄昏之后，以纸蘸油，燃灯一百零八盏，焚香而祀之，谓之顺星。"还传说，这一天是五谷杂粮的生日，称为"谷日"。当天晚上众星下界，检查每个食五谷杂粮之人的作为。人们祭星祈求这一年五谷丰登。还据说，这一天晚上天上的星星出得最多，是观星、认星的好机会。祭星的灯最少也得有9盏，以符合日、月、金、木、水、火、土、计都、罗睺等9星之数。祭星之后，将灯花分散于家中各处，称"散灯花"。人们可以在灯花的光亮中尽情地期盼、想象。旧时，在正月十三至十六的晚上也有"散灯花"的习俗。

正月十五"上元节"，俗称"元宵节"、"灯节"。传说，这一天是"上元赐福天官紫微大帝"的生日。"上元"是指农历正月十五（"中元"是七月十五，"下元"是十月十五）。这位赐福天官紫微大帝就是玉皇大帝。民间所传说的"天官赐福"，就是玉皇大帝赐福于凡间。之所以又俗称为"元宵节"，传说也很多，主要是因为这一节日具有代表性的食品是元宵，寓意为团团圆圆、甜甜蜜蜜。主要活动有：赛灯、观灯、放焰火、猜谜语等，故又称为"灯节"。北京人还给加了儿话韵，叫"灯节儿"。更因为，在此佳节期间，民间花会竞相上街表演，鼓乐喧天，人声鼎沸，便加了一个"闹"字，闹元宵、闹花灯。那真是：花灯斗艳、烟花争雄、龙腾狮跃、人如潮涌。一个"闹"字，好生了得！诸君还记得那几首脍炙人口、悦耳动听的歌曲吗？"正月里闹元宵，金匾绣开了……""正月里，正月正，家家户户挂（呀）红灯。红灯（那个）高挂大门外……"都曾广为传唱过。

其实，在过去一进腊月，各式各样的灯笼就陆续上市了。有钱的人家儿买，没钱的人家儿自己动手糊。一过腊月二十五六，孩子们一到晚上撂下饭碗就迫不及待地打着灯笼上街游逛去了。而且，比着赛着，品评着，褒贬着。元宵也是一进腊月就上市了。嘴急的主儿早就开始下肚儿了。只不过正月十四至十六（一说为十三开始）是"上元节"的正日子。

旧时，正月十五之夜，在一些寺庙里也举办灯会，高潮是烧"火判儿"（一说逛"火判儿"）。传说，火判官是和钟馗一样的匡扶正义、惩恶助善的好判官。在戏曲舞台上（如京剧、昆曲的《九莲灯》），火判官上台之后，先喷出几口真火，以示正义刚烈、嫉恶如仇。烧"火判儿"并不是要烧掉这位火判官，而是要借其"喷"出之火焚烧一切邪魔恶鬼、魑魅魍魉，并在新的一年里红红火火。届时，把泥塑的空心火判官放在佛殿或庙门外，内放煤炭燃烧，使其口眼鼻耳七窍冒出火苗，供人观赏。此活动较为著名者当推厂桥的城隍庙和琉璃厂东街的火神庙两处。

正月十九"燕九节"，亦称"宴九"、"筵九"、"宴邱"、"燕邱"。《日下旧闻考》载："白云观，元太极宫故墟，出西便门一里。观中塑邱真人像……都人正月十九致醑祠下，谓之燕九节。"邱真人即赫赫有名的道教全真派全真七子之一的邱处机（亦称长春真人、长春子，后人敬称邱祖），其生日就是正月十九。这里既是他生前修炼、传道、主持之地，羽化后也是埋葬之所。观内邱祖殿供奉他的塑像，并将他的生日定为"燕九节"。届时，观内举办盛大法会。勋臣内戚、文武官员、各观道士、善男信女，皆来这里进香、顶礼膜拜。

白云观内有约20个殿堂，供奉的神仙也特多。传说这些神仙于"燕九节"的头天夜里（即正月十八）来此聚会。邱祖也下凡归来施舍、度有缘之人。因此，也就有了"白云观里会神仙"之举。一些善男信女、杂七杂八之徒，夜宿观内各处，企望与神仙一会，以期或被度成仙飞升，或学到点石成金之术、炼丹之法。全是异想天开！当夜来的"神仙"全是假冒的，借机胡混一番。一些非虔诚的男

北京东琉璃厂火神庙山门

女是夜来此,当然是"醉翁之意不在酒"了。

据说,慈禧太后也来白云观会过神仙,并把御膳房专做素膳的厨师赐给白云观,使其"素斋"名扬天下。

正月二十"天穿节",又称"天饥日",一说为二十三或三十日。此节源于对上古神话中女娲补天的纪念。传说她是人类的始祖。在盘古开天辟地之初,是她用土造人及万物。共工撞破不周山,使天塌(即天穿)地陷,所有的生命都处于水深火热的灾难中。女娲为拯救大地的生灵便"炼五色石以补天,断鳌足以充四极,杀黑龙以济冀州,积芦灰以止浮水"。(见《淮南子·览冥篇》)因而,在"天穿节"这一天,讲究用红线系上煎饼放置在屋顶上方。喻意为"补天漏"或"补天穿",以表达对于女娲拯救万物生灵的感激与纪念。

正月二十五"填仓节",亦称"添仓节"或"天仓节"。据《帝京岁时纪胜》载:"念(为廿的大写即二十)五日为填仓节……当此新正(指新年)节过,仓廪为虚,应复置而实之,故名其日曰填仓。"意思是说,这一天要把粮仓填满,使之充实起来。过去在这一天,粮库和粮商们要张灯结彩、燃放鞭炮、焚香设供祭祀仓神韩王爷。这位韩王爷就是西汉开国功臣后被杀于未央宫的韩信。据史料记载,韩信弃楚投汉,刘邦嫌他出身微贱不肯重用,最初只让他做了一个连敖官。"敖",即贮藏粮食等物的仓库。连敖官说白了,就是个管仓库的官。这是兴汉灭楚大元帅后被封为三齐王又降为淮阴侯的韩信生前做的第一个官,因而死后被奉为仓神。北京朝阳门外的东岳庙中就塑有他的神像。

过去,京郊有些农村在这一天还讲究在院中或场院用草木灰画粮囤,中间画十字,分成几个格子,每个格子里分别撒些麦、谷、豆、高粱、玉米粒儿等,并用砖将这些粮食盖上,旁边再画上梯子,比喻为因仓满囤足而需要压仓压囤。晚上,还要点灯烛以祭仓神。在城镇,居民则要购买米面、油盐、煤炭等生活必需品作为储备,也谓之"填仓"。更有趣的是,不管是在城镇,还是在农村,都要吃好的,吃饱了,以至撑得慌。这也有"填仓"之意。这是把人的肚子也当成粮仓了。因而,有的人就把在饭前"解大手儿"戏称为"腾仓"。

2010年2月于京

农历二月的讲究

农历二月也有好几个节日,有节日必定有讲究,且听在下一一道来。

二月初一是"中和节",又称"太阳节"。此节源自唐代德宗李适贞元五年(789年)。这一年,唐德宗批准宰相李泌请立二月初一为"中和节"的奏章。为何要以"中和"二字为节日的名称呢?因为,"中和"二字是指"不偏不倚",寓意为"和谐"。古人认为:"致中和,天地位焉,万物育焉。"意思是说:人类社会达到"和谐"了,就会相安无事,天下太平,天地万物也就各得其所了。为何定在二月初一呢?因为,传说这一天是"太阳星君"的诞辰,故又称为"太阳节"。人与万物的生活、生长、生存都离不开太阳,人们丰衣足食了,天下才能安定。古人认为,太阳与社会安定和谐密切相关。因而,以奉祀"太阳星君"为此节日的重要活动。旧时,北京左安门内建有太阳宫,内供"太阳星君"的神像。又因古人坚信太阳中有一只三足乌鸟的传说(太阳的别称之一为"金乌"),并且每日是金鸡啼叫唤太阳升起的,便又在庙内塑有一只雄鸡。每年二月初一至初五开庙,官民皆来焚香叩拜。供品主要是"太阳糕",此糕又叫"小鸡糕",用江米面制成,分五层,层与层之间放红糖或豆沙馅、青红丝,切成两寸见方的小块儿,每块儿上插一只用江米面捏成的象征太阳的五彩小鸡,上屉蒸熟即可。后来,演变为在糕上印有圆形的红色小鸡图案,以代替江米面捏的小鸡。据说,慈禧太后尝后认为很好,钦定为"太阳糕"。每逢二月初一,天不亮,就有小贩上街叫卖"太阳糕"。有祭太阳习俗的人家儿把"太阳糕""请"(因是供品而不能说"买"、"卖")来,供于院中香案之上,冲着太阳升起的方向焚香遥拜。到夕阳西下时,再分而食之。

"中和节"这一天还讲究送"太阳钱粮"。所谓"太阳钱粮",就是过年时贴的楹联、斗方儿、条幅、挂钱儿等,在傍晚时分,向着太阳焚烧叩拜。老北京人称此为送"太阳钱粮"。

古时,在这一天,百官要向皇帝进献农书。民间还讲究互相"献生子",

就是用青色的袋子装上精选的谷物和百果的种子，互相赠送，并同饮"中和酒"，预祝五谷丰登，生活富足。

至于又叫"吃肉节"，是因为清代满族王公府内在这一天除祭"太阳星君"，还要祭祖先，在杀牲祭拜之后，要吃无盐的白肉。因而，他们管这个节日也称为"吃肉节"。

二月初二"龙头节"，又叫"青龙节"、"春龙节"。这是我国民间的一个重要的传统节日，传说这一天"龙"要"抬头"了。其实，世上本没有龙，又何来"龙抬头"呢？原来，古代天文学家将日、月和金、木、水、火、土五星行经的黄道带划分成二十八天区，用二十八宿（xiù 即星的集合体，亦称为星宿）的位置变化来判断季节的变化。这二十八宿分为东、西、南、北四个方位。即，东方苍龙（即左青龙）、西方白虎（即右白虎）、南方朱雀、北方玄武。东方苍龙有角木蛟、亢金龙、氐土貉、房日兔、心月狐、尾火虎、箕水豹七宿。角木蛟宿是"龙头"，亢金龙宿是"龙颈"，氐土貉宿是"龙胸"，房日兔宿是"龙腹"，心月狐宿是"龙心"，尾火虎宿和箕水豹宿是"龙尾"。农历二月初二这一天，在东方的地平线上出现"龙角星"，整条"龙"尚未出现，所以称为"龙抬头"。尽管"龙"刚"抬头"，也预示着从此就该有雷雨了。有了雨水就可以浇灌、保墒，就可以进行春耕、春种，就有望获得丰收。从而，也就流传开了"二月二，龙抬头，大囤满，小囤流"的谚语。多美的事呀！但是，这时的雨水还不多。因而，便又有了"春雨贵如油"之说。

过去，北京地区在二月初二这一天，讲究接出嫁的闺女回娘家住几天，有"二月二，接宝贝儿，接不来，掉眼泪儿"的民谣。在旧时，正月里姑奶奶是不准回娘家的。不像如今一年365天，天天都可以回，一天24小时，时时都可以返。还好，那会儿一年之中有好几个"女儿节,""二月二"、"五月五"、"七月七"和"九月九"等。

"二月二"这一天还有很多讲究："敲（或用灯照）房梁"、"敲锅盖"（指农村的柴锅）、"熏虫"等，都为的是驱除蝎子、蜈蚣等虫虫蚁蚁。用"敲"或"照"，把这些毒虫震出来除之。且边敲（或照）边说："二月二敲（照）房梁，蝎子蜈蚣无处藏。""二月二敲锅盖，蝎子蚰蜒跑屋外。"所谓"熏虫"，则与吃有关。即，吃油煎黍子（黄米）面枣糕或摊煎饼，就叫"熏虫"。大概是油煎时可以产生油烟子，因而能"熏"吧？这一天吃什么都会加上一个"龙"字：吃面条，叫"龙须面"；吃饺子，叫"龙耳"；吃米饭，叫"龙子"；馄饨叫"龙牙"；烙饼叫"龙皮"；蒸饼做成鱼鳞样叫"龙鳞饼"，等等。

在乡间讲究"引龙回"。就是在"二月二"这一天，用灶灰自门外蜿蜒布入厨房内，旋绕水缸一周遭。蜿蜒的灰印儿就代表"龙"回来了。龙离不开水，缸里的水满则象征着财旺。

旧时，"二月二"这天要给男孩子剃头，叫"剃龙头"。生了孩子要给起带"龙"字名字。私塾也在这一天开课，小孩儿开始上学，为的是沾"龙"的光"占鳌头"。"金榜题名"，曰"鲤鱼跃龙门"。这些讲究都是给人以好运。

不过，这一天也有忌讳：妇女不能做针线活儿，传说这天用针会扎伤龙的眼睛，得忌。要是在天亮前到井台打水，会砸着"龙头"，不行。

"二月二"的讲究可谓多矣！

二月十二是"花朝"。传说这一天是"花王"（即花神）的生日。人们要购买鲜花欣赏。文人墨客还要赋诗唱和。旧时，京师的鲜花产地当推右安门外草桥一带最为有名，被誉为"花乡"。据《故都变迁记略》载："草桥在右安门外十里，众水所归，种水田者资以为利。土近泉，宜花，居人以莳（栽种）花为业。"清代吴岩有诗赞曰："十里城南绿满川，春风春柳自年年。""都人士女竞喧奔，花市阑珊庙市繁。"从前，草桥东南与西边各有一座花神庙，分别称为东庙、西庙。每逢二月十二祭祀花王之日，花乡各村及城内百姓都爱到这两座庙来朝拜、赶集、买花、看戏。如今，草桥、白盆窑一带仍被誉为花乡，而且更为兴旺。一个大型花卉市场名声远扬。

在这一个月里，京城还有"惜字会"的活动。内容就是把带有文字的废纸集中到一块儿烧掉。烧完了还要演大戏，以使人都敬惜有字的纸。活动场所在文昌祠、精忠庙、金陵庄、梨园及较大的会馆。因文昌祠的活动规模较大，也最为隆重，由此又称为"文昌会"。这项活动一年中搞两次，第二次在农历八月。每次参加的人都数以千计。故而，也应算作一次较大的活动。且为北京独有的文明习俗。

另据《帝京岁时纪胜》载："十五日为太上玄元皇帝诞辰，禁止屠割。太清观各道院立坛设醮（指道士念经做法事），谈演道德宝章。"看来，这是道教的活动，与一般百姓没多大的关系了。

还传说，二月十九日是观音菩萨的生日。京城所有尼姑庵、观音寺皆诵经聚会。其中，以正阳门内观音庙的香火最胜。虔诚的信徒要戒荤酒，素食一个月。

2010年3月于京

老北京的阳春三月

北京的天气具有标准的北温带特点：正月，冰雪未融地未解冻；二月，乍暖还寒有"二月春风似剪刀"之喻；三月，金阳照碧波，桃红配柳绿，莺飞芳草长，百花争吐艳，天晴气又朗，不冷也不热。阳春三月让人感到最舒服，耕作、扫墓、踏青、郊游等一切户外活动正当时令。历史悠久的上巳节、清明节等佳节，更给人们找到充足借口，提供最好时机。千家万户院门开，男女老少走出来，不负春光，融入春光。

上巳节：此节在农历三月初三。上巳，是古代节日名。据《古代汉语词典》解："汉以前以农历三月上旬巳日为上巳，魏晋以后定为三月三日，不必取巳日。"又据《后汉书·礼仪志上》："是月上巳，官兵皆絜于水上，曰洗濯祓除，去宿垢疢（意为病、热病），为大絜（洁）。"说通俗些，这也是讲究卫生的节日。这一天，在河边洗洗澡，可以除污去病。

传说这一天还是王母娘娘的生日。供奉王母娘娘的庙宇叫蟠桃宫，也叫太平宫。北京唯一的一座蟠桃宫位于东便门护城河南高地上，全名叫"护国太平蟠桃宫"。这里的后殿还供奉着斗姥（母）娘娘（北斗星君之母）和子孙娘娘。由于王母娘娘每次过生日时都是在瑶池大摆蟠桃盛会，因而在前殿除了有王母娘娘神像外，还有一座鳌山。上边塑的就是各路神仙驾祥云赴蟠桃盛会的群像。蟠桃宫每逢农历三月初一至初三开庙三天，由善男信女前来焚香膜拜，许愿还愿。也有来"拴娃娃"的，祈求子孙娘娘恩赐子嗣。届时，香客摩肩接踵，人声鼎沸，香烟缭绕，钟磬声声。

更多的人则是借庙会之际前来踏青、游玩、购物。销路最好的当属泥塑彩绘泥娃娃大阿福。其造型多为盘腿而坐，笑眉笑眼，憨态逗人。就连套圈的最好奖品（得套上）也是大阿福。小吃摊前、大茶棚下，吃主儿、喝主儿特多。杂技表演、马戏表演更是围得里三层外三层，喝彩声、惊呼声不绝于耳。也有比赛射箭、扬鞭赛马的。还有的扶老携幼踏青于芳草之上，泛舟于碧水之中。尤其是通惠河上的"二闸"（庆丰闸）更为热闹。君不闻京城各门诸景中有"东便游船"一说吗？这"东便"即东便门也。人们戏水（正应了上巳日在水边洗濯祓除疾病、洁身之习俗）、荡舟，在岸边、在船上、在亭下、在酒肆，猜拳行令、诗词唱和，

通惠河庆丰闸（二闸）遗址

两岸弦歌，好不尽兴。真是：酒不醉人人自醉，花不迷人人更迷。不负大好春光，游哉悠哉。

  清明节：是我国农历二十四节气中的第五个节气，也是整个春季的倒数第二个节气，过了后边的谷雨节春季即宣告结束，进入了夏季。从节令来说，立春就已经开始有春的气息了，经过两个月到第三个月人们才能真正享受春天。从而，北京的春天显得很短。人们珍惜清明节也就不难理解了。由于此时节适于踏青、郊游，故又称为踏青节。还因其在农历三月，而也叫三月节。需要说明的是，有的年头清明节赶在农历二月，这是根据闰年闰月推算而成的。但是，以三月居多，故清明节没有二月节的别称。还有人称此节为寒食节，以纪念春秋时期晋国贤臣介子推。民间有在这一天"禁火"、"寒食"的习俗。据史料记载，清明节与寒食节是从唐代起才合二为一的。

  说清明节是重要的传统节日，是因为自古以来，民间在这一天的前后要扫墓祭奠亡灵（穆斯林不在此节扫墓，而是在开斋节或亡人周年、忌日扫墓。并将扫墓称为游坟）。正如《帝京岁时纪胜》一书所记："清明扫墓，倾城男女，纷出四郊，担酌挈盒，轮毂相望。各携纸鸢线轴，祭扫毕，即于坟前施放较胜。"扫墓对于上自帝王、公侯，下至官兵、百姓，皆为大事。"较胜"在这里有比赛之意。纸鸢即风筝。所引用的这一段话的意思是：清明既适于扫墓，也适于放风筝，更适于踏青、郊游。旧时，京城官民都喜欢在这一节日前后，到右安门外的草桥、东便门外的二闸、西直门外的高梁河一带游玩。历代文人雅士多有诗词赞颂春游高梁河。如，明代姚文

烈《春游高粱桥》:"春光非雨色,岸岸柳垂垂。游女纷车马,都人竞鼓旗。装红桥下影,尘白道傍枝。节序关心目,归欤适所宜。"清人李慈铭诗曰:"簪盍春明慰寂寥,重三(即农历三月初三)携酒款僧寮。风声挟树全趋水,山色浮清欲过桥。弱柳低垂留客醉,好花迟发避人娇。年年不负寻春约,又向高梁(指高梁河)趁锦镳。"

清明节还有插柳、戴柳、射柳、荡秋千、祭城隍等习俗。

插柳,即在门上插柳枝。这一习俗的由来有多种说辞。一说为纪念教人种植的神农氏。二说为纪念晋国贤臣介子推。传说,介子推与母亲在晋文公火焚绵山时最后死于柳树之下。三说为清明时令门上插柳枝可以避邪,防止妖魔鬼怪进宅骚扰。民谚有"清明不插柳,红颜变皓首"。何为"红颜"?"红颜"乃貌美之女子也。何为"皓首"?"皓首"指的是白发老人。其意为,假如清明时节门上不插柳枝,美貌的女子就会变成白发苍苍的老太太。多厉害!别害怕。此谚语大有夸张戏说之成分。

戴柳,指将柳枝叶编成帽圈戴在头上,或以柳条簪发。有多种说法。一说为辟邪除灾、平安吉利、保健益寿。二说,为纪念黄巢。据史料记载,黄巢起义于清明,事先派人密告百姓,人人头戴柳圈,可免误伤。三说为《燕京岁时记》所载:"唐高宗三月三日祓禊(古代于春秋两季在水边举行的一种祭礼)于渭阳,赐群臣柳圈各一,谓戴之可免虿毒。今盖师其遗意也。"意思是说,唐高宗李治于清明节时在渭阳(指渭水南岸)举行祭祀典礼时,赐给参与祭祀的群臣们每人一个柳圈戴在头上,以防蜂蜇虫咬。而今清明时节人们戴柳圈就是由此流传下来的。四说为怀念北宋大词人柳永。柳永词作颇丰,对宋词的发展有一定影响。他死后每逢清明节都有人去坟前祭扫,之后折柳为簪戴于发髻,以此怀念柳永。民谚"清明不戴柳,来生变黄狗"更是笑谈了。

在武侠小说里夸某人的箭法高超时,常用"百步穿杨"来形容。此"杨"即指柳树。古人常称柳树为杨柳,称杨树为青杨或白杨。人们射柳并非是为射柳树的枝叶,而是射拴缚在柳枝上的物件。柳树的枝条大多是向下垂着的,可以拴缚物件充当射箭的靶子。比如,悬挂在柳枝上的外圆内方的大"金"钱,或是装有鸽子或斑鸠等的葫芦,在百步之外射之。旧时,在清明佳节常有射柳博彩者。三箭皆从金钱眼穿过为胜;射中葫芦以其中鸽子或斑鸠惊飞的高度定输赢。

荡秋千,俗呼为打秋千。这一运动古时在皇宫苑囿和民间都很流行。据

《日下旧闻考》载："清明寒食，宫廷于是节最为富丽，起立彩索秋千架……中贵之家，其乐不减于宫闱（指门，此处意为皇宫内院）。达官贵人豪华第宅悉以此为除祓散怀之乐事。"另据有关史料记载，自春秋时代起，即有荡秋千的运动了。唐代有人称荡秋千为"半仙之戏"，毫不夸张。您想啊，荡秋千之人身着色彩斑斓的服装，随着秋千荡上荡下，是不是有飘飘欲仙之感？而且，此时的心情是极为舒畅的。时至今日，人们也爱以荡秋千为乐。

过去，北京有大大小小的城隍庙好几座。每逢清明节这一天都开庙，人们争相前去烧香叩拜城隍爷，许愿还愿，求签问卜。届时，庙内外有唱戏的，有地秧歌、高跷、五虎棍等民间花会进行表演，小吃、百货的摊贩云集，异常热闹。这其中当推位于西城成方街的都城隍庙为最。此街旧名即为城隍庙街，因成方与城隍谐音，故改为此街名。都城隍庙同都土地庙、都龙王庙一样，都属于"中央"级别的了。元代的文天祥和明代的杨继盛在殉难后，相继都被封为都城隍。

清明作为与农事密切相关的节气来讲更为重要。"清明前后，种花点豆"和"清明前后，种瓜点豆"的农业谚语可谓家喻户晓，人人皆知了。"瓜"，指各种瓜类；"豆"，指各种豆类；"花"，指的是棉花。关于种棉花还有"枣发芽，种棉花"的农谚，而枣树发芽的时节也正值清明时节。种豆子为何用一个"点"字呢？是因为种豆子不能像种麦子、谷子那样"撒播"，而是"点播"（亦叫"点种"）。所谓"点播"，是用一种长把儿的头儿上安有铁钎子样的农具，在地里起好的垄埂上扎个坑儿（用锹或铲子挖小坑儿也行），扔进去几粒豆种儿，用脚把土掩埋好即可。北京种豆都是种在地埂上或是地块儿的边边沿沿，不像东北那样大面积地播种。"撒播"也不是满天星地乱撒，而是在翻整好的田里，用耧子开出一道道的小沟，边向前走边将种子撒在沟里，后边专门有人负责掩土。其实，清明时节不光适宜种瓜、种豆、种棉花，有好多农作物都适宜在这个节气进行播种。如：春小麦（秋天播种的是冬小麦）、玉米、谷子、花生、白薯（因在春天栽种而又叫春薯，在收完麦子的地里栽种的白薯叫麦茬白薯）、高粱等。一些花卉也适于在清明种植。这一节气更是植树的大好时光。自古以来，植树都在这一季节，成活率也最高。不管过去，还是现在，植树节都在这一季节。清明前后还要对农作物加强管理，尤其是春旱保墒的工作非常重要，关系到农作物的成长与收获。

过去，在阳春三月里，还有一项老北京人乐于参加的活动，就是逛东岳庙。每逢三月十五起，位于朝阳门外路北的东岳庙开庙半个月，特别是三月二十八这一天最热闹，传说这一天是东岳大帝的诞辰，俗称掸尘会。整个庙会期间，善男信女烧香还愿者摩肩接踵。听老人讲，还真有从通州一步一个头地磕着来的虔诚的人。也有人从东大桥起便走一步磕一个头，直到东岳大帝的神像前。届时，还有民间花会表演和众多的小吃、玩具、百货等摊位。东岳庙庙会在北京七大庙会中，名列第七。

东岳庙建于元代仁宗延祐年间，供奉东岳天齐仁圣帝（简称东岳大帝）。明英宗正统年间扩建。正殿后边有行宫。此庙整体规模宏大，建筑雄伟，设有七十二司。据传，最为灵验的是以岳飞为神的速报司。庙中也有一匹跟白云观中铜特一样的铜骡，也是人身上哪儿有病就摸铜骡身上的相应部位，传说也很灵验。清康熙三十七年（1698年），庙毁于火灾，经三年恢复。乾隆二十六年（1761年），再加修葺。据说，乾隆帝每次到东陵去拜谒时，都要在这里烧香、用膳。

东岳庙享有华北第一道观之誉，以神像多、楹联多、石碑多著称，因而，又号称"京城小碑林"。历史上最多时曾有二百多通石碑。其中有三通石碑和一处石雕还成为老北京人的口头语："机灵鬼儿，透亮碑儿，小金豆子，不吃亏儿。"这是因为这几通石碑与石雕都各有传说和绝技。"机灵鬼儿"，是指一通石碑基座两侧浮雕的小道童。传说从前每到晚上，他们就提着灯笼到夜市去买炸豆腐吃。天亮后，店家发现钱里总有几张冥币。而且，只要是这两个道童头天晚上来买炸豆腐，第二天就总出现冥币。店家狐疑起来，决心查个究竟。这天晚上，他们又来了，吃了炸豆腐付钱就走了。店家蹑足潜踪跟在后边。俩道童在前，店家在后，相继进了东岳庙，追到碑林的时候，俩道童不见了踪影。店家本想抓住俩道童后找庙里当家的去讨说法，人都追丢了，还去说什么？他只好扫兴地回家了。夜里，他躺在炕上翻来覆去地想这档子事。第二天，他又到庙里去找。结果发现，福路东侧一通石碑基座的东西两侧有两个浮雕的小道童好像在看着他笑，店家这才恍然大悟。后来，再也见不着小道童晚上出来买炸豆腐吃了。"透亮碑儿"，是指福路西侧一通石碑的碑首刻着两条盘龙有六处用了"透雕法"的绝技，在视觉效果上具有很强的立体感。这在"螭（指古代传说中没有角的龙）首龟趺"造型（俗称"王八驮石碑"）的碑刻中是极为少见的。人们称其为"透亮碑儿"，是说"透了亮儿的碑"。"小金豆子"，说的是岱岳殿西侧台基上的那块已经用玻璃罩起来的铜矿石，因其在阳光下像发光的金豆子而得名。"不吃亏儿"，说的是一处图案为"猴捅马蜂窝"的石雕。猴偷吃了蜂蜜，占便宜了；蜜蜂蜇疼了猴，进行了报复，双方都没有吃亏。可惜的是，除了"透亮碑儿"和"小金豆子"还可以看到外，"机灵鬼儿"和"不吃亏儿"经几百年的风雨，早已"惨不忍睹"了。至于，为什么说这四句话又成为老北京人的口语，是因为人们在评价某人时大多也用这几句词。例如，夸某个人聪明伶俐，就爱说"跟机灵鬼儿似的"，或者就直接说他是"机灵鬼儿"。说某个人遇事心里清楚，跟"明镜儿"似的，就爱用"透亮"这词。说某个人精明，就常用"小精豆子"来比喻。至于"不吃亏儿"，用的地方就更多了。

老北京的阳春三月，让人忆得起来的还有几种香味儿。一种是满街筒子飘散着炸黄花鱼和炸对儿虾的香味儿。要知道，那时是用香油炸的啊。上世纪50年代中期起才时兴的用花生油炒菜，后来又有了豆油、菜籽油。其他的食用油是在改革开放以后才相继问世的。再一种香味儿就是海棠花、藤萝花、榆叶儿梅的香味儿了。

改革开放以后，随着旅游业的兴起，人们在阳春三月里的活动内容也更新了。但是，扫墓活动更受重视了。因为，中华民族是讲究孝道的。何况，政府还安排了休假。

2010年8月于京

农历四月的节日与习俗

农历四月的节日主要是佛教的节日，习俗也都与佛教有关。

四月初八是浴佛节，也称龙华会、佛诞节。按佛教经典记载，这一天是佛祖释迦牟尼的诞生日。旧时，在这一天，佛教的各寺庙都举办浴佛会。记得听一位笃信佛教的邻居老人讲过，所谓浴佛，就是在这一天，庙内在众僧齐声诵经和法器奏乐声中，住持方丈和庙内高僧把一尊小铜佛像放在浴亭内用"香汤"均匀地淋遍，就象征着为佛祖淋浴了。届时，寺院内高搭芦棚，悬挂写有"普结善缘"的黄色旗帜，棚下设座施舍茶水和用盐水煮熟的黄豆，此豆称为"舍缘豆"，也叫"结缘豆"。一些虔诚的佛教徒在四月初八开庙时也带着煮熟的黄豆去，在烧香拜佛之后，将所带豆子放进庙内准备好的笸箩里，用以跟佛祖结缘。也有的人家将煮好的豆子盛入容器中放在院门外，任人取而食之。还有的妇女挎着香袋挨户去索取熟豆。这些活动为的都是结现世之缘，结来世之缘。之所以要用黄豆而不用其他的豆，皆因为黄豆是圆的，与"缘"字同音，喻意为"以圆结缘"。

此项佛事活动搞得最为隆重者当属京西长河之滨的万寿寺和宣武门外的悯忠寺。悯忠寺始建于唐贞观十九年（公元645年）。清雍正十二年（1734年），改名法源寺至今。浴佛节这一天，人们到该寺院除了烧香、拜佛外，还可以听讲佛经，饮茶食豆，游览赏花。寺内的丁香、海棠均颇享盛名。至于万寿寺，请见另文《长河之滨万寿寺》和《京西有条高粱河》。

旧时，农历四月初八这一天除了上述活动与习俗，还有放生活动。即僧、俗人众将自家养的或买的小鸡、小鸟、小鱼、小龟等带至山林或河边或池塘旁，予以放生。一些较大的寺庙如碧云寺、卧佛寺，院内就有放生池。做善事倒也方便。

传说，农历四月初八还有一位神仙"降临"，因而这一天又称神降日。

这是一位道教女神，尊号碧霞元君。凡是供奉此神的庙宇除了有正式名称外，还都俗称为娘娘庙。传说，碧霞元君是东岳大帝之女，始封于宋朝，全称为天仙圣母碧霞元君。因其威灵赫赫，掌管人间生长发育、寿夭祸福和国家治乱，而很受崇拜。老北京地区的碧霞元君庙最著名的有高梁桥畔的天仙庙（即碧霞元君庙）和"五顶"、"两山"。"顶"为碧霞元君庙之代称。东顶在东直门外，俗称行宫庙，西顶为蓝靛厂长春桥畔的广仁宫，南顶在左安门外弘仁桥，北顶在今"鸟巢"附近，中顶在右安门外草桥。"两山"是京西妙峰山和平谷境内（旧为怀柔辖区）的丫髻山。除南顶在五月初一至十八开庙外，所有碧霞元君庙（祠）均在四月初一至十八开庙。是时"男女奔趋，香会（民间花会）络绎，素称最胜……献戏进供，悬灯赛愿，朝拜恐后"。（见《帝京岁时纪胜》）

到妙峰山朝拜碧霞元君的花会在最盛时可达70余档。其中，文会40余档，武会20余档。据说，虔诚者竟从山下十步一个头地磕到位于山顶庙中碧霞娘娘神像前。据光绪三十二年（1906年）刊印的《燕京岁时记》中载，自打四月初一起，上妙峰山之中北道"北安合"（笔者疑为应是北安河）"……最称繁盛……人烟辐辏，车马喧阗，夜间灯火之繁，灿如列宿（星宿）。以各路之人计之，共约有数十万。以金钱计之，亦约有数十万。香火之盛，实可甲十大卜矣。"该书对朝拜者登山时的情景描写得也很生动，令人有身临其境之感："庙在万山中，孤峰矗立，盘旋而上，势如绕螺。前可践后者之顶，后可见前者之足。自始迄终，继昼以夜，人无停趾，香无断烟。奇观哉！"山势陡峭得仿佛前边的人踩在后边人的脑袋上，而后边的人只能看到前边人的脚。想来，作者富察敦崇老先生当年也是登过妙峰山朝拜过碧霞元君的，否则焉能写得如此生动逼真？

去高梁桥畔天仙庙的朝拜者，除在神像前焚香顶礼外，还借机在高梁河畔（即长河）踏青、观柳、看杂技、马戏，听戏曲、鼓书，每日以数万人计，而妇女们朝拜碧霞元君，还为了求其显灵赐以子嗣，灵验者还要还愿

碧霞元君庙——北顶

东直门内东药王庙山门遗迹（敕建福世普济药王庙）

拜谢。

旧时，农历四月还有祭祀药王的习俗。

过去，老北京城内外有不少药王庙，其中有四座最为著名。即，东直门内的东药王庙，地安门外西步量桥的西药王庙，崇文门外东晓市的南药王庙和旧鼓楼大街的北药王庙。一般药王庙供奉的是药圣孙思邈和药王韦兹藏。而在规模最大的南药王庙中，正殿中间供奉的是伏羲氏、神农氏和轩辕黄帝，他们的两边是孙思邈、韦兹藏。大殿两侧的塑像是从三皇五帝时期到晋唐时期的扁鹊、张仲景、华佗等十位名医。他们尽管都不是神与佛，但是在人们的心目中不亚于神、佛。

南药王庙的道士们制作的蜜供得到过清道光帝的赞赏而成为贡品，享誉京城。

2010年8月于京

老北京人过"端午"

"端午"者,即端午节是也。此节在农历五月,老北京人称其为五月节。之所以叫端午节,是因为在古时"端"与"初"相同,"五"与"午"相通,按十二地支的顺序推算,农历五月应为午月,故称为端午节。端午节又叫重五节,是因为五月初五占两个"五"字,二五相重;又叫夏节,是因为此节正值仲夏季节;又叫粽子节,是因为过此节的主要食品是粽子;又叫蒲节,是因为这一天要在门上插菖蒲(其形如剑,故叫蒲剑)以驱鬼;又叫艾节,是因为这一天还要在门上插艾草(又称艾虎)以祛毒;又叫龙船节,是因为这一天要举行赛龙船的活动;又叫女儿节,是因为出嫁的女儿可以在这一天回娘家过节,旧时二月二、五月五、七月七、九月九都是女儿节;又叫地腊节,这是道教对这一节日的称呼。

由此看来,端午节在我国众多传统节日中是叫法最多样的节日。可见这节日在我国各族人民心目中的地位是多么重要。确实,端午节不仅是我国五大传统节日之中的一个(其他四个节日是春节、元宵节、中秋节、重阳节),而且是三大传统节日中的一个(余下是春节和中秋节)。真可是"重中之重"。

端午节既不是佛教的节日,也不是道教的节日。同寒食节一样,是纪念性的节日。寒食节是纪念春秋时晋国贤臣介子推的。而端午节有人说是为纪念楚国贤臣三闾大夫爱国诗人屈原的;也有人说是为纪念东汉时为救父而投江的孝女曹娥的;还有人说五月初五是春秋时期被吴王夫差逼死的伍子胥的忌日。不过,认同者最多也是流传最为广泛的说法是为纪念屈原的,他是在五月初五这一天因忧国忧民投汨罗江自尽的。小的时候,听大人们讲,包粽子是为将粽子投入到江中以引开蛟龙免伤屈大夫尸体;赛龙船是为了争先恐后地去打捞他的尸体。所以,过五月节包粽子、吃粽子和赛龙船是必不可少的。

在我的记忆中,粽子是年年都要吃的,有时花钱买,有时自己包。至于赛龙船,只是听人说过,小时候没开过这宗眼。北京城不像南方,南方水多,大江、大河、大湖有的是,哪儿都可以赛龙船。北京不行,虽说也有河、湖、潭、

"海"，可是能赛龙船的地方很少。生活于清末的人可能见过皇上坐的龙船，但未必见过比赛的龙船。倒是听先祖父讲过，当年西太后（慈禧太后）在万寿山水面儿上（指昆明湖）让人赛过龙船。老百姓哪有机会上那地界儿开眼去呀！民国时期，北海也赛过龙船，那不得花钱打门票才能进去吗？那阵儿老百姓混饱肚子都费劲巴拉的，哪儿有那个雅兴呀！比较实惠的还是弄俩粽子吃。记得有人穷开心说："哥们儿，吃粽子了吗？""刚弄了俩吃。""不赖，冲着电线杆子打俩嗝儿去。""干吗呀？""让六国（指全世界）都知道知道！"

旧时，人们都讲究过啥节吃啥物，没有不按节令的。不像现在条件好了，"超前"的意识也强了。就拿粽子来说吧，一年四季都有卖的。那会儿不介，不是应节当令的东西，吃着都不对味儿。

早年间，北京地区粽子是在农历四月底才陆续上市。有的小饭铺就在门外支起锅来，现包现煮现卖。过往行人可以看得见泡好的苇叶、马蔺、白色的江米、红红的小枣。包的时候每个粽子都放三四个小枣。这实际上就起到了广告的作用。也有推着小车子串胡同卖的，悠长的吆喝声半条胡同都能听得见："江米小枣的咪，好大的粽子儿包——哇！"北京的粽子馅一般的都是小枣或豆沙。一进五月，一些饽饽铺也在当街摆上粽子摊了。

要是自己家动手包粽子，就不见得都用白江米了，也有用黄江米的。买不起江米的主儿还有用糙米或小米凑合事的，也有用黄、白二米的，反正用苇叶包上米和一两个小枣就是粽子。一过初六再想吃粽子那就得等明年见了。这就叫应时当令。

以前，阜成门外（从出生到1965年夏天以前我没离开过阜外大街地区）离城最近能掰到苇叶的地方一处在杜家坑，这是水少的苇坑，位置在现展览路与阜外大街交叉的十字路口的西南角。上世纪50年代中期以后修成了无轨电车一厂。另一处就是望海楼（即玉渊潭、钓鱼台）了。解放前，这里野味儿特浓，也显得破败荒僻，零零散散的住家户的墙上都有用白灰画成的大圈以吓唬狼。记得我七八岁时，父亲带我到望海楼掰过一回苇叶，而且也只去过一次。那天在这儿掰苇叶和钓鱼的有十多个人。突然，一条黄不黄、灰不灰的影子从苇丛中蹿出，头也不回地跑了。有人惊呼："是狼！"有人喊："是狗！"还有人叫："是狐狸！"于是，人们便有了一番是狼是狗是狐狸的小争论。甭管是什么吧，反正是吓了一大跳。父亲连忙带我回家了。其实，到苇塘或河边掰苇叶还能就手采到菖蒲。这宗水生植物除了在五月节插在门上当蒲剑驱鬼，将其割下来晾干了轧扁了还能编成蒲包用以包装东西；蒲绒棒晾干夏天夜晚点燃用来熏蚊子。

粽子不仅可以吃，还可以当装饰品。列位一定会纳闷了：没听说过还有能当装饰品的粽子呀。有卖的吗？告诉您吧，这是在下耍的一个小"枪花儿"。这种可供当装饰品的粽子可不是用苇叶子包的，里边是空心的，既没有江米，也没有小枣或者豆沙馅。因为，它是用硬纸折而糊成粽子形状后用五彩丝线缠绕而成的。不光五月节期间街面儿上有卖的，自个儿也能动手制作。其个儿大小那就"后脑勺留胡子——随您的辫（便）"了。这用丝线缠绕的小粽子既可以挂在屋内以增添节日气氛，也可以用别针别衣襟儿上，还可以拴在女孩的小辫儿上，两个小粽子是一对儿，与彩绸条儿异曲同工。还有的人用硬纸糊或用木头削成小葫芦形，也缠绕上五彩丝线，挂在屋里或别在胸前，或拴在男孩儿的纽襻儿上，或拴在女孩发辫儿的根儿上。两个小葫芦算一对儿。这在从前的五月节也是一种习俗。

农历五月天气已开始炎热，一切虫虫蚁蚁都频繁活动起来，一些疾病也危害着人们的健康。旧有"恶五月"之说。人们就在五月节寄托了希冀，防病灭灾。于是，这一天要喝雄黄酒，在小男孩的额头用雄黄酒画个"王"字。额头有"王"字，是虎哇！虎是百兽之王，此意为让男孩好虎虎有生气，百毒不侵。屋内贴天师画像或钟馗画像。做小布老虎，或把用红纸剪成的虎、葫芦等贴在窗上。葫芦与"福禄"谐音，尽管是剪纸（或刻纸），葫芦图案中还要有"五毒"（蝎子、蜈蚣、毒蛇、蜘蛛、蟾蜍）的形象，意为葫芦可收"五毒"。用红或黄的布（或绸缎）做成小囊，内装雄黄、朱砂、花椒、丁香、辛夷等中药、香料，成为香囊，佩戴在胸前曰戴香囊。当然，放在枕边也可以。也有做成略大一些的香袋置于枕边的。据说确有一定的祛病健身之功效。

五月节的节令食品除粽子外，还有"五毒饼"。即在玫瑰馅的点心上分别有"五毒"的图案。没有"五毒"图案的则叫玫瑰饼，也是此节的应节食品，尤以妙峰山产的玫瑰为最佳。蒸玫瑰白糖馅的包子也可以应俗。吃"五黄"，即黄花鱼、蛋黄、雄黄酒、黄瓜、黄豆。传说黄色能解毒，止煞气。樱桃、桑葚、桃、杏等也是应节食品。

总之，老北京人过五月节，所有的习俗都围绕着卫生、健康。由此可见，五月节还可以再增加一个别称——"卫生节"。当然，若是借机来一次洒扫庭院则再好不过了。

2010 年 9 月于京

旧京六月天

北京民间旧有"五黄六月"的说法。即每年一到农历五六月,天气就异常炎热了。尤其是一进六月,不光热还发闷,人们好像进了冒着腾腾热气的蒸笼里。所有的东西都发胀,都返潮,极需要晒晒太阳,过过风儿。于是就有了六月初六的"曝晒节",在这一天晒东西成为流传千百年的惯例。家家户户开柜门打箱盖,把衣服、鞋帽、被褥等都搬出来见见太阳,否则就会发霉。在这一天,皇室档案馆皇史宬的人员更忙,他们不仅要把历朝的档案文件、御制的诗文、历代的书文、经史等书籍都搬出晒太阳吹吹风,就连皇家专用的銮舆仪杖也要曝晒一番。

民间历来有"六月六,看谷秀"的谚语。意思是要在六月初六这天看看谷子的长势以测丰歉。因为这天还是"虫王节"。旧时,农家要宰牲设供,礼祀虫王,求其庇佑五谷旺盛,不受虫灾,获得丰收。有的地方还同时祭拜土谷神及祖坟。

在旧社会,一些平时没工夫或者没条件洗头发的妇女在六月六这一天打开终年梳在脑后的发髻(俗称纂),大洗特洗一番。说是在这一天洗头可以去掉不洁之物。这天,骡马、猫狗等大小牲畜也会被赶下河去洗澡。

北海荷花

在明、清两代,六月初六还是法定的洗象日。那时,从外邦进贡的一些大象(经过训练可充当宫廷仪仗)养在宣武门内西侧城墙根儿的銮仪卫(明时称锦衣卫)驯象所(亦称演象所,俗称象房)。届时,要举行正规仪式。而且,允许老百姓观看。据《帝京岁时纪胜》记载:

主持洗象的官员要官服齐整，由仪仗队奏乐引导着大象出宣武门到西闸水边进行洗浴。在现场，岸边还要搭彩棚，由有关官员进行监督，两岸观者众多。

清代王士祯有《洗象行》诗记述了洗象盛况，诗中写到："水关苍苍柳荫碧，宝马流苏分络绎。日中传呼洗

北京什刹海之荷花市场

象来，玉河波射珊瑚赤。须臾钲（古代行军时的打击乐器）鼓干云霄，万夫声寂如秋宵。虎毛蛮奴踞象顶，邱山不动何岩峣。岸边突兀二十四，直下波涛若崩坠。纵横欲蹴鼋鼍宅，腾达还我鹅鹳队。乍如昆明习斗战，万乘旌旗眼中见。又如列阵昆阳城，雷雨行天神鬼惊。奴子胡旋气逾壮，忽没中流跃巨浪。撒波一跃万人呼，幡然却出层霄上。"看，洗象时真可谓：气势宏伟，蔚为壮观，惊天动地，声震霄汉。另一清人郑孝胥也有诗记洗象场景："宣武洗象迎初伏，万骑千车夹水看。法驾旧仪从卤簿，玉泉新涨试波澜。"

后来，由于象疯伤人，从光绪十年（1884年）起，官家不再养象，洗象的胜景也就不复存在了。

在明代，六月初六、六月十二还是御马监到积水潭为御用马匹洗澡的日子，也是由仪仗队引导。马群中有几匹还用锦帕覆盖在头部。最后有独角青牛压阵。

明代人朱德润有《观内厩洗马》诗记述洗马场景："黄云洒雨沙场秋，滩高水平凝不流。晓霜袭透苍驼裘，圉人洗马津水头。绿骠连钱双骅骝，日光射波脂腻浮。青丝脱鞯黄金钩，轻爬短刷湿未休。三花剪鬣平且柔，蹑云骏气将无俦。束刍斗豆岂马羞？茫茫丰草生林邱。霜蹄何为踏长揪？振鬣一跃期天游。"

到了清朝，洗马就无定制了。

旧京农历六月还有一项普遍都搞的祭祀活动，就是六月二十四祭关羽。据说，这一天是他的生日。传闻，关羽死后封神且很灵验。因而，历朝皇帝都对其予以加封，直封到圣、王、帝。他的庙便称为关帝庙，俗称老爷庙。尤其是清代大量兴建关帝庙进行祭祀。基本上凡是有清兵营房的地方都建有

关帝庙。据清末时统计，全国有关帝庙不下数万座。每到这一天，关帝庙的殿堂内香烟缭绕，钟磬声声，善男信女顶礼膜拜。庙院内、山门外，唱戏的、说书的、打把式卖艺的，做小买卖的，人声鼎沸，摩肩接踵，拥挤不堪，比集市还热闹十分。

在农历六月里，还有一件人们爱干的事，就是观赏荷花。旧时，广安门外的莲花池、右安门外的凉水河、北海、什刹海、积水潭等地都种植了许多荷花，引得游人如织。

凉水河畔曾立有"十里荷香"的牌坊。北海水面到处可见荷花，后大多集中于永安桥东与陟山门桥南之水面。什刹海的荷花大面积在前海。因此，又有"莲花泡子"之誉。民国十年（1921年）绘制的《新测北京内外城全图》上曾标为"荷花塘"。"凡花开时，北岸一带风景最佳，绿柳垂丝，红衣腻粉，花光人面，掩映迷离，直不知人之为人花之为花矣。"（见《燕京岁时记》）看，人与花都融为一体了，清代李慈铭有诗句赞这里的美景："楼高下瞰湖之中，生香十里玻璃风。夕阳倒射碧檐影，湖光朵朵金芙蓉。"荷花亦被称为"出水芙蓉"。在夕阳的照射下，一朵朵荷花都被染上了金色，多么迷人呀！

早年间，在现"荷花市场"牌楼西侧没有楼房。如今的前海西岸原为一道贯通南北的大堤。此堤宽约三丈有余，长约五十余丈，将前海一分为二。每到夏季，堤上的集市异常热闹。席棚、摊位一个紧挨一个，出售各种新鲜水果、风味小吃、消夏冷食、杂货物品。还有打把式卖艺的，说评书、说相声、演双簧的，唱"十不闲"、唱"莲花落"、唱鼓曲的，拉洋片的，等等。为京城内与天桥齐名的又一处人气儿特旺的赏荷消夏、休闲购物、娱乐开心的场所。这就是誉满京城妇孺皆知的老的荷花市场。尤其是到农历六月二十四这一天，更是达到高潮。因为，传说这一天是荷花的生日。荷花出污泥而不染，有"花中君子"之美誉。尽管"荷花生日"之说不清楚源于何时，然而，把这一天视为"观莲节"确实有相当长的时间了。届时，荷花市场、什刹海周边，

1912年拍摄的什刹海荷花市场

万头攒动，人声鼎沸。一些文人雅士或登临什刹海附近的亭台楼阁，或聚于饭庄、酒肆、茶馆，或荡舟于荷花、碧苇、绿蒲之间，或泊舟于柳荫之下，赏荷、饮酒、品茗、吟诗、对联、轻歌、蜜语。无不尽情欢娱。

什刹海前海荷花

积水潭又叫西海。因岸边有净业寺，还称为净业湖。还因这里的荷花多且繁盛，而享有"莲花池"之美誉。"岸边柳槐垂荫，芳草如茵，都人（住在京都之人——笔者注）结侣携觞，酌酒赏花，偏集其下。"（见《帝京岁时纪胜》）文人名士多有诗句赞颂。清代朱彝尊《净业寺看荷花》诗："香刹缘堤转，官桥信水流。绿云千万顷，不见采莲舟。"清代另一名家高士奇《净业寺看荷》诗写到："僧舍无人满绿苔，新荷一顷雨中开。寺前多少冲泥客，谁为看花趁早来？"（见《故都变迁记略》）

近日，报载遨游过太空的古莲子在广安门外的莲花池种植成功，绽放新蕊。观者如织，无不称赞。

正是：

世上之事多奇说，古莲新荷舞婆娑；

旧京旧事随史去，新京新事谱新歌。

2004 年 6 月一稿于京

2011 年 7 月二稿于京

农历六月二十四祭关羽

要是一提起农历六月过去有哪些习俗时，准会有不少人张口儿就来：六月六看谷秀，翻箱倒柜晒衣裳，让书画儿什么的见见太阳过过风儿，明清两代官家还讲究洗象、洗马，文人雅士赏荷为乐等。

早年间，还有一项活动，就是每年在六月二十四这一天，要祭祀关羽关公关二贤侯关夫子关武圣人关王爷关财神关祖师爷关圣帝君（简称关帝）。这一大串荣誉称号与职衔可不是本人信口胡诌的。据史料记载，前后有16位皇帝23次御旨加封的。仅明代万历一朝就3次封他。"忠义"之人，老百姓和封建统治者都需要，就连宗教也推崇。人家汉寿亭侯关二爷就是"忠义"的代表化身典范楷模。用时髦话讲，就是形象大使、代言人。老百姓拿他当保护神，统治者拿他当统治平民百姓"帝祚永延"的护国神灵。因而，在东吴的吕蒙、潘璋"送"他"归天"之后，千百年来，历代历朝（特别是从宋代起大盛），在全国盖了大大小小无其数的关帝庙。由于人们管关羽叫关老爷，因而关帝庙俗称为老爷庙。统治者与老百姓每年都分几次前去祭祀。你死我活的两大对立阶级在关帝庙里有了"调和"。特别是到了清代，统治者为了削弱汉族百姓对岳飞的怀念，来了一招"关公战岳飞"：几乎凡是有岳王庙的地方都"搭配"了一座关帝庙。之所以这样做，就是因为岳飞是抗金的民族英雄。满清初称后金，是完颜阿骨打创建的那个金国的后裔，当然不待见"壮士饥餐胡虏肉，笑谈渴饮匈奴血"，誓扫黄龙府的岳飞岳武穆了。可是，又不敢公然拆毁岳王庙，怕引起不必要的"麻烦"。实际上，大清王朝从入关到最后土崩瓦解，大小"麻烦"始终没断过。他们极力效仿在他们之前坐统中华江山的历代统治者，在尊崇孔夫子的同时，也把关羽奉为神明，既要求得他的显圣庇护，同时也要利用他在民间的人气儿、神气儿去统治老百姓。于是，不仅继历代封建王朝之后对关羽大封特封，而且在皇宫内外、城里郊区、京都各省大建关帝庙，其数量大大超过了孔庙，更令岳王庙难以匹敌。尤其是有了"乾隆爷在京城西郊遇险，'二弟云长'显圣护驾"的传说之后，大小关帝庙又来了一个剧增。甚至，每处营房都有一座关帝庙。至清末，全国记录在册的关帝庙不下几万座。北京在临解放时城内与远、近郊区有大小关帝庙二三百座。他老人家如果真有在天之灵，应该感到非常欣慰了。

　　建了庙宇当然要祭祀了。由于庙的位置不同，大小各异，因此祭祀的时间、规模、形式也大不相同。据《日下旧闻考》记载，地安门西步量桥白马关帝庙在"每年春秋仲二月及五月十三遣官致祭"。而位于正阳门瓮城（亦称月城）内的关帝庙除春秋致祭外，还于"除夕开正阳内门由内城居人瞻拜；夜子后开西门，城外居人瞻拜。香火极胜"。（见《帝京岁时纪胜》）"十里河关帝庙在广渠门外，每至五月，自十一日起，开庙三日，梨园献戏，岁以为常。"（见《燕京岁时记》）以上两处引文中提到的"五月十三"指的都是农历。为什么要在这一天的前后祭奠关羽呢？有两种说法。其一，说"五月十三"是关羽的生日，在这一天祭他是为他祝冥寿。其二，这一天是关羽过江单刀赴会的日子，祭他是表彰他的大智大勇。如果赶上这一天下雨，则被称为"磨刀雨"。因为，关老爷使的是青龙偃月刀。

　　再一个祭祀关老爷的日子就是农历六月二十四，据说这一天也是他的生日。届时其盛况正如《燕京岁时记》所载："六月二十四致祭关帝，岁以为常，鞭炮之多与新年无异。盖帝之御灾捍患有德于民者深也。"这句"御灾捍患有德于民者深"，正是老百姓对于关羽的称颂与期待。您想啊，农历六月二十四正是在酷暑之中。北方有句民间谚语："有钱难买五月旱，六月连阴吃饱饭。"农历五月为麦收季节，需要天旱，农民盼望着少下雨，最好是别下雨。这样，麦子可以熟透收割登场。要是在收割打场时赶上下雨，就得"龙口夺粮"了。农历六月需要雨勤，谷子、玉米、高粱、稻子等夏播秋收作物可以"喝"得足，长得快，秋天收成好。又有一句民谚："夜里下白天晴，打的粮食没地儿盛。"这就是说，成天下雨也不成，得风调雨顺，不然就容易闹洪涝灾害。依靠谁来"御灾捍患"呢？关帝关老爷。他有这个心意，有这个义气，有这个能力。从而，"有德于民者深"。看，关老爷的功能竟不亚于龙王爷了。因此，致祭关羽时，"鞭炮之多与新年无异"。其隆重的程度，不次于春、秋、除夕与五月十三的祭典了。这样热闹地祭关老爷即农历六月二十四的祭祀场面和庙会活动，我还真亲历了几回。

　　1946年春夏之交的季节，我家从月坛东夹道搬迁到瓜市营房（又称瓜市营子）。这里东临阜成门南护城河。在距我家约半里地的河边上有一座坐东朝西的关帝庙，背靠河水面临营房。具体位置在现月坛北街与西二环路交界处中心线北侧。由于庙很小而俗称为小老爷庙。此庙只有一座殿堂，没有整体的围墙。殿堂仅比一间普通的屋子稍宽一点儿，进深有两间屋子长，后半部分比前半部分高。从外边看，两道殿脊前低后高，墙为红色。庙院很小，南北与殿同宽。南、西（即正面）、北边有墙，呈正方形。小小的山门朝北，既无门楼更没门洞，只有一道红漆木栅栏门，漆皮几乎完全剥落，平时用一把大锁锁着。庙外南北两侧各有一条丈来宽的通道。北侧正对着庙门有一个一尺来高的长方形的小土台子，是庙会时的小戏台。西边有个空场儿，约有篮球场大小，略微见方。中间有一棵需3个人方能搂得过来的粗大的馒头柳，枝繁叶茂，仿佛一把巨伞遮出一大片凉爽之地。树下有一块长条大青石可坐可躺。夏天每到中午，关老爷也不寂寞，总有人在树下乘凉。小小庙院内，有一个带石座的大铁香炉。殿堂门楣上的匾额不是关帝庙3个字，而是"有求必应"4个字。靠窗台塑着关二爷的宝马良驹赤兔马。也就比窗台略高一点儿。小孩子很容易骑上去。但是，谁也不敢冒险在这儿搬鞍上马。因为，据说有一年，一个淘气的男孩子从栅栏门上翻进小院，搬鞍跨上马背，开心了一回。可是，当他听到家长叫他回家想下来时，说什么也下不来了。管庙的老道大爷说是惹怒关老爷了，必须要烧香上供认罪求饶才行。男孩子的家长赶忙照办，这才能够小心翼翼地从马背上抱下来。自打有了这个前车之鉴，谁还敢重蹈覆辙呀！后来，我的一位发小、住在离庙不远的殷家小虎哥哥告诉我了那个孩子在马背上下不来的谜底。原来，那泥马离窗台很近，马肚子几乎与窗台同高，骑上马后，脚得侧扁着才能从窗台与马肚子之间伸下去。也只能是小孩子的脚，大人的脚是绝对不能伸下去的。那个孩子就是由于脚卡在窗台沿的下边了，急切之中没能把脚抽上来，让关老爷"享受"了一回供品，一炷香，几个头。

殿堂内，前半部两边塑着马王爷、火神爷等十几位各路神仙，有慈眉善目的，也有横眉瞪眼的。两排神像之间的距离很窄，如果背对背地给神像磕头，能够屁股碰上屁股。后半部有一道掀起来的黄色帐幔，遮着约4尺高的砖砌神台。神台上正中"端坐"着关羽神像，面如重枣，卧蚕眉单凤眼，五绺长髯，身披绿战袍，右手捋髯，左手拿着一本卷着的《春秋》，在注目观看。那神态不怒自威。左有周仓双手扶着青龙偃月刀，右有关平两手捧印。神像前，与神台等高的供案上摆放着香炉、蜡台和一口铜磬（佛教打击乐器，造型如钵）。尽管庙内的神像都是木架泥塑，但是关羽身上披的那件绿战袍却不是泥的，而是真正用绸子做的，并且每年一换。为关公换袍，是这里每年六月二十四祭祀活动中的一项重要仪式。因庙太小，而无专职庙祝，只是由一位住在附近的老道士代管。每年一进六月，他就开始张罗了，四处化缘，准备绿袍、香烛、供品（主要是糕点、馒头、寿桃、水果）、鞭炮等，联系民间花会中的一档"文场"（用单皮、堂鼓、大镲、小镲等打击乐器演奏）、戏班、鼓书艺人，等等。至六月二十三，一切准备停当，只等第二天正日子了。

六月二十四一大早，我匆匆喝完一碗粥，抓起半个窝头和一小块咸菜就急急忙忙奔出家门，到小老爷庙去看热闹。我边走边啃着窝头、咸菜。正走在半路上，就听见鞭炮放起来了，鼓和大、小镲也响起来了。我赶紧奔跑起来。

到了小老爷庙一看，好家伙，人真多呀！此时，鞭炮放完烟未尽，"文场"的鼓镲响的仍欢。小小的庙门外边挤满了人，都等着祭拜关老爷和配享祭祀的各路神仙。其中有已经化好妆的"莲花落"艺人、鼓书艺人，有本地和四处赶来的善男信女。小院里的大香炉插满了香，烟气腾腾。我忙把最后一口窝头和咸菜塞进嘴里，挤到庙门前。这里正有几个小孩儿想钻进庙里去，我也想跟着进去。两个把门的大人把我们拦住了，说这会儿正给关老爷换袍哪，大人们上完香才能轮到你们小孩儿，先边儿上去！别的大人也帮助往外轰小孩儿。我便拿定主意先到别处转悠转悠去，一会儿再回来。

此时，小空场西南角变戏法的场子、大柳树下的大鼓书场子、唱"莲花落"小土台子都围上了人。我信步向庙后走去。好家伙！庙后头河岸上，从南到北摆了一长溜摊子。有卖扒糕、凉粉、烧饼、牛舌饼的，有卖切糕、豌豆黄、"驴打滚儿"的，有卖煮活秧儿老玉米的，有卖莲蓬、鸡头米的，有卖汽水、酸梅汤、冰核儿的，有卖瓜果梨桃的，有卖烟卷、薄荷凉糖的，有卖玩意儿的，有卖针头线脑、鞋帽袜子的，有卖扇子、凉席的，有卖避瘟散、老虎油（清凉油）、十滴水等清凉防暑小药的，还有卖茉莉花、夜来香、晚香玉等节令花卉的。还有几摊卖大碗茶的。就连庙南侧的小道上，也有一个挨着一个的地摊儿。那热闹劲儿都快赶上白塔寺庙会了。就是没有相面、算卦的。今儿个是什么日子口？祭关老爷，哪个相面、算卦的敢跟他老人家"叫板"呀！

这时"文场"的鼓镲声已经停息下来。从庙北侧传来锣鼓声，我连忙奔了过去。小土台的东、西、南三面围满了人，给关老爷磕完头的艺人们要演唱"莲花落"了。这工夫，又从大柳树下传来三弦声，鼓书艺人敲起花哨的鼓点和清脆的"犁铧片"（山东快书艺人用的那种半圆形小铜板儿），也要开唱了。接着又响起"喤喤喤"的铜锣声，变戏法的也要开变了。我真不知道该看哪样儿好了。只好一会儿听"莲花落"，一会儿听大鼓书，一会儿又去看变戏法儿,忙得我不亦乐乎。好在都白听、白看,一分钱也不用花,他们都不打(要)钱。老道大爷已经从化来的香火钱中取出一部分给他们了。

在变戏法的场子,小虎哥哥找到我,说:"让小孩儿进庙了,你不去看看?"

"看。"

我站起身子跟着他进了庙门。

小院里、殿堂里还有不少人在烧香磕头,许愿还愿。铜磬一声接着一声地响着。

我们俩侧身挤进殿堂,只见里边更是烟雾腾腾,蜡烛和油灯被烟雾笼罩得都不显亮了。在这种昏暗的光线里看那些横眉瞪眼的神像,特别害怕。再加上那烟一个劲儿地往鼻子眼儿、嗓子眼儿里钻,呛得人真受不了。我连忙转身往外走。

小虎哥哥拉住我说:"别走哇!咱也磕俩头去。"

我说:"不,我们回民不信这些,也不兴烧香磕头。"

"那你干吗来了?"他莫名其妙地问。

"来看看热闹呀!"我实话实说。

他只好放开我,自己磕头去了。

我赶紧退到庙外,大口大口地喘了一会儿气。

这时唱"莲花落"的艺人正在休息,我便听大鼓书去了。听说这位鼓书艺人叫傅世亭(音),唱的是乐亭大鼓(也叫铁片大鼓,俗称"醋溜大鼓"),曲调特好听。因为好多人都爱听他唱,所以每年都请他。有的人听到入迷时,便摇头晃脑如醉如痴。我听了几回后也喜欢上了,有时还学着哼两句:"八月里的(那个)秋风儿阵阵地凉,一场(那个)白露(啊)一场霜……"这是《王二姐思夫》。

快响午了,妈来叫我回家吃饭。我不情愿地跟着妈回到家里,草草地吃了一碗麻酱面,又走出家门,奔小老爷庙去了。

到太阳快压树梢的时候,就没人再进庙里烧香磕头了。卖东西的人都开始收摊儿了。艺人们也都结束了一天的演出,收拾场子准备回家。忽然,我看见一大帮男女小孩儿"呼啦"一下子由打小庙门到大柳树下排了一长队。我不知道要干吗,便愣愣地看着他们。

已经排在队里的小虎哥哥看到了我,叫着我的小名,说:"快来排队呀!"

"干吗呀?"

"发供果。"

他说着把我拉进队里。

果然，老道大爷领着几个人有的提着装水果的篮子，有的端着放糕点、馒头、寿桃的盘子，挨个儿发给排队的孩子们，不分男女和大小，每个人一样儿，赶上什么是什么。说是关老爷让孩子们替他享用的。我领到了一个大桃，高高兴兴地回到家里。

奶奶问我这桃儿是从哪儿来的。我说是老道大爷给的。

"是人家上的供吧？"奶奶问。

我点了一下头。

奶奶说："咱们是回民，哪能吃人家的供果哪！不能吃！"

"那怎么办呢？扔了多可惜呀！"我犯愁了。

妈说："干吗扔呀！你不会给小虎哥哥送去？平时人家孩子老来找你玩儿。"

"对呀！"

我一扫愁云，拿着桃儿又出了家门。

从那儿以后，每年一进农历六月，我就开始盼着快到六月二十四这一天，好到小老爷庙去痛痛快快地看一天热闹。随着年龄的增长，我再进小老爷庙里去也不害怕了。而且，每次领完供果当时就转手给了小虎可可。他当然很高兴了。

记得，大约是在1951年前后吧，瓜市营房的居民们响应政府的号召，破除迷信，移风易俗，大搞环境卫生，把关老爷及同他一起享受人间香火的各路神仙的塑像，都抬出了小老爷庙，打得粉碎，垫在护城河岸的低洼处，有的垫到营房里道路不平的地方。小小庙堂被打扫得干干净净，墙壁刷得四白落地，成了干部们开会、学习的场所。我还在那儿给大伙儿读过好多回报纸哪。然而，屋内一直还有当年烧香的气味儿。

1953年春天以后，随着月坛北街道路的开工，不知道经历了多少年的小老爷庙彻底地消逝了。

不过，现在回忆起当年的乐趣，还是蛮有意思的。只是不知道小虎哥哥是否还健在。他属虎，比我大一岁。

2008年6月于京

农历七月回味多

又进农历七月了，儿时的一些往事也浮上了心头。尤其是看星星，听《天河配》，玩儿莲花灯、蒿子灯、放河灯，等等，令人回味无穷。

看星星，主要是在七月初七（或前后两三天），赶上晚间晴空如洗满天星斗时，从中找出牛郎星（正确名称应为牵牛星）和织女星。传说这一天的晚上是牛郎、织女在天河鹊桥相会的日子。故而又称为"七夕"或"七夕节"。身边的老人会给你讲流传了数不清辈数的牛郎、织女的故事：天上的织女心灵手巧，地上的牛郎善良勤劳。金牛星为媒，二人结为夫妻，并生下一双儿女。王母娘娘闻讯大怒，命天兵天将把织女捉回。牛郎披着金牛星的牛皮担着一双儿女追上天去。王母娘娘拔出银簪对着天河一划，天河立时变得波涛汹涌，将牛郎、织女隔在两岸。经过一番周折，才允许他们在每年农历七月初七的夜晚在天河由喜鹊搭成的桥上相会一次。你看，一道银河（俗称天河，即银河星系）斜在夜空，有两颗明亮的星星隔河相望。其中一颗星的两侧各有一颗小星，这是"牛郎"（星）和一双"儿女"，河对面（稍斜一点）的那颗星则是"织女"（星）。老奶奶还会动情地哼着祖辈儿传下来的歌谣："七来月的七来月的七月呀七，天上的牛郎会呀织女，一年见一面呀，妹子，过年儿再瞧你呀，咿呼呀呼咳……"

《天河配》演的就是牛郎织女的故事。这是一出每到农历七月必演的应节戏。昆曲、京剧、评剧（旧称落子）、河北梆子都有戏班上演，观众非常多，而且百看不厌。京剧、评剧的《天河配》我都看过，还在大栅栏里的庆乐戏院看过真牛上台的（详见《七夕爱看〈天河配〉》一文）。

"七夕乞巧"是女孩子们的独有活动。在初七这天，用碗或盆盛水在阳光下晒过，正午时分往水里放一枚小针使其浮于水面，观其水底日影形状，以占卜投针者之巧与拙。其影或散如花，或动若云，或细如线，或粗如锥。晚上，在院中设桌供以瓜果，向织女星祈祷，求其帮助提高刺绣缝纫的技巧，以使巧者更灵，拙者变巧。因而，"七夕节"又称为"乞巧节"。

观星、看戏、乞巧，是普通百姓过"七夕"的主要活动。还有一些活动是一般民众不知道，也不参加的。据《帝京岁时纪胜》载："七月朔（朔即农历每月初一，此处指七月初一）至七夕，各道院立坛祀星，名曰'七星斗坛'，盖祭北斗星也。""七夕前数日，种麦于小瓦盆，为牵牛星之神，谓之五生盆。"另据《日下旧闻考》载："金元宫中于七月七日穿鹊桥补子（指古代官服上的文绣，绣着鹊桥图案的补子叫鹊桥补子）。"由上述引文看来，在我国古代，无论是官与民，还是俗与道，对"七夕节"都是很重视的。

七月十五是中元节，此节最早源于道教。在道教传说中，掌握人间命运的有"三官"：天官赐福，地官赦罪，水官解危。天官下降人间（即诞辰，下同）的日子是在正月十五，叫上元节；水官下降人间的日子是在十月十五，叫下元节；地官下降人间的日子就在七月十五，叫中元节。这一天，各地道观都要日夜诵念经文，斋醮作法，以解犯有罪愆之鬼的灾厄，即所谓赦罪。自汉代佛教传入中国以后，佛门弟子为宣传"六世轮回"的佛教教义，创编了一个"目莲僧救母"的神话故事，按释迦牟尼示意，寺庙于农历七月十五大办法事，放"焰口"，进行超度，也解阴间鬼魂之倒悬。此法事称为"盂兰盆斋"或"盂兰会"。晚间，还要烧法船，在河里流放莲花灯。

普通百姓除了祭祀祖先、上坟烧纸外，最感兴趣的莫过于点莲花灯、放河灯（亦作荷灯）了。从而也就有了七月十五观灯、逛灯的习俗。这一天的晚上，好多人家都点莲花灯。有钱的买，没钱的自己动手糊。即，用细竹子批儿或秫秸皮儿绑成荷花形的架子，糊上做成荷花瓣儿状的点染粉色的纸片，使整体成为荷花状，在里边的铁钎子上插一根蜡烛，点着后俨然一朵光华耀眼的荷花。孩子们都爱提着莲花灯到街上去逛，嘴里还高喊着："莲花灯，莲花灯，今儿个点了，明儿个扔！"

穷人家的孩子大多用一种叫香蒿子的较高大有粗枝大杈的草本植物，拴上许多香头儿点着了，做成香蒿子灯。这种灯不仅灿若繁星，而且散发出一种特有的香味儿，煞是好看好闻。有的小孩儿把一张荷叶倒扣在头上，在梗上插上一节儿小蜡烛；有的在长把儿荷叶上插着蜡烛，用手举着。这两种都叫荷叶灯，既简单又好看。

这天晚上，还可以在河流、湖泊边上看到水中飘流的河灯。有的是用涂上一层蜡的纸做成碗状，或做成荷花状，点上蜡头儿；有的是用半个西瓜皮点上油捻子。这些灯顺水漂流，远远望去甚为壮观。这叫放河灯。这种灯不仅看着好玩儿，也寄托了对亡故的亲人的哀思。

正月十五观灯，七月十五也观灯，季节不同，可是都让人心动。

至于寺观僧道所举办的"中元法会"、"盂兰盆会"，诵经做法事、烧法船、超度亡灵、普度众生等佛道两教的宗教活动，小孩子们就不感兴趣了。不过，也有家长是善男信女的会带着孩子去参加，这些孩子也就只好被动地去看热闹了。

农历七月还有一个宗教节日，就是七月三十这天的地藏节。在佛教传说中，地藏菩萨主宰阴司，是阎王爷的化身，所以又叫地藏王。传说他手持宝珠锡杖，现身于天上、人间、地狱三界，救苦救难，普度众生。节日这天，善男信女们前往供奉地藏王的寺庙焚香祝祷，顶礼膜拜，求其护佑。北京的一些供奉地藏王的地方有的称为地藏王殿，有的称为地藏王洞。京西的八大处、万寿寺等较大的寺庙都有供奉。不过，北京在解放前一般老百姓对这个节日就已经"稀松二五眼"了。

2004 年 7 月一稿于京
2011 年 7 月二稿于京

"七夕"爱看《天河配》

《天河配》讲的是牛郎织女的故事,是一处应节戏,每年只在农历七月初七前后几天演。昆曲、京剧、评剧、河北梆子等剧种都有这个剧目。黄梅戏叫《牛郎织女》。我小的时候,每到"七夕"就爱看这出戏。京剧、评剧都看过。

据史料记载,牛郎与织女的故事最初大约源于汉代,那时就有了《古诗十九首·迢迢牵牛星》。以后,历代又有所发展变化。不少诗人、词人均有佳作对这个流传了千百年的古老爱情故事或是抒情咏怀,或是借题发挥。较为有名的当属唐代大诗人白居易的《七夕》诗和宋代著名词人秦观的《鹊桥仙》词。

《七夕》诗:"烟宵微月澹长空,银河秋期万古同。几许欢情与别恨,年年并在此宵中。"

《鹊桥仙》词:"纤云弄巧,飞星传恨,银河迢迢暗渡。金风玉露一相逢,便胜却人间无数。柔情似水,佳期如梦,忍顾鹊桥归路!两情若是久长时,又岂在朝朝暮暮!"

最后这两句已经成为千古名句了。

又据史料记载,到明代有了《天河配》小说。内容分为两种,一种是注重牛郎织女在天河(即银河)岸边的故事;一种注重牛郎与其兄嫂分居,老牛破车的故事。至于牛郎织女的故事成为戏曲,最初大概起源于昆腔班。内容分为"唐明皇鹊桥密誓"和"郭子仪拜星"两种。后来,有人又把这两种合到一起。再后来,又有人把小说的故事编成了梆子腔戏。过了许多年,又有人把梆子腔的《天河配》翻成皮黄戏演出。京剧早期即称为皮黄(西皮、二黄的合称)。不久,又有人在演出时加入了"鹊桥密誓"的场子。此后,这出戏逐渐成为一些戏班每逢"七夕"必演的应节戏。

自民国初年后,在京剧界被尊为"通天教主"的表演艺术家、戏剧改革家、教育家、向四大名旦均授过艺的王瑶卿先生和四大名旦中的梅兰芳、尚小云二位相继整理演出了《天河配》。由于主要内容各有侧重，表演手段各有千秋，因而都很受欢迎，每演必满，一票难求。且有一些脍炙人口的趣事流传。

民国时期，北京的三大京剧科班富连成、荣春社、鸣春社，逢"七夕"也都竞相排演《天河配》。而且，在情节、场面、灯光、布景、舞美效果等方面各树一帜，非常叫座。先父曾对我回忆过：荣春社在"云路"一场有30多个人的群舞，特整齐。最后一场"牛郎织女鹊桥相会"时，好多人拿着"小鸟"上台搭成"鹊桥"。还有好些灯童儿用莲花灯摆出"天下太平"的字样，用各种积木状的灯组成图案。台下的观众可着劲儿地叫好。鸣春社在织女与众仙女湖边洗澡（即戏水）一场，不光用西洋乐器伴奏，还在天幕上放映出在颐和园昆明湖拍的风景，戏里还加上了开打的场面。这些都令人耳目一新，拍案叫绝。

记得，解放前有一年"七夕"时，父母带我和妹妹到大栅栏去看《天河配》。中和、三庆、广德楼等戏园子演的京剧《天河配》都爆满了。在我的一再蘑菇下，只好到庆乐戏院看了一回评剧《天河配》（评剧那时叫"落子"）。记不得是哪个戏班演的了。但是，我牢牢地记得他们用真牛上台。为招徕观众，还特意在戏院大门口贴出"真牛上台"的戏报子。派人站在椅子上扯着嗓门大喊："看戏吧，看戏吧！真牛上台啦！不信过来看看，牛在这儿拴着哪！"庆乐戏院的长长的门洞里还真拴着一头小黄牛，不时地还叫一声。谁不想开开眼看真牛上台呀！平时迷恋京剧不大喜欢听"落子"的父亲禁不住我蘑菇和母亲的劝说，也只好换换"口味"了。还别说，这头小牛在台上还真听话，老老实实，怎么拉怎么走，也没拉屎撒尿。观众无不为牛叫好。结果唱的是什么词，一句也没听清。反正故事早就知道了，没听清就没听清吧。

解放初期，每逢"七夕"，一些剧团（戏班改叫剧团了）仍然到时准演《天河配》。有的从七月初一演到七月十五。一般的在"七夕"必演。因为，这一天是正日子。

那时，我已经能够自己到戏院买票看戏了。记得，在位于西四丁字街的红楼电影院看了一回《天河配》。电影院的台子小，摆不了多少布景，因而舞美很简单。灯光也只是普通的照明灯而已。电影院的场子比戏院的场子窄而长，那时还不大时兴麦克风。场子里乱哄哄的，再加上场内卖香烟、瓜子、糖果的人来回串，有时连台词、唱腔都听不太清楚，挺扫兴的。但是，说明那时不仅戏院张罗演出应节戏《天河配》，就连部分电影院也有安排。一为应节，二也为增加营业额，毕竟戏票的价格比电影票贵一些。

还有一回——这也是最后一回了,我在庆乐戏院看北京新兴京剧团演出的《天河配》,非常过瘾。领衔主演是毕业于中华戏曲学校的京剧表演艺术家米玉文先生。他前饰牛郎,后饰鹊王。他们充分动用了转台——那时剧场有转台的极少,庆乐戏院有。再加上灯光、布景和长水绸的巧妙运用,使人感到身临仙境一般。在"鹊桥相会"一场,米先生扮演的鹊王带领着一大群"喜鹊"不断变换队形,满台"飞舞",令人眼花缭乱,引得全场掌声雷动,喝彩声不断。可惜,至今五十多年来,再也没有看过《天河配》了。

　　改革开放以来,银幕上、荧屏上也曾先后出现过有关牛郎织女题材的作品。然而,还不知道哪家京剧院(团)有恢复排演《天河配》这出曾经久演不衰的传统应节戏的计划——也许本人不上网而消息闭塞——其实,现在的剧场大多有了高科技设施,艺术手段定会更加神奇,演出《天河配》的效果一定会更好。再者说了,演应节戏也是我国戏曲界的一个老传统了。而且,应节戏还不止《天河配》这一出。我们期待着《天河配》再现舞台。戏迷朋友们,是吧?

2008年6月一稿于京
2010年2月二稿于京

老北京的八月节

"爷们儿,喜欢过八月节吗?"

"喜欢呀!"

"干吗喜欢呢?"

"能吃月饼,买兔儿爷呀!"

这是我在小的时候一到八月节就能听到的大人逗小孩子时的对话。

对于小孩子来说,每年只有到八月节,饽饽铺(即糕点店)才卖月饼,人们也才能吃到月饼;才能买到兔儿爷,摆在桌子上看着玩。

八月节,是老北京人对中秋节的俗称,也有叫团圆节、月饼节的。这一天是农历八月十五。据史料记载:此节源于先秦时期帝王因"天事"而祭月。唐代时民间兴起八月十五拜月、赏月。宋代以后形成固定的节日。

在我的记忆中,我小的时候,一进农历八月,细心的人们就会发现饽饽铺门外滴水檐下悬挂着的缀有红布条的长方形红色水牌儿(相当于茶馆、酒馆的幌子)上的字变了。平时,牌儿上写的分别是:"各式糕点"、"细馅糕点"、"大八件"、"小八件"等。这时,牌儿上分别写着:"京式月饼"、"广(广东)式月饼"、"苏(江苏)式月饼"、"滇(云南)式月饼"、"提浆月饼"、"翻毛月饼"、"酥皮月饼"、"自来红"、"自来白",等等。这就是告诉人们,今年八

旧时北京街头兔爷摊

月节这家饽饽铺都经销什么品种、什么风味的月饼。通州的清真饽饽铺大顺斋曾制作出售过一种"癞皮月饼"。别看名儿不好听，东西还真地道。我吃过。

一到八月初十，您看吧，街上就热闹起来了。月饼摊、水果摊、卖"月光马儿"的摊、卖兔儿爷的摊、卖带枝的毛豆的摊、卖鸡冠花等花卉的摊，一个挨着一个。就连饽饽铺也在自家门面的前边摆起了摊子。人们纷纷选购。顶穷的人家儿也会买两块自来红或是自来白，在节日的当天晚上切成几小牙儿，全家分而食之。过八月节嘛！也有买酥皮点心应节的。即使大人不吃也要给孩子吃。

"月光马儿"，也叫"兔儿爷码"、"月宫祃"。这是一种木刻水彩印制的画儿，在香蜡铺和南纸店也都买得着。长者可达七八尺，短者也有二三尺。画面的上半部有太阴星君（即月神）像和传说中的广寒宫，下半部是玉兔如人立着持杵捣药图。祭月时，将此画粘贴于用高粱秆做的架子上，放置祭桌的后边。桌子上的供品有兔儿爷、月饼、西瓜、莲藕、苹果、葡萄、带枝的毛豆、鸡冠花等，有的人家的供品中还有香瓜、沙果、香果（北京地区俗称"虎拉车"）、香槟子、柿子等。祭月完毕，"月光马儿"即可连同"千张儿"、"金、银锭"一起焚之，到来年再"请"——不能说"买"，要说"请"。可是，不买"请"不来。

兔儿爷，人形兔面，用泥制成涂彩，最大者达一米左右，最小者为二三寸。一律是三瓣嘴，向上支棱着两只耳朵，面颊如粉，身披"战袍"，"顶盔贯甲"，背插一杆靠背旗。有句歇后语"兔儿爷的旗子——单挑"，即由此而来。有的兔儿爷"骑"虎，有的"骑"狮子，有的"骑"象，还有的"抱"着执杵捣药之小兔。虽然是泥做的，倒也能显出一副威风凛凛的神态。兔儿爷在祭月完毕可以成为摆件或小孩子的玩具。保存好了，用不着年年买。中秋之夜，老辈儿人讲究院里、屋里要多点些灯，让天上的月光与地上的灯光交相辉映。

旧时还有"男不拜月，女不祭灶"之说。因而，拜月是由家中主妇唱主角。待妇女拜完之后，男人和晚辈才能拜。之后，就可以边赏月边开宴了。富有人家的宴席上，鸡、鸭、鱼、肉、蟹、莲藕等是必不可少的。饮的是葡萄美酒、桂花佳酿。中等人家次之。下等人家再次之。即便是在365天中有300天揭不开锅的人家儿，在过年、正月十五、五月节、八月节的时候，也得小的溜儿地打打牙祭，北京话叫"开开荤"。好让孩子们体会体会什么是过年过节。文人雅士在中秋宴后赏月时还要乘兴吟诗唱和，到月至中天。

　　出生于恭王府花园并在园中生活了九年的著名画家爱新觉罗·毓峘先生在生前曾几次对我忆起其儿时过八月节的事。每逢中秋之夜，他们全家老小在大主山秘云洞上边的邀月台宴罢，都是主仆一起赏月。不仅主人之间诗词唱和，一些识文断字的仆人也参加作"宝塔诗"与和韵。一次赏月时，乃父溥德先生（有单弦作品《打渔杀家》留世）将节前在梦中得到的两句诗"荒城临水断，细路逐沙分"说给二哥溥儒先生（心畲，国画大师，与张大千并称为"南张北溥"）听。溥二爷觉得诗句甚佳，当即命仆人取来纸笔，以此诗句之意境画了一张横幅，被视为画中珍品，为后人收藏。上世纪80年代末，恭王府及花园管委会在园中蝠厅举办溥儒先生的画展。我有幸应邀前往参观，见到了这幅稀世佳作。

　　我还记得，在解放前的一个八月节（大约是1947年，因为1948年八月节时战事的风声就渐紧了），父亲带我去看月坛菜市职工祭月的热闹场面。地点是在月坛西夹道小鼎合酱园北边的一座破庙大殿改建成的大屋里。自从有了菜市以后，各菜行有什么活动都在这里举行。一些爱好京剧的菜市职工、附近机关的工作人员、学校的老师都爱到这里来唱着玩，但不是票房。爱好京剧的父亲常带我到这里来。那夜，大屋内外灯火通明。屋内的烟雾几乎能把灯光、烛光遮晕。正北面设一张大供桌，围有白缎子绣花桌帷子。供桌后边靠墙是一幅老大的"月光马儿"。画前面的供桌上是一个两尺多高的大兔儿爷。兔儿爷的前面是一个一尺多高的鼎式香炉，炉内插满了香，烟雾腾腾，有点儿呛人，刺眼睛。香炉左右各有一台银白发亮的大蜡扦，上边插着的大白蜡烛烛光耀眼。供品有九节长的大藕、各式糕点、各种水果、带枝的毛豆、鸡冠花等。这些供品的两侧各有一摞码得约有一米高的月饼，每摞都有十多个。底座月饼直径足有二尺、厚一拃，越往上越小，最上边的月饼做成了锥形，仿佛塔尖。整摞月饼就像一座"塔"。我们爷儿俩去晚了，已经没有人在供桌前对着"月光马儿"和兔儿爷下拜了。但是，打锣的几位还在按节奏打着锣。这种锣好大，只有在比较隆重的祭祀场合才能见到。锣立在地上约有一米二三，也就比当时8岁的我矮半头。锣脐儿是整个凸出来的，直径得有一尺多，仿佛是一个大月饼贴在上边。锣声嗡嗡的，震耳欲聋，站在旁边得用双手捂紧耳朵才行。这是我一生中见到过的祭月的最大最热闹的场面。

　　我们回族过八月节属于入乡随俗，顶多也就是吃一顿稍微好一些的晚饭，吃点儿月饼、水果，既不拜月，也不供兔儿爷，更不烧纸。因为我们不拜一切偶像。如果兴致高的话也只是到较为空阔一些的地方抬头望望圆月而已。要是赶上空中彩云追月，小孩子也会跟别的小孩儿一样，对空大声喊喊："八月十五云遮月，正月十五雪打灯。"以此为乐。

如今老了，吃好的没牙口了，月饼也只是品品而已，油腻太大，吃了就拉稀。唯一的兴致就是举头望望明月，回想一番儿时过八月节的乐趣和看到过的热闹场面。

2010年9月一稿于京
2011年6月二稿于京

京城九月天

农历九月，秋风渐起，重阳将至。

旧京在农历九月，有着许多习俗：重阳节（即九月初九，亦称重九）登高、观赏菊花、吃花糕、买腌货、斗鹌鹑，还有道院的九皇会祭祀斗母娘娘（即北斗星之母，亦可写成斗姥娘娘）等。现在，除登高、赏菊外，买腌货（即用来腌制的蔬菜）者已大为减少，吃花糕已不盛行，京郊的鹌鹑几乎绝迹，其余更成为历史了。

重九登高，据说起源并不是一件乐事，而是为了躲避灾祸。传说，东汉时有个叫费长房的人擅仙术，能知人间祸福。有一年秋天，他对弟子桓景说："九月初九日，你家将有灾祸降临。"桓景忙请师父教以避灾之法。费长房让他全家每个人的手臂上都系一个红布袋，里边装茱萸的枝叶（因其果可入药，借以避邪用），再带上菊花酒，去登高饮用，即可避开灾难。九月初九这一天，桓景真按师父的指点去做了。全家人在山上待了一天。傍晚归家，果见留在家中的鸡、羊、犬等家禽、家畜都死绝了。这个神话传开来，人们纷纷效法桓景，每逢九月初九秋高气爽，便登高一游。从而，渐渐形成一种饶有乐趣的习俗。

现在，许多人已经不只是在重阳节登高了，而是一年四季除去恶劣天气外，几乎天天都去登高爬山。香山、八大处、颐和园、植物园、北海、景山等处，总是游人如织。不光为乐趣，更是为了锻炼身体。

旧时，一般人家在重阳节这一天，接嫁出去的女儿回来过节，吃花糕。因而，重阳节又叫女儿节。这个老规矩早在解放以前就不讲究了。

现在，重阳节又叫老人节了，尊老敬老成了全社会的风尚。

至于当年在重阳节吃的花糕，可分为两大类。一类是饽饽铺（糕点店）烤制的酥饼；一类是百姓自家用黄江米面或白江米面蒸成的糕饼。不论哪一类，都有单层、多层之分。讲究点的花糕是两三层以上的，亦被称为千层糕或千层饼，寓意"步步高升"。层与层之间夹着干果或果脯，顶层插彩纸小旗子，用以烘托节日气氛。单层的糕饼上只是星星点点地粘些枣、葡萄干、核桃仁等果料，有的也插小纸旗子。一些年糕店往往也在这个季节制作出售多层的圆或方形的年糕。这种年糕层与层之间或夹豆沙或夹枣泥或夹枣，顶层为枣或是青梅、山楂糕、青丝、红丝等果料，真是好看又好吃。花糕是除了粽子、月饼、元宵、五毒饼之外的又一种应节食品，现在不多见了。

农历九月，菊花盛开，五颜六色，千姿百态，据说有300种之多。家中摆菊花，可添雅气；商店里摆菊花，可招引顾客添财气；街上摆菊花，游人激增可添人气；公园办菊花展，观者如潮更添旺气。千百年来，饮酒赏菊吟诗作对，更是文人墨客的一大乐事，许多颂菊的诗篇、名句流传下来。如，陶渊明的"采菊东篱下，悠然见南山"；孟浩然的"待到重阳日，还来就菊花"；白居易的"更待菊黄家酿熟，与君一醉一陶然"；元王恽的"更喜南窗下，秋风菊半华"，等等，皆脍炙人口，百吟不烦。

农历九月又是腌货（亦称腌菜）大量上市的季节，被旧京菜农和菜行职工称为腌货季儿。

所谓腌货，即为各种可供腌制以备冬季食用的蔬菜的统称。计有：秋黄瓜、小茄子、柿子椒、辣椒、芥菜疙瘩、蔓菁、苤蓝、香菜、胡萝卜、小萝卜、象牙白萝卜、甘露（亦称宝塔菜，学名草石蚕）、鬼子姜（亦称洋姜）、雪里蕻等数十种之多。以前，一冬腊月除了大白菜、土豆、胡萝卜等外几乎没有鲜菜，顶多到过年时添点儿韭黄儿、青韭、盖韭等。要不腌点咸菜，腌点酸菜，做点辣菜，怎么过冬呢？对于旧时的菜行来说，也只有腌货季儿才能多赚钱，职工也才能多分点钱。一年就盼着这一季儿呢！现在，冬季鲜菜、细菜多了，腌不腌点菜也就无所谓了。

至于斗鹌鹑，那是旧社会富家子弟的乐子，贫民百姓没有那份闲心和条件，享受不起。道院为祭祀斗母娘娘而举办的九皇会，更没有普通老百姓什么事了。

2004年6月一稿于京
2010年3月二稿于京

闲言碎语农十月

国人都知道农历正月十五是元宵节,亦称灯节。准确的称呼应该是上元节。七月十五是中元节。十月十五是下元节。所谓上、中、下"三元",实为道教"三官"之别称。传说,上元节是上元赐福天官紫微大帝的诞辰,中元节是中元赦罪地官清虚大帝的诞辰,下元节是下元解厄水官洞阴大帝的诞辰。

旧时,"三元"节既是道家节日,也是我国传统节日。所不同的是,下元节没有上元节和中元节那样热闹。既没有异彩纷呈的花灯可以观赏,也没有类似元宵、粽子、五毒饼、月饼、花糕等应节食品可吃。而且,下元节时天气已渐渐寒冷。所以,慢慢地就不被普通百姓重视了。但是,旧时的庵堂寺观是有大型活动的。据清代潘荣陛在《帝京岁时纪胜》一书中记述:"十五日下元之期,庵观寺院课经安期起,至次年正月二十五日,百日期满。夜悬天灯,黄幅大书:冬季唪经祝国裕民百日期场。嗜佛之家,送香烛献斋供者络绎。"北海永安寺于十月二十五,"自山下燃灯至塔顶,灯光罗列,恍如星斗。诸内侍黄衣喇嘛执经梵呗,吹大法螺号。余者左持有柄圆鼓,右执弯槌齐击之,缓急疏密,各有节奏,更余乃休,以祈福也。""更余"即指一更天之后。"更",是我国古时夜间的计时单位,亦称"鼓"。晚7时为"起更",7时至9时为一更(亦称"初更"),9时至11时为二更,11时至1时为三更,1时至3时为四更,3时至5时为五更。"更余"可视为晚上9时以后。

普通百姓对这些法事活动是不大关心的。但是,有些事是主动去做的。如,"十月一,送寒衣"。这是人们除了在清明节祭扫坟墓外,在农历十月初一这一天也要祭扫坟墓。为了不让逝去的亲人在阴间冷着冻着,这天的晚上还要在家门外或河边焚烧纸糊的"衣服",或者"箱子"、"包袱"、纸钱儿等,谓之"送寒衣"。

再有,从前北京的大多数人家没有床,而是睡炕。为了冬天夜里睡觉不冷,略微有点儿条件的人家都备有一个小煤炉子(称为炕炉),天一擦黑儿就生着了,用棍子从炕洞口推到炕道里,让热气传遍全炕。过去,买不起好煤的住户多去捡别人家倒掉的没烧透的煤核儿,一来为做饭,二来也为烧热炕。因此,每到农历十月初,几乎家家户户都开始像现在暖气试水一样点炕炉熏炕,以检查炕道是否畅通,炕面的砖或坯是否有冒烟的地方,好进行修整,冬天一到正式生炉子暖炕。

还有,目前一到农历十月在集市上就开始有日历出售了。这也是旧习俗延传下来的。很早以前没有日历,更没有年历、挂历、台历、周历。只有宪书,俗称皇历、黄历、历书。每逢农历十月初,即开始有人在市场上出售,或走街串巷叫卖了。

农历十月尽管天气已然寒冷,但是一些好吃的、好闻的、好听的、好玩儿的,纷纷登场点缀市面儿。

好吃的有,中果条、南糖、萨其马、芙蓉糕、冰糖葫芦、各种糖粘食品、榅桲蜜饯等。

好闻的,当然首推糖炒栗子、煮麦茬儿小白薯、烤白薯等那满大街飘散着的甜蜜香味儿了。

好听的,分别为十二响和二十四响的空竹抖起来时那"嗡嗡"的悦耳的哨音、被"玩儿家"养在精致的小葫芦罐里的蛐蛐儿、金钟儿、蝈蝈儿、油葫芦等秋虫的"鸣叫"声(实为靠翅膀摩擦而发声)。别看这些小虫儿在秋天好逮,等到一入冬身价便猛增数倍,上等品甚至可增数十倍。

好玩儿的,如现已不多见踪迹的"赤包儿"(形同鸡蛋,入冬后由青变红,在手中玩弄越来越柔软)、"斗姑娘"(形同小茄子,赤如珊瑚,圆润光滑,适于把玩)。此两物皆为女孩儿所爱。此时,各大庙会集市开始出售"梧桐"、"鹡子"、"小注点儿"、"老锡子"、"燕雀儿"等小鸟。这些小鸟经过专门训练,可以"打弹儿"、"叼旗儿"、"叼八卦",供人取乐。

所谓"打弹儿"是"老锡子"的"专利",因为它的嘴呈圆锥形粗而有力。"弹儿"即用胶泥揉成圆形晾干的小弹丸。玩儿时,将小弹丸抛到一定高度,放飞手中的"老锡子"去叼回来。它会准确地用嘴接住小弹丸送还主人。每完成一次就要喂些苏子(白苏或紫苏的种子,是鸟类的一种饲料)或葵瓜子。它嗑葵瓜子的功夫不次于人类。

所谓"叼旗儿",就是将一面或几面用彩纸做成的比扑克牌还要小些的旗子有一个人举着,或浮插(抑或悬挂)在略高一些的地方,让停在手掌上的小鸟（仅限于上述几种）飞去叼回来交给主人。每完成一次要立即喂几粒苏子，以资鼓励。

所谓"叼八卦"，即用硬纸（如马粪纸）糊成八角形的扁盒，代表"八卦"，上面画不画太极图均可。将其悬挂在一定的高度，盒子的下边插或挂小纸旗子，放鸟儿去叼小旗儿，每叼回一面小旗儿就喂几粒苏子，以示奖励。

如今，这些可爱的小精灵很少见到了。以玩儿这些小鸟为乐的人，也几乎见不到了。

每年农历九月末十月初，有二十四节气的立冬节。我国北方有农谚："立冬不砍（即收）菜，必定受大害。"此谚意为，立冬时一定要收获大白菜了，否则有冻坏的危险。所以，这时农民砍菜，市民买菜，挖窖储存，干得热火朝天。可为应节之一街景。

自从改革开放以来，农村里的蔬菜品种越来越多，越来越好。而且，菜农们打破传统与保守，引进了许多外国蔬菜品种。市民们冬天吃菜再也不用发愁了。以前冬季只有白菜、萝卜、土豆老三样的时代渐渐结束了。原先那争先恐后地排队购买大白菜、全家老少齐动员挖菜窖的场景，也只有看着老照片去回味了。

2004 年 10 月一稿于京
2009 年 10 月二稿于京

冬至也当节日过

冬至是农历二十四节气中的第二十二个节气,再过小寒、大寒两个节气就该立春了,一年又重新开始了。冬至在农历十一月,因而十一月在民间又称为"冬子月"。此时正是隆冬季节,数九寒天,滴水成冰。所以,冬至又称为"冬节"。从这一天起,经过九九八十一天就到春暖花开的季节了。民间有"九九歌",记述这八十一天的气候变化。北京地区的"九九歌"是:"一九二九不出手(意为,天冷得伸不出手),三九四九冰上走,五九六九沿河看柳(柳树即将发芽预示天气开始变暖),七九河开八九雁来,九九加一九耕牛遍地走(开始春耕春播)。"由此,冬至还被称为"数九"、"交九"。民间还有"冷在三九,热在三伏"、"冬练三九,夏练三伏"等谚语。这一天,太阳直照北回归线,是北方白昼最短的一天,故冬至又称"短至"。还因从冬至第二天起,白昼一天比一天长,而又有人称冬至为"长至"。

古人认为"冬至阳生"。即,过了冬至白昼长了,阳气开始回升,是个吉日,视冬至这一天为"岁首"。便有了"冬至大如年"的说道。历代帝王有冬至祭天的习俗,尤其是明、清两代皇帝在冬至这天都要到天坛去祭天,以求上天恩赐一年风调雨顺,国泰民安。这样就可以皇权永固,帝祚绵延。

《帝京岁时纪胜》中记载:"长至(即冬至)南郊大祀,次旦百官进表朝贺,为国大典……祀祖羹饭之外,以细肉馅包角儿奉献。谚所谓'冬至馄饨夏至面'之遗意也。"

《燕京岁时记》云:"冬至交天令节,百官呈递贺表。民间不为节,惟食馄饨而已。"

看来,说"冬至大如年"与说"冬至不是节"都是有根据也是有道理的。帝王、官绅把冬至当成了"年"过,又祭天又祭祖又朝贺又互贺。而普通老百姓则认为冬至不是节。实际也是当节过了。应该把冬至时吃馄饨看成是一种习俗。老北京人的习惯说法是"冬至饺子夏至面"。应节当令吃馄饨或饺子,还不算过节吗?

从表面来看,吃馄饨也好,吃饺子也罢,反正都是面包馅儿。其实不然。吃馄饨有吃馄饨的道理,吃饺子有吃饺子的说辞。说馄饨者,与其谐音"浑沌"有关。据史料记载,古代历法常以冬至为历元,即被看作天体运行之开端。古人认为,在此之前,宇宙处在天地没有分开的一种"浑沌"状态,就仿佛鸡蛋里"黄儿"与"清儿"没分开一样。正是到了冬至,宇宙的"浑沌"状态才被打破,成为天是天,地是地。正如《燕京岁时记》中所云:"夫馄饨之形,犹如鸡卵,颇似天地浑沌之象,故于冬至食之。"意思就是,冬至吃馄饨是为了纪念开天辟地,天体运行的。说冬至吃饺子的也有几种理由。一种是,说饺子像元宝,吃饺子可以招财进宝;另一种是,冬至吃饺子可以不冻耳朵,因为耳朵特娇嫩而称为"娇耳",正与"饺子"谐音;还有一个感人的传说:有一年冬至时天气非常寒冷,大雪纷飞,呵气成冰,好些饥寒交迫的人都冻坏了耳朵。医圣张仲景很是着急,就带领弟子们一边为乡亲们治病,一边用羊肉和一些有驱寒疗效的中草药熬制成"祛寒娇耳汤"。之后,将羊肉与中草药捞出切碎用白面包成耳朵状煮熟,让乡亲们连汤带"娇耳"一起吃下,果然见效。从此以后,在冬至吃饺子就成为一种习俗。话已说清,理已讲明,吃馄饨与吃饺子都对,正所谓"英雄所见略同"也。

过去,冬至有一个习俗(此习俗没有普遍性,且不是一天能够完成的),需要从冬至当天起干满九九八十一天。这就是画"九九消寒图"。有雅兴之人爱做这件事,既可以计算所过的"九九"日数,也可在数九寒天消除因足不出户所产生的寂寞感。"九九消寒图"有"梅花消寒图"、"画圈消寒图"和"文字消寒图"等几种。

"梅花消寒图":明代刘侗、于奕正合著的《帝京景物略》载:

"日冬至,画素梅一枝,为瓣八十有一,日染一瓣,瓣尽而九九出,则春深矣,曰九九消寒图。""素梅"就是不着色的梅花。引文中的"瓣",不能误视为"朵",就是一个花瓣。所画梅花有的枝上是整朵的花,有的枝上的花只画二或三瓣,还有画的是花骨朵儿也算一瓣,总数为八十一瓣。每日用红或粉色涂染一瓣,至整幅梅花染完就满八十一天了,正合"九九"之数。

"画圈消寒图":《燕京岁时记》中云:"消寒图乃九格八十一圈。自冬至起,日涂一圈,上阴下晴,左风右雨雪当中。"这里所说的圈,既可以

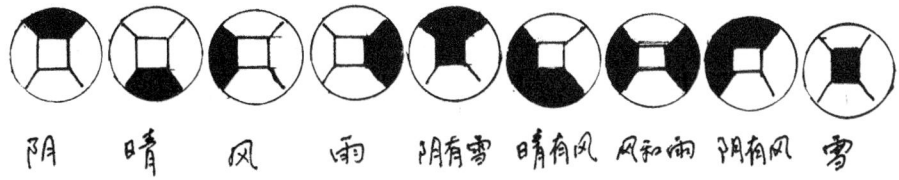

"九九消寒图"之一

画成普通的圆圈,也可以画成外圆内方的铜钱形。每日涂一圈不是整个圆圈都着色,那样没意义。而是按阴、晴、风、雨、雪五种天气分五个部位来涂。以铜钱形为最易把握。阴天涂上边,晴天涂下边,风天涂左边,雨天涂右边,雪天涂中间。(见附图)

"文字消寒图":按竖排或横排用红笔或墨笔写双钩馆阁体(即空心字)的九个繁体字,每字都是九笔划,总数为八十一笔划,每日填实一笔划,都填实后需用八十一天,亦正合"九九"之数。既可以把九个字都涂成一种颜色,也可以用不同的颜色表示不同的天气。如:晴天用红色,阴天用蓝色,雨天用绿色,风天用黄色,雪天不涂色。这样每个字都是五颜六色。可谓色彩纷呈,煞是好看。

现如今,人们的文化娱乐生活可用"空前地丰富"来形容。别说九九八十一天的严寒了,就是再长一些时日也好打发。由此,在下想到,不知是否还有人画"九九消寒图"?其实,画一画"九九消寒图"还是很有乐趣的,您不妨一试。培养儒雅气质尽在其中。

2010 年 9 月于京

腊月也有节

腊月就是农历十二月。为什么农历十二月称作腊月呢？据有关史料记载，远古时代，在寒冬季节农事空闲下来，人们便进山林打猎，为迎接旧年、新年交接的祭典准备猎物。在十二月初八前后举行盛典，以屠宰后的猎物与酿好的酒，祭祀天地神明和祖先，祈福禳灾。古代"猎"字与"腊"字为同一个字。所以，这种祭典被叫作"腊祭"，十二月被叫作"腊月"，初八被叫作"腊日"。腊月里主要有两个节，一个是腊八节，一个就是腊月二十三过小年。

腊八，在北京的通俗叫法是"腊八儿"。民谚有"腊七腊八，冻掉下巴"。那是从外地传来的。"七"和"八"都不加儿话韵，否则跟"下巴"的"巴"字不押韵。老北京人的说法是："腊七儿腊八儿，冻死寒鸦儿。""寒鸦儿"是把"寒鸦"儿话韵了。什么是寒鸦呢？《现代汉语词典》释义："鸟，形状跟普通乌鸦相似，身体较小，叫声较尖，颈部和腹部灰色，其余黑色。生活在山野中，吃小虫，对农作物有益处。"由此证明，这是益鸟。儿时唱的童谣："寒鸦儿寒鸦儿过过，一枪打下七八个——"是不应该的了。可是，那时还不讲究环保，更没有人提关爱野生动物。寒鸦是冬季里在北方常见的一种鸟，有时成群地在空中鸣叫着飞过。这表明此鸟并不怕冷。然而，这种不怕冷的鸟都会在腊七腊八时令被冻死。您说，这天儿是不是冷得够呛？所以说，腊七腊八在一年里是最冷的两天。要知道，此时正是数九寒天中的"三九""四九"啊！"三九四九冰上走"，能不冷吗？

您也许会问："说腊八儿是节，是不是就因为这天要泡腊八蒜，熬腊八粥啊？"

只能算您说对了一部分的一部分。别说，还真跟腊八粥连得上。前边已经说过，"腊八"在古时候叫"腊日"，从先秦时代起就当作一个节日来过了。南北朝时才固定在腊月初八，算是一个农祀节日。说腊八粥与腊八节有关，是因为这一天还是佛教的佛祖释迦牟尼得道成佛的日子。所以，腊八又是一个佛教节日，叫"佛成道节"。纪念佛成道的主要供品就是用杂粮、杂豆等精心熬制的粥。此粥从腊七儿晚间始熬经夜至腊八儿方成，故称为腊八粥。传说，释迦牟尼在苦行修道传教六年之后，来到当时的摩揭陀国的一条河边。由于多年奔波，异常劳累，饥渴交加，昏倒在河边。被一位牧羊女发现，将他救起，并找来多种野果和米、豆，混在一起熬成粥，让他食用。他吃饱后，元气立时得到恢复。随后，他又跳到河中洗浴，更觉得神清气爽。自此一连数日，释迦牟尼在河边的菩提树下打坐静思，终于得道成佛。这一天便成为"佛成道日"。按我国的历法推算，此日正是腊月初八。此后，每到这一天，各地佛教寺院都诵经作法事，以为纪念。由于牧羊女所进献的粥功德不浅，而被当作主要供品。又由于是在腊八儿这天食用，因而我国人民称其为腊八粥。旧时，腊八粥熬得最好的当推北京的雍和宫。那里的粥锅巨大，能容数石米。所熬之粥不仅供佛，还曾作为贡品献皇上，赠王公、官绅，并对平民百姓也予施舍。

其实，在腊八时熬粥，我国民间早已形成习俗。家境好的人家儿不仅自家食用腊八粥，还当成礼品馈赠亲友。至于腊八粥的成份，可依自家的条件而定。现引《燕京岁时记》一书中所列，以供有兴趣者参照："腊八粥者，用黄米、白米、江米、小米、菱角米、栗子、红豇豆、去皮枣泥等，合水煮熟，外用染红桃仁、杏仁、瓜子、花生、榛穰儿、松子、白糖、红糖、琐琐葡萄，以作点染。切不可用莲子、扁豆、薏米、桂圆，用则伤味。每至腊七日，则剥果涤器，终夜经营，至天明时则粥熟矣。除祀先供佛外，分馈亲友，不得过午。"此中的"琐琐葡萄"，是过去对葡萄干儿的叫法。"扁豆"，在下的理解应该指的是芸豆，即剥开扁豆荚取出的种子（豆），不会是把扁豆切碎入粥。"伤味"，指的是影响了纯正的腊八粥的味道。现在一些粮商卖的调配好的腊八粥料里大多有薏米、白芸豆、花芸豆、莲子等，有的还有燕麦，熬出粥的味道经细品肯定不一样。如不信，可试之。

腊月二十三，我国民间将这一天称为"小年"，也算是一节。这一天的主要习俗就是祭灶——送灶王爷去"上天言好事"。供品主要是关东糖、糖瓜儿、南糖、草节儿、料豆儿、一碗白开水。也有供糕点、水果、糖块儿的。反正不能少了糖。草节儿、料豆儿、水，是喂、饮灶王爷上天时骑的马的；灶王爷享受的是糖，吃了糖嘴里必然甜。这样，他上天向玉皇大帝汇报时就会甜言蜜语。玉帝大悦就会让他"回宫降吉祥"了。民谣中的"二十三，糖瓜粘"就是这个意思。祭祀完毕，将灶王爷的神像揭下，连同"千张儿"、纸元宝等一起焚之。到除夕时再接神供奉。为了显得"至诚至敬"、"声势浩大",当晚燃放鞭炮的极多。自此,人们就开始备年货准备过大年了。负债累累者要出去躲债,债主子上门讨债。那真是"几家欢乐几家愁"。要不然,怎会有人把年称为"年关"呢!

在早年间,腊月二十五也是一个重要的日子。尽管这一天不是节日,但是迷信之家也很重视。这是因为"廿五日俗传为上帝下界之辰。因廿三日送灶(王爷)上天,奏人间一年之善恶,故上帝于廿五日下界,稽查臧否,降之祸福。故世人于是日谨起居慎言语,戒饬小儿毋得詈骂恶言,恐招不祥"。此上帝即玉皇大帝。看来他也搞"调查"。又"廿五日至除夕传为乱岁日。因灶神已上天,除夕方旋驾(指"回宫降吉祥"),诸凶煞俱不用事(指不上岗干活了),多于此五日内婚嫁,谓之百无禁忌"。(两引文均见《帝京岁时纪胜》)也就是说,旧时在腊月二十五这天,一是要谨行慎言,别胡骂溜丢的,以免被玉皇大帝查访了去招灾惹祸;二是自二十五至除夕可以娶媳妇、聘闺女办喜事。这一祸一喜还不是大事吗?现如今,哪天娶哪天聘都无所谓了,只是爱挑双日子、吉祥数的日子。您要是愿意在单日子结婚也没人管。

农历二十四节气中的头一个节气立春有时赶在正月,有时赶在腊月,本文就录在腊月吧。

立春,"立"字在这里是开始的意思。老北京人爱把立春说成"打春"。"打",在这里也是开始的意思,即春天开始了。老话儿有"春打六九头"。即,从"六九"起就开始是春天了。这个节气一般都在"六九"前后。"五九六九沿河看柳"。看什么?看看柳树的芽鼓苞儿了没有。要是鼓起来了就表明要发芽了,柳树发芽,就是宣告春天来临了。从而,人们把立春当作二十四节气之首。也称为"岁始",即新的一年开始了。我国自古以来是以农业立国。因而,从帝王至百姓对立春这个节令无不重视。"一年之计在于春",把一年的希望、祈盼都寄托在春天了。这一天,皇家有皇家的礼数,官府有官府的安排,民间有民间的习俗。

据《帝京岁时纪胜》《燕京岁时记》《紫禁城全景实录》《传统民俗大全》等书记载:

在立春这一天,历代历朝的帝王都要以身作则,在城郊举行象征性的春耕典礼,扶犁鞭牛耕作一番。明、清两代,皇帝亲自躬耕的地方在先农坛(先农即神农氏)观耕台下的那块"一亩三分地"(长十一丈,宽四丈,划分成十二畦）。皇帝在中间的土地上一手扶犁一手挥鞭，为主耕。王公大臣在旁边从耕。耕作之前要祭祀神农与芒神（农民形象的春耕之神）。

京城顺天府的府尹在立春的前一天，率合衙官员与差役先到东直门外的"春场"祭祀神农以迎春。此春场始建于明永乐五年（1407年），初为"牛房仓"。清代在此设春场，俗称"春牛房"，简称"牛房"（现城铁柳芳站的站名与柳芳北街等地名就是由"牛房"的谐音于1988年更改的。在三元桥附近还曾建有牛王庙，302路公交车也曾有过牛王庙的站名）。官员人等祭祀完毕，由合衙差役抬着泥塑春牛以鼓乐为先导回归府衙，将春牛置于彩棚之下。立春之日，礼部要向帝、后及太后呈献用金银珠翠制成的春山（牌坊造型）宝座。顺天府尹呈献春牛图。在交春时刻的前一个时辰，在礼官的前导下，由顺天府的生员（秀才）抬着彩亭中的春山、春牛图，由天安门的正中门洞进入大内进献。这种仪式叫"进春"。礼毕，回到府衙前府尹用鞭将泥塑春牛打碎，以示劝农开始春耕之意。这种仪式叫"打春"，亦称"鞭春"。

百姓们则"咬春"，即吃春饼、炸春卷、生吃水萝卜。春饼又叫薄饼，抹上甜面酱（或把黄酱同麻酱拌在一起），夹上熟肉类、菠菜炒粉丝、豆芽菜、韭黄儿摊黄菜（即摊鸡蛋）等卷成筒状食之。炸春卷，以面粉或豆腐皮或摊薄的鸡蛋为皮，以韭菜、豆芽、肉丝等为馅儿，卷好后两端用面糊住，在油锅内炸至焦黄即可食之。生吃"心里美"、"卫青儿"等萝卜可解"春困"。民谚有"春困秋乏夏打盹，睡不醒的冬仨月（也有'冬天就爱偎被窝儿'一说）。"而且，祛火除燥。

据说，在乡间还有"迎春神"、"演春"等活动。尽管本人在京郊农村下放过三年，但那是在"文革"期间，这些活动已经被当作"四旧"破除了。因而未曾见过，不便记述。

2010年9月于京

年味儿·年声儿·年色儿·年趣儿

年味儿、年声儿、年色儿、年趣儿，其实笼统地说起来，年声儿、年色儿、年趣儿都包含在年味儿里边了，也就是指过年的气氛。之所以要将声儿、色儿、趣儿与味儿并列，就是让大家体味一下其各自的妙处。这时的年味儿也就由广义变狭义，化为具体的味道了。需要强调的是，"色"在这里要读成"shǎi"，还得加上儿化韵，否则不好听。

年味儿

旧时过大年是从腊月二十三开始的，称为过小年。也就是说，从这天开始就算进入过年的档期了。这一天要祭"一家之主"的灶王爷，送他老人家"上天言好事"并能很快"回宫降吉祥"（这是灶王爷神位两侧的对联）。实际上，从腊月初七、初八就有年味儿了，即腊八粥的香味和泡腊八醋的酸辣味儿。吃饺子爱蘸腊八醋和就腊八蒜的主儿，当然觉得这是过年才能有的独特的香味儿了。

民谚有："二十三糖瓜儿粘，二十四写对子（一说'扫房日'），二十五扫房土（一说'做豆腐'），二十六去买肉，二十七宰公鸡，二十八把面发，二十九蒸馒头，三十晚上熬一宿，大年初一扭一扭……"

这其中的糖瓜儿属关东糖中的一种，有大小之分，空实之别。"糖瓜儿粘"的糖瓜儿也包含了各种各样的关东糖、南糖（过去把分别以花生、核桃、芝麻、小米等为主料制成的糖块儿或片儿或条儿称为南糖）。用糖"粘"谁去呀？去"粘"灶王爷的嘴。即给他嘴里抹得甜甜的，让他"上天言好事"。玉皇大帝一高兴就让他"回宫降吉祥"了。为什么说"二十三糖瓜儿粘"呢？因为，腊月二十三这一天的晚上是民间祭灶王爷（简称祭灶）的正日子，而且只此一天。"祭"就是"送"他上天的意思。祭品起初主要有糖瓜儿、关东糖、草节儿、料豆儿、一碗白水等。草节儿、料豆儿（黑豆、黄豆或其他杂豆）和水是喂、饮灶王爷骑的马的。后来渐渐地有人又增加了其他的糖、糕点、水果。糖瓜儿和关东糖都是用麦芽糖做的。关东糖有好多种：有空心儿的、实心儿的，有圆棍儿形的、扁棍儿形两端封口儿的，有外表蘸芝麻的，有里边儿带馅儿的，馅儿分别是豆沙、枣泥儿、糖稀等。糖瓜儿也好，条形的关东糖也罢，一进腊月就得着手做了，初十左右必须得上市了，以备二十三祭灶好用。因而，制作关东糖的糖房附近就会糖香四溢。由此经过的人，谁不贪婪地使劲儿闻这甜蜜蜜的香味儿呀！北京的几条"糖房胡同"就是因为有制作关东糖的作坊而得名的。

"二十六去买肉，二十七宰公鸡（也有宰母鸡的），二十八把面发，二十九蒸馒头"，就是告诉人们在关东糖香味儿的后面，接踵而来的有：炖肉、炖鸡、烹制鱼虾、炸素丸子、炸排叉、炸藕盒儿等一系列的香味儿。然后是蒸年糕、馒头、豆包儿、花卷、糖三角、枣荷叶等刚出笼屉时散发出来的香味儿。这么多馋人的香味儿一连数日都弥漫在空气中，怎不令人垂涎。而且，也只是到过大年时才有。列位，这些算不算是年味儿？

年声儿

既然称为年声儿，当然是在过年时才能听到的声音了。这其中有风车儿在风中转动时的响声，有吹琉璃喇叭、噗噗噔儿的响声，有鞭炮声，有抖空竹和撒地空竹（又称地轴儿）的响声，有民间武花会走会时的鼓镲声，有除夕当晚"送财神爷来啦"的吆喝声、踩松木枝或芝麻秸的咯吱声等。在这些声音中，除去民间花会逢重大庆典活动也表演外，余下的声音都是在过年时才能听到的。以前，这些东西大多在平日没有卖的，因而见不到也买不到，只有过年时才上市。

风车儿　带儿话韵是表示此车之小。现在常年有卖的，但只是无声风车。从前厂甸庙会上卖的那种大风车儿很少见了。那风车儿足有近两米高，大架子上有50个左右小风轮儿，略小一点儿的也有20来个小风轮儿。随着风力的大小，风轮儿转动得时快时慢，清脆的小鼓儿声时轻时重，时缓时疾。要是将大风车儿猛地一摆，那声音"哒哒哒——"仿佛机关枪声一样。最小的风车儿只有1个轮儿、两个轮儿，再大点儿的5个轮儿，也有10个左右轮儿的。有的主儿买回家去或绑在院里的树上，或绑在屋旁栽的矿石收音机的天线杆子上。不论昼夜，只要有风，就能听到风车儿响。这也是过年时才有的乐子。

琉璃喇叭和噗噗噔儿　这两种吹的玩意儿都是玻璃制品，只有过年时才有卖的，也只有过年时才有玩儿的。

琉璃喇叭又叫琉儿喇叭，叫白了就成牛儿喇叭了。其管子部分细长不透明，约有1米左右。喇叭口儿不大，颜色与管儿的颜色不一样。管儿有青白色、淡绿色的，口儿为豆绿色或淡蓝色的。管儿上没有音孔，音阶全凭吹时用气及口腔舒缩来把握。可以吹出简单曲调，声音高且脆。一般不会用劲儿和找不到窍门儿的人不容易吹响，真能憋得脸红脖子粗。

噗噗噔儿比琉璃喇叭薄多了，一般为深橙色，因吹时发出"噗儿叭儿噗儿叭儿"的脆音而得名。无论是吹还是吸都能发出声音，吹时的声音是"噗儿"，吸时的声音是"叭儿"。造型有单层葫芦和双层葫芦之分。由于底部忒薄，极易破碎。有的人便用极薄的小手绢把噗噗噔儿的嘴儿包裹上，以防破碎时扎嘴伤人。

空竹和地空竹　大多数人爱把空竹说成"空筝"，"筝"字要轻声。旧时，这两种玩意儿也是临近过年时才有卖的、玩儿的。不像现在，一年四季都有卖空竹和抖空竹的。而且，造型、材质、抖的技巧，都有所创新。地空竹却很少见了。

地空竹又叫地轴儿。顾名思义，这种空竹不是抖着玩儿的，是将其猛力撒在地上疾速旋转，发出尖啸的"嗡儿——"的响声。其造型为单轴，个儿如茶碗大小，侧面有音孔，同空竹一样。轴儿细长，如同竹签子穿过空竹。空竹底部的轴儿短且尖，便于在地上旋转。配套的用具有1根儿两尺来长的小线儿和1根儿约半尺长、1寸多宽带有1个小孔儿的小竹片儿。玩时，把小线儿一圈儿挨一圈儿地缠绕在空竹上边的长轴儿上，线头儿穿过小竹片儿上的孔，一手紧捏线头儿，一手用劲把小竹片儿往轴儿上推，当把小线儿迅速全部抽回手中后，地空竹便借推的力量被撒了出去，在地上疾速旋转起来，同时发出"嗡儿"的长长的响声，直到不转了也就不响了。小竹片儿和小线儿都是必不可少的辅助用具，小竹片儿既可以增加推的力量，也可以起到保护手的作用。玩儿地空竹的地方窄了不行。至于为何现在难见踪迹了，不得而知。

花炮　声声鞭炮是渲染过年气氛的主角。上边提到的各种年声儿，谁也响不过鞭炮声。晚间飞上夜空的主要有"炮打双灯儿"、"二踢脚"（白天放时看不到火光儿）、"起火"（一种带苇子秆儿的花炮）、"钻天猴儿"等。在地上燃放的是"刺花"、"提提金儿"、"耗子屎"等。炮竹有"小鞭儿"、"钢鞭儿"、"麻雷子"、"黄烟炮",还有另类炮竹"摔炮儿"、"砸炮儿"等。

"摔炮儿"与弹着玩儿的玻璃球儿大小差不多,往地上一摔就响。喜欢搞恶作剧的主儿,有时故意往人身边扔"摔炮儿",吓唬人玩儿,也因此而招骂。"砸炮儿"就是发令枪用的那种。玩儿时放在砖头或其他硬物上,用砖头一砸就炸响。这玩意儿极易伤手,可是便宜呀!"提提金儿"就是可以捏在手里燃放的小"花儿"。"耗子屎"造型、大小真跟耗子屎一样,没有捻儿。用香点燃之前先将其一端表面的泥巴抠一抠,露出火药来,用香点燃后满地乱转。它没有多大的响声,只是"刺刺"地响。末了还"蹿"起来爆一下,不小心也易伤人。这是最便宜的小花炮。说它是小"花儿"还凑合,因为点燃后也有光亮。说它是"炮",就太抬举它了。但是,它是穷孩子过年的一种乐趣。再有,旧时买整挂鞭的很少,大多是零星买。过去,一到腊月二十左右就不断有人放鞭炮了。越接近大年三十,鞭炮声越逐日增加,三十晚上就大放特放了。有钱的放鞭炮,没钱的听鞭炮,好歹总得过年。至于普通人家也舍得燃放稍微大一些的"花"了,那是解放以后的事。记得,我家在过年时买的第一个"老头花"(一种造型如坐着的老头的"花"),是上世纪50年代初期的事了。

除夕晚上,除了燃放鞭炮的响声,大街小巷里还响着"送财神爷来啦"的小孩儿吆喝声。这"送"实际就是卖。"财神爷"是一种木刻画,分单张与一套3张的两种。单张的"财神爷"大多印的是关羽。他死后封了很多职位,其中的一个封号就是"武财神"。一套3张的也都刻印的是"财神爷",每张一位"财神爷",故此合称为"三财"。第一张还是关羽。第二张是"文财神"比干,即《封神演义》中被迫剜心而死的那位大忠臣,死后也被封为财神了。第三张是正部财神赵公明(亦称赵玄坛。)

"送财神爷"就是送财来了,谁能拒绝呢?当然要买了。可是,买不能说买,得说"接财神",或者说"迎财神",再或者说是"请财神"。于是,"送财神爷"的贫家小孩儿就可以挣到一份钱。这些木刻画的绘画、刀工、纸张、印刷等都较为粗糙,因而批发的价格便宜。"接财神"的人家又不能讲价钱,所以这些小孩儿能在这一年中最后一天的晚上挣到小小的一笔钱。如果有的人家儿已经买过抑或不想要,也不能说"不要"。而是说"迎过"了,或者说"接过"了,再或者说"请过"了。这些小孩儿绝对不会闯进院门硬"送"。"接"、"迎"、"请"过了"财神爷"就要祭。于是,燃放鞭炮便有了一个小高潮。

除夕之夜还有一种平而不凡的声音。平，是说这种声音很平常，平时也不少听到。不凡，是说这种声音集中在一起犹如春潮在涌动。这就是为吃"交子时"（夜12点）的饺子（"饺子"与"交子"谐音）而剁肉剁菜的声音。列位，请不要喷饭或笑掉大牙。在除夕之夜，您在大杂院里转一转，或在胡同里串一串，不用侧耳就可以听到几乎在同一时段，从各家都会传出剁肉剁菜的声音："嘭嘭嘭，嘭嘭嘭……"仿佛有人指挥一样，那声音时高时低，时疾时徐，平常的剁肉剁菜声这时竟会演变成一种不凡的声势。而这种声势只有在除夕夜才会出现。

年色儿

过年时的颜色（shǎi）并不因天气严寒甚至银装素裹而单调。从老太太戴的绒花儿、媳妇戴的绢花儿、姑娘扎发辫用的花卡子、彩绸条儿、头绳儿，到屋内墙上贴着的年画，院门和屋门上贴的门神，各种材质各种造型的大、小灯笼等，都是五颜六色的，着实透着喜兴。尤其是那些大红色的纱灯、大红色的对联、大红色的斗方儿、大红色的条幅、大红色的挂钱儿、大红色的窗花儿等，更显得红火热烈。

对联上的吉祥话儿有用墨笔写的，也有用金粉写的，显得十分华美。有的字体端庄遒劲，有的字体龙飞凤舞。

商家的对联大多写"开市大吉"，"万事亨通"；"生意兴隆通四海"，"财源茂盛达三江"。在店堂内的钱柜上（粮店在粮柜上）、墙上显眼的地方贴有菱形的红纸（写金字）或黄纸（写红字）的斗方儿（也有红纸写黑字的），上边分别写着大"福"字和"招财进宝"、"日进斗金"、"黄金万两"等组合字。

住家户贴的对联内容更是五花八门。有的人家儿在院门内或外的影壁上也贴上大红"福"字的斗方儿或分别写有"抬头见喜"、"出门见喜"、"恭喜发财"、"岁岁平安"、"一元复始"、"三阳开泰"、"金玉满堂"等内容的大红纸条幅。有的大车辕木外侧也贴上分别写着"车行千里路"，"人马保平安"的红纸对联。

挂钱儿，现已不多见，这是一种贴在门楣上的长方形红色刻纸。讲究的人家儿贴的是彩色的。其图案多种多样。常见的一种图案是，中间有一个"福"字,上下左右围着五只蝙蝠,最外边是一个套着一个的内方外圆的轱辘钱儿。寓意为"五福临门"、"财源辐辏"。说白了,就是在新的一年里要福财都多。下端全剪成流苏状。贴的时候不是只贴一张,而是一张紧挨一张地贴得与门楣同宽。而且,只贴住上边约四分之一或五分之一的部分,大半部分空悬着,被风一吹,飘动起来煞是好看。

门神的图案多种多样,即有武将门神、捉鬼门神和祈福门神三大类若干种。武将门神,大多贴唐朝名将秦叔宝和尉迟恭。也有贴《水浒》中解珍、解宝这哥儿俩的。这二人都是头戴虎皮帽、身穿虎皮裙、挎刀持叉的猎户形象,显得别具一格。捉鬼门神多为一对眼若铜铃的老虎,也有贴金鸡、郁垒、神荼的。祈福门神有"招财童子"、"刘海戏金蟾"、"爵鹿蝠喜"、"宝马瓶鞍"、象征"平安"的词"万象更新"等。分别寓意为发财、升官、多福、进宝、平安、更新(改换门庭)。有的院落有后门,且为单扇门的居多。于是,又产生了后门门神。常被"聘"来当保护神的有两位:魏征和钟馗。可以任"选"其中的一位。

窗花的图案也都与吉祥如意、福禄财寿有关。有刻(或剪)"喜鹊登枝"、"鸳鸯戏水"、"和合二仙"、"刘海戏金蟾"、"五福临门"、"五蝠捧寿"、"年年有鱼(余)"的,也有各种花卉的。都表达了主人一家对新的一年的美好期盼。

到了正月十五上元节(俗称元宵节、灯节)的晚上,更是天上的星、月与地上的灯、花(烟火)交相辉映,满眼火树银花五彩缤纷的景象。真是人间天上。即便是那天下雪,也有乐趣,观灯、放炮照样不误。正所谓"八月十五云遮月,正月十五雪打灯"嘛!更何况瑞雪还预兆丰年呢!

年趣儿

人人盼着过年,个个喜欢过年(债台高筑者视过年为过关),就因为过年时的趣事太多了。

过年时能够穿上新衣、新鞋,戴上新帽。没条件置办新衣帽、新鞋袜的人家也会把旧的洗刷得干干净净,缝补得整整齐齐。正应了那句俗语"有钱没钱,干净过年"。

在吃喝上,平日没钱吃、没工夫吃、舍不得吃的东西,过年时也要想办法弄点儿吃。纵然没有山珍海味、大鱼大肉、七盘八碗的,也要小的溜儿地改善一下，哪怕是"全素斋"也行。再退一步，即便是大人吃不上喝不上，也要让孩子解解亏心。过年嘛！

常言道："新年到，新年到，姑娘爱花儿，小子爱炮。""花儿"，指的是小姑娘头上戴的绢花儿。没钱买花儿可以用彩绸条儿扎小辫儿，再穷的也要扯上二尺红头绳儿把辫子扎好。过年嘛！"炮"，自然是花炮了。放放炮竹，放放烟火，既渲染了喜气，也崩了煞气、邪气。即便买不起"二踢脚"、"钢鞭"、"麻雷子"、"炮打双灯儿"、"起火"等一类相对贵一点的，也要买几个小炮竹放一放。顶不济的也要弄几粒"耗子屎"点一点。过年嘛！

对于孩子们来说，还有一件特大的趣事，就是能够得到长辈们给的压岁钱。哪怕是一年到头见不到零花钱的孩子，也能得到三角两角的。富裕一些的人家能给个块儿（一元）八角的。那时候，大年初一的第一档子事就是先给自家的长辈拜年。吃罢早饭再到亲戚朋友家去拜年。全不白拜，多少都能给点儿压岁钱。这些钱都可以由孩子自己支配：买花儿、买炮、买玩具、买吃喝。爱学习的孩子能把钱攒起来买所需的书籍、文具等。多高兴的事呀！过年嘛！

记不得是什么曲种了，有一段唱词就是："大年初一头一天，小妹妹跪在姐姐面前。姐姐一见心欢喜呀，急忙忙走上前，掏出了压岁钱。哎嗨哎嗨呦。自家的姐妹拜的什么年，呀呼咳。"姐姐妹妹是同辈人，也给压岁钱，一来是姐姐有钱，二来是喜爱妹妹。

孩子给长辈拜年，长辈高兴；长辈给孩子压岁钱，孩子受益，这不是皆大欢喜的事嘛！不过，说穿了，亲戚朋友中的长辈给压岁钱，多半儿是冲着大人的面子给的。有小孩儿的人家还能赚回来，既有"付出"，又有"收获"。这样的压岁钱，往往就不由孩子自己全支配了，得上交，再由大人安排。还有一点，给毫不相干的人拜年，拜了也是白拜。然而，笑脸儿总还是有的。过年嘛！

旧时，除夕夜还有"踩岁"的习俗，寓意"岁岁平安"。也有说是"踩祟"的，即指"鬼祟"、"邪祟"，也是为求"岁岁平安"之意。"岁"也好，"祟"也罢，怎么踩呢？不知何时何高人出了这么个高招儿，用踩干芝麻秸、松木枝等来代替，把这些东西踩碎就行了。"岁"、"祟"与"碎"同音嘛！所以，除夕当天还有卖"芝麻秸"、"松木枝"的叫卖声。愿意买的人们花钱买一些，放在门口和院里供大家来回来去地踩，发出来的咯吱咯吱声，这可是平时听不到的，算是除夕夜特有的一声儿和一景儿了。

也有的人家不是踩这两样东西，而是在临睡前把吃完的花生、瓜子、核桃、榛子、松子等坚果的硬皮儿放到地上踩碎，嘴里还念叨着："岁岁平安！岁岁平安！"当然，这样"踩岁"的声音就只有自家听到了。不过，同样为了图个来年吉利。

　　还有一件趣事，那可是人人都有份儿的。而且，也不分贫富。就是过年时可以到和平门外的厂甸、西便门外的白云观、朝阳门外的东岳庙去逛。旧时，不仅厂甸不需要买票（现在仍然不用买门票），就连白云观和东岳庙也都白逛不要钱。这些过年时才办的庙会上，有好吃的、好喝的、好看的、好玩儿的。甭说逛一天了，天天去都没人管，管保玩儿的尽兴、开心。可有一点，您别出幺蛾子、惹是生非。要是招惹是非，那您就"吃不了兜着走"了。

　　再有，旧时过年兴走会（即民间花会中的武花会在行进中表演），其伴奏的乐器以鼓、镲等打击乐器为主，也有的会档再加上小锣的。如，地秧歌、高跷等。鼓，有大堂鼓（有的带鼓架）、小堂鼓（有背带）和单皮鼓；镲，有大镲（学名钹）、中镲（学名铙）和小镲（小钹，俗名小镲瓜儿）。每当有走会的，准会万人空巷，争相观看，喝彩声不断，看得特别过瘾。

　　列位，怎么样？这些是不是过年时才有的趣事？

2010年1月一稿于京
2010年2月二稿于京

京城与气象有关的谚语

何为"谚语"？《现代汉语词典》释义为："在群众中间流传的固定语句，用简单通俗的话反映出深刻的道理。"说通俗一些，就是民间的经验之谈。如："一个篱笆三个桩，一个好汉三个帮"可算是"集体出智慧"的哲理谚语（这是本人给归的类，语言学家可能不这样分类）；"白露早，寒露迟，秋分种麦正当时"这是讲北方的冬小麦最佳播种季节的农业谚语；"少壮不努力，老大徒伤悲"这是教育小孩子要好好学习的教育方面的谚语。气象谚语是专门针对观察天气、预报天气变化的谚语。因本人祖辈居住北京，故本文只谈及北京地区（含周边）曾经流行的有关气象方面的民间谚语。

向大众公布天气预报，这是新中国成立以后才有的事。气象站、观测台，可能老早就有了。但是，普通民众无法知晓，全凭老辈子传下来的经验，自己进行观察而推断。本人所知晓的民间气象谚语，有时间长短之分，现测预测之别。最长的时限可预测半年左右，最短的可在当时。即现观现报了。

可预测半年左右天气变化的谚语有："春风对秋雨""八月十五云遮月，正月十五雪打灯"前者是说，春天如果风多，秋天就会雨多。后者是讲，八月十五中秋节本该皓月当空，可是空中却"上演"了"彩云追月"，正月十五上元节逛花灯时就可能会下雪，或是已经下过雪了，但是地上积雪未融，到处银装素裹，只能踏雪闹花灯了。

可预测一段时间天气的谚语有："早立秋凉嗖嗖，晚立秋热死牛""一场秋雨一场寒，十场秋雨得穿棉"前者是说，如果立秋的时刻是在早晨（指凌晨至中午之间），则立秋以后的天气就会凉爽；要是立秋的时刻是在午后至晚上，则立秋以后的天气就会很闷热。当然，把牛热死是夸张的说法，但是，闷热的程度不逊于"三伏天"，何况秋后还有一"伏"呢。后者是讲，每下一场秋雨，天气就会凉爽一分，十场秋雨之后就会很凉需要穿棉衣了。旧时，一般人一年只有三种衣服，单衣、夹衣、棉衣。穷苦人家置不起秋衣、绒衣、毛衣。故而，天气一冷就要穿棉衣了。句中的"一"与"十"均指的是虚数。

可预测三天中天气的谚语有："鱼鳞天，不过三。""鱼鳞天"是指空中的云朵像鱼鳞一样排满。"三"是虚数。意思是，当遇到这样的天象时，三天之内天气会有变化，会阴或雨。

可预测第二天天气的谚语有："火烧云，热死人。""月亮有圈，来日风天。""火烧云"是指日落前西方的云霞如火烧一样红，预示第二天的气温将会很高，能达到"热死人"的程度。诚然，这里有夸张的成分。但是，从心理上做好防范为佳。"月亮有圈"指的是明月当空时，其周围有呈环状的"光圈"，学名叫"月晕"，俗称"风圈"，预示第二天会有风。"圈"很清晰，则风大；"圈"较模糊，则风小。

预测当天及第二天天气的谚语有："早看东南，晚看西北。""早雾晴，晚雾阴。""早看东南"是指早晨太阳升起前后看看东与东南方向有无云彩，如云多且厚，则预示可能有雨，出门须带雨具；如无云当然是晴天了；如云彩稀薄，则预示多云或阴。"晚看西北"是指在日落前后看看西或西北方向有云与否，如有乌云，则第二天下雨的可能性就大；如无云则预示第二天晴；少云则预示第二天可能多云，俗称"半阴天"。"早雾"指早晨下雾，"晚雾"指晚上下雾。早晨下雾，雾散后即是晴天；晚上下雾，则预示第二天是阴天。

预测当天有雨的谚语有："水缸'穿裙'，山'戴帽'，蚂蚁'搬家'，蛇'过道'，大雨马上就来到。""燕子低飞，鸡不进窝，马上就要大雨浇。"过去，住平房的人家都用水缸存水。如果发现水缸的下半截返潮挂满了水珠，显得湿漉漉的，即为"穿裙"。"山'戴帽'"的"帽"是指云，即山头被乌云笼罩着，仿佛戴上大帽子一样。"蚂蚁'搬家'"又称蚂蚁"盘窝"。因其穴居，如果发现大批的蚂蚁携带食物倾巢出动，向高处转移，就预示将要下大雨，如不"搬家"就会被雨水淹没，遭到"灭门"惨祸。"蛇'过道'"是指蛇由道路上爬过，或停留在道路上。这是因为雨前气压很低，生活在草丛中或阴暗角落里的蛇一类的爬行动物会憋闷得喘不过气来，只好爬到较为宽敞的地方来，或临时转移到较为干燥一些地方去，使其能感到舒适。"燕子低飞，鸡不进窝"也是因雨前气压很低，湿度很大，所引起的动物的反应。同时，许多小飞虫也于此时出来在低空活动，为燕子提供了捕食的良机。凡遇到上述种种自然现象，就应该做好防雨防洪的准备了。

即时观测雨情的谚语有:"风是雨的头。""风来了,雨来了,老和尚背着'鼓'来了。"这是夏季特有的天气现象。一阵风可以吹来一片乌云,一片乌云即可下一阵雨,常有"东边日出西边雨"或"西边晴日东边雨"的景观,一条马路就会成为晴与雨的分界线。"头"是"打头儿"、"开头儿"、"引子"之意。尤其是突如其来地猛烈地刮一阵怪风(亦称黑风),就会下一场暴雨。"鼓"是雷声的比喻,雷是闪电的声音。这句谚语的意思是:风雷电交加是暴雨的前奏。如果说成"风来了,老和尚背着鼓来了,雨来了。"绝对不上口。至于为何要用"老和尚背着'鼓'"来比喻"雷电",本人的理解是,年老的和尚"法力"高强,而鼓是和尚做法事时必不可少的"法器",用以加重对"妖魔鬼怪"的震慑力。民间有"雷劈鬼怪"、"天打雷劈"的说法,也有"鼓声如雷"的比喻。当然,也有干打雷不下雨的时候。那可能是一因雷声从远方传来的;二因可能尚不具备降雨的条件,然而云层中的阴、阳电已经相接了。算是"雨神爽约"吧?

在雨中观测雨势发展变化的谚语有:"连阴泡儿,戴草帽儿。""下雨了,冒泡儿了,王八戴上草帽儿了。""云彩往东刮大风,云彩往西王母娘娘披蓑衣,云彩往南冲大船,云彩往北发大水。""先下'牛毛'没大雨,后下'牛毛'不晴天。"

"连阴泡儿"是指雨中地上积水出现的水泡。此种水泡出现,预示着要连续有阴雨天气,起码要准备好草帽。

第二句,从表面上看是在嘲讽戴草帽的人。其实是预告了不但要连续有阴雨,而且将会很大,就连水中的王八(即甲鱼)都需要"戴"上"草帽"了。

"东西南北"句中,蓑衣是一种用草或棕编制成的雨衣,因无袖而只能披着。王母娘娘"法力高强",她要是披蓑衣的话,那雨能小得了吗?"冲大船"与"发大水",语意直白。这三种发展趋势都预示雨水仍会很大。"刮大风"是人们在雨中最盼望的雨势变化,风吹云散必然会雨过天晴。

第四句中的"牛毛"是隐喻,意为雨丝如同牛毛那样细的小雨,亦称为"牛毛细雨"。全句的意思是:如果一开始就是下牛毛细雨,这场雨就不会发展成滂沱大雨;如先下滂沱大雨,后转为牛毛细雨,这雨一时半会儿就住不了,天也就晴不了。

另有几句谚语,也可供参考。

"风后暖，雪后寒"，在冬天若刮大风，风后气温会有所回升。这是因为大风把空气中的水分子吹跑了，湿度降低了，温度自然就提升了。下雪以后，雪在融化的过程中，使空气中的水分子大量增加，湿度迅速提升，气温自然也就随之下降了。

"狂风怕日落。"这是说，不管白天风刮得有多大，当太阳快落山的时候，风势准会减小。如夜间风力再次加大，那是另一回事了。至于为何风力会在太阳落山时会减小？气象学家会解释清楚的。本人才疏学浅，不便妄谈。

以上所举诸多气象谚语，列位不妨一试，以验证确谬。亦可临时弥补一下没听到天气预报之缺憾，尤其是在酷暑季节更会有益。

2010年4月一稿于京
2011年6月二稿于京

老北京人的称呼与招呼

老北京人的称呼与招呼，在家庭内部、亲友、近邻之间，都各有所依。熟人之间、陌生人之间也都有所讲究。至于远郊区县和外省、市人与人之间的称呼、如何打招呼，本文就不涉及了。

称　呼

以"四世同堂"为例。在正式提倡晚婚和计划生育之前，有的家庭人丁兴旺，"四世同堂"之家并不鲜见。

一般汉族家庭：对曾祖父、母都称"老祖儿"。对曾祖父的兄与嫂、弟与弟媳，亦均称"老祖儿"，可在前边加排行。对曾祖父的姐与妹，称"姑老祖儿"，也可前加排行。对祖父称"爷爷"，对祖母称"奶奶"。对其兄与弟亦称"爷爷"，对其嫂与弟媳亦称"奶奶"，对其姐与妹称"姑奶奶"。如人多，前边可加排行。对最小的"爷爷"、"奶奶"、"姑奶奶"，可称"老爷爷"、"老奶奶"、"老姑奶奶"。父亲称"爸"或"爹"，母亲称"妈"。父之兄称"大爷"，父之弟称"叔"，也有称"爹"的。最小的可称"老叔"、"老爹"。父之姐称"姑妈"，父之妹称"姑"，父之嫂称"大妈"，父之弟媳称"婶子"。如人多，前边可加排行，最小的可称"老姑妈"、"老姑儿"、"老婶儿"。兄弟姐妹之间，兄称"哥"，姐叫"姐"，对弟、妹可称其乳名（亦称小名）、大名（即学名），或称排行，或前边加"老"字。如，"二妞儿"、"四儿"、"老五"等。最小的弟与妹可称"老兄弟"、"老疙瘩"、"老妹妹"、"老姑娘"。孩子们对大人当然是必须按辈份称呼了。而且，说事之前一定要先称呼，不然会受到斥责："跟谁说话呢？没大没小的！"对外人也一定要先打招呼，不然会指责为"没家教"。更难听的是"有人养没人教"。给家里大人招骂。

旧社会，夫对妻的称呼经常是"咳"字。有孩子之前，妻对夫基本上不称呼，有话直接说。对外人提自己丈夫时可称"我们当家的"、"我们掌柜的。"（意思是，家里主事的是丈夫，并非真有买卖）、"我们那口子"等。有了孩子之后，夫妻对话时指着孩子的名字称呼"孩子他爸"、"××他爸"、"孩子他妈"、"××他妈"。丈夫对外人称自己的妻子为"我们家里的"、"我们那口子"、"我们孩子他妈"。妻子对外人则增加了"我们孩子他爸"。年纪老了，互称"老伴儿"。老北京人很少有丈夫称自己的妻子为"老婆"的，这是"外地词"。夫妻之间互称姓或名，也是新中国成立以后才慢慢时兴起来的。至于夫妻互称"老公"、"老婆"，更是上世纪80年代以后的事了。之前，从来没有听到过这样的招呼。那是因为，"老公"是太监的俗称。在封建社会里，尽管也有极个别的女子嫁给太监，无非一是太监仗势欺人，浪图有妻室的虚名；二是女家被逼无奈。否则哪个良家女子甘愿嫁给太监呢？通州有几个因在古代出过太监而叫"老公庄"的地方。如，"李老公庄"、"刘老公庄"。"文革"后，"李老公庄"先是简称为"李老"，几年前又改称"李老新村"了。"刘老公庄"也是先改称"刘老"，后改称别的村名。可见，人们对"老公"这个词，还是挺"那个"的。

旧时，公公与儿媳一般不直接对话，往往由婆婆或儿子传话。要是非直接对话不可时，便称其为"姑娘"。如儿媳多，就按排行叫。或者前边加上儿子的名字，如"××家里的"。或按儿子的排行叫，如"老大家里的"。有了孙子或孙女后，可指着孩子叫："××他妈"。婆媳对话的时候较多，婆婆对儿媳的叫法除去与公公相同外，偶尔也呼其大名儿，尤其是当着外人的面儿，以显对儿媳的慈爱。儿媳对公婆都称"您"或"恁"，有时也称婆婆为"老太太"。对外人称"我们公公"、"我们孩子他爷爷"、"我们婆婆"、"我们孩子他奶奶"。

妻子称丈夫之姐为"姐"，称其妹为"妹"，或指着孩子叫"他姑儿"，或中间加排行，如"他三姑儿"。对丈夫之姐（即大姑子）不能指着孩子叫"他姑妈"，只能称"姐"。姐多可前加排行，如"二姐"。称丈夫之兄为"哥"，称其弟为"弟"，或指着孩子叫"他叔儿"。对丈夫之兄（即大伯bǎi子）则不能指着孩子叫"他大爷"，只能叫"哥"，"哥"多可加排行，如"大哥"。也有小叔子或小姑子叫嫂子为"姐"。妯娌之间，对长者称"嫂子"，对小者可指着孩子叫"他婶子"、"他老婶儿"（即最小的婶子）。

回族家庭：仅叙与汉族家庭不同的称呼。

对曾祖母有称"太太"的。对祖父称"巴巴"，也有称"爷爷"的。对父之兄与弟，皆称"伯"，该称"大爷"的，称"大伯"。若"大伯"多，可加排行，如"二大伯"。对父之弟称"伯伯（同叔叔，非伯父）"时，可免去"大"字，而加排行，如"四伯"。最小的"伯伯"可称"老伯"（亦非老伯父）。回族孩子对其他民族的"叔叔"一级的长辈，有时也称其为"伯伯"。这些"伯伯"很爱听这样叫他。而且，比叫他"叔叔"答应得还脆生。因为，这样表明跟他的交情深。对父之妹称"娘儿"（"娘"字的儿话韵，发一个音），也有称"姑爸爸"、"伯伯"的。"娘儿"多可加排行，如"三娘儿"。也有称"三爸爸"或"三伯"的。最小的"娘儿"可称"老娘儿"。切记一定要带"儿话韵"，否则就成为"老娘"了。"老娘"是旧时"收生婆"的俗称，也是一些泼妇的自称。也有称"老爸爸"或"老伯"的。这是因为有的"娘儿"愿意侄子或侄女们这样叫她，以显出自己有男子汉的气魄与豪爽。我的祖母在娘家姐妹中行二，您的一些侄子、侄女就管您叫"二伯"。我管我的"娘儿"就叫"老爸爸"。

满族家庭：亦仅叙与汉族家庭不同之称呼。

称祖母为"太太"。称祖父之姐、妹均为"姑太太"。称父亲为"阿玛"（也有写成"妈"字的）。称母亲为"额娘"或"奶奶"。称父之姐、妹均为"姑爸爸"，前边可加排行。称嫂子为"姐姐"。民国以后，这里所举的各种称呼，渐渐与汉族相同了。

亲戚之间：仍以回、汉、满三个民族为例，且大同小异。

女婿（即姑爷）对岳父、母不愿意叫"爸"、"妈"，只是称"您"。一些影视中有表现旧时女婿称岳父、母为"爸"（或"爹"）、"妈"的，那是在外地，或疑似有"想当然"之嫌。在旧时的北京还真少见。甭往远了说，就说在解放前，女婿到岳父家是"娇客"，得端着架子。娘家人要尽其所有，好吃好喝好待承。君不闻"会疼闺女的疼姑爷"这句俗语吗？为的是女儿在婆家不受欺负。很少有岳父、母直呼女婿名字的，而是指着自己的小儿子、小女儿称其"他姐夫"，或是指着孙子、孙女称其"他姑父"。回族则称其"他姑伯"。如果是独生女，就只好称女婿"姑爷"或"您"了。有了孩子后，女婿可以指着孩子叫岳父、母为"姥爷"、"姥姥"。但是，不能指着孩子叫"他姥爷"、"他姥姥"，更不能用孩子的名字叫"××的姥爷"、"××的姥姥"。这属于大不敬，能被骂出去。女婿也不叫妻子之兄、嫂为"哥"、"嫂"，而也只称"您"，或指着孩子叫"舅舅"、"舅妈"。兄、嫂也指着孩子称其"他姑父"、"他姑伯"。好像双方谁都没吃亏，实际上是女婿吃亏了。您想啊，他省去叫"爸"、"妈"、"哥"、"嫂"，可是却叫了"姥爷"、"姥姥"、"舅舅"、"舅妈"了，反倒"差"了辈儿了。笑谈，笑谈。

对外祖父、母的父母均称"老祖儿"。对外祖父称"姥爷"，对外祖母称"姥姥"。对外祖父之兄与弟亦称"姥爷"，对他们的妻子亦称"姥姥"，都可加排行。对外祖父的姐与妹称"姑姥姥"，其夫为"姑姥爷"（不同于旧时大宅门的仆人称呼主人之女婿为"姑老爷"）。对外祖母之兄与弟称"舅姥爷"，其妻为"舅姥姥"。对外祖母之姐与妹称"姨姥姥"，其夫为"姨姥爷"。

对父之舅称"舅爷爷"（回族称"舅巴巴"），其妻为"舅奶奶"。对父之姨，婚前称"姨爷爷"，婚后改称"姨奶奶"，称其夫为"姨爷爷"。称母亲之姐为"姨妈"，之妹为"姨"，称她们的丈夫均为"姨父"；对母亲之兄与弟皆称"舅舅"，称他们的妻子皆为"舅母"或"舅妈"。最小的可称"老舅"、"老舅妈"、"老姨"、"老姨父"。对父亲之姑父（即姑奶奶的丈夫）称"姑爷爷"（回族称"姑巴巴"）。

丈夫的兄弟姐妹与妻子的兄弟姐妹互称对方的父母为"亲爹"、"亲娘"。满族人有的则称为"亲阿玛"、"亲阿拗"。孩子们称姑妈与姑姑的公公、婆婆为"亲爷爷"（回族为"亲巴巴"）、"亲奶奶"；称大妈与婶子的父母为"亲姥爷"、"亲姥姥"。姨妈和姨的孩子为"两姨表兄弟姐妹"，舅舅与姑妈、姑姑的孩子为"姑舅表兄弟姐妹"。在称呼时带不带"表"字都可以。

朋友与邻居：与祖父、母同辈儿的按"爷爷"、"奶奶"称呼。与父亲同辈儿的按"大爷"、"叔叔"、"姑妈"、"姑姑"称呼。与母亲同辈儿的按"舅舅"、"舅妈"、"姨妈"、"姨"称呼。平辈儿的按兄弟姐妹称呼。当然，这种称呼也要按民族习惯。

新中国成立后，妇女的社会地位、经济地位都提高了。男女平等了，夫妻可以互相称名道姓了。公公、婆婆也叫儿媳的名字了；岳父、岳母也可以叫女婿的名字了。男女双方在婚前可以有若干约定，对公婆与对岳父、母的称呼也成为其中的一项了。即，妻子称公婆为"爸"、"妈"，丈夫亦称岳父、母为"爸"、"妈"。当然，也还有互不称呼"爸"、"妈"的。但是，不管怎么样，旧时的习惯称呼有了很大改变。一些外地的称呼也走进了北京人的家庭。如"老爸"、"老妈"、"老公"、"老婆"、"阿姨"，等等。

招　呼

招呼与称呼密切相关，这是因为有礼貌的招呼离不开一些称呼。如："爷爷"、"奶奶"、"大爷"、"大妈"、"大叔"、"大伯"、"大伯"、"大婶"、"大姑"、"大哥"、"大姐"、"大兄弟"、"大妹子"，等等，全是"自家人"，显得近乎哇！没有拿"姥爷"、"舅舅"等娘家人的称呼打招呼的，那是差着"一层"哪。当然，在下所提的是陌生人。要是熟人，那您该怎么招呼还怎么招呼。陌生人要打听道儿，先叫一声"大爷"或是"大妈"，对方准爱听。这叫"礼下于人，必有所求"。只要是知道您要找的地方，保准能够详细认真地指给您，要是近的地方，恨不能地带您去。要是前边没有这个招呼，也能告诉您，可是那份热情劲儿能减少好几成。切记要招呼准确。对方要是看上去有七、八十岁了，您才二十来岁，要是叫"大叔"就差点儿，叫"大哥"还不如甭叫呢！莫若就称呼一声"老爷子"，这是"爷爷"和"大爷"、"大叔"这两辈儿人都能接受的。更要切记，对人不能叫"咳"。这是极不礼貌的招呼，能引来一通臭骂。

真正的老北京人不是对别人或自称爱称"爷"吗？较熟识的人也可以用"爷"打招呼。如"张爷"、"李爷"。回族人则称"张巴儿"、"李巴儿"。"巴儿"是"巴"的儿话韵，要读成一个音，要轻声，重音在姓上，"巴儿"读成"贝儿"的音。

一些老北京人为了显得近乎，还爱用"爷儿们"、"哥儿们"、"姐儿们"来打招呼。"哥儿们"、"姐儿们"，都是平辈儿。"爷儿们"就差着辈份了。可以是"爷爷辈儿"对"孙子辈儿"，也可以是"大爷、叔叔辈儿"对"侄子、侄女辈儿"。既可以老的对小的这样招呼，也可以小的对老的这样招呼。要是小的招呼老的"老爷儿们"，就更好了。如果，被招呼的人群里老少都有，也可以招呼"老少爷儿们"。"爷儿们"与"爷们儿"一字不差，儿话韵用得不准确，意思就不一样了。"爷儿们"是人与人之间关系的称谓。"爷们儿"是男子汉的意思。有一句"大老爷们儿"，就是"男子汉大丈夫"的意思。用儿话韵也是有讲究的。

陌生人之间有的礼貌性的招呼也是可以不用加称呼的。例如："劳您驾"（可简称为"劳驾"）、"借光"等。"驾"，是过去帝王家独享的专用词。词语有："起驾"、"摆驾"、"接驾"、"驾崩"等。对您用个"驾"

字,是多尊重啊!要是说"劳您的大驾",就更敬重了。是"请您"或"感谢您帮忙"的意思。"劳驾劳驾",就是"请您活动活动,让一让道儿,帮一帮忙"的意思。"借光",是"借您光亮"的简称,也是请您让一让路的意思。要是只说"让一让",也算是客气地打招呼。按汉语语法,这些都是无主句(即没有主语的句式)。然而,让人听着舒服。凡是懂礼节、讲道理的人都会愿意帮忙的。如果,您来一句:"起开!"或是"好狗不挡道!"得,非打起来不可。正应了那句"人讲礼义为先,树以枝叶为圆"的名言。

还有一句礼节性的招呼:"您吃了吗?"有一些外国友人也学会了这样打招呼。但是,一定得记住,要分清地点与环境。即,别在肮脏的地方这样打招呼。比如,在垃圾站或是厕所附近,您要是也来一句:"您吃了吗?"那就非跟您翻脸不可。

俗话说:"没有规矩,不成方圆。"

您看,这称呼与招呼,是不是都有讲究?

2010年6月于京

难忘儿时小零食

我小时候见过的吃过的零食，现如今有好多甭说吃，连见都见不着了。记得那时，有的零食一年四季都有，有的按季节上市。有钱人家的孩子与一般贫民百姓的孩子的零食也大不一样。本文仅记忆一些如今已经没有了的零食，请列位与在下一同通过文字解解眼馋。至于现在市场上还有的零食，就不劳累列位的眼神了。

青杏裹蜜：这是季春时节街上常见的小食品。青杏那是真酸，一提起来就能让人牙倒、流酸水儿。要是裹着蜜吃呢？就又酸又甜，令人爱不释口了。这蜜并非是蜜蜂之蜜，而是用麦芽糖做的糖稀。买时是杏与蜜同时买交一份钱。比如说，买5分钱的青杏，小贩就给你十来个杏，再用干净的如筷子粗细的秫秸秆儿裹上如乒乓球大小一坨儿麦芽糖稀。这算一份儿。要是想多要点儿蜜就再加个一分二分的，加的钱多，给的蜜就多，要是熟识了就能多给几个杏。吃的时候，先用牙把杏儿咬成两半拉。当然，用小刀拉开更好。把杏仁吃掉，再用两半拉的青杏夹住一点蜜一裹。怕酸的就多裹点蜜，不怕酸的就适量裹点儿。吃去吧，味道好极了！卖青杏裹蜜的小贩，吆喝起来是这个词儿："青杏唻，蜜多给耶——"

江米碗儿：此碗是用江米面做的，能吃，入口即化。但是，买这种零嘴儿的人都不是单买着吃。而是碗里盛满用酸枣面儿和（huó）成的糊糊一起吃。别有一番味道。小孩很爱吃。

果子干儿：果子干有两种。一种是较为高档点儿的，是用藕片、柿饼儿、杏干儿熬制成的，那汤儿稠稠的，不加糖，酸甜可口，在夏天要是用冰一镇，就更棒了。这种果子干儿，贫寒之家的孩子一般是吃不起的。他们吃得起的果子干儿，是用各种水果切成片晾成的干儿。有：梨干儿、槟子干儿、苹果干儿、沙果干儿、香果干儿、海棠干儿等。凡是用来切成干儿卖的，大多不是好果子。这种果子干儿价钱很便宜，一分钱、二分钱都卖，就是用手一抓，有大把小把之分，也不给包装。要是买半斤以上，就用秤约了，拿报纸包好。

杏和山里红（即红果）、山楂（有人把这后两种统称为红果或山楂，不对，这是两个不同的品种，山楂个儿小，深紫红色，果肉发沙而面，味儿酸甜，比山里红好吃）有的也切成片儿卖，但不属于果子干儿的统称里，而是单有自己的名称：杏干儿、山楂片儿（含山里红和山楂两种）。

桃脯：这种东西，有点儿名不符实，说是桃脯，却并不是全用桃做成的，主料是淀粉，里边稍微有点儿桃的成分。因为，吃起来桃的味道不浓。估计也是熬制而成的，成坨后弄扁了薄了晾干了，切成一寸来长二分多宽的小长方形条儿。有的晒得过于干硬了，以致上边有了裂纹儿。吃起来非常筋道，有的时候连咬带撅才能咬下一小段儿来。吃这种东西可以消磨时间，也可以给刚长牙的小孩儿当磨牙棍儿。别看吃着费劲，穷孩子还爱买。便宜呀！一分钱能买四、五根儿。桃脯属干果，干果铺和干果摊儿有卖的。

鸡头米：鸡头（也叫老鸡头）是和莲蓬、菱角一样属水生植物，学名叫芡。全株有细刺，不小心会扎手。叶子像荷叶，圆形的，浮于水面。花瓣紫色，花托儿的形状像鸡头，因而俗称鸡头，有拳头大小。鸡头米就是鸡头里边的果实（即种子），既可煮熟食之，亦可生而食之，如同吃莲子和菱角一样，还可以做淀粉。吃时有些费劲，先用小刀小心翼翼地把外皮剥开，别让刺扎着手。再把一个个圆如米粒儿的果实从白色的瓤子里抠出来，若熟食就放在锅里煮，熟后剥去硬皮儿再吃。老些的鸡头米如同较硬的大米粒儿，禁嚼。嫩的鸡头米则像软米粒儿。不管老与嫩都有一股淡淡香气。

玻璃粉：这种小食品可不能顾名思义，是比喻，或者说是美誉。它不是用玻璃碎末末做的，而是用藕粉或琼脂（亦称洋粉）熬制成像凉粉一样稠，再冷却凝固成白色透明的冻儿。这种食品分为两种，原色（即白色）的叫白玻璃粉儿，加入食用红色素的叫红玻璃粉儿。做好后，将玻璃粉（冻儿）放入玻璃容器中，有红有白，晶莹透亮，很吸引人的眼球。出售时，将红或白玻璃粉儿，或是两种都要，盛在小瓷碗里，用小刀划成条，浇上凉凉的糖水，就特像是玻璃做的了。这就是这种美味名称的由来。吃时用小勺舀着吃，或是用嘴直接沿着碗边吸食，又甜又凉又滑溜。真是美极了，妙极了！有一点必须要说明的，就是玻璃粉和凉粉一样，都要说成"儿话韵"。您听吧，小贩就是这么吆喝的："败火润喉的（哎），玻璃粉儿哟（啊）——"

牛筋豌豆：下雨天儿，小孩子不能出去玩，大人们也干不了外边的活儿了。旧时，甭说电视机了，就连有话匣子（收音机）的人家儿都很少。为了解闷，有的人就请人帮忙攒一个矿石收音机（俗称耳机子）听着玩。小孩子怎么解闷呢？您听，在大雨转成牛毛细雨以后，一声声悠扬的童音吆喝声穿破湿漉漉的空气传来了："牛筋儿的豌豆哇，多给了豌豆赛过榛儿瓤儿！豌豆咪多给！"于是，小孩子欢实起来，跟大人要几分钱，顶上草帽儿，拿起一个碗，就飞奔出去了。卖牛筋豌豆的大多也是小孩儿，身上披着块旧油布（用桐油涂的布）或是破麻袋片儿，顶着旧草帽儿，挎着小篮子，里边垫着纸铺着布，放着还有热乎气儿的煮豌豆，上边还盖着层布。问好价儿，给了钱，卖豌豆的小孩儿用一个小茶碗给舀豌豆，不用秤约。这种小买卖都不用秤。煮牛筋豌豆必须要用干豌豆。先用水泡，泡的时候放进花椒、大料、小茴香，煮熟了再放点儿细盐拌匀。吃起来像牛筋儿那么筋道，嚼起来特香，不亚于嚼榛子的瓤儿。用嫩豌豆煮，绝对没有这么筋道，只能叫煮豌豆，不能叫牛筋儿的豌豆，这种小美食只有在下雨天才有人卖。因为，闷在家里的人多，需要解闷儿的人也多，当然卖得就快了，二三斤豌豆不大会儿的工夫就能卖完。然后，再回家去取，只要雨不再下大了，就还能出来卖。一般的也不多煮，卖不完就得"自食其果"了。您想吃吗？现如今没有卖的了，您自己个儿煮点儿吃吧。

　　药糖：解放前和解放初期，在阜外大街及所辖的月坛东、西夹道，南、北营房，南、北礼士路和瓜市营房，常见有一个卖药糖的中年人，身穿旧式鼓号队的制服，戴着白手套，打着小洋鼓，背着分层码放着各色药糖的玻璃匣子，走街串巷卖药糖。所谓的"药糖"，是在砂糖里分别加入薄荷、砂仁、豆蔻、陈皮等中药成分熬制成的。将熬好的药糖摊在抹了食用油的光滑石板上，冷却后压扁压平，凝固后用小刀划成二寸来长、半寸多宽的条形块儿，即成。也有在砂糖中分别加入苹果、青果、鸭梨、柑橘等榨成的汁的，制作方法一样。加入的料不同，颜色也就不同，五颜六色，码放在小玻璃货匣子里煞是好看。由于这种糖的主料是砂糖，制成后是板儿状，因此也叫"砂板儿糖"。无论是药味的还是水果味的，都有祛暑、败火、生津、止渴、润喉、开胃的功效，因而很受欢迎。您要是嗓子不舒服，嘴里含上一块薄荷味的药糖，真是清凉爽口。随着糖的溶化，您的嗓子立马儿就会感到非常舒服。卖药糖的小贩都穿得干净整洁显示出很讲卫生，他卖的药糖也卫生。除了前边提到的那位穿制服戴白手套的，还有身穿白大褂也戴白手套的，带玻璃罩的分层的小货匣子放在自行车后架子上。有的打洋鼓，有的吹小号，打累了，吹累了也吆喝："薄荷凉糖——""苹果鸭梨，还有陈皮。陈皮败火，还有青果。"五花八门。反正吆喝的内容都是所卖药糖的用料与功效。但是，都是实事求是的，没有一个人直接吆喝："吃了我的药糖，不用吃药。"或是："我的药糖，包治百病。"因为，尽管是药糖，糖里也确实有中药的成分，但并不纯是药。他们不敢做虚假广告。都是小本儿经营，何苦要自砸饭碗呢？

糖杂面：也叫糖哑面、面条糖。这也是一种带有比喻性的名称。因为，它不是面粉中加糖，或是以糖为主以面粉为辅做成的，而是用麦芽糖做的。卖这种糖的人同吹糖人儿的人一样，要当街耍手艺。他们不是挑着挑子走街串巷，而是挎着小竹篮子或是柳条抑或荆条编成的篮子，沿街叫卖。篮子里垫着布，布上放着一个大盘子，上面放着软硬适中的麦芽糖熬成的糖稀。糖上盖着玻璃纸（那时尚未有塑料，是一种用于包装或装饰的薄而透明的纸）。玻璃纸上是薄薄的小布垫子，这纸与布是为保持麦芽糖湿度的。篮子里还有一个小布袋或广口玻璃瓶子，内装炒熟的面粉（以避免糖粘手）。也有不带这样东西的。小贩可以根据顾客的要求，用一小坨麦芽糖撕扯成一缕缕如丝的糖面条，或是捏成蛇、蝎等动物，抑或是小玩意儿。这种小食品都是现卖现做，而且像卖"十三香"的那样，边做边唱，不外乎是："小姑娘要是吃了我的糖杂面儿，能绣花儿来能纺线儿。小小子儿吃了我的糖杂面儿，秃子能长头发梳小辫儿……"

多种散装糖：本文所列的一些块儿糖，冠以"散装"二字，是因为这些糖不是个个都有包装纸，是装在玻璃罐里或带有玻璃罩了的盒里。一般的也不论斤约，是论块儿买。买糖的小孩子都是零星买。那时的小孩子手里顶多也就"毛儿八分"的，一次买个两三块糖就很知足了。要是一次买个十块儿八块儿的糖，就有请客的资格了。这些糖包括：汽水儿糖、螺丝糖、糖球儿、粽子糖、橘瓣糖、柿霜糖、拐棍糖、小人儿酥、丝光糖等。由于在下记忆力减退，可能有落下的。

汽水儿糖：是把糖做成瓶子、壶等器皿造型，或是蹲坐着的猫、兔等小动物的造型，抑或是汽车、手枪等玩具的造型。薄薄的糖壳里有橘子味儿或香蕉味儿等水果味儿的糖水儿。这种糖的糖壳极易溶化。既能吃到糖，又能喝到水果味儿的糖水儿，一举两得。

螺丝糖与糖球儿：是将糖做成玻璃球儿形和螺丝形。螺丝糖还真有螺纹，只不过前端不带尖，后边没有帽儿，像没有螺帽儿的短粗螺栓。有玫瑰味儿的、桂花味儿的，也有一般冰糖味的。由于主料为蔗糖，因而又叫"冰糖子儿"。

粽子糖：把糖块儿做成粽子形状，呈棕色，还真有粽子味儿。

橘瓣糖：又叫橘子糖，造型、颜色、味道都特像是一瓣瓣橘子。表面沾有白砂糖粒儿。以上四种糖块,都不是入口即化,跟带包装纸的水果糖一样,能在嘴里含一小会儿。

柿霜糖:圆棍儿状,如筷子粗细,约二寸左右长,白色。表面涂有像柿饼儿上边的白霜儿,故名柿霜糖。入口易化。旧时有治小儿口疮的偏方,即用柿霜糖在舌头生疮部位来回磨,将口疮磨破,其水儿随着柿霜糖化成的糖水儿流至口外,管事。有无医学根据?不知道。

拐棍儿糖:造型如小巧的拐棍,如筷子粗细两寸多长,表面仿佛用五彩丝线缠绕着一样,实际是食用色素造成的效果。由于较长,不可能整体放进嘴里,因此可以擩成小段吃,也可以一点儿一点儿地舔着吃。蔗糖味儿特浓。还可以当小玩具玩一会儿。不过玩儿时间长了易化。

小人儿酥和丝光糖:这是两种带馅的酥糖,不像大虾酥那样带包装。长约一寸,粗如小指,两端封口儿,圆柱形。馅是花生酱味儿或芝麻酱味儿。外边的糖特薄,里边的馅也酥,因而入口即化。小人儿酥又叫小儿酥、小孩儿酥。倒不是将糖做成小孩儿造型而得名。而是因其甜度不高,适于小孩儿吃,故称小人儿酥。丝光糖是因糖的表面好像是密密地缠绕着银丝而得名。

以上这些糖块儿尽管没有逐个儿包装,买的稍微多一点也会给你一张浅麻黄色一面光一面糙的纸包起来。

冰核儿:是天然冰的小碎块儿,是暑热季节最廉价的冷食,大多不用掏本钱。因为,这些小碎冰块儿可以在冰窖口或冰店门外等处捡到。要是捡不到也可以花极少的钱戥一点儿。卖冰核儿的大多是小孩儿,在篮子或竹篓子里垫上向日葵叶儿,或大麻籽(蓖麻)叶儿,若能垫上破荷叶就更好了,放好冰核儿后再盖块湿布儿或者湿麻袋片儿,以减慢其溶化的速度。放在自制的低矮小独轮车上沿街叫卖。也有挎着篮子沿街叫卖的:"冰核儿哦,多给——"买冰核儿的多是穷人家的小孩儿。一些卖苦力的大人找不到喝水的地方,或者是喜欢冷食又为了便宜,也买冰核儿解渴。

刨冰:是用天然冰(后改为人造冰)做的。把冰块儿放在简易刨床的圆盘上卡住,圆盘上有刨刃子,用手摇动或电力制动,使圆盘转动,刨刃子对冰块儿进行切削,冰块儿的碎末即从圆盘缝隙落到下面的瓷盘上,浇上由色素、果味香精、糖水配制成的黄、红、绿多种颜色的水儿,就是一盘物美价廉的消暑佳品——刨冰。卖刨冰的小贩不吆喝。这可能是刨冰的时候有机器的响声吧?另外,因为制作刨冰的机器再简易也是很笨重的,不适于走街串巷地叫卖。所以,摆摊的地方相对固定。现做论盘儿卖。

雪花落：也有写雪花酪的。与冰核儿、刨冰比较起来，雪花落的名称富有诗意。而且，其制作工艺，用料成分、味道口感等方面都优于刨冰而次于机制的正宗冰激凌。其设备主要是一个大木桶，里边一个铅铁的细长小桶，还有一条胶皮带或是一根拇指粗细的绳子。制作时，大桶与小桶之间填充碎冰块儿（多用天然冰，成本低廉），小桶内放水、糖、玫瑰露等香料，盖上盖儿。将胶皮带或绳子缠绕在小桶上，来回地拉，使小桶在冰块儿中来回转动，与冰块儿产生磨擦，致使小桶内的水与配料混合均匀并迅速冷却结成冰渣儿，仿佛雪花一般。香甜清凉可口的雪花落就做成了。盛入小碗内用小勺舀着吃。论碗计价。做雪花落的桶可以放在手推车上，或是挂在自行车后架子旁边，再或将自行车改装成带挎斗的三轮车，总之可以沿街现做现卖。有吆喝的，也有打冰盏儿的。冰盏儿是用响铜做的小碗（有碗足儿），两个为一副，能打出花哨的点儿来。

芸豆饼儿：这是用花芸豆（小吃芸豆糕多用白芸豆）做的一种能够解饿的零食。上世纪50年代中期以前，在阜外大街一带，常有一位三十多岁模样憨厚的回族男子挎着一个椭圆形一尺多高的帮儿的木桶，用一只手半捂着耳朵吆喝："烫手热耶！烂泥咪芸豆——"这芸豆蒸得真烂糊，放到嘴里仿佛吃面一样软和。所谓芸豆饼儿，就是用这种烂糊芸豆放在布里拍成的巴掌大小的饼儿。他卖芸豆从不用秤约，是用小碗舀，论碗卖。拍芸豆饼儿时，把布（白五福儿布，每天都洗得很干净）铺在手掌上，用碗舀起芸豆放在布上，提起四角一抖，使芸豆都集中到布兜底部，把兜底儿以上部分像拧手巾一样拧紧，使豆子压缩成团儿，然后在手掌心一拍即成。把布打开用一张一面略显光滑另一面略显粗糙的浅黄色或米灰色的纸托着，把装在牛角里的花椒（焙熟的）盐儿洒在芸豆饼儿上，齐活。您要是想吃散芸豆，他就用上述的纸卷成牛角形的筒儿，把芸豆放到里边，也洒上花椒盐儿。拍饼儿与散豆儿价格一样，遇上熟人常给饶一点儿。这种食品在秋凉以后才有卖的。

凉炒豆儿：就是炒熟晾凉了以后卖的豆儿。刚炒得的豆儿就卖绝对酥脆不了。凉炒豆儿是统称，主要有黄豆、黑豆、豌豆、玉米豆儿（玉米粒儿）。炒的时候都是干豆子（不泡、不洗）放在沙子里，用大铁锅炒。铲子特大，像和尚的方便铲，也有用平锹的。炒完后用筛子把沙子筛干净，把豆子放在席上摊开，使其很快晾凉。小贩来这里趸，之后挎着篮子沿街叫卖："凉炒豆哎，多给！""又脆又香的凉炒豆哎！"做这种小买卖的人都不带秤，而是一把把抓着卖，或是用小碗舀着卖。抓完了或是舀完了也会应买豆儿小孩儿的要求再饶一点儿。凉炒豆在秋凉以后才有卖的。因为，夏季天儿太热，爱返潮，炒豆儿一皮吃起来就不香了。

铁蚕豆：一看到这个名字就能想象到这种炒蚕豆的坚硬程度了。这种铁蚕豆吃时确实费点儿劲，甚至需要用一只手捂住腮帮使劲。炒之前不洗不泡，直接把干蚕豆放在大铁锅中的沙子里炒。要想解闷儿、消磨时间，吃铁蚕豆为最佳选择。铁蚕豆在干果铺和小摊儿上都能买得到。卖凉炒豆儿的人也卖。如果在炒之前用水泡过，炒出来就酥了，叫酥蚕豆，就不叫铁蚕豆了。由于铁蚕豆是铁皮铁"心"，因而旧时有一歌谣，借铁蚕豆讽刺那些不孝之人："铁蚕豆，大把儿抓，娶了媳妇儿不要妈。要妈就打架，打架就耍叉，耍叉就分家。"铁蚕豆也可用来玩"弹豆儿"。这种小游戏人数不限。玩时每个人都把攥有铁蚕豆的一只手背到身后，然后一齐说："出，出大把，不是三个就是俩！"说完之后，几个人同时把攥着铁蚕豆的手伸到当面张开，看谁的手里豆多，大家就把自己手里豆儿交到他的手里由他先玩。如果有两个人一样，就通过"石头、砂锅、水"（即锤子、剪刀、布）决胜负，胜者先玩。要是三个以上的人手里的豆儿一样，就通过"手心手背"、独样儿者先玩。玩时，把手中所有的豆儿在桌上（在地上没法玩）撒开，用一只手的小拇指在相近的两粒豆子之间贴着桌面小心地划过（碰豆子为输）。然后，用食指与拇指（或拇指与中指），弹其中的一粒豆子使其碰到那粒相近的豆子，碰到了，则两粒豆子均为其所获，如没碰到或碰到没划过的豆子都为输，由下一个人接着玩。豆子都弹过了桌子上没剩余的了，则为一次游戏终止。如愿再玩儿，就从头儿再来。

炒红果与糊涂糕：主料是红果。

炒红果：并不是像炒菜那样去炒，而实际是煮。先挑出大小适中、皮儿薄果肉厚的红果，去把儿，剌十字刀去核儿，去虫儿，洗净，用高浓度的糖水（冰糖或白砂糖）浸泡后，用微火慢煮至果软汁稠，不酸不涩即可。夏季制作、出售炒红果，果汁要略稀一些，冰镇后食用为最佳。

糊涂糕：大多在冬季做，红果大小均可。去把儿，拉开后去虫儿、去核儿，洗净，不用糖水浸泡，可直接煮，水开后转微火慢煮至果烂熟，能用勺碾成酱为佳，加冰糖碎末或白砂糖均可。叫"糕"却没做成"糕"状，可叫红果酱。盛在瓷器器皿中，放置阴凉处为宜。过去，糊涂糕一般都是家里自己做。有人感到有煤气中毒的轻微症状时，爱用吃冻柿子和冻糊涂糕进行缓解。

切记，炒红果和煮糊涂糕时，要用砂锅或搪瓷器皿，千万别用铁锅和铝锅。

半空儿：是炒花生里边果仁（花生米）不饱满或表皮残破的次品。因价格特便宜又不失炒花生的香味而颇受贫民百姓尤其是小孩子们的青睐。冬天，若是从街头巷尾传来一声悠长的吆喝："半空儿嘞，多给——"哪怕外边寒风嗖嗖，小孩子们也会跑出去买。旧时，有人把半空儿、冻柿子、海棠，誉为"岁寒三友"。充分表明半空儿受欢迎的程度。说真的，别看半空儿里的花生豆儿又小又瘪，可是嚼起来比肥胖的花生豆儿还要香，吃着也不会感到油腻。

糖粘类小食品：过去，一到冬季，由于糖类在外边不容易化了，各种外表糊满厚厚白色"糖衣"的食品就都上市了。有：核桃（仁儿）粘、花生（仁儿）粘、红果粘、豌豆粘等。这些糖粘类要是在干果子铺里卖，就都装在广口玻璃罐里，透过玻璃看显得个儿大，也显得干净。旧历年前后，也有上街摆摊儿卖的。比较讲究的摊主用板凳、木板搭成案子，上面铺上干净蓝布，把核桃粘、花生粘、红果粘、豌豆粘等，分别盛放在几个大瓷果盘里，摆放在案子上，看着就让人喜爱想吃。这类糖粘小食品与关东糖、糖瓜儿一上市，就预示着要过大年了。

以上这些小零食，不知道怎么就都无影无踪了。是因为制作工艺有问题？是因为不够讲卫生？还是因为人们的生活水平提高了，看不上这些廉价的东西了？抑或是现在市场供应极大的丰富了，这些东西没有销路了？要不就是利润太小不值得生产经营了？真的不知道因为什么就没了？反正是已经没了。只有留在记忆中了。甭管怎么说，应该是在我国食品文化的历史上记一笔的。

2010 年 6 月于京

记忆一些断了档的饮食

自从改革开放以来，人民的生活水平大大地提高，在饮食方面也在不断地发生着变化。一些曾经广受青睐的食品在不知不觉中从市面儿上消逝了。但是，许多上了年纪的老北京人还没有完全忘记那些曾经使自己果腹解馋物美价廉的食品，回忆起来仍禁不住津津乐道。本人是回族，所忆及的都是清真食品，且以小吃居多，也有一些见过但没吃过的。至于那些没见过更没吃过的，就不费笔墨了。

炸三角儿：这是过去在北京街头常见的一种食品，大都摆摊边做边卖。用料有：白面、淀粉熬制成的"闷子"、葱末、姜末、咸胡萝卜丝、香菜、小磨香油、细盐等。准备工作：将白面和成硬面团，葱末、姜末、咸胡萝卜丝用小磨香油和细盐调成馅儿。制作方法：将面揪剂儿擀成比饺子皮儿大的半圆形的皮儿（或是擀成大圆皮儿再一切为二），用小毛刷子（或没沾过墨的毛笔）沿着面皮儿的边缘刷一圈凉水，为使面皮儿粘得牢。之后，填馅儿，捏成三角形，下油锅炸至金黄色即成。吃时口感皮儿酥脆，馅儿鲜香。此为清真炸三角。汉族的炸三角有荤馅，也有素馅，另个口味。咱没消受过。

炸回头："头"字读轻声，就是把生饺子的两头儿捏在一起，整体呈圈子状，即回头。油炸而食之，有素馅也有肉馅，炸成金黄色，为外焦里嫩一美味。也有人直呼为炸饺子，那就纯属"砂锅安把儿——怯勺"（外行）了。

油炸鬼：有人说就是焦圈儿，不对。这是两种概念的混淆。油炸鬼与油条仿佛是"龙凤胎"，都是将两根面坯儿捏在一起下锅炸。不同的是，油条的两根面坯儿往往缠两下再抻长下锅。而油炸鬼是只捏住两头，中间有近似长椭圆的窟窿，好像是两个人头与头、脚与脚相连，下锅炸至焦黄色即可捞出控油。热吃、凉吃、用煎饼或大饼卷着吃都行。也可以当成礼物送人。旧时，这种油炸鬼，通州的小吃店做得最好。北京也有卖这种炸货的，但是不多。

卖炸焦圈、油饼、薄脆和炸油箅子的较多。

炸油箅子：是油饼的"同胞兄弟"。不同的是，普通的油饼是在擀成椭圆形或长方形的面坯儿上划两刀即可下油锅炸。而油箅子的名称则来源于其形状如同蒸锅里那种叫"水屉儿"的竹箅子（现如今多为金属制品了）。将面坯儿擀成近似圆形，在中间划几刀成箅子状，下锅炸时，还要不时地用攥锅的筷子在每个缝隙间撑一下，使其更像箅子，炸至金黄色出锅。这种炸油箅子晾凉以后也不会软塌塌的。

花糕：这是九月初九重阳节的应节食品。可分为两大类。一类是饽饽铺（糕点店）烤制的酥饼，有单层的，也有多层的。多层花糕寓意为"步步高升"。层与层之间夹着干果或果脯，顶层插彩纸小旗子，用以烘托节日气氛。单层的糕饼上只是星星点点地粘些枣、葡萄干、核桃仁等果料，有的也插上小纸旗。一些年糕店往往在此节制作出多层圆形年糕，层与层之间或夹豆沙馅，或夹枣、枣泥，顶层有青梅、山楂、青丝、红丝等果料，真是又好吃又好看。

茶菜：是秋、冬时令的清真小吃。过去，小吃店有售，自己家里也能做。制作方法是：将白薯去皮切薄片风干一小会儿。藕也切成薄片粘上面粉。先炸白薯片，后炸藕片，都是炸至焦黄色时出锅。如家中只有一口炒锅，则将大部分油倒出，锅内留少许，放入糖化成汁，将炸好的薯片与藕片倒入糖汁中翻炒，使两种片儿都粘匀糖蜜汁，盛入盘中，撒上青丝、红丝、芝麻、金糕（即山楂糕）片儿或条儿，最后再适当地撒点儿白糖。此种小吃如今已不多见了。眼下，有的小吃店只做炸白薯片粘糖汁了，也远不是从前的口味了，而且嚼着费劲，甜腻得让人不爱。

马蹄烧饼：顾名思义，这种烧饼的外形确实像马蹄子，这也是极为少有的用模子烙的烧饼。这种烧饼所用的炉子不是一般的烧饼炉，更不是现如今通用的电烤箱，而是一种用砖砌成的长方体的吊炉，炉口在上方的正面。炉内顶部有几个呈马蹄儿凹圆形的模子。制作方法：用半发的面做成普通烧饼坯子粘上芝麻后，刷上一点油，用手掌托着送到模子的马蹄儿凹处一贴，再按平，关上炉门进行烘烤，便成了一边厚一边薄的马蹄形烧饼。此种烧饼外表焦酥，中间是空的，掰开后夹入排叉儿、薄脆、焦圈、熟肉——特别是烧羊肉或是酱牛肉，管保一气儿能吃得肚儿圆。可惜断档已有半个世纪了。

螺蛳转儿与干焙儿：过去北京的烧饼铺不光烙烧饼，还烙火烧、螺蛳转儿（亦可写成螺丝转儿）、蛤蟆吐蜜（即豆馅烧饼）还带炸油饼、油条、焦圈、油箅子、油炸鬼、薄脆等。制作螺蛳转儿的过程与制作烧饼的前半段过程相同，做成饼的剂子后不粘芝麻，而是切成两半，刀切面朝上并在一起，两手各捏住面团的一头儿，另一头儿边抻长边盘绕，最后绕成一个扁平的圆饼，露出的油和麻酱的断面呈多层的螺旋状（由此得名螺蛳转儿）再上铛烙和烤即成。口感外酥内暄与烧饼味道不同。干焙儿（也有写成干巴儿的）是螺蛳转儿再加工而成的。就是当天没卖完的螺蛳转儿到晚间放入已压好火的炉膛马道上靠炉壁立着，经过一夜的烘烤而成干焙儿。其酥脆到了用手一掰即碎的程度，口感酥脆咸香回味无穷。没有酒菜的主儿能用这东西下酒。

火烧：实际上就是表面没有芝麻的烧饼，只不过里边的麻酱比烧饼少一些。圆形约两公分厚，两面儿都有烙出来的"花儿"。个儿有大小之分。大火烧比烧饼略大（以前的烧饼比现在的烧饼大），因为表面不带芝麻，成本略低，而价钱又一样，都是5分钱一个，不能让顾客吃亏，也好卖。小火烧重约一两多相当于大火烧的五分之三，卖3分钱1个。火烧的制作程序比起烧饼来只少了一道表面抹油沾芝麻。也是使好瓢子（即抹麻酱，撒花椒盐）做好剂儿，擀成圆形后经过先烙后烤。由于是半发面的，所以烙得的火烧都比面剂显得个儿大了许多，厚厚实实。热着吃比凉着吃香。要是夹上东西（如熟肉、油炸鬼、薄脆、焦圈等）就更香了。真是物美价廉倍儿实惠。不知道什么原因，上世纪70年代以后，火烧就不见踪影了。大路烙货只剩下烙饼、烧饼和牛舌饼了。

锅饼："老家"在山东，是北京饮食中的"外来户"。但是，年头也相当长了，且早已站稳了脚跟。由于多由山东人开的烧饼铺制作出售，而叫"山东锅饼"。再因在制作过程中，待发面使好碱以后，用榆木或枣木杠子反复地压，把面劲儿压出来，使之增加韧性（即有咬劲），而又叫"杠头"。上世纪50年代中期以前，阜成门外月坛牌楼以南有菜市，牌楼根儿至阜外大街之间的小空场儿，早晨有早市，晚上有夜市，有许多饮食摊子，其中就有卖锅饼的。那锅饼的直径足有1尺半，厚有2寸，外表显得特硬，仿佛是个硬壳，四周边有用刀"刻画"的简单花纹。上下两面为金黄色，烙出的"花儿"特匀称，周边竖面颜色较深，为焦黄色。表面看着硬，实际里边软和，有香油和椒盐的香味，口感很好，也挺有咬劲的。由于此饼大如锅盖又厚实，因而大多是论斤论两地约着卖。要是买一个整个的，足够四口之家一天的饭。

据说,"烩杠头"是前门外名饭馆致美斋的招牌菜之一。不过,那东西也只能叫杠头,因为个儿比过去的大火烧大不了多少。锅饼是因其大如锅盖而得名。这种"烩杠头"电视上介绍过,咱没享受过。

套环与糖枣:这是像江米条(俗称中果条)和开口笑一样的两种小糕点,以前的饽饽铺(糕点店)都制作经销。套环(加儿话韵)是用香油、白糖和面搓成细条一环环紧套在一起,与脆麻花的底部差不多,呈球形,有元宵那么大。大人、小孩都爱吃。而且,是新婚女婿看望丈人、丈母娘时带的最佳礼品之一,寓意为亲套亲,亲上加亲。糖枣是用香油(过去做素糕点都用香油)、红糖和面,呈大红枣形,外表还沾一些砂糖粒儿。大人和小孩也都很爱吃,只是甜度较高一些。不知何时这两种曾经颇受青睐的小糕点"被迫""隐退"了。保留下来的江米条增强了硬度,令人不敢问津了。特别是牙口不好的老人享受不了这种美食了。

老豆腐:有人说,老豆腐就是豆腐脑儿。那是外地人的叫法。北京人把老豆腐和豆腐脑儿分得很清楚。因为二者大不相同。无论是制作方法、口感、浇头儿,还是从锅里往碗里盛的手法上都不一样。特别明显的是,卖老豆腐的吆喝:"老豆腐开锅——"卖豆腐脑儿的不吆喝。做老豆腐点盐卤时要点得略微多一些,以突出一个"老"字。而豆腐脑儿点得嫩。这样,口感就大不相同了。老豆腐浇的是香油、酱油、芝麻酱、酱豆腐汁、韭菜花,还有浇辣椒油、卤虾油的。而豆腐脑儿浇的是用肉片、鸡蛋、黄花、木耳、口蘑打的卤。味道能够一样吗?盛老豆腐的锅下部是个大肚铜锅,上边围着高罗圈儿,锅底下的炭火不能灭,保持豆腐总是热乎的。而豆腐脑儿是盛在桶里,冬天桶外要包裹着棉套,以保持豆腐的温度,后来有了保温桶就省事多了。从锅(或桶)里往碗里盛的时候,卖老豆腐的把长柄浅铜勺从中间下到锅底去舀,这样能保持豆腐表面整齐。而卖豆腐脑儿的是用浅如铲的勺从上面一层层撇着盛。此即,干什么都要有个讲究。现如今,老豆腐是难寻踪影了。豆腐脑儿倒是长盛不衰。只是那卤打得就有点儿"八仙过海,各显'欺'能"了。甭说没有原来的那色儿,那味儿了,有的能让人食欲大减。是经营有道?还是经营有"盗"?此"盗"者,即偷工减料之谓也。

卤虾、卤虾酱、卤虾油:前边提到吃老豆腐有浇卤虾油的。什么是卤虾油呢?这得先说卤虾。卤虾是把小虾米磨成糊状,加盐腌制而成的一种食品,可以用来调味。其中也有小鱼、小蟹,也免除不了海里其他的小生物,反正是以虾为主。稠的卤虾糊糊就是卤虾酱，撇出来的汁就是卤虾油。卤虾酱既可以直接当调料，也可以用来腌（或曰酱）制别的菜，如黄瓜、小萝卜、苤蓝（也叫甘蓝）等蔬菜，叫卤虾小菜儿。这种卤虾制品常与酱豆腐、臭豆腐一起串街叫卖："酱豆腐，臭豆腐，卤虾小菜儿，酱黄瓜！"过去在油盐店（即副食店）里也卖这种食品。您要是吃窝头、贴饼子，就着卤虾小菜儿，管保食欲大振。冬天吃热汤儿面的时候，要是放点卤虾酱或是卤虾油，您能把汤儿都喝了。自占小诗四句以表对卤虾小菜的留恋："调料有奇葩，何处觅卤虾？别仅'阳春雪'，还须'下里巴'。"见笑见笑。

羊霜肠：叫白了成为"羊霜霜"。旧时，在宽绰一些的羊肉铺里，常见有木架支着大木盆，盆内的冰水泡有一物：二指粗，白花花，两头儿用细麻绳扎紧口儿，呈圈状，有大有小，不止一个，此即羊霜肠是也。这宗东西是把羊血灌在羊的小肠里做成的。因为，其外表附着的网油白色如霜，而叫羊霜肠。盆里用冰水泡着的是尚未煮熟的半成品。别看羊肉铺里卖它，可是我们穆斯林不吃它。伊斯兰教有规定，不许吃一切动物的血。但是，可以加工出售给不信仰伊斯兰教的人群。过去，在庙会上，或是街面儿上的早市、晚市，都有摆摊卖煮羊霜肠的。一般都是将煮熟的羊霜肠切成一厘米长的小段儿，放入碗中浇上煮羊霜肠的热汤，放入麻酱汁、酱油、辣椒油、香菜末，还有放酱豆腐汤儿、韭菜末或韭菜花的。吃者无不夸好。这东西把生的买回家去，自己个儿也能做。不过生的、熟的都有好些年头儿见不着了。

大麦粥：这是用大麦米熬的粥，以前在小吃店、早点摊都能喝得到。为什么没有了呢？可能就是因为熬的时候费工费事吧？在熬之前大麦米要经过一定时间的浸泡。用砂锅熬的时候，不能用急火，而是慢火长时间地熬才行。大麦粥熬好了黏稠度较高。喝此粥可解便秘之苦。

杏仁儿茶：也叫杏儿茶。实际是一种杏仁儿味很浓的大米面粥。熬制时，先在锅里烧水，同时另用容器将大米面调成糊状，加入白糖、杏仁儿精。水开后，将面糊徐徐倒入锅内，边倒边用长把儿勺子搅拌，使其均匀成粥。再次开锅时，杏仁儿茶即已熬成。原先将杏仁儿茶盛入碗中后，还给加上点糖桂花。喝起来既有杏仁儿的浓香，也有桂花的甜香。忘了从什么时候起，卖杏仁儿茶的把糖桂花给省去了。大约从上世纪70年代起，在小吃店和早点摊上，慢慢地就喝不到杏仁儿茶了。

小枣豌豆黄：您一定会问：现如今到处都有卖豌豆黄的，怎能列入断了档的食品呢？我反问您一句：您还记得过去卖豌豆黄的怎么吆喝吗？您要是50岁以上的人，八成还能记得那清亮悠扬的吆喝声："小枣的豌豆黄儿哎，好大的块儿哎（呀）——"您听，前边有"小枣"二字。您再回想回想从前那小枣豌豆黄的模样，黄澄澄的颜色，切成长三角形的块儿，每块上都"镶嵌"着几个红宝石般的金丝小枣，真是看着漂亮，吃着可口。眼面前儿的豌豆黄不仅没有了金丝小枣，就连普通的枣也都没有了。能吆喝成："没枣的豌豆黄儿哎"吗？所以，也就省去吆喝了。再看那颜色，加深了许多，仿佛是剩了好几天的，让人看着就不爱。您咂摸咂摸，带枣香的豌豆黄与没枣香的豌豆黄能一个样的味儿吗？真想在有生之年还能吃上从前那样的小枣豌豆黄呀！

说真格的，断了档的、质量差了的饮食，远不止上面所举这些。究竟是什么原因使这些物美价廉，广大百姓果腹解馋的饮食销声匿迹了呢？是制作起来费时费工费力费事？是成本高利润低？是手艺失传？是有的不卫生？还是销路不畅了？不清楚。反正是在市面儿上见不到这些饮食了。我国的饮食文化有悠久的历史，理应继承、创新，不断发展。期待着吧。

2010年6月一稿于京
2011年8月二稿于京

漫话京城理发业

新中国成立以前，北京理发业唱主角的是剃头匠。为什么剃头师傅也被称为"匠人"呢？因为，他们确实是在耍手艺。"匠人"不是贬义词，靠手艺挣钱吃饭，才能称其为"匠"人呢！他们不仅水热刀快，会剃会刮，而且还得熟知百会、风池、天柱、睛明、肩井、大椎、曲池、环跳、肾俞等众多穴位，熟练地掌握捶、拍、揉、掐、敲、搓、攥、弹、推、拿等按摩本领，会揉眼睛、修眉毛、修胡子、掏耳朵、剪鼻须、拔罐子等活计。手艺潮了还真端不起这个饭碗来。旧时，京城内外剃头挑子串街走，剃头棚到处有。一些手艺、人品俱佳的剃头匠还会受聘入户干包月、包季、包年的活儿（剃头也称为"做活儿"），只是挑子变成了布包。

记得，从 1946 年夏天到 1953 年夏天，我家在瓜市营房居住时，就请一位姓王的剃头大爷每半个月来家里为我祖父剃头，我也是先剃光头后改用手推子推平头。这位王大爷不入户时，就在南驴市口（解放后改称南礼士路）北口内有个剃头棚。人和气，手艺好，永远的干净利落，找您入户干活儿的人家有 20 来户。日子一长，还跟我们家有了交情。我的父母管您叫三哥，我们孩子辈儿管您叫三大爷。

剃头棚，"棚"字说时得带儿话韵，是用布或席支成的简易的棚子，能遮阳避雨，不能挡风。需要剃头或刮脸的人在棚下就坐。设备就是一副剃头挑子的家当。与串街的剃头挑子不同的是，一是有固定的地方，二是专门有个供来剃头的人坐的凳子。

剃头挑子，前边是一个小型涂着红漆的圆笼，内置小煤炉子，炉子上坐着盛水的大铜盆，旁边竖着旗杆刀斗，上边挂着用皮子制成的鐾（bèi）刀布；后边是一个可以当凳子坐的有多层抽屉的红漆小柜，里面分别放着剃头刀、推子、小剪子、小镊子、篦子、拢子、专门用于修整胡须的小梳子、小毛刷子、掏耳朵的耳挖勺、绒毛棍儿、专门用来按摩眼睛的一端有光滑圆珠儿的骨头针、拔罐子用的小瓷罐儿等用具和围在胸前的大布。因为，挑子的一头有小火炉子，所以也就有了"剃头的挑子——一头热"的歇后语。借以嘲讽"一厢情愿"的人或事。剃头师傅在串街时，手中拿着一个大铁镊子似的"唤头"，边走边用细铁棍儿从中间一划，发出"铮铮"的响声。这种响器之所以叫"唤头"，是因为有"召唤人们来剃头"的意思。与之相关的歇后语有："剃头的不打唤头——没响（想）了。"这里的"想"是"指望"的意思。多有模仿能力的人也模仿不了剃头师傅的吆喝声。因为，他们从来都不吆喝。正如相声里所说的："剃头的怎么吆喝？'热水快刀一秃噜一个！'非把人吓跑了不可。"干这一行的也有许多行规，其中一条是，串街的剃头师傅挑着挑子在路上相遇或是路过剃头棚儿时都不能打"唤头"，这是不能"抢买卖"、"欺负同行"的意思。

咱北京从剃头发展到理发经过了二百六十多年的时间。即，从清顺治二年（1645年）八月发布上谕强令各族人民尤其是汉人要剃发易服起至辛亥革命前夕。1644年清兵入关以前，汉人奉行"人体发肤，受之父母，不可毁伤"的伦理观念。男子绾发戴冠要郑重其事，不许有丝毫马虎，要毫发无伤。除了出家为僧，削发被视为对犯严重错误的一种刑罚示惩。

为了彻底从精神上征服汉人，顺治皇帝发上谕："今者天下一家，岂容违异？自今以后，京师内外，限旬日尽令薙发。"意思是：不管哪一个民族，限十天之内男子一律都要把头发剃掉。即，要剃掉头顶前半部（以两耳连线为分界）头发，把后半部头发及脑后头发编成发辫，改装易服，与满人一样。为何顺治帝没在坐上北京龙庭当年发布这道剃头令，而是在第二年才发布呢？这里有一个始作俑者，可为罪魁祸首。据有关史料记载：此人叫孙之獬，是个明朝的降臣，原是明代天启年间的进士，任翰林院侍讲。他于顺治初年降清，先为礼部侍郎，后升任兵部尚书兼都察院右副都御史，翰林院侍讲学士。他降清后即剃发易服，上朝时站在满人官员的班里。因他本是汉人，满人当然不接受了。于是，他又站在汉人班里。汉班官员见他满人装束，便也不容他。他恼羞成怒，给皇帝上了一道奏折，大意是："陛下平定中国万事鼎新，而衣冠束发之制犹存汉旧。此乃陛下从中国，而非中国从陛下也。"意思是：陛下平定了中国，一切都应该按照新的制度实行，然而仍保留了汉人旧有的（意指明代）衣冠发式，这是陛下顺从了中国，而不是中国顺从了陛下。"顺从"在这里即"降顺"之意。顺治帝一下子被激怒了，很快就颁布了剃头令。为了使这一法令尽快实施，京师内外各州、县衙门采取了非常残酷的强制手段，在文告上写明"留发不留头，留头不留发"。即，凡是男子不剃发编辫者，

"杀无赦"。

记得,祖父曾经给我讲过老辈儿人传下来的说法儿:当时,各衙门都派出士兵和军队中的剃头匠,在城内、外及周边乡镇路口搭起席棚,内供圣旨牌,见到过往行人有蓄长发者当即拉入棚内强行剃发编辫子,违抗不从者当场杀死,枭首示众。据说,挑子前边的旗杆刁斗起初就是挂圣旨的地方,后来改为挂毛巾。刁斗上的鐾刀布代表剃头令的敕轴。刁斗左右盘绕着的铜丝叫"耳扦子",是用来扦穿犯人耳朵的。扁担上捆着的白绳是"法绳",用来捆犯人的。红色圆笼是装人头的。红色小柜是砍人头的木墩子。可以说,一个剃头棚就是一个处斩违抗剃头令者的刑场。一副剃头挑子就是其全套设备。这些设备在清朝初年都是官家发的,私人不准制作,也不得私自增减。剃头令推行到哪里,哪里就有反抗与镇压。清初历史上的"扬州十日"和"嘉定三屠",都与此密切相关。京城周边反抗最厉害的地方当属京东三河、宝坻等几个县。因而,受到的镇压也最为残酷。后来,发给他们剃头挑子,强行编入推行剃头令的队伍。过去,有个谈行业的相声段子,里边有这样两句词:"剃头的,哪儿的人多?""宝坻的人多。"为什么干剃头这行的以宝坻人居多呢?跟这段历史是密不可分的。

剃头令发布十数年后,南明小政权一个个相继垮台,光复明朝的希望也随之一次次地破灭了。满清王朝的统治逐渐得到巩固。人们也渐渐地习惯了剃头编辫。有钱人甚至在发辫的梳理方法上讲究起来,有的还在发辫梢上缀以各式各样的装饰物件。后来,清朝统治者陆续扩大剃头队伍,准许民夫百姓领取牌照专做剃头的生意。从此,京城和其他地区相继出现了私人剃头行业。他们奉关羽和北京白云观道士罗公为祖师爷。剃头挑子一些设备的作用大为改变,如前所述。有的还添了小镜子。这就应该算是旧京理发业的开端了。但是,剃头挑子也好,剃头棚也罢,都是只做男活儿(行话"瞧背"),不做女活儿(行话"八条")。

辛亥革命前夕,推翻满清王朝的革命运动风起云涌。剪去发辫亦被视为革命行动。且有剪一辫奖励一块银元者。不久,把头发理成平头、分头、背头,逐渐成为时尚。从而,剃头业又发展成理发业。街面上除了剃头棚,又有一些理发馆相继开业了。然而,除了繁华地段有寥寥几家外,街头巷尾桥头还是以剃头棚和剃头挑子居多。究其原因,主要是剃头便宜。再者,刮刮头皮也可以出出"火"。何况,还能享受按摩呢!以阜外大街为例,在我的记忆中,临解放时才有两家小型理发馆。其中的一家只有一把理发椅,还仍是只做男活儿。另一家在坛牌楼东边，有三把理发椅，算是规模较大的了。不过，一些剃头师傅为了生活，也学会用推子推平头或光头了。

北京解放以后，随着人民生活水平的不断提高，理发业也有了可喜的发展。剃头棚、剃头挑子逐渐减少，进而消逝了。除了一些手艺全的老师傅还应邀到熟主顾家做活儿，中青年剃头师傅大多进了理发店，由剃头匠变成理发师了。

改革开放以后，理发变成美发了。理发店变成了美发厅、美发城、美发中心、美发洗浴公司、集团。小发廊更是数不胜数，有的地方还成为"一条街"。遗憾的是，有些地方竟然成为藏污纳垢的场所。这也算是喜中有"悲"吧。

其实，美发是一种享受，剃头也是一种享受。用现在的眼光看，剃头还应该算是美发中的一项。如果，能把从前剃头匠手里的全活儿再拾起来，回头客一定会更多，生意会更兴隆。何乐而不为呢？您说，是吧？

2007年8月一稿于京
2010年7月二稿于京
2011年7月三稿于京

那些消逝的老行当

俗话说："三百六十行，行行出状元。"其实这"三百六十"是虚数，表示行业之多。老北京人还有爱说"五行八作"的，也是指行业之多之杂。随着社会的变革与发展进步，有的行业转化了，有的行业归并了，也有的行业消逝了。

比如，过去的"水窝子"和送水人被自来水公司取代了。靠人力抬、挑、拉、扛、背、驮（如"窝脖儿"）和马、驴、骡、牛、骆驼等畜力搞运输的脚行，转化成汽车、火车、飞机等现代化的交通运输工具了。脚行也就没有了。再比如，过去走街串巷收购文物、珠宝、字画及服装、鞋帽、日用旧物杂项等以与烧饼大小相似的小鼓儿为响器被俗称为"打鼓儿的"，在解放后都并入委托商行（即信托公司）了。尽管收废品的仍旧多的是，但是听不到"有破烂儿的我买"的吆喝声了。还比如，现在的房屋中介公司，就是旧时"拉房纤"的；信息公司在过去就是干"跑消息儿的"、"跑合儿的"等，不一一列举了。已经消逝了的商业、服务业、修理业，以及无法归行，人们生活中又用得着的，仅在下所知的也不少，得占"三百六十"的十分之一左右吧。

卖布头儿的：这"卖布头儿的"说起来得是带儿化韵的"布头儿"。相声经典名段《卖布头》，人们早已耳熟能详了，甚至有的人还能学上两口儿。过去，卖布头儿的有两种经营方式，一种是在庙会、集市上摆摊儿；一种是走街串巷。所谓摊儿，有的是支个案子铺块大包袱皮儿，把各种颜色各种材料的布头儿堆在上边；有的就在地上铺一块大包袱皮儿，上边堆着布头儿。这些布头儿有花儿洋布、竹布、土布、"大五福儿"、漂白布、单面咔叽、双面咔叽、斜纹布、平纹布、灯芯绒、平绒、哔叽……红黄蓝白黑，雪青粉紫绿；大花儿、小碎花儿、蓝印花布、单色儿的、带格儿的等应有尽有。小贩把一头儿系有红布条的尺子插在衣服领子里。吆喝起来很简单："卖布头儿噢，挑来吧！捡来吧！""布头儿，便宜啦！让尺让寸啦！"这

"让尺让寸"可有"埋伏"。您想啊,既然是布头儿,最长者没有超过一丈的,一般的五六尺,三四尺,最短的一二尺,还有几寸的。所谓"让",指的是"白送"的部分。因而,吆喝"让尺"就都是虚的。一共五六尺的布要是白送人一尺,再一"打落(即砍价)",他赚谁去呀!所以是招揽顾客的"广告词",属真实的谎言。"让"个一两寸的倒有可能。但是,买主儿得盯住了。不然的话,趁着您数钱的工夫,一个没留神,他"让"的那一丁点儿布很可能又缩回去了。甚至超过口头上要"让"的尺寸。撕布的时候还得注意他的剪子口儿斜不斜,要是往里斜一丁点儿的话,这一撕完了,那边就兴许短个三四寸,甚至小一尺的。您可就吃了大亏了,买到手的布可能就不够材料了。要说让"尺"是虚的,也不尽然。赶上心细的买主儿,仔细检查,要是挑出断线头儿来,小贩为了卖出这块布去,就得整尺地"让"出去,或者再落落价儿,买主儿就得便宜了。这就是:"买的没有卖的精,遇上精的甭想坑。"走街串巷卖布头儿的,有戴糙呢子礼帽的,也有用白羊肚手巾包头的,大多数是短衣裤,青鞋白袜,也有穿大褂把衣角掖在腰带上的,反正是显得干净利落。他们都是肩挎一个大包袱,手拿拨浪鼓,衣领处插着木尺子。拨浪鼓的上边是小铜锣儿("锣"字在这里用儿化韵是因为这种锣太小了),下边是小扁鼓儿。小锣儿、小鼓儿的两侧帮儿上固定有细皮绳儿。小锣儿的皮绳头儿上是铜疙瘩;小鼓儿皮绳头儿绾成绳疙瘩,摇动起来锣鼓都响,挺好听的。也有拨浪鼓上不带小铜锣儿的,摇起来就只有单一的小鼓儿声了。有时小贩也吆喝:"布头儿噢——"有买主儿从院子里出来要看看布头儿,小贩就找一处比较干净的地方,把包袱放下打开,让人们挑选。一通砍价,成交后一手交钱一手交货。等没人买了,他就包好包袱挎在肩上走人。公私合营后,布店和百货商场里都添了各色布头儿的专柜,街上也就渐渐地看不到卖布头儿的小贩了。当然,也就听不到那小小锣鼓齐鸣的拨浪鼓的声音了。

卖估衣的:估衣,旧衣也。其中也有材料较次、做工粗糙的新衣服。《卖估衣》也是相声经典名段。这种买卖确实得两个人一起做,好一个人吆喝,一个人帮腔,是名副其实的一唱一和。做这种买卖只是摆摊,不走街串巷。有的还有正经门脸,把衣服挂起来供人挑选,一般不吆喝。摆摊的吆喝。我见过的摆摊儿卖估衣的是在白塔寺和土地庙的庙会上。卖主儿支起一张桌子,上面铺块布,把所卖的估衣堆成一堆儿,一件件提起来里外展示,同时有腔有调地吆喝着。例如,甲:"哎,吆喝来卖呀!"乙:"你来看看吧！"甲："这一件大褂呀——"乙："是派力司的（音大）。"甲："料子是美国货呀——"乙："也便宜卖了吧！"有人要买就仔细找找有没有毛病，一边褒贬一边讲价儿，成交就付钱拿走。之后，再拿起一件推销、展示。要是没人买就放在案子的另一边。一件件倒腾完了，歇一会儿，再往回倒腾，仍然是一边对白一边展示。一天得来回倒腾没数回。买主儿有时还真能捞到便宜货，有时也吃亏上当，反正还是那句老话儿："买的没有卖的精。"解放后，有了委托商行，庙会和集市上也就慢慢地没有卖估衣的摊儿了。

货郎担：过去，北京城里一些偏僻的小巷和城外离大街较远的居民区，时常出现一些货郎担子。有卖油盐酱醋糖酒的，他们一般系围裙戴套袖，敲木梆子，还挺有节奏的；有卖小百货的，他们一般都摇拨浪鼓。住户们一听到梆子或拨浪鼓响，就知道来了货郎担子，需要买东西的人就走出家门。货郎找块干净宽绰的地方（夏天则找有阴凉的地方）把担子放好。人们围住担子选购所需物品。一副油盐挑子就是一个小油盐店。一副百货挑子也就是一个小绒线铺（即小百货商店）：梳头油、雪花膏、针头儿、线脑儿、彩绸条儿；鞋拔子、痒痒挠儿、镜子、拢子、修脚刀儿……解放后，有了供销合作社（一些老年人至今也还没有忘记"合作社"这个名称），再加上公私合营后，小百货商店、大百货商场、副食店，不断增加，货郎担也就不见踪影了。

卖炭的：过去，一般人家都烧煤炉子做饭、取暖。讲究点的人家备有炭盆，还有的人家有涮羊肉的紫铜火锅，这都需要准备下木炭。旧时，一到秋凉，就开始有沿街卖木炭的了。这些卖炭的人有的推着小车，有的挑着担子。车上或担子放着盛有木炭的荆条编的筐，或是竹篓、麻袋。有的还捎带着卖碎劈柴。碎劈柴是在生煤炉时用来引火的小块儿劈柴，是烧木炭剩下的下脚料。小贩大多边走边停下来摇几下大拨浪鼓。这种大拨浪鼓不同于货郎担的小拨浪鼓，鼓面的直径有一尺左右，鼓帮有三寸厚，在底帮上安着短把儿，侧帮上钉着一根皮条，皮条的头儿上绾着一个大疙瘩。一摇起来，皮疙瘩抽打在鼓面上，发出"嘭嘭"的声音，不如小拨浪鼓那样脆生。小贩有时也边走边吆喝："买木炭来，碎劈柴！"

卖花儿样子、鞋样儿的：过去，一般家庭的妇女都会做针线活儿，有的还会刺绣。在手绢、头箍、肚兜、鞋面儿、门帘、桌围子、椅子垫儿、枕头、扇子套儿、荷包、褡裢等物体上，绣、扎、挑、补个花卉、鱼、虫、鸟、简笔山水、寓意吉祥的图案。自己画不好，甚至不会画，就需要有个花儿样子。花儿样子也叫花儿样儿，有正圆形、椭圆形、正方形、长方形、菱形、三角形、多边形，还有扇形、石榴形、葫芦形、苹果形、寿桃形等多种多样。这些花儿样子是把白色薄绵纸或粉莲纸用剪子剪或用各种刻刀刻制的。过去，在庙会里、集市上，都有卖花儿样子的摊位。小贩都不吆喝，在木架子上蒙一块深颜色的布，布上用小针扎着各种花儿样子，供人挑选。走街串巷卖花儿样子的，是背着长方形的包袱，内有好几个可以折叠的"插袋"，每个袋里分类放着各种花儿样子。他们边走边吆喝："卖花儿样儿嘞！""花儿——样子！"遇到有买主儿或是住户较集中的地方，就停下来，把包袱皮儿打开在地上铺好，展开折叠着的"插袋"，供买主儿挑选。当然，主顾都是老太太、小媳妇、女孩子，没有男子汉来凑热闹的。花儿样子的使用方法：是把要绣、扎花儿的布或绸缎锦绢等丝织品用竹制的圆形绷子（两个为一副）绷好，照着花儿样子的图案画在上边，或是用丝线绷在上边，或是用拓蓝纸（即复写纸）拓在上边，再或者抹一丁点儿稀稀的糨子粘在上边，就可以进行绣或扎了。

鞋样儿：就是做鞋时参照的图样，是用纸剪成的。过去，平民百姓大都自个儿做布鞋穿，从打布袼褙、纳鞋底子、做鞋面儿，到绱，全活儿都能干。单鞋、棉鞋各有其样儿。心灵手巧的妇女总爱变换着花样儿做鞋。卖花儿样子的就代卖鞋样儿。有的货郎担子也代卖花儿样子和鞋样儿。更多的人家儿则是互相推荐新鞋样儿，甚至帮助动手剪。老北京人管这种做法叫"替鞋样儿"。

卖莲花灯的：这是一种如同盛开的荷花形的纸灯笼（也有用丝绸做的，说时得带儿化韵）。莲花即荷花。农历七月十五是道教传统节日"中元节"（正月十五为"上元节"，十月十五为"下元节"）。旧时，在这一节日有许多习俗，当天晚上放河灯（亦称荷灯）、点莲花灯是其中的习俗之一。不管什么家境的孩子都愿意借机玩一回花灯。因而，每年一进农历七月，大街小巷就此起彼伏地响起"莲花儿灯哎——卖莲花儿灯嘞"的吆喝声。一些冥衣铺也制作出售莲花灯，但是不吆喝，只是摆放在门前。走街串巷卖莲花灯的小贩既不推车，也不挑担，而是举或提一个挂着灯笼的架子。即，以一根棍儿为立柱，横绑着一根细长竹竿，上边有一溜小橛儿挂着一盏盏粉嘟噜的莲花灯。这种灯笼是用高粱秆儿的皮儿或细竹批儿扎成架子，把高粱纸裁成小条儿，剪成荷花瓣状，涂上由浅至深的白、粉、深粉颜色，再用模子做出皱纹与弧形，跟真的荷花瓣相似。然后，将其按深颜色在上浅颜色在下分多层粘在高粱秆架子周围，成为中间空心的莲花造型的灯笼。在架子底部中间固定一个小铁钎子，为插蜡烛之处，点上蜡烛后光灿无比。七月十五之夜，河里漂着各种河灯，与地上"游动"着的莲花灯（也有香蒿子灯、荷叶灯等）交相辉映。男女孩童们一边举着或提着莲花灯在大小街道上游逛，一边还喊着："莲花儿灯，莲花儿灯，今儿个点了，明儿个扔！"所谓"扔"，也只是扔掉那些自己瞎凑合糊的纸灯笼，花钱买的特别是那些用丝绸做的灯笼可舍不得扔。而是收好了，等到来年七月十五再点着玩儿。不知道什么原因，自上世纪60年代起就没有人制作和出售莲花灯了。当然也就没有人再玩儿莲花灯了。这里提到的冥衣铺，主营的是丧葬用品，制作出售供烧化的花圈、纸人、马、驴、牛、羊、楼、车、船、轿、桥、衣、箱等，统称为"烧活"。兼营"裱糊棚顶、粉刷楼房"和制作出售莲花灯。解放后，政府部门提倡破除迷信、移风易俗。冥衣铺的人也就转而从事别的行业了。这也算是没人制作出售莲花灯的一个因素吧！现如今，又有制作"烧活"的了。然而，还叫不叫冥衣铺，就不知道了。

　　棺材铺：在过去，但凡家里有一丁点儿条件的也要给死去的亲人买一口棺材用来装殓入葬（穆斯林不用棺材）。讲究的人家还有用上好木料做成的棺材作为寿礼送给尚健在的老人的，尤其是在农村。记得，1969年冬天我参加北京市东南郊治涝工程时，所住的村子里有的大门洞里就放着棺材。最初看到时吓我一大跳，以为是停灵呢，听人讲了这是寿材后才不害怕了。在过去，制造出售棺材也是一种行业，从事这活儿的就叫棺材铺。原先，阜外大街教场口东边就有一个前店后宅的棺材铺。店铺和住屋之间的院子里有存放木料与做好的棺材的库房。他家既出售现成的不同材质不同规格的棺材和火匣子（一种最简陋的不涂漆的薄板小棺材），也可以按要求订做。店门前就是做棺材的场地，

清末出殡场景

开板材、细加工、组装、上漆。常有一些过路人、闲散人围观。生意也曾红火过。像这样的棺材铺，在解放以前北京城里城外有不少。还有以棺材命名的。例如，西城区新文化街南侧的光彩胡同，

娶亲时轿夫抬花轿

以前就曾叫过棺材胡同。上世纪50年代中期，各行各业掀起公私合营的热潮。棺材铺怎么合营呀？再加上后来提倡火葬，以移风易俗为荣了，棺材铺这行也就没有了。

轿子铺：旧时结婚讲究新娘子坐花轿。因此，也就有了"大姑娘坐轿子——头一回"的歇后语。轿子铺的轿子只出租不出售。大凡迎亲的花轿条件好的都是一红两绿共三乘。新娘子坐上圆下方（意为"天地作合"、"天长地久"）的红花轿，娶亲太太、送亲太太坐绿轿。家庭经济条件一般的，是一红一绿两乘，新娘子坐红花轿，娶亲太太去迎娶时坐轿子，回来时就得把绿花轿让给送亲太太坐，自己另想辙了。家庭条件最不济的也得有一乘新娘坐的红轿。轿子外边的彩子装饰也因家庭经济条件而异，富有之家雇的轿子装饰得雍容华贵，贫寒之家雇的轿子就寒酸了一些。轿子铺不仅出租轿子，还有旗、锣、伞、扇、大鼓（扁形的，拴有带子可挎在肩上）等迎亲仪式所需的用具，还可以代为联系彩子局租用各色彩绸，并由轿夫头儿代为约请组织轿夫、仪仗队执事人员和吹鼓手。行进时由轿夫头儿指挥。解放后，提倡婚事新办，婚礼简化了。后来，坐轿子改成坐小汽车了，甚至步行也可以了。坐轿子也就成为一些老人的美好回忆了。改革开放以后，婚庆公司问世，娶媳妇、聘闺女的礼仪找他们就行了。您可得舍得花钱。北京有几条胡同就是用轿子或轿杆命名的。例如：牛街地区的教子胡同和新街口地区的东光胡同都曾叫过轿子胡同；新街口地区还有东轿杆胡同、西轿杆胡同；福绥境地区的东教胡同旧名为东轿杆、轿杆胡同。

棚铺：北京有句夸高门大户的老话儿："天棚鱼缸石榴树，先生肥狗胖丫头。"专门承接搭天棚这种活计的买卖就是棚铺。他们以杉篙（即杉

木竿子)、竹竿、芦席、摽棍、麻绳等材料和用具为办红(娶亲、寿诞、满月)白(丧葬)喜事的人家搭临时的天棚和为大宅门搭凉棚、暖棚。从事这一行业的人叫"棚匠"。每个棚匠都经验丰富,身手矫健,各有绝技。讲究的是立柱子时不用挖坑栽埋,而是平地立柱;不管席棚搭得多大,除了周围的立柱外,棚子下边不能再有立柱,以保证有足够的活动空间。而且,无论是防热避暑的凉棚,还是红白喜事的临时席棚,都可装有能供开关的卷席,拉开可通风透气,关闭可防日晒雨淋。过去,这一行的买卖很兴隆,四九城都有开棚铺的,以致有好几条胡同的名称也与棚铺有关。如"大席胡同"、"小席胡同"、"棚铺胡同"、"棚铺夹道"等。棚铺一般都没有幌子,只在院门两旁倚墙立着杉篙、大竹竿子,以此为标记。解放后,办红白喜事不讲究搭大棚了,棚匠们只好另谋生计了。据说,一些建筑公司尤其是古建队中的架子工,过去都干过棚匠的活儿。棚铺还可以代为联系彩子局。

彩子局:这个"局"字在这里不代表行政机构,而是彩绸铺的通称,如同水果店又叫"果局子"一样。但是,这种彩绸铺里的彩绸不出售只出租,从业人员专干张灯结彩的活计。这一行与棺材铺、轿子铺、棚铺都有业务关联,互通信息,可以代为推荐、联系。比如,棚铺给人家搭大棚,怎么区分是喜事还是白事呢?要看装饰的彩子。喜事装饰的是红、粉、黄、绿色的彩绸、彩球、大红纱灯,有的灯笼上有金黄色的双"喜"字或是"寿"字。白事大棚装饰的是黑、白、蓝、黄色的彩绸、彩球与白纱灯,有的灯笼上还有"奠"字。有的人家还要立素花、素绸的临时牌楼;棺材上的"罩"、迎亲花轿的装饰等,这些活计也都是由彩子局经手的。再如,庆祝抗日战争胜利、欢迎解放军入城,在会场和队伍必经之地,临时搭松柏彩牌楼;公祭某位英雄、先烈、德高望重者,在会场或灵柩必经之路口搭素牌楼、结素彩,这些也都是彩子局应的活儿。解放后,政府部门有了主持这些工作的专门机构和人员,再加上棺材铺、轿子铺、棚铺等行业的消逝,彩子局也就转行了。

香蜡铺:这是主营香与蜡的店铺。喜寿用的大红蜡烛,白事用的大白蜡烛、点的各种香,焚烧的黄表纸、千张儿、纸钱儿,黄、白锡纸做的"金银元宝",丧主儿院门前挂的挑丧纸和"月光马儿"、"门神"、"财神"、"灶王爷"等各种木刻画、纸码等,都能在这类店铺买到。香蜡铺还兼营普通低廉的化妆用品。如胭脂、扑粉、桂花梳头油、香碱、香胰子球(球形香皂)

等。打老远就能闻到从香蜡铺里飘出来的香味。从而，被列为闹市五香行业之一。其余"四香"是油盐店里的油香（特别是小磨香油）、大酒缸的酒香、中药铺里的药香和茶叶铺的茶香。现在，这"四香"行业的店铺还有，只是香蜡铺难寻其踪了。

杠房：这是专接丧葬活计的行业。过去家里有人亡故，起灵、抬灵（棺材）、下葬，几乎全得找杠房（穆斯林不用）。所有的杠房下边都有设在附近较大茶馆的"杠口子"。受雇于杠房的杠夫们都在"杠口子"等活儿。别小看抬杠这种活儿，也凭技术有分工，凭分工获取相应的报酬。最高级的杠夫是"杠头儿"。棺材抬得平不平，走起来稳不稳，杠夫们的脚步乱不乱，全凭"杠头儿"用击打一种硬木做的"响尺"来指挥。"杠头儿"以外还有专门负责从院里往外抬的杠夫，有负责下葬的杠夫，有负责埋土的杠夫。他们各有各的专门技术。最普通就是抬棺材的杠夫，他们起码也得听得懂"响尺"的指挥。杠夫都是由城市贫民充当的。不是穷得叮当乱响的主儿，谁愿意端这个伺候死人的饭碗呀！平时只有"杠头儿"在杠房等活儿，其余杠夫都到"杠口子"去等。哪个杠房用哪个"杠口子"的杠夫，都有约定，不能乱找人。如果某个"杠口子"人手不够，可以通过杠房的关系进行协商，才能找别的"杠口子"的人。这是行规中的一项。杠夫的穿戴有统一要求，一律穿浅豆青色上有白色团花图案的对襟过膝长衣（俗称半大的衣裳），腰系素色布带。"杠头儿"戴的是如同清朝官员戴的那种立边的帽子，只是有穗儿没翎儿。一般杠夫戴的是荷叶边的帽子，上插短雉鸡翎。这些都由杠房提供。"杠"有大小之分，"八杠"（即八个人抬的棺材）以下为"小杠"，以上为"大杠"，有"八杠"、"十六杠"、"二十四杠"、"四十八杠"、"六十四杠"多种。过去官绅富贾之家最大的"杠"就是"六十四杠"。再加上灵柩上的如亭子盖般大的棺罩，显得特气派。有史料记载：慈禧太后出殡时用的是"一百二十八杠"。这种皇家独有的气派，寻常百姓只有望而兴叹的份儿。有趣的是，杠房祭的是鲁班爷，而杠夫们崇拜的是穷神爷。据见到过穷神塑像的老人讲，这位穷神的装束跟普通杠夫一样：戴荷叶边儿插短雉鸡翎儿的帽子，穿浅豆青色有白色团花图案的过膝对襟衣裳，拿着酒壶，一副醉态，就是个杠夫的形象。顺带说一下，轿子论"抬"，所谓的"八抬大轿"，就是八个轿夫抬的轿子。谁要是错说成"八杠"，轻者挨骂，重者挨揍。

吹鼓手：这是旧时婚丧嫁娶红白喜事都需要用的一班人，归哪一行不清楚。但是，确实是一种职业，有专业的，也有业余的。他们所用的乐器一般有笙、管、笛、唢呐、云锣（又称九音锣）、镲、堂鼓、梆子等吹打乐器。娶亲、寿诞、满月、迎宾时吹奏的是欢乐曲子。在白事上吹奏的就要低婉一些。不过也常听到有《百鸟朝凤》一类的名曲和河北民歌。上世纪60年代还曾听到过有吹奏《学习雷锋好榜样》的。娶亲时所用的吹鼓手由婆家请或由轿子铺推介，在娶亲当天只用一次。而白事则不同，从死者入殓的当天起，丧家院门外就开始设座有吹鼓手吹吹打打的了，一直到出殡那天。旧时，汉民办白事讲究"三天接三五天埋"。"接三"就是人死后的第三天晚上进行第一次大型祭奠。大户人家要请僧、尼、道诵经奏梵乐"放焰口"（佛教用语，意为向饿鬼施舍），焚烧一部分"烧活"，以超度亡灵，接引亡灵上西天（旧时所送幛子上常写"西方有位"、"驾鹤西游"、"驾返瑶池"等挽词）。第五天就该出殡入土埋葬了。在这几天里，都要有吹鼓手在院门外吹奏乐曲。有亲朋好友邻居来吊唁时，鼓手还要打鼓报信，以便主人家出迎。出殡那天，僧众吹奏梵乐，尼姑敲打法器，吹鼓手穿戴上与杠夫相同的衣帽，也在行进中吹打着。那时真是"各吹各的号，各有各的调"了。解放以后，丧仪都一切从新了，以前的那一套都不时兴了，吹鼓手也就另谋职业去了。不过，闲下来有时还凑一块儿"玩玩儿"。碰上有的人家办白事想热闹热闹风光风光，有的曾当过吹鼓手的便受邀，推辞不过也还来凑凑热闹。但是，不是以此为职业，更不是为养家糊口，一为人情面子，二为自己也过过瘾。

  打执事的：执事即仪仗，打执事的，即过去的仪仗队。过去，迎亲、送葬都有数目不等的打执事的。执事有文执事与武执事之分。有的只用文执事，讲排场的人家，文、武执事都用。迎亲的文执事有：旗、锣、牌、金灯、伞（与旧时的万民伞相似）、扇（形似戏曲中铁扇公主的芭蕉扇，扇面儿长约一米左右，上头略向前弯一些，中间镶有镜子或是"金玉良缘"、"天地作合"等一类吉祥词，柄长两米左右）等。武执事有：金瓜、钺、斧、朝天镫等。送葬的文执事有：绣幡、筒幡、雪柳、白色飞龙旗、飞虎旗、亭子、伞盖和"烧活"；武执事有：长枪、大钺、巨斧等。还有身穿孝服代替哭丧的、撒"买路钱"的。撒"纸钱"时要边抛撒边喊，只提关系不提姓名。比如："大姑奶奶赏钱一百八十吊！"打执事的都是临时性的不需要什么技术的活儿，也没有固定的班底。经济条件一般的人家儿用的执事少，阔主儿用执事就比较多。打执事的由轿子铺、杠房代为雇用，接一回活儿，挣一回钱。不过,打执事的也要统一着装。迎亲的执事穿戴与轿夫、吹鼓手一样,都是具有喜庆色彩的红地儿黄色团花儿图案对襟过膝长衣,戴清朝官员戴的那种向上立边的圆帽,有穗没翎。干辅助执事活儿的穿彩衣彩裤,戴荷叶边的帽子。所谓辅助执事的活儿,比如,举的伞有两米多高,一个人举着遇到风大一点儿就举不稳,得前后有人用长绸子拉着。送葬执事的穿戴与杠夫一样(前边已叙过)。由于打执事的是临时性的,因而赶上有送葬的活儿就去应送葬执事的活儿;遇上有迎亲的活儿,就去充当迎亲执事。没有这两种活儿时,就另谋生计了。由此看来,平时跟"轿夫头儿"、"杠头儿"套套关系还是很有必要的,到时候,人家好招呼你呀!

租赁炊具、餐具的家伙铺:此种铺子又叫家伙座,归属于厨行(亦称勤行)。过去,一些富裕的家庭在办红白喜事、寿诞、满月的时候,都讲究在家里设宴招待宾客。搭个大棚,摆上几桌席,一通吃喝,颇显热闹。少则三五桌,中则十桌、二十桌,大则有百八十桌。上哪儿找那么多的碗盘家伙去呀!小锅、小屉的更应付不过来。一张八仙桌也只能一次坐八个人。什么都现买又没必要,不定多少年才办一回事呢!别着急,所需餐具、炊具、方桌、圆桌面儿、椅子、凳子都可以到家伙座去租。旧时,这样的家伙座在全北京有好几家,而且都有正经字号。杯盘碗碟勺筷,锅盆案板笼屉,一应俱全。有的地方专门出租圆桌面儿、桌椅板凳。可以说花少量的钱,解了燃眉之急。这些家伙座也有厨师可以上门应酬家宴,少则一两桌,多则百十来桌都行。这些厨师也可受雇入户去做过年用的菜肴。解放后,人民生活水平提高,大多讲究上饭庄办事了,家伙座也就渐渐地歇业了。另外,一些大、中型清真寺也备有少量餐具、炊具、圆桌面儿等供穆斯林家庭借用。但是,他们不归勤行,而是为方便穆斯林大众,分文不取。

糖房:亦可写成糖坊,是生产经销麦芽糖及其制品的作坊,大多是家庭式的。麦芽糖又叫饴(yí)糖,是从淀粉中制取的,甜度不如蔗糖。各种关东糖(有馅、无馅、带芝麻的、空心的)、糖瓜儿、豌豆粘、核桃粘、花生粘、红果粘、杏仁粘等糖粘食品都是用麦芽糖制作的。以前,入冬以后,糖房就开始忙活了,一进腊月最忙。那时节,哪里有糖房,其周围的空气中就会飘散着甜蜜的糖香。过去,北京城内外有好些糖房,由此也就有了以"糖房"为名的胡同。如牛街地区的糖房胡同,厂桥地区的大糖房胡同、小糖房胡同。为了减少重名,有的糖房胡同改了名称。如西长安街地区的大方胡同,原先叫糖房胡同、糖坊胡同。新街口地区的棠花胡同是糖房胡同、糖房大院改的。

1956年公私合营后，私人的糖房就都没有了。

以物换物的：这也是一种小买卖，只是不用现钱交易，很受贫民百姓的欢迎。以物换物也分几种，有用旧报纸、废纸、破书本等纸类的东西换的；有用碎铜烂铁、牙膏皮、牙粉盒、啃剩下的骨头、橘子皮等换的；还有的用破铺衬（碎布头儿）、烂麻绳等换东西。能够换到的东西有各种小玩意儿（铁的、木头的、泥捏的、纸糊的）、小哨儿、洋画儿、玻璃球儿、扣泥饽饽的模子、花椒、大料、火柴等低廉实用的东西。只要一听到外边有人吆喝："换小玩意儿咪！""换花椒、大料、取灯儿（火柴）来！"小孩子、老太太就会拿起攒好的这些破烂儿往外奔，生怕去晚了挑不着好的换了。他们不愿意去卖给收破烂儿的，省得因为秤高秤低争吵起来。这种双方都喜欢的小买卖到上世纪50年代后期不知道怎么就没有了。牛、羊肉铺是现金交易概不赊欠的。可是，在过去您要是有干净的荷叶、向日葵叶子、大的蓖麻叶子也可以换到牛肉或羊肉。又脏又破的叶子是绝对不行的。牛、羊肉铺这样做肯定赔不了。公私合营后，没有私人开的牛、羊肉铺了，以叶子换肉也就行不通了。

茶挑子：这是一种特小特小本儿小利微可是又经济实惠最受欢迎的买卖——卖大碗茶的。之所以称其为茶挑子，是因为卖茶的挑着挑子到处去卖。也有的有固定的地方，但也是以挑子为摊儿。挑子的一头儿是一把约二尺来高外挂绿釉的陶制大茶壶。壶嘴的位置较高，"肩膀"上有四个等距离的可以穿绳儿的小梁儿。整个壶体的外围包以棉套子，好保持茶水的温度。挑子的另一头儿是个篮子，里边放着几个大粗饭碗，碗上盖着布。过去，一些卖苦力的人啃着窝头、贴饼子，咬着大腌儿萝卜，喝着有色（shǎi）儿味儿淡的大碗茶就非常知足了。那阵儿的穷人也不讲究什么卫生不卫生的，喝过茶的碗没有条件消毒，只是往碗里倒点儿茶水一涮，得活。人们也不挑剔什么色儿了味儿了的，能解渴就行。记得原先在前门西车站货场外边、西直门火车站货场外边的茶挑子尤其多。这本来就是本儿小利微的买卖，您要是腰里真的半个子儿没有，又真是渴极了，跟他要点儿茶喝也是肯给的，绝对不会连损带挖苦。如今，茶挑子早已"逝者如斯夫"了。那挂绿釉的罐状陶质大茶壶也成了某些民俗收藏家的收藏品了。

"嚯"鸡鸭的：所谓"嚯"鸡鸭的，就是收购鸡、鸭、鹅的。小贩挑着挑子串胡同，边走边吆喝："有鸡鸭的换钱！""收鸡鸭喽！"挑子两头各有一个盖着绳网的箩筐，扁担头儿上挂着一张带把儿的抄网，是逮鸡鸭用的。他们为多赚钱，就黑着心挑毛病往下压价。往往用双手插在鸡鸭翅膀根儿下，表面看是摸摸肥瘦，实际上暗中用力捏，使之受伤。买卖不成仁义也不在了。养主儿要是舍不得自己宰了吃，早晚得低价卖给他们。更让人恨的是，他们当中还有人有偷窃行为。在胡同里或村子外边，看到有落单儿的鸡或鸭，再加上周围没人，他立马儿放下挑子，迅速地摘下抄网，以迅雷不及掩耳之势，将其逮住塞进筐里。只要是抄住，他就不怕被人看见。他可以跟人家说，是鸡鸭从筐里钻出来了。这种事，我小的时候遇到过不止一次，他们不怕被小孩儿看见。因而，一些养鸡或鸭的人家儿只要是听见"喝"鸡鸭的小贩吆喝，会立马儿把鸡鸭圈起来，以免跑出去"丢"了。我最讨厌的就是做这种买卖的。我家卖鸡鸭的时候总是找熟人，这样可以少挨点儿坑。上世纪50年代中期后，这些小贩也不知道归到哪儿去了。再后来，不准市民养家禽了。得，全省事了。

卖黄土的：虽然有个"卖"字，然而却无"行"可归，也算不上"业"，是为了谋生而采取的一种临时性的手段。在过去，一些城市贫民无以为生，为了养家糊口又不用掏本钱，就去卖黄土。城郊的一些农民在农闲时为了挣钱以供家用，也有去卖黄土的。这卖黄土，有车有锹有力气就可以。车，也就是人拉的排子车、小驴车、老牛车即可。城西本有好几处黄土土质非常好的地方，如黄土岗一带，还有几处叫黄土坑儿的。其中离城最近的大黄土坑就在阜成门关厢西边铁道与北露泽园之间，现展览路南口以北。此坑由于长年累月地有人取土，至上世纪50年代初期，已有三四米深，能容下千余人。人们可以随便挖任意取。坑边上都被踩出了坡道，上下可方便了，汽车都能开上开下。卖黄土的人在这儿取了黄土装在车上，用芦席或荆条编的围子前后围好，把表面边沿拍好，使其不致撒漏。然后，拉着车或赶着车，走街串巷地去叫卖："有黄土来买！上好的黄土哇！"要是有进行脱坯盘炕的，或是垒砖抹墙的，或是修路垫地的，或是雇人摇煤球的，有好土送上门，何乐而不买呢？双方商量好价钱就成交。如果整车土都买了更好，要是买半车也行。全凭铁锹一铲，差不离儿就得，用不着秤。这宗无本生意除去人吃、牲口的草料，剩下的是净赚。要是用排子车运土，连牲口的草料都省了。农民卖完黄土后，还可以捎带脚拉回去点儿城市脏土去积肥，真是一举多得。说真格的，在过去大自然赐予的黄土也养活了一些人。人只要勤恳，不怕吃苦，就总有一线生机。俗话说得好："老天爷饿不死瞎家雀儿（即麻雀）。"意思是：哪怕是一只瞎家雀儿，只要肯出去打食，就不会饿死。我再给添半句：

"何况人乎。"1952年，展览路动工，这个大黄土坑被填平了。自此，卖黄土的人就到别处取土去了。

摇煤球的：上世纪60年代初期以前，北京大部分百姓家做饭取暖还都是用煤球炉子。后来，才渐渐地被蜂窝煤取代了。用机制煤球是50年代中期以后的事。在此之前，人们除了到煤铺（亦称煤厂子）去买，或是订购，也可以雇人入户摇煤球。"摇"是人工制作煤球的主要手段。记得，过去一到农历九月，人们就开始着手准备过冬的用品了。一些会摇煤球的农民就搭伙携带工具城里城外地揽活儿了。工具有像铲子一样的大平锹、像小簸箕似的大铁锹、荆条编的大圆筛子和小花盆。通常是三四个人一伙儿干。价格双方面议。摇煤球是一种既需要体力又需要技术的活儿。首先是把煤末子和黄土按大概的比例混合好，用水和好，要软硬适度。把要摊放煤坨儿的地方扫干净，薄薄地撒一层筛好的细煤末，用大铁锹把和好的煤坨儿铲过来，摊薄约1寸厚抹平，边沿儿成约45度的小坡面，上面再撒上一层筛好的细煤末，用大平锹在上面切出横平竖直长、宽均约1寸的小块儿，成为小煤坨。用大铁锹分批把小煤坨儿铲到底部支着小花盆的筛子里，摇煤球的人蹲下身子双臂用力摇动筛子，使筛子以小花盆当轴在地上上下左右旋动，小煤坨儿在筛子里来回翻滚成球形，倒在扫干净的地方摊开即可。小煤球经过日晒风吹干至能烧就可以收起来备用了。摇煤球这活儿又脏又累。说其脏，是在整个制作过程中，浑身都是煤灰，要是擤鼻涕，鼻窝处准会留下黑手印儿。因而，他们穿的衣裤鞋袜都是深色的，还系着鞋罩。不然，煤末子能跑到鞋里去。说其累，是摇时得蹲着。而且，全身的重量和筛子的自重、筛子里煤球的重量全由踮起来的两只前脚掌承担。摇时只有用前脚掌着地才能使得出劲来。摇煤球的人只有摇好一筛子煤球才能借着起身倒煤球之际喘息片刻。令人称道的是，这些摇煤球的人干活儿都有始有终，每次摇完煤球都会主动地把现场收拾好，保管雇主说不出什么来。自从都改成烧蜂窝煤后，家里有点儿煤末子自己个儿攥成煤球也就凑合了。没有人家摇煤球了，自然也就见不到摇煤球的人了。

拉大锯的：旧时有童谣："拉大锯，扯大锯，姥姥家唱大戏……"拉大锯的人叫"大锯匠"。这一"拉"一"扯"为一个回合的动作。实际上"扯"也是"拉"的意思。童谣里用一"拉"一"扯"为的是说着上口。如果改成"拉大锯，拉大锯……"就不好听了。又为什么说"一拉一扯为一个回合的动作"呢？因为，甲方"拉"的时候，乙方要往前"送"，乙方"扯"的时候，甲方也要"送"回来,正是一来一去。这才能算是一组动作。拉大锯的活儿就是两个人合用一把大锯,或是伐树,或是把粗大的木料截成一段一段的,或是开板材。所用大锯约两米长,需两个人才能拉动。一

拉大锯

来一往仿佛在争夺,故又称为"二人夺"(非手杖中藏利刃的那种"二人夺")。还有一种也是需两个人拉的大锯叫"快马子",比"二人夺"略短一些。锯条的两端比中段窄,呈片形,只在两端横向装有短木把儿,俗称"片儿锯"。有人能用这种片儿锯演奏乐曲,亦为一种绝技。这种锯只宜截料、伐树,不宜破板材。拉大锯不光要有力气,还要有技术,更要默契地配合,尤其是破板材。要将伐好的树去树冠除树根只剩下粗大的树干,或原本就是粗大的木料,一端着地竖好,一端支起来与地面成一定的角度。根据板材所需厚薄在横断面用墨线标好。锯时一人站在木上,一人立或单腿跪在木下,用"二人夺"大锯按照墨线,一上一下地配合着拉锯。木上的人每拉一回锯就要直一回身子,每送一回锯又弯一回腰。而木下的人则始终要仰着脸以观察锯齿是否离开了墨线,不断有锯末飘洒到头上、身上也不顾。由此看来,拉大锯破板材也是个脏累活儿。干完活儿后,大锯匠只收拾自己的工具,不管收拾现场,雇主也不会说什么。因为,事先没有约定。顺带说一句,瓦匠则与摇煤球的相同,干完活儿不但要收拾自己的工具,还会主动地收拾好现场,把剩下的灰或泥堆成一堆儿做个窝儿倒上点儿水,以使其不会很快干了,利于第二天再用。而木匠大多不管收拾现场,即便木屑、刨花满地都是也不管。故而有"干净瓦匠,邋遢木匠"的说道。拉大锯的人有的是木材厂的职工,有的是会木工活儿的农民利用空闲结伙带着工具出外找活儿干的。解放后,随着木工机械化步伐的加快,拉大锯这样繁重的体力劳动就不复存在了。

踩街的:这是在解放前,北京城里和城外关厢常能见到一种推销商品特别是创牌子的新产品的宣传活动,是活体广告,属于厂家、商家的一种推销手段、商业行为。厂家每有新产品问世,便雇一些人穿彩衣打彩旗,衣服和

旗帜上写着新产品的名称、性能、用途、销售地点等,沿繁华街道行走,边走边高呼商品的名称及"物美价廉"、"经久耐用"、"买一送几"、"欲购从速"等广告用语。人群的后边用排子车或三轮车拉着样品。这些车也插旗、挂彩。有的踩街的队伍还用洋鼓洋号开道;有的则在行进中用留声机放流行歌曲。如《四季歌》、《何日君再来》、《送情郎》、《夫妻相骂》等。还真有不少人驻足围观。记得小时候,奶奶带我去逛西四牌楼的时候,就见到过。在阜外大街,我还见到过用骆驼踩街的。拉骆驼的人穿彩衣戴彩帽,骆驼也披红挂花,身体两侧挂着宣传新产品或主要商品的彩板,在街上缓缓而行,驼铃悠悠,也招人围观。这种活动有无商业行规,不得而知。倒是踩街的一过来,准有巡警来维持交通。他们给不给巡警钱,不清楚。反正是巡警不但不阻止,还得忙活一气。因为的确是影响交通。

  租书店与小人书店:解放前,公共的图书馆很少,一般的平民百姓也不敢进去。认识一些字的人想看闲书,只能到出租这些书的地方去租。所谓的闲书是指一般的武侠小说、公案小说、神话小说、历史小说等。旧时,人们把上学念的书以外的书统称为闲书。先父年轻时就曾在老西单商场第六商场和西四东边西安市场(胜利电影院旧时所在地)的租书店租过书。租书的手续很简便:写下姓名、住址,一次性交够一定的押金。押金按书的新旧、厚薄、定价而定,还书时结账按天数扣钱。比如,押金是两角钱,看一天2分钱,要是三天就看完了,则扣掉6分钱,找回1角4分钱。所用租金还是合理的。对于租书店来说,一本书租几回就能把买书的钱挣回来了,再往外租就干赚了。解放后各区都有了图书馆,各单位也有了图书馆或流动书箱,也就很少有人花钱去租书看了。

  我爱看小人书,家里大人认为买一本书顶多看两三遍就烦了,不上算。那时也没有人会预测到五六十年后的今天小人书会成为热门收藏品。要是把在解放前和解放初期买的小人书留到现在,可升值老鼻子了,能成为大富翁。谁让没这个后眼呢!小人书店或摊是专门看小人书的地方。看一本1分钱,不论厚薄、新旧,都一个价。我小时候在白塔寺庙会上、土地庙庙会上、西四丁字街居士林旁边、西安市场、福聚来茶庄门前等处的小人书店和小人书摊上都看过。相比较而言,在小人书店里看书的孩子都老老实实。在庙会上就不同了,由于看书的人多,往往周围的孩子会传着看,即花一本书的钱能看好几本。我胆儿小,只敢跟左右的两个人换着看,这样可以花一分钱看三本书。要是被摊主发现了,也罚,有几个人参加就罚几倍的钱,合计起来还是 1 分钱一本，也不吃亏。租书店是上个世纪 50 年代后期没有的。小人书摊和店是 60 年代初才没有的。因为，那时庙会渐渐没有了。上世纪 80 年代初期，我到昆明出差。那里的市区街道边上较宽绰的地方还有小人书摊儿，为了歇歇脚儿，我在那儿也看过。那是我最后一次在小人书摊儿上看了。

代写平安家信的：这是截止到解放初期大规模地扫盲（即扫除文盲）运动兴起之前，在街道路边常可以看到的摊位。一张桌，一把椅，一方砚，一支笔，备点儿信纸信封，桌帷子上写着"代写平安家信"。旧时，普通百姓识文断字的人不多，从外地到北京谋生的人没文化的也不少，其中包括为数不少的在北京驻防的国民党大兵。常言道："每逢佳节倍思亲。"回不了家乡，寄封平安家信总是人之常情。于是，以"代写平安家信"谋生的老先生们也就有了主顾。他们所用的信纸（旧时亦称信瓤儿）、信封（旧时亦称信皮儿）都是竖写的。抬头儿处写"父母（或只写父或母）亲大人膝下容禀"，落款处写"不孝儿×××跪启"，或写"敬启者不肖男×××"，几乎成为公式。根据信的长短、用纸的数量收取润笔费，如有信中代为修饰语句等进行润色的地方不另收费。可以说收费是很合理的。每到旧历年的年根儿，代写书信的老先生还真忙，竟然有人排起队来。因为，此时他们又增添了代写对联的业务。扫盲运动过后，识文断字的人多了，中、小学教育迅速普及、发展，很多人都会写信了。"代写平安家信"的老先生们年事更高了，也就回家颐养天年去了。

焊洋铁壶的：这是修理行中的一业，以"焊"为主要手段。所谓"洋铁"，指的是用外来工艺加工成的薄型铁。有镀锡铁（俗称"马口铁"）、镀锌铁（俗称铅铁、白铁）。这些薄型铁在旧时都被称为"洋铁"，最薄者又被称为"洋铁皮"。这些"洋铁"可以制作壶、盆、桶、水舀子、铁簸箕、拔火罐儿、烟筒等用具。壶、盆（含搪瓷盆、碗）、桶、水舀子等要是漏了，可以用焊锡来焊补。"焊"就是用熔化的金属把金属工件连接起来，或是修补金属器物。所用的焊锡，实际是锡和铅的合金，熔点低，可以用来焊接和焊补铜、铁等金属件，俗称锡镴（也有写成锡拉的）。再辅以松香更易熔化。所用工具有，形如拐尺状的长把儿专用烙铁、锉刀等。焊锡要加工成细条儿，便于使用。焊时，先把所要焊的物件破损处用锉刀打磨平整干净，锡条儿的头儿上沾上点儿松香末，用在火上烧热的烙铁"切"下已对好破损处的焊锡，由四周向中间循序地焊，至将破损处全部补好，最后再用锉刀打平，齐活。也有不用松香的,为的是降低成本。但是,切记,由于焊锡的熔点低,因而焊补后的物件就不宜再在火上加热使用了。焊洋铁壶的师傅还可以修补、当场制作铁簸箕、拔火罐儿、烟筒等工艺要求比较简单的用品。这可既是钳工活儿又是铆工活儿。走街串巷焊洋铁壶的有推小车子的,也有挑着挑子的,还有骑着自行车的。小车子,是一种高槽帮与车斗都包着铁皮的双轮小车。车里放着小火炉,工具箱(内有烙铁、锉刀、能绞薄铁皮的大剪子,分别装着焊锡、松香末的小盒,包着铁皮的垫木,用于擦拭的破布等)、壶、桶、盆、水舀子、铁簸箕等成品与半成品,马口铁、铅铁、白铁等规格大小不一的备用板材和干活儿时坐着的马扎儿。在靠近车把固定好的立棍上插着一把底儿朝上的黑铁大铁壶。焊洋铁壶的边推车缓缓地走,边用一根短木棒有节奏地敲打着铁壶底儿。也有敲打破搪瓷脸盆底儿的,以招徕客户。住家儿的一听到这敲打壶底儿或盆底儿的声音,就知道是焊洋铁壶的过来了。挑着挑子的,一头儿是小火炉子、工具箱,另一头儿是装有成品半成品、板材、马扎儿的铁皮木斗子。骑自行车的,东西都放在车后架两侧的长方形铁条框或铁皮木斗子里,一般不带小火炉,需用时给哪家修理就跟哪家借。推小车子的、挑挑子的、骑自行车的吆喝起来都一个腔儿:"焊——洋铁壶哦!"不同的是,声音有高有低,有长有短。焊洋铁壶的也有不走街串巷的,他们有固定的门脸儿,这就是黑白铁铺子。

  黑白铁铺:以前在大街小巷上常可听到敲打铁制用品的声音,这是黑白铁铺的师傅在忙活。一个黑白铁铺就相当于一个小型的修理、制造黑、白铁用品的车间。这类店铺专门从事修理、制造、销售黑白铁制品。白铁就是经过镀锡或镀锌加工工艺的薄铁的统称,亦称"洋铁"。黑铁是没经过"镀"加工的铁,比白铁厚、硬度高。烧水用的黑铁壶、火钳子、火筷子、火夹子、火钩子、煤铲子、铁链子、铁钎子等都是用黑铁制造的。但是,黑白铁铺不制造铁锅,那是铸造活儿。他们的修理手段大多也是以锡焊为主,不搞电焊、气焊。电、气焊是另一工种。黑白铁铺多是家庭式作坊,有制造黑白铁制品的专用设备。如台虎钳子、工作案子和工具。当家师傅要集钳工、铆工于一身。后来公私合营后,这些人和下街焊洋铁壶的,有的合并进工厂,有的转业了。人们的生活水平提高了,壶漏了,盆破了,也就自行处理了,不再找人修理了。挂在口头上的是:"旧的不去,新的不来。"一扔了之。

  锢露锅的:"锢露"也有写成"锢漏"的,是用熔化的金属堵塞金属物品的漏洞。锔露锅即补锅。这也是一项凭技术走街串巷养家糊口的活儿。因为，他们需要用小火炉和风箱以熔化补漏用的铁块儿，故又被称为"小炉匠"。他们挑的挑子一头儿是敞口儿的里侧衬有铁皮的木箱子，装有小火炉、碎煤、炭块儿、火钳子、小煤铲等，另一头儿是风箱和装有铁块儿、工具的工具箱、马扎儿或小板凳。这头儿还悬挂着一面小铜锣儿和两个小铜疙瘩形状的锣锤儿，随着走路时的左右摆动，锣与锤儿撞击得叮当乱响，声音清脆悦耳，老远就能听到。他们有时也吆喝："锔露——锅！""锔——锔露——锅！"有活儿后，先用锉刀、錾子处理好锅漏处，拉风箱生火。火着旺后把小铁块儿放进火里，待其红透，用火钳子夹出，放在漏眼儿处，用两个圆柱形塞子似的东西在红铁块儿上下两头儿用力一挤，就把漏眼儿堵住了。待其凉后用锉刀把补漏处打磨平整，即告完活儿。北京有句老话儿："趁热锔露锅。"就是打这儿来的。意思跟"趁热打铁"一样，都是"做事要抓紧时机"的意思。

  锔盆锔碗的："锔"，也是一门修理技术，是用锔子把破裂的陶瓷器皿或其他器具连在一起修正合好的过程。锔子，是一种两端带尖儿的扁金属钩子，有铜、铁之分，大小之别。小者长二三分，大者可达一尺左右。小至酒盅儿、碗、杯、盘、碟，中到壶、罐、瓮、缸，大到房屋的梁、柱、柁、檩，均可以用锔子连好加固。锔盆儿锔碗儿的，是指专干锔陶瓷器皿活儿的，人们习惯于把"锔盆儿锔碗儿锔大缸"连在一起说。盆、碗在这里加了儿化韵，以显出盆、碗的小巧。老北京人习惯管干这行的人叫"锔盆儿锔碗儿的"，也有人管他们叫"锔匠"。过去，平民百姓置点儿家当儿不容易，总想经久耐用，恨不能使一辈子都不带坏的。磕了碰了撕了破了能修好的就尽量修好再用，盆、碗也一样。于是，锔盆锔碗的手艺人便能有活儿干，挣到钱养活一家老小。他们都是挑着挑子上大街、串胡同揽活儿。在我的记忆中，好像没听到过他们怎么吆喝。其实，他们还真很少吆喝。这是因为，在挑子的一头儿挂有一面很小的铜锣儿和带绳儿的一对小铜疙瘩，铜疙瘩就是锣锤儿。一走起来，小锣儿与铜疙瘩互相撞击，发出清脆悦耳的响声。凭着这声音，人们就知道锔盆锔碗的过来了。挑子的一头儿是一个上窄下宽的木箱子，箱子有好几层小抽屉，分别放着各种型号的锔子、各种型号的钻头、连接钻头的小竹杆（gǎn）儿、自制的白色泥状的东西（像是腻子），姑且叫"白泥"吧。另一头儿是工具箱、竹片或藤子棍儿做的弓子、马扎儿或小板凳。弓弦是用细皮绳儿做的，不像射箭的那种绷得很紧的弓弦，而是松松地耷拉着。有人要锔东西时，他们就撂下挑子，戴上老花镜仔细查看物件的破损程度，如不能合拢就不接这活儿，若是能合拢就要根据碴口儿的多少、大小，需要锔子的型号、数量，提出价格。这戴眼镜找碴口儿就成了老少皆知的歇后语："锔碗儿的戴眼镜——没碴儿找碴儿。"锔匠愿意多用一些锔子，好多挣一些钱；客户想少用锔子省点儿钱。经过讨价还价，最后议定价钱成交，开始干活儿。锔匠坐在马扎儿或小板凳儿上，在双膝上垫一块厚帆布，将破损的物件放在帆布上，擦干净碴口儿，按原碴儿对拢，用小线儿缠紧，再用双膝夹住。取出合适的钻头，固定在小竹杆儿上，用弓子上的皮条绳儿（即弓弦）在小竹杆儿上绕两绕（这就是此种弓弦松弛的原因），将钻头对准碴口儿边上选好的位置，一手扶钻，一手来回拉动弓子，使钻头在碴口儿的两侧钻出小眼儿安放锔子，用小锤儿轻轻钉牢。待所需要的锔子都钉好后，再解开小线儿，抹点儿白泥（起弥缝作用），擦干净，就可以交活儿了。由于瓷器的表面光滑坚硬，故钻头必须镶有金刚钻石，成为金刚钻头儿。于是，便又有了一句富有警示性的名言："没有金刚钻儿，别揽瓷器活儿。"告诉人们做事要有自知之明，要量力而行，既要考虑客观条件，也要考虑主观因素。锔匠还会修理算盘。不过，不用锔子，只用小钉儿即可。添算盘珠儿，换、补算盘档，加固算盘框都行。

  修折扇的：有一首关于扇子的打油诗，曰："扇子有风，拿在手中。有人来借，等到立冬。"此公多小气！另一首可为"姊妹篇"："扇子我有，拿在我手。有人来借，等到三九。"比前者更小气。也难怪，夏季酷热难耐，扇子便成了宝贝，既可扇凉，又可遮阳。芭蕉叶扇子、麦秆儿编的扇子、竹批儿编的扇子等还可以挡雨，或垫在屁股下坐着，或用来轰蚊蝇。这些扇子要是破损了，自个儿鼓捣鼓捣就能照旧使用，也不伤大雅。而折扇则不同。不管是纸折扇，还是檀香木折扇，或是丝织品做的折扇，自个儿都修不好。要是瞎对付，管保让人讥笑。于是，便有了坐门市部修折扇的，或摆个临时摊位，或下街串胡同修折扇的。他们都可以一显身手。修理折扇是桩需要细心手巧的技术活儿。可以修、换扇面儿，配、换扇骨儿、扇轴，整破如新。价钱要协商而定。走街串巷修扇子的既不挑担，也不推车，都是斜挎着带有几个小抽屉的大扁箱子。抽屉里分别放着各种材料、辅料与工具。箱子上边安着立柱。立柱上边有横梁，横梁与箱子四角有细绳儿相连。每根绳儿上都拴有好几个铃铛，走起来自然而然地发出响声，以此告诉人们："修扇子的来了！"好久没听到这铃铛声了，好久也没见到修扇子的身影了。那些坐门脸儿修扇子的可能也因为挣钱不多房租不少而关门大吉了。更主要的是人们"修"的意识淡薄了。买把扇子仨瓜俩枣的事，坏了一扔，没必要费劲巴拉地去修。没人想修了，当然也就没人再干修理扇子这一行了。

钢种锅换底的：钢种锅是过去人们对铝锅的叫法。干这一行的吆喝，有的是"有钢种锅换底——"有的是"有铝锅的换底——"说真格的，现在的一些年轻人还真不知道钢种锅跟铝锅是一码子事。要是较起真儿来，加了钢的铝锅还真不好换底，它结实呀！能够换底的还就是薄的铝锅，而且是锅帮与锅底有接口的。换底的时候，把有破洞的锅底用能剪铝板的铁剪子剪了去，换以新的铝板，用铆工的技术铆接好，使其严丝合缝，滴水不漏。因而，每个揽此活的人都得钳工、铆工集于一身。换钢种锅底的下街揽活儿时，有挑担子的，也有骑自行车的。除了携带必备的工具和一些铝板外，也带一些铝制的成品与半成品，连修理带出售。要是以旧换新也可以，替补的金额可经协商而定。十几年前，在大街小巷还能见到这些手艺人的身影和听到他们的吆喝声。随着炊具更新换代速度的加快，人们都不考虑经久耐用和修修补补了。他们也就远离了城市。北京的大街小巷又少了一种吆喝声。

修理钢笔的：这是本小利小的修理业。然而，在过去，不光是一般文具店、商场里，就连北京百货大楼、王府井的东安市场、西单商场和东四人民市场等那样的大买卖都设有修理钢笔的柜台。毕竟那时钢笔还属于中、高档文具，好多人都以胸前的上衣兜里插着钢笔的多少，来显示学问的大小。尤其是金尖儿或点金尖儿的钢笔都被称为金笔，更高级。不仅透着学问大，还显出经济条件好。记得，在"大跃进"的年代里，新研制出的英雄牌金笔还肩负着赶超美国派克金笔的"重任"呢！过去，我曾在百货大楼不止一次修过钢笔，一是保证质量，二是价格合理。在大街上也常见修理钢笔的摊儿。换个笔胆，磨或换个笔尖儿也都很方便。就连学校开展"勤工俭学"活动和"文革"前的"学雷锋"活动，都有磨钢笔尖儿这一项内容。随着各种新式书写用具不断地开发并大量问世，老式的自来水笔就"人老珠黄"不受人待见了，渐渐地由"青眼"变成"白眼"了。钢笔若是坏了，花钱去修也找不到地方。十几年没进百货大楼了，不知那里是否还有修理钢笔的柜台？要是也没有了，起码在北京城内外就没有修钢笔的了。因为，在大街上已经看不到修钢笔的摊儿了。再往远处想想，没准儿将来钢笔也会成为收藏品了。

　　修牙刷的：这是能让人笑掉大牙的一种修理业务。因为，现在几乎所有的人都会认为牙刷这小东西不值得一修，坏了一扔了事。何况有关专家讲：一把牙刷使用的时间不能太长，到一定时限就必须得换，否则会对牙齿和口腔如何如何不好。再搭着现在的牙刷弄得也根本没法修。以前的牙刷不这样，上面的毛儿都是鬃的，背后有一道道小槽儿，可以看到固定鬃毛的细丝线。牙刷把儿大多是骨头儿或化学的。牙刷的毛儿脱落了可以补上；把儿劈了或折了可以粘上。修牙刷的有摆摊儿的，也有下街的。下街的背着个小匣子，里边放着材料和工具。有的还带着高马扎，干活儿时好坐着。这可是个必须细心、耐心，更得技术好的活儿，只是利太微了。解放后不久就没有干这行的了。

　　粪场子：亦有写成粪厂子的。这是晾晒大粪并进而制成粪干儿的地方，是活儿最脏最臭最累的行当儿。可是，没有人干这一行儿又不成。吃、喝、拉、撒、睡，是人生在世一辈子一样儿都不能少的五件大事，都要费心费力地处理好。干粪场子这一行儿也有行规，其中一项就是要遵守关于粪道的约定。哪一片儿粪源由谁来管，都有严格的划分。也就是说，粪道不能乱串。说白了，就是哪家粪场子可以淘哪一片儿的官茅房（即公厕）和住家户院内的茅房，都是有约定的。淘粪工人旧称淘茅房的。过去，内城没有粪场子，外城也只是曾经偏僻的地界儿才有极少的几处。在崇文门外、前门外就有。这从胡同的名称可以找出来。如前门地区的奋章胡同，曾经叫过粪章大院，而粪章大院又是从粪场大院转音更改的。天坛地区的粉厂胡同，旧名为粉厂，再旧一点则是粪场（厂）。因城市建设飞速发展，许多老胡同便成为历史书籍上的记载了。这两条胡同还有没有就不清楚了。在我的记忆中，粪场子多在城外。我所知道的地方，如阜成门外南护城河东岸城墙下从月城外墙至与现月坛南街相对的地段，一拉溜儿都是粪场子。在月坛西侧南营房南与西的边缘地带也有几处较小的粪场子。这些小粪场子所占地势都比较高，怕的是夏天雨水大，所晾的粪干儿遭水泡。一来粪场主自家损失大；二来粪汤儿横溢，挨附近住户骂，还得赔礼道歉。制作粪干儿的过程是，粪车（有木粪箱，也有铁粪箱）把粪尿混合的粪稀运来，倒在由垃圾土、炉灰、渣土等混合在一起围成的一小块儿一小块儿范围内，与这些土再进行混合。待混合均匀后摊成薄薄的一大片。晾干，用一种特制的弧形口儿的长把儿粪铲掇成鱼鳞状的小片儿晾晒成粪干儿，至全部晒干再堆成堆儿盖好待运。

运走时即为售出了。再倒粪稀从头儿操作。我在位于南营房的圆广寺小学校上五六年级时,每天上下学都要从一处小粪场子边上经过。出于好奇,我曾捂着鼻子站在远处看过这里的人干活儿。当然,全过程不是一次看完的,而是今儿看点儿,明儿看点儿,看得次数多了上述的过程就能前后串起来了。当时没有料到的是,上世纪60年代末,我作为下放干部到京郊农村参加劳动,也曾干过积肥倒腾粪的活儿。别看粪场子这活儿又脏又臭又累,可是粪场主在过去都是财主。大粪场主是大财主,小粪场主是小财主,有的还成为粪霸。据说,城里的粪场子早就没有了。我知道的这几处粪场子是在1952年初才陆续清除干净的,为阜外大街和月坛地区的大规模改建工程拉开了帷幕……

还有一些行业以前在城里和关厢常看到,如制造、修理畜力车的大车铺,铁匠炉,马掌铺,草料铺,修理笼屉的铺子等。自上世纪50年代中期起也相继看不到了。但是,不见得就彻底消逝了。因为,如今在城乡接合部还常常看到大马车拉着水果、蔬菜出售,或是运输货物。这里所列举的几种买卖、作坊在偏远地区一定还会有,只是在城里和关厢一带看不到了而已。再有,半个世纪以来,随着社会的迅猛发展变革,一些旧的行当消逝了,然而也有不少新的行当兴盛起来了。

有道是:"长江后浪推前浪,一辈新人换旧人。"我认为,万物皆是如此。

2010年7月于京

忆儿时游戏

我小的时候见过、玩过许多游戏。男孩、女孩各有所好,也有的游戏男孩和女孩可以在一起玩。有的游戏需要有小玩具,也有的不需要任何玩具。真是五花八门,各得其乐。

女孩子喜欢玩的游戏有:跳皮筋、跳圈儿、跳房子、抓羊拐(羊后腿踝骨)、抓子儿(用碎砖、瓦磨成手指肚儿大小的方块)等。

男孩子喜欢玩的游戏有:弹玻璃球(也有用钢珠的)、扇洋画、拍三角(用烟盒折叠)、拍元宝(用纸折叠)、撞拐(亦称斗牛、斗鸡,现正式成为比赛项目"挑战脚斗王")、斗蛐蛐儿(蟋蟀)、"官兵捉贼"、"天下太平"、"猜猜谁打你屁股"(本名记不准了)、打尜尜、抽陀螺(俗称抽汉奸),下"十二连棋"、"老虎棋"等。

男、女都喜欢且可以在一起玩的游戏有:捉迷藏、过家家儿、老鹰捉小鸡、挑小棍儿、拽包儿(包儿内可分别装沙、豆、小米等)、丢手绢、翻股儿、打花巴掌、弹豆儿(黄豆或蚕豆)、"我们要求一个人"等。

还有好多玩过的游戏、下过的棋(不是围棋、象棋、跳棋和一些有固定棋子、棋盘的棋),由于时间太久了,因而实在记不清楚了。对于现在还在流行的游戏或是报刊已经刊载过的回忆文章中提及的游戏,本文就不再赘述了。

踢包儿

这是一项具有竞技性的游戏,由于玩的方法主要是"踢",所以具有一定的运动量。说是女孩子爱玩,实际上男孩子也可以玩儿。包内可装豆类或填充碎布、棉花等,使其鼓如球状。但是不能用球代替,因为球的弹性大。

游戏准备工作,除包儿以外,还要用粉笔或石灰块儿在地上画成玩跳圈儿时的圈或是玩跳房子时的方格。人分两组，分的方法是由两个"头儿"用"猜猜猜"（即石头、剪子、布，亦称锤子、砂锅、水）的方法，胜者先挑人。两组人数尽量一样。胜者为甲队，负者为乙队。

　　游戏方法：两队每次各出一人，双方轮流上阵。第一步，游戏者先将小包儿放在第一个圈儿或格子中。然后，屈起一只脚，用另一只脚去踢包儿，逐一个圈儿（或一个格）地依次踢到终点，再逐一个圈儿（格）地踢回来，以屈起的脚不落地或包儿未被踢出圈儿（格）外者为胜，否则为负。最后以胜者居多的队为胜，负者要表演节目，讲小笑话、小故事、跳舞、唱歌均可。

抽陀螺

　　抽陀螺俗称抽汉奸。其实，陀螺这一玩具老早就有了。在日伪时期，国人出于对汉奸的痛恨，便将抽陀螺的游戏改叫抽汉奸了，寓意对汉奸进行严惩。而且，在

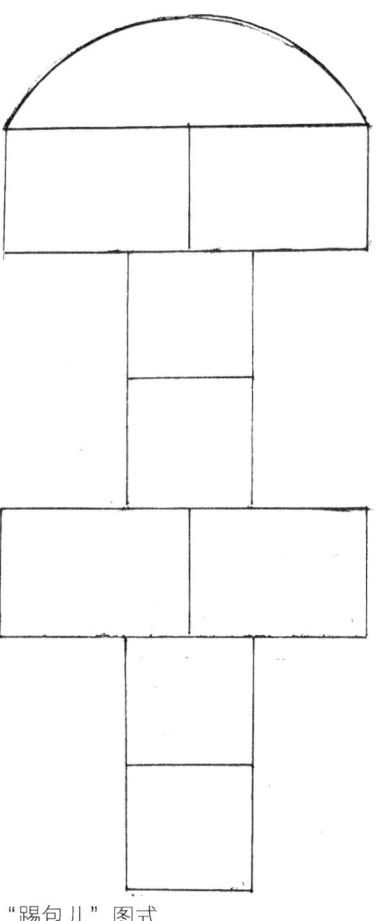

"踢包儿"图式

日伪统治时期，我还亲耳听到一位在阜外大街上卖煮小白薯的大爷教我们说"抽汉奸，打汉奸，不知道汉奸在哪边？在哪边？在那边！抽抽抽，抽汉奸"的童谣。这个童谣一时很流行。

　　这种看似只有一个人玩的玩具，也可以搞成由几个人参加的具有竞技性的游戏。游戏方法是：在地上画两条平行的相隔一定距离（视场地大小而定）的线，一条为起点线，一条为终点线。推选一人为裁判。玩时，参加者手拿已用鞭绳缠好的陀螺都站在起点线的后边，摆出出发的姿势。裁判员发令："预备，开始！"参加者便将陀螺撒出开始用鞭抽打，先过终点线者为胜。如中途谁的陀螺倒地不转了，则自动退出比赛。那时，每个负者给胜者一张洋画或一个用烟盒折叠的三角。

"官兵"捉"贼"

这是过去男孩子爱玩的一个游戏。事先视参加游戏的人数准备几张小纸片。其中一张写"官"字，一张写"兵"字，一张写"贼"字。然后，做成小纸团，字隐于纸团儿内。玩时，领头玩的孩子将纸团儿抛起，众人抢拾，打开看字。抓到"贼"字的人则赶紧跑开，由抓住"兵"字的人去捉住。"贼"不能跑出事先定好的范围。如在商定好的时间内将"贼"捉住，则由"贼"认罚出节目，唱歌或讲小笑话。不愿唱歌或讲小笑话者，由"官"以手轻打手板三下。再继续玩。如在规定时间"兵"没有捉到"贼"，"兵"须认罚，即唱歌或讲小笑话。如二者都不愿意，则也由"官"以手轻打"兵"三下手板。计算时间的方法，是由其余参加者齐声喊数儿：1~60为1分钟，1~120为两分钟，一般都是一分钟玩一次。这个游戏可以锻炼参加者的反应灵敏与机智。

打尜尜

打尜尜，简称为打尜儿。有人说，尜尜就是陀螺。不对。二者的形状与玩法都截然不同。从尜字的字形可以表明，这是一种用木头块儿削成两头尖、中间略粗的物件。玩的尜长约3寸即可。陀螺是用布条或绳子做成的小鞭子抽，尜儿是用长不过1米，宽2寸左右的木板打。这种游戏需要一定的场地。因为，尜儿会被打得"飞"起来，场地小了，容易打着人。玩的时候，把尜儿放在地上，双手握着木板儿的一端，握法与打棒球同。木板儿的另一端向下"剁"在尜儿的一个尖上，尜儿即蹦起，再趋势猛一击尜儿的整体，尜儿即"飞"出。

竞技时，在地上画一个圆圈，在一定距离处画一道线。游戏者站在圈内打尜儿使其朝着那条线"飞"去。尜儿的落点距线最近者为胜。要求参加者要用巧劲儿，不宜用蛮力。因此游戏不是比谁把尜儿打得高打得远，而是比"准"。旧时的胜者的战利品充其量是由负者每人赠一张洋画，或一个用烟盒折叠的"三角"，顶多是一个玻璃球。这些是在事前商定的。如果把线改成圈儿也成，则难度就太大了。不过也可一试。那就像打"高尔夫球"了。

老虎棋

提起老虎棋，现如今60岁以上的北京人可能还会有不少人记得。其中也会有不少人是当年下老虎棋的高手，并且至今还没怎么忘记玩的方法。为何单提北京人呢？因为，本人不知道别的地方是否也曾经流行过这种棋，不敢妄言其普及面儿究竟有多大。姑且算是"地方棋种"吧，也不知道是否有这么个名词。见笑见笑。此棋何人发明不详，创于何时不详，流行了多长时间不详。何时不时兴即没人玩了，这倒略知一二。那是上世纪50年代中后期，象棋迅速广泛地普及起来，下老虎棋的人逐渐减少了，以至于到了一提下老虎棋就会有人嗤之以鼻的地步。老虎棋娱乐于"下里巴人"的使命也就终结了。本人之所以年过七旬仍能清晰地记得棋盘的画法与下法，就因为它是我在儿时的极爱。它给了我极大的乐趣，每逢得胜就特别开心。

何谓老虎棋呢？就是独"虎"（1只）斗群"羊"（15只），也可以说是群"羊"斗独"虎"。之所以叫老虎棋而不叫虎羊棋或羊虎棋，很可能是因为老虎是兽中之王，是强者，能吃羊；而羊是弱者，很难在虎口脱险，怎能与虎相提并论同日而语呢？然而，在此棋中，尽管"羊"不能吃"虎"，但是在下棋人巧妙布局与精心操作下，群"羊"可以以少受损失的代价，甚至毫无损伤地把"虎"围困在"虎穴"中寸步难移，则为"虎"败。从而告诉人们：弱者只要是团结一致机智勇敢共同对敌，是完全可以战胜强者的。这就是老虎棋之寓意。

在过去，特别是旧社会，如果说围棋、象棋是"阳春白雪"的话，老虎棋就是"下里巴人"的游戏了。那时候，只有在棋茶馆里和高级一些的地方，如西单商场、东安市场里的棋社，才能玩上围棋、象棋。而一般缺知识少文化的人就没有这个雅兴了。一般平民百姓也没有条件买一副象棋或围棋放在家里玩。而老虎棋就大不相同了。在我小的时候，大人、孩子大多喜欢下老虎棋。因为，下这种棋太方便了。一是随地就可以画个棋盘（图一）。二是什么东西都可以拿来当棋子儿，砖头、瓦块儿、草棍、小石子、较大的砂粒，甚至树叶、土坷垃等都可以。只是充当"老虎"的子儿要比充当"羊"的子儿略大一些就行。而"羊"需要同一种东西充当，不能用几种东西凑成15只"羊"，比如，1块小砖头当"虎"，15粒小石子当"羊"，就能使"虎"与"羊"搏杀一番。下棋时，一方执"虎"，一方执"羊"。要是在办公室

老北京忆往 | LAOBEIJING YIWANG

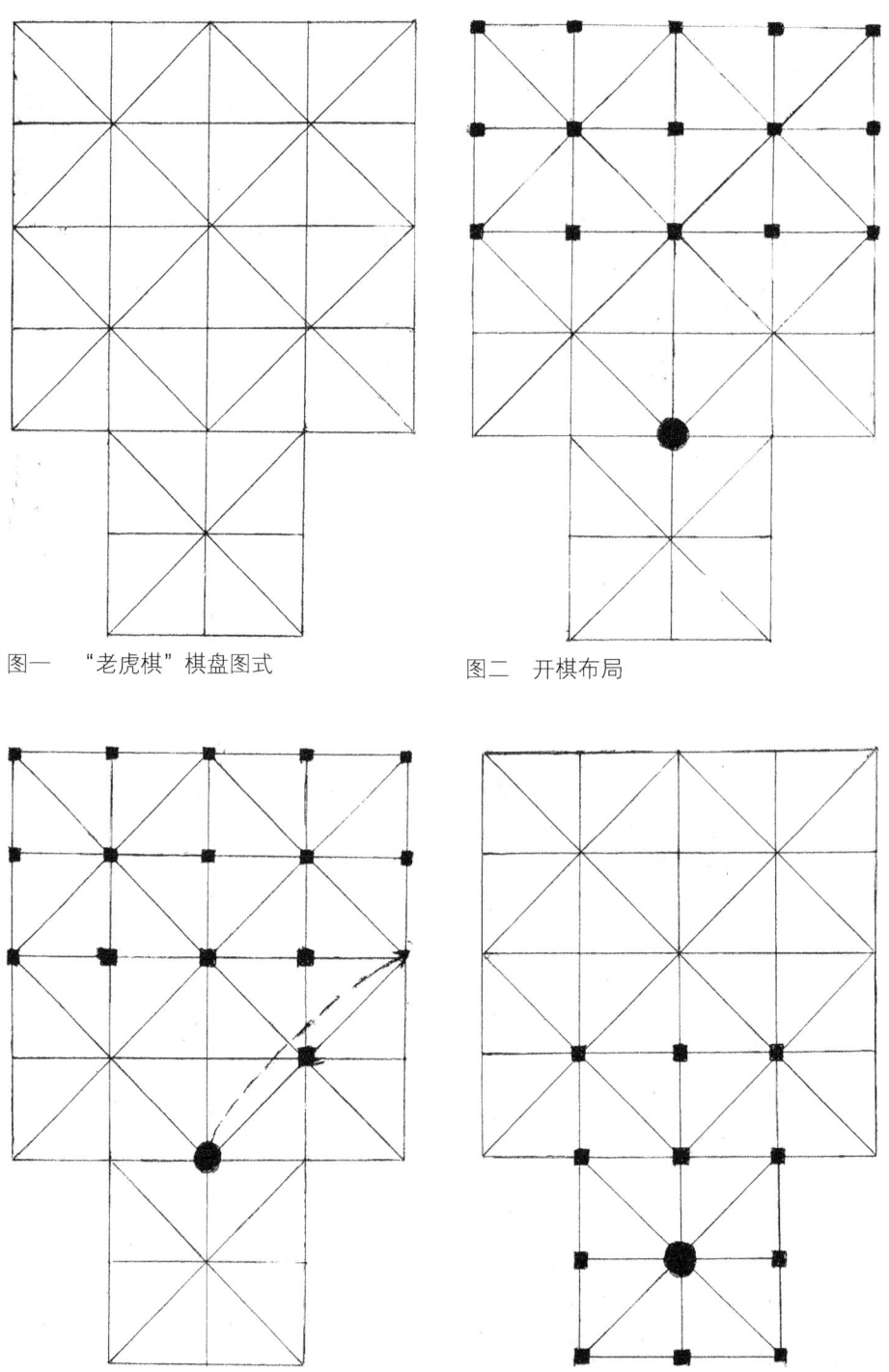

图一　"老虎棋"棋盘图式

图二　开棋布局

图三　"虎"吃"羊"式

图四　"羊"胜"虎"式

可以在纸上事先画好棋盘，用墨水瓶一类大一些的文具当"虎"，用曲别针、大头针、图钉甚至订书钉等一类的小文具当"羊"。总之，棋子儿可以随地取材，信手拈来。切记，"虎"与"羊"一定要有明显区别。

开棋布局与游戏规则如下：

一、开棋布局如图二"■"为"羊"，"●"为"虎"。开棋时，执"虎"者拿起"虎"从"虎穴"底线经中心点至"虎穴"门口，点三下，口中说："老虎出门走三步。"这三下就代表三步了。"羊"则不动，呈图二所示之开棋态势。然后，"羊"开始走第一步了。

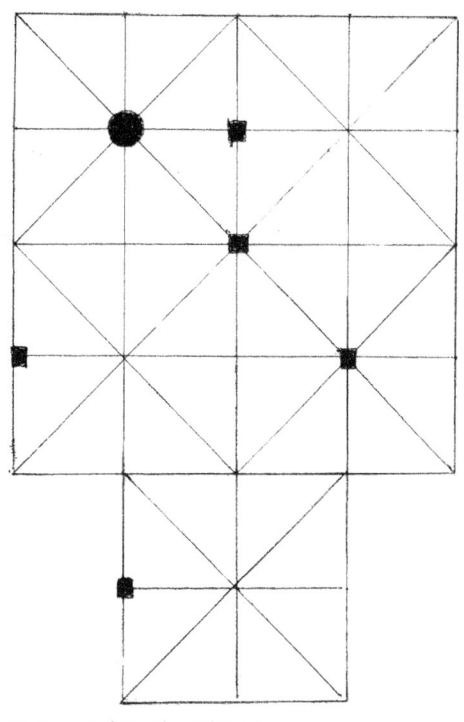

图五　"虎"胜"羊"式

二、游戏规则："虎"每次只能走一步，横、竖、斜线都可以走，既能前进，也能后退。"羊"每次也只能走一步，横向或向前移动，竖、斜线也都可以走，但是只能前进，不能后退，与象棋中兵卒走法相同。"虎"遇到两"羊"之间有空当时，可以将离着最近的一只"羊"吃掉，走到空当处。如图三。"羊"走到"虎穴"时，可以沿边线前进，不能走"虎穴"中的斜线，更不能走到"虎穴"中心交叉的点上。如落到这一点上，就被视为"烧死"。"羊"把"虎"围在"虎穴"中心点处，使其再也无法移动一步，即为"羊"胜。但是不能围于别处，如图四。如果，"虎"把"羊"吃得七零八落，"羊"无法将其围困于"虎穴"中心，当然就是"虎"胜了。假如"虎"在"穴"外突破"羊"的包围，也算虎胜，如图五。

您对此棋感兴趣了吗？不妨一试，管保乐此不疲。您信不信？

打花巴掌

这是两个人为一组边唱边玩的游戏。男女皆可。既可男对男，女对女，也可以男女混合玩。

游戏方法：二人对坐，4只手掌合在一起捋（lǚ）一下，自拍一掌，再双方双掌对拍一下，再自拍一掌，再双方右掌对拍一下，再自拍一掌，再双方左掌对拍一下，再双方双掌对拍一下。此为一组动作。一次游戏要有若干组拍掌动作。若有一方出错手掌，则视为输，从新再来。除游戏开始时4掌合捋一下外，以后不必再有此动作。由于拍掌动作总是变化，而且所唱歌曲的后半部有几种花名儿，故此游戏叫打花巴掌。

自双方4掌合捋一下后，双方即可开始边打巴掌边同时唱歌。旧时，歌词共12段，从农历正月（一月）到腊月（十二月）。每一段歌词合3组拍掌动作。由于数十年没玩此游戏了，故而只记得九段歌词，后三段实在想不起来了。

第一段："打花巴掌哒，正月正，老太太爱逛莲花灯。烧支香儿捻纸捻儿呀，茉莉茉莉花儿呀，矮糠尖儿呀，江西腊呀矮糠尖儿呀。"

第二段："打花巴掌哒，二月二，老太太一心要接宝贝儿（即出嫁的闺女）。"（后半段同前，自此以下各段后半段词皆略）

第三段："打花巴掌哒，三月三，蟠桃宫去把娃娃拴。"

第四段："打花巴掌哒，四月四，老太太吃鱼不择刺。"

第五段："打花巴掌哒，五月五，老太太吃粽子过端午。"

第六段："打花巴掌哒，六月六，老太太要去看谷秀。"

第七段："打花巴掌哒，七月七，老太太要看牛郎会织女。"

第八段："打花巴掌哒，八月八，老太太要去走白塔。"（指白塔寺的塔）

第九段："打花巴掌哒，九月九，老太太要喝菊花酒。"

从歌词看，创编者还是很讲孝道的，都没离开"老太太"。

歌与拍掌怎样结合呢？以第一段为例。

当双方4只手掌合起来一捋，各自击一掌时起唱："打花巴掌"，双方首次对击双掌时，唱："哒！"第二次各自击一掌时唱"正月"，第一次互击右掌时唱"正"，第三次各自击一掌时唱"老太太"，第一次互击左掌时唱"爱逛"，第四次各自击一掌时唱"莲花儿"，双方二次击双掌时唱"灯"。第五次各自击一掌时唱"烧支"第二次互击右掌时唱"香儿"，第六次各自击一掌时唱"捻纸"，第二次互击左掌时唱"捻儿呀"，第七次各自击一掌时唱"茉莉茉莉"，双方三次击双掌时唱"花儿呀"，第八次各自击一掌时唱"矮糠"，第三次互击右掌时唱"尖儿呀"，第九次各自击一掌时唱"江西"，第三次互击左掌时唱"腊呀"，第十次各击一掌时唱"矮糠"，第四次双方击双掌时唱"尖儿呀"。以下各段唱皆同此段。每段词的前两句（即主体部分）都是数说，后面副歌部分（即从"烧支香儿"至完）为唱。曲调是：
3·2|3·2|1232|6161|2|3 3 2|5533|2|123 2||

这个游戏我玩了无数次，也从没有自第一段至第十二段全部唱完过。因为，中途出掌错了就要从头再来。

时代不同了，可唱的内容太多了，玩这个游戏，不必因循守旧，可以自创新词。但是，也要以从正月到腊月为佳，字要合辙押韵，词义要合乎情理，可以"红色"的，也可以"绿色"的，千万别来"黄色"的。

"我们要求一个人"

这是一个有唱、有动作，人数、男、女都不限的集体游戏。人分两队，中间画一横线，各队与横线的距离相等，要视场地大小而定。

分队办法，公推两个人进行"猜猜猜"（代替锤子、剪子、布或石头、砂锅、水），每次都由胜者先挑一个人，负者后挑一个人，直至轮流把人挑完，形成两队。最后再一次"猜猜猜"以确定胜者为游戏开始的一方。

游戏方式：两队各站一横排，隔中间线相对而立。由胜者（假设为甲队）齐唱："我们要求一个人呀，我们要求一个人呀。"

唱时，全队手拉手，向前走3步后，退回原位置，动作再重复一遍，正好唱完两句歌词。

乙队应唱："你们要求什么人呀？你们要求什么人呀？"动作相同。

甲队经小声议定后再唱："我们要求×××呀，我们要求×××呀。"动作同前。

乙队唱："你们谁来同他去呀？你们谁来同他去呀？"动作同前。

甲队再经小声议定后唱："×××来同他去呀，×××来同他去呀。"动作同前。

唱罢，双方都站在自己本来的位置，"被要求的人"与"同他去的人"出列，站到中间线两侧，各用一只脚互相抵住站稳，各用一只手相握，再用力互相拉，意为将对方拉过中间线本队一方。两队人皆齐喊"加油"。直至一方获胜，被拉过中间线者则成为胜利一队的新成员，即为完成一个回合。

所唱曲调是：55 35|i6 55|5·5 35|532 1|||

第二个回合由第一个回合的负者领先开始，唱词、曲调、动作全相同。就这样，一个回合一个回合地进行，直到有一方只剩一个人才算完。

这个游戏玩起来其妙处与趣味性一点也不亚于"老鹰捉小鸡"、"丢手绢"等著名游戏。

以上几种游戏都是"30后、40后、50后"当年曾经玩过的，而今仍是回味无穷，还愿意有再玩的机会。

2010年5月于京

旧时的街头杂艺

记得，我小的时候在阜外大街上经常能看到耍"乌丢丢"的、耍猴的、耍小白耗子的，在此营房西头关帝庙前边还看过跑马戏的，为孩子和大人平添了许多乐趣。

耍"乌丢丢"的：这是在冬天可以看到的街头表演。"乌丢丢"又叫"骨丢丢"（第一个"丢"字念四声，第二个"丢"字念二声）。实际上是耍布袋木偶戏的。由于是把木偶套在表演者的手上表演的，故又叫掌中戏。即用食指支撑木偶的"头"，拇指、中指支撑木偶的两只"手"。三个手指成三角形，木偶就会挺直"身体"。食指动则木偶"头"动，中指或拇指动则木偶的两只"手"动，如拇、中指捏在一起则木偶可以"拿"起东西。一只手表演一个木偶角色，两只手可以表演两个以至多个木偶角色。整个表演全在表演艺人的两只手上。因为这种表演形式的所需木偶、道具、小舞台全都装在一个布袋和一桶形木箱笼中，用扁担挑着四处流动，便又叫扁担戏。这种表演形式通常只是一个人全包了。为什么又被叫成耍"乌丢丢"或"骨丢丢"的呢？这是因为艺人在表演时无论木偶角色"说话"，还是"唱"，他们只是利用把一种由两个铜片或铁片做成的扁形的哨放在口内吹（这种小哨过去有卖的，我吹着玩过），听着就是尖细的"乌丢丢"或"骨丢丢"的声音。老北京人向来就爱凭声音或形象给起名。这些半农半艺的艺人大多来自河北或山东。他们管这种木偶戏叫作"傀儡子"。由于他们说话时乡音重，又被误听成"苟利子"。于是，这种木偶戏又被叫成耍"苟利子"的。

清人富察敦崇在《燕京岁时记》一书中写到："苟利子即傀儡子，乃一人在布帷之中，头顶小台，演唱打虎跑马诸杂剧。"这就是这种木偶戏的表演形式。他每到一处热闹宽绰，或住户比较密集的地方，背靠着高墙用扁担将小舞台支撑起来。别看小小的舞台不足一米宽，顶架、立柱、台栏还都是木雕的，下边垂着长长及地的蓝布围子，艺人和木箱笼皆罩在其中。舞台支好后，艺人就敲锣招徕观众，见观众来得差不多了，便钻入布围之中进行表演了。剧目大多是短而精的小戏，有《王小儿打虎》、《跑马》、《喝酒》、《耍盘子》等。也有较大剧目的精彩片段，如《猪八戒背媳妇》。有的艺人也表演对打的武戏。令人叫绝的是也有锣鼓伴奏。当然，开打的时候就不伴奏了。您想啊，他两只手各演一个角色哪能再有手去打锣鼓呀！每演完一出戏，艺人就从布围里钻出来打（收）钱。给多给少都道谢。不光小孩子们爱看，大人也爱看。给钱的多为大人。那时，我要是在街上碰到有耍"乌丢丢"的，绝对不会错过。有时还跟着走出三四里地追着看，也很少白看，会给一分二分的。要知道，解放以后我每天能有五分钱（旧币为五百块钱）的零花钱了。这五分钱可管用了。1964年秋，我调到朝阳区少年之家工作，那里有皮影、木偶小组，负责这个活动小组的同事王影老兄教过我表演由一个人演出的布袋木偶戏《兄弟打虎》。这是根据我小的时候看过的"乌丢丢"《王小儿打虎》改编的，有两人一虎三个角色，都由一个人表演。兄弟二人共打一只虎时，是把老虎放倒在台口，"你打一下，我打一下"，也就无须有"第三只手"了（即有人助演）。人物的唱与道白，都不是用那种扁哨来表达，而是用不同的嗓音就行了。后来，我又学会了演杖头木偶戏。由儿时的兴趣爱好，变成了一项工作内容。

街头耍猴人

耍猴的：又叫"耍猴利子的"，说的时候"猴"字得带儿化韵。不然的话就把尊驾您当成"大舌头"了。耍猴的，是民间的通俗叫法。要是按马戏团的正规叫法，应该属于驯兽表演范畴中的驯猴表演。在街上常见的是一个人或两个人耍一只猴一只狗。那猴与狗驯得可灵了，猴能连气儿翻几个跟头，狗能打滚、直立或爬着走。在艺人的锣声中——艺人敲锣既为招徕观众，又可为小猴表演助兴——猴与狗都表演得特欢实。小猴可以打开小箱子取出鬼脸儿戴上，之后再戴上小乌纱帽。那怪样特逗人。只是有一点，小狗不用绳子拴着，而猴子练得多好，那套在它脖子上的皮套与连接皮套的绳子总不给解开。因此，耍猴的艺人只有一个时，他的一只手既握着绳子头儿——且在手腕上绕一圈儿，以免脱手，同时还得提着锣，另一只手则同时拿着鞭子和锣槌，需要打锣时用锣槌，小猴不好好练时用鞭子抽。那时，猴子除了"吱吱"叫唤，还会向主人龇牙以"示"抗议。当然，耍得好了就有人给钱。要是耍得不好，给钱的人就少。不过那也有人看，要看看主人与猴相"斗"之热闹。要是两个人耍一只猴、一只狗就省事多了。那是一个人一只手牵猴，一只手握鞭子，另一个人敲锣。有四五个人的就可称为班子了，他们有几只猴、几只狗，还有羊。我还看到过带着大狗熊的。凡是这样的大班子来，围观的人就倍儿多。他们除了表演猴翻跟头、戴纱帽、戴鬼脸儿、戴小胡子、穿小花衣服、狗打滚、狗也能翻跟头外，还能表演猴骑羊、狗拉车、猴坐狗车等等。要是有带着狗熊的，那狗熊能直起身子走、倒立着走、打滚儿，那憨态特逗人。这些表演在过去看着就特新鲜。耍猴的都是耍一回打一回钱。"文革"前街上就看不到耍猴的了。大约是在二十年前，我经过广安门外六里桥的时候，看到有耍猴的牵着两只猴想找个场子表演，被交通民警阻止了。那地界儿车多人多，你打个场子耍猴，大伙儿一围观还不影响交通啊！这是我在北京街头最后一次看到耍猴人。此后就再也没看到过这种街头艺人的身影了。因为，保护野生动物被提到议事日程上来了。保护大自然，关爱野生的动、植物，就是关爱人类自己赖以生存的家园。再者说，马戏团里有驯兽表演，而且水平很高，看着很过瘾。街头耍猴的没就没了吧。

　　耍小白耗子的：耍小白耗子又叫"鼠戏"。因其毛色雪白而让人喜爱。不像灰耗子那样人人喊打。耍小白耗子的人吹的唢呐既可招人来看，又可指挥小白耗子表演。小白耗子表演的内容不光是在主人的衣服上钻进钻出，或在头上、脖颈、身上盘绕着跑，还可以在道具架子上表演钻"塔"、钻"山洞"，上、下梯子，过"天桥"，用吊桶儿打"水"（其实是小空桶）等很多花样。有时是一只小白耗子表演，有时是几只小白耗子同时表演，那简直像是一个个小精灵，很吸引人看，给人以欢乐。

　　更令人发出感慨的是，小白耗子还是医药科研不可缺少的试验品，为许多新的医疗技术和药品的问世，做出了贡献。尽管这些小生灵对此无知，人类也应该为为己献身的它们立块小的"纪念碑"吧？外国有部很有票房号召力的动画片《猫和老鼠》，我们能不能有哪位写家、动漫艺术家也为小白耗子写点什么呢？

　　街头马戏班子：跑马戏的班子需要的地方大，街上没有那么宽绰的地方，找个居民比较多的地方也能凑合打个场子表演。我在阜外大街北侧的北营房关帝庙前的小空地上就看到过一个从外地来的马戏班子的表演。那个地方现在应该算是外交学院东墙的里边了。那阵儿北京刚解放不久，外交学院还没影儿呢。这个马戏班子不光表演在绕场飞奔的马上蹿上跳下、倒立、镫里藏身、马上叠罗汉，也表演钻地圈、耍坛子、各种蹬技、车技、皮条等杂技节目。更使人惊心动魄的是一个叫"吊小辫儿"的在半空中表演的节目。所谓"吊小辫儿"就是在跑马场子的中间立一个两三丈高的大木架子，从架子上垂下一根绳子，连接在表演者（大多是小男孩或小女孩）的长发辫上，吊起两丈多高，然后悠荡起来，双腿一前一后做奔跑状。之后，相继有人从下面扔给他（她）彩衣、彩裤，他（她）在继续"奔跑"中表演穿衣、脱衣。观众喝彩声不绝于耳。可是，也有不少人把心提到了嗓子眼。生怕头发断了，或是绳子脱了扣儿，他（她）就非死即伤了。这种表演挣的真是卖命的钱。私家马戏班子把这当成了绝活儿。后来，有关部门勒令严禁表演这样的节目，真是积了大德了。自50年代中期起，街上就渐渐看不到马戏班子了，大概这些艺人都有了正规的演出团体了吧？

　　随着社会的不断进步，科学技术的飞速发展，生活水平的提高，人们的文化娱乐生活越来越丰富。耍"乌丢丢"的、耍猴的、耍小白耗子的、跑马戏吊小辫的等一些在街头表演的玩意儿，只是七老八十的人还能记着。中青年人恐怕也是当个乐呵事听了。而且，也只能是一听而过了。没有经历没有目睹哪能有回忆呢？至于"90后"和新世纪出生的孩子们听老人们忆旧仿佛听"天方夜谭"一样。因为，这些离他们太"遥远"了。

2010年8月于京

小院春秋

人不能没有家，如同鸟儿不能没有巢一样。巢再简陋也是栖身之所，家再寒酸也能遮风避雨。在解放前，我家为了有自己的住房与小院，所付出的艰辛，我至今没有忘怀。

我家曾经有过的第一个小院，位于解放前和解放初期都由阜外大街管辖的瓜市营房西南角。这个地名从上世纪50年代中期到60年代末期在北京市的地图上就渐渐地消逝了。打开民国时期绘制出版的北平市地图和解放后1950年绘制出版的《北京市街道详图》，在月坛位置东侧，"南驴市口"（老的南礼士路）几个字以南、护城河位置以西，有几个方形和东西向长方形的小块块儿，这就是瓜市营房的位置。虽然这些小块块儿没有标出字，但是曾经在这里祖辈居住休养生息的老居民们，一眼就能够认出来。整个瓜市营房呈南北向较为规整的长方形。具体来说，其北接南河沿（是阜成门外南护城河畔的一个地名，在北头一家住户的东山墙上曾钉有"南河沿"的牌子），西界北段是南驴市口、南段为月坛东坛墙，南界周家菜园子（现月坛体育场）。靠近护城河边有一座特小的关帝庙，俗称小老爷庙。庙的右后侧斜下方河坡半腰处有一口甜水井（旧时北京的井水有甜、苦之分）。全瓜市营房除去两家豆芽菜作坊和一家豆腐坊自家有水井之外，百十户人家都喝这口井的水。我家小院的位置就在前边提到的地图上从下（南）向上（北）数第二个长方形小格儿的西端，院门向着大道，同坛墙的拐角隔路斜对。在我家院门与大道之间有一片30多米宽近百米长的空地。由于门临大道，且有空地，交通可谓便利。因而，也就遇到了一些意想不到的事情。

我家的小院确实也很小，只有两明一暗（即两间相连的外屋一间里屋）三间北房和并排于西侧的一间小厨房，东南角有一个露天的小厕所。正房顶上没挂一片瓦，只是用麻刀青灰抹顶。房脊不高，坡度也很缓。院子呈长方形，南北有十多步宽，东西的长度与三间北房和小厨房的总宽度相齐。院墙外表抹的是沙子灰。小门楼的上边用砖和瓦装饰成四围是辘轳钱相连的造型。两扇极为普通的木街门上除了一对铁钹门环外，再也没有别的饰物，没有楹联，没有门墩。门洞里也只能容得下一个人。是个典型的北方小院。但是，就是这样一个狭小的住处，得来也是非常不易的。

从前，我们家一直借住在位于月坛东夹道16号的亲戚家（现南礼士路38号楼北半部）。房主陈二巴巴（bǎ 回民称爷爷为巴巴）是我祖父的表哥，我的表祖父。从我父亲孩童时代起到我和两个妹妹荣华与淑华都是在这院子里出生的，前后足有二十多年。虽然两家关系一直很好，但还是想有一个属于自己家的小院。再者，陈家的人口逐渐增多，住的地方也不算宽绰。那时，我祖父和我父亲分别在月坛菜市的顺兴菜行（又称东黄记）和同义菜行（旧为西黄记）干掌秤的活儿，收入不固定（旧时菜行都是每天按工种、等级分份儿钱，入股者到年底再视全年收支情况适当分红）。尤其是冬、春两季青黄不接，挣的钱更是少得可怜，日子过得紧巴巴的。为了买房，能关上门过自己的日子，就只好牙缝里抠、肋条上刮地攒钱。等到1945年秋，日本侵略军投降，抗战胜利，老百姓认为可以过安稳日子了，我家估摸着钱也攒得差不多了。于是，便着手买房了。经过反复挑选，相中了瓜市营房西南角这个原本破旧的院子。因为院子破旧，所以价钱就低些，连攒带借还承受得了。可是，人家提出要连他家那块七分大的菜地一起买才行。按现在的新词儿就是"捆绑销售"。这下可抓瞎了。大人们反复商量，陈家二巴巴，我的几位舅祖父、舅祖母、表姑妈等亲戚也都给出主意：咬咬牙买下吧，一辈子还能置几回产业呀？说实在的，按我家自己的能力，顶多也就这一回。买！于是，来了个亲朋好友大动员，凡是富裕一点儿的都借到了，好歹总算把事情办妥了。在1946年春夏相交的季节，房子、院子都修整好了，便搬进了这梦想了二十多年的属于自己的新家。

全家老少都非常珍爱这个家。尽管院子很小，也想方设法"装扮"它。先是自己动手用修房砌墙剩下的砖头铺了一条从街门到屋门的小甬路，省得赶上雨天院子里泥泞不好走。之后，栽了一棵玫瑰香葡萄，葡萄架占了院子的三分之一。一来是大人、孩子都爱吃葡萄，二来是夏天可以在葡萄架下乘凉。祖母说，搭葡萄架还有一个用处，"七月七牛郎会织女"的时候，不会说话的小孩儿半夜里在葡萄架下能够听到牛郎跟织女的说话声和哭声。其实，这是传了多少辈子的"老妈妈论儿"。哪儿有这事呀！即便有，不会说话的小孩儿听到了也没法儿告诉别人呀！这只不过是善良的人们的美好愿望，寄托了人们对牛郎、织女这对神话传说中的恩爱夫妻的同情罢了。可是，当时我和妹妹们都很小，还真信。祖母还让我父亲在葡萄架下支起了一口陶质大鱼缸，养鱼、种莲；还栽了两盆无花果、一盆石榴和一盆夹竹桃。又专门请人把院里原有的一棵大马牙枣树和一棵金丝小枣树精心剪枝修整。父亲还在距街门不远的南墙根儿下，用大小不等形状各异的焦砟子垒了一个山影池子。为了攒钱偿还因买房所借的债，养了一头小牛、两只山羊、几只鸡鸭，还养了一只黑狗。小小院子被"撑"得满满的，收拾得生机勃勃。毕竟以为是抗战胜利后，再也不用过提心吊胆的日子了。

为了早些填补上因买房而掏的亏空，祖父、父亲每天从菜市干完活儿回来稍微歇一会儿，便又去侍弄那七分地的小菜园子，种点应时蔬菜拿到菜市上顺带着卖了。父子二人都在饭馆学过徒，从来也没种过菜呀，只好请来种菜的把式指导。除了给些工钱，每天再请一顿打卤面或炸酱面——这在我家当时是最好的待客饭食。爷儿俩很快就学会了一些基本技能，可以自己干了。赶上有回民人家儿的"大棚活儿"（过去日子富裕的人家在办红白喜事、寿诞满月时讲究搭大棚摆宴席），祖父常被请去掌灶，忙不过来时父亲也去。这种临时性的厨子活儿叫"跑大棚"。这活儿既可以得到酬劳，还可以带回点儿熟的碎肉头儿。事主如果是朋友的还特意给包点儿松肉、卷果、丸子一类的熟食，说："给孩子们带点儿回去。"这样，全家人可以美美地吃上两顿。冬天，父亲有时还到我家东边的张记豆芽菜作坊去帮忙干发豆芽菜的活儿，当然也不白干。有时全家老少齐动手在家里给人家加工黄豆芽或豆芽菜（掐须儿去豆皮儿），挣点儿加工费。或是由父亲出面约几家街坊借一辆排子车到公主坟、五棵松一带（那时这一带叫新北京）熟识的菜园子去趸几百斤大白菜，回到家里进行加工（削去青帮大叶和菜头的根须），第二天早上送到菜市稍带着卖了，所得收入几家均分。到那么远的菜园子去拉菜来回得多半天，大多时候到掌灯后才能回来。这样，就常常由母亲或祖母带着我打着纸灯笼到真武庙（现南礼士路南口）那边去接车，有时候得迎到木樨地。路线是由我家沿坛墙向南再向西拐，从月坛南门再向南，可到真武庙。那时这段路连复兴门往西都没有一盏路灯。那真是：黑灯瞎火路不平，身上衣寒腹内空。要是赶上大风天，那罪过儿真不好受。而且，心里特害怕。您想啊，赶上没有月亮，四下里一片漆黑，伸手不见五指，对面不见人——也没有人，只见一小团白光在路面上晃动（纸灯笼不透明，灯光不晃眼），光团里是两双时快时慢地移动着的脚。黑乎乎、静悄悄、冰凉凉、冷嗖嗖。远远望见是一团没规律地移动着的白光,您能不被吓得头发根都挓挲起来才怪呢!为了壮胆,我就大声地背儿歌:"小小子儿坐门墩儿,哭着喊着要媳妇儿——""槐,槐,槐,槐树槐,槐树底下搭戏台——"要不就扯开嗓子唱京剧《武家坡》:"一马离了西凉界,不由人一阵阵泪洒胸怀——"那声儿都岔音儿了。多亏路上没人,不然非把人吓坏了不可。好在这种在晚上去接车的活儿只是到冬天才会有,而且也不是天天都有。

我的"主业"是去放羊,顺带着给牛拔点青草。念私塾以后,夏天放学早,到家后就去放一会儿羊。赶上先生(旧时管老师也叫先生)有事停课半天、一天的,我就沿着护城河到远处去放羊,最远到过豁口(即复兴门)外的"洋鬼子坟地"(请详见《复兴门外》一文)。每逢星期天,一大早我就带上书、牵着牛、赶着羊、轰着鸭子,奔河沿,一待就是半天儿。要说护城河畔是我儿时的乐园,一丁点儿也不夸张。特别是夏天,岸上的柳树又粗又高,一棵棵连起来真像长长的绿色走廊。河坡上、河滩上碧草如茵,各种野花点缀其间。其中有一种深紫色的小野葡萄,味道比玫瑰香葡萄差得没法形容,那也是吃得津津有味。河水清且涟漪,里边游动着成群的小鱼、小虾,还有大小的蛤蜊(蚌的俗称)和大小螺蛳。牛、羊吃草累了,就趴下休息。我看书累了,就扒下衣服下到水里,打打扑腾儿。真是悠哉乐哉。惭愧的是,我天生来的胆小,害怕淹死,不敢到水深的地方去。所以,尽管在河边住了七八年,竟然没学会游泳。

那半年还真没白忙活。到年根儿底下,羊由两只变成了六只,就卖了四只。鸡宰了一只过年吃,留下两只大鸡、大鸭趴窝孵小鸡、小鸭,其余的都卖了。小牛长大了,又牵回舅祖父家——祖母的娘家。老太太的娘家是曾经享誉于北平牛行的"顺城满"(详见另文《一条礼士路南北皆故事》)。除了最小的舅祖父外,其余的几位舅祖父都比较富有。我们家比较穷。然而,我祖母没向哥哥、弟弟们伸手要过钱。急需用钱时也只是借,而且有借有还。所以在娘家颇受待见,拿得起来也放得下。不管是嫂子、弟妹,还是侄子、侄女,谁也说不出什么来。有时候遇到为难的事,还把这位二姑奶奶(旧时姑娘出嫁后被称为姑奶奶,平辈儿人也这样叫,我祖母在姐妹中行二,因而是二姑奶奶)接回去帮助出主意想办法。这次因买房向娘家拉小牛养大了送回去以工抵债的办法就是祖母的主意。总之,全家人忙活了大半年,所借的钱还上一半了。可是,仍然没有缓一口气的打算。

1947年开春,祖母又从二舅祖父家拉来一头小牛。小鸡、小鸭也都孵出来了。"九九"一过,祖父和父亲又在菜地里撒上了菜籽。全家人又忙碌起来,计划到八月节就能把所有的债全还完了。谁知,我和二妹淑华都得了麻疹。我治好了,二妹却夭折了。几家亲戚都有人赶了来。大舅奶奶一进街门就叫着我的小名哭起来。我和祖母连忙从屋里迎出来。我说:"舅奶奶,我没死!""啊?那是谁'无常'(回族称亡故为'无常')了?""我二妹淑华。"老太太立马儿改口哭起了淑华:"二丫头喂,我的宝贝儿吧!我那伶俐的可人疼的心肝儿肉哇!"这可真应了那句"哭了半天还不知道是谁死了呢"的老话了。对于这个差错,当时在那个悲伤的气氛中倒是谁也笑不出来。过了好长时间,母亲才从丧女之痛中解脱出来。到了八月节,还真把债都还上了。那时亲朋好友之间借钱也不讲究利息。自此,全家人才真正松了一口气。不久我弟弟出生了,小院里又有了笑声。可是,没乐呵几天,国军(即中央军,国民党反动派的军队)与八路军(那时还没听到过解放军这个名称)的仗越打越厉害,也越打离北平越近了。就在人们悄声相传的当口儿,瓜市营房来了一陌生人。

  此人中溜个儿,40多岁,留背头,脸上有几道深深的褶子(皱纹),一看那模样就显出是个人油子。他穿一身便衣,腰里系着一拃宽的铜扣儿板儿带,脚穿皮便鞋;挎一把盒子枪,枪套上的皮带挂在肩膀上,站住的时候把枪搂在怀里,走路的时候枪老磕屁股蛋儿。头一次来的时候,这儿瞧瞧那儿看看,一声没吭。也没人搭理他。等他一走,大人们就议论开了:此人准是便衣侦探,到这边来准没好事,说话做事都留点儿神吧。大人们都借机嘱咐孩子:上哪儿去都要结伴,别单个儿乱跑了,当心让"拍花子"的"拍"了去。隔了一个多月,这个便衣又来了。而且,主动跟人打招呼,自家说姓白,让大人叫他老白,让孩子们管它叫大爷。他自称是外地人,可是一张嘴是满口的京味儿。他说就住在月坛里边。大伙儿都门儿清,那是国军的兵营呀——自打日本鬼子一投降撤走,国民党的大兵就开进来了——从此,这个便衣侦探就隔三岔五地过来转悠一趟。一直到1948年冬解放军围北平,他也没探出什么东西来。可是,也捞了不少便宜。不是在这家儿蹭饭吃,就是在那家儿要烟抽。他说话时倒不大声咋呼,但是透着蛮横,不容你不就范。由于我家街门对着大道(瓜市营房南半部几十户人家只有我们一户门对着大道),出入方便,他差不多快把我家的门槛子踢豁了。

  有一天,快到晌午了,祖父和父亲都没在家。母亲也上街买东西去了。他来了,一进屋门就喊:"渴死了!渴死了!沏茶了没?"祖母早就烦他了,又不敢惹他——整个瓜市营房的人背后都敢骂他,可是当面谁也不敢得罪他,他有枪啊!祖母便不冷不热地告诉他茶壶里有。他径直奔到桌子跟前抄起茶壶扬脖猛喝了一气,连茶叶末子都灌嘴里了。他一边往外啐着茶叶末子,一边唠叨着:"这是什么破茶叶呀?弄一嘴末子!"祖母没好气儿地告诉他,是一毛(角)五(分)一两的茶叶末儿。他催促说:"沏点儿好的,沏点儿好的!刚才吃的口重了,真躺得慌!"祖母没吭声儿,拿起放在条案(一种老式的长条桌子)上的一个茶叶筒儿打开盖儿让他看。只见里边干干净净,连茶叶末儿都没有了。他骂了一句:"真他妈的寸!"气哼哼地走了。祖母气得真够呛,嘴唇和手都有点儿哆嗦了。要知道,回民最忌讳外人进屋抄吃抄喝,特别是吃大肉(回民忌讳说"猪"字,管猪叫"黑牲口",管猪肉叫"大肉")的人。我扶祖母坐到椅子上,给您摩挲胸脯。您好长时间才顺过这口气来,恨恨地说:"真是'里白利斯'(即魔鬼)!真主啊,惩罚他吧!"之后,用热水沏碱把茶壶里里外外仔细地刷个干净。在外边,这个便衣遇到我父亲,一个劲儿地说:"你们家又有牛羊又有鸡鸭的,别净拿破茶叶末子糊弄人。我就不信你们喝不起五毛一两的小叶儿茉莉花茶!"父亲告诉他,老太太顶多才喝三毛钱一两的,自己两口子就喝一毛五一两的末儿。他还一个劲儿地说:"买五毛一两的,买五毛一两的!"真霸道!

有一次,他刚一进街门,正赶上母鸡下完蛋欢叫着从窝里出来。他嘻笑着说:"嘿!真是来早不如赶巧!"三步并作两步地奔到鸡窝前,大弯着腰从里边掏出一个热乎乎的鸡蛋,在衣服上蹭掉粘在蛋壳儿外边的鸡毛和碎麦秸,磕开蛋壳儿,迫不及待地扬脖儿生着就把鸡蛋喝了。我们当时都看愣了。他走了以后,祖母唉声叹气地说:"这日子真没法过了!"

除了这长期的骚扰,有时还会有"临时"性的惊吓呢!

有一天下大雨,全家人都没有出去。外屋,祖父坐在椅子上看书。祖母躺在炕上歇着。我和妹妹跪在窗台边上鼻子贴着玻璃兴致勃勃地看着外边的雨景。里屋,父亲在睡觉,母亲在缝补衣裳。忽然,外边响起急促的拍打门环和叫门的声音。祖母"噌"地坐起来。祖父放下了书。里屋,响起父亲的咳嗽声,母亲手里拿着缝了半截儿的衣裳站到了里屋门口紧张地往外看。

我抖机灵似的跳下炕,抓起挂在屋门边的草帽奔了出去。祖父追到屋门口儿叮嘱着:"先别开门,问问是谁,干什么的?"我头也不回地应了一声,跑到门洞里冲外边问:"谁呀?"

外边一个男的只是催着快开门,显得特着急。

我还问:"干什么的呀?"

"真啰唆!再不开门我就踹啦!"那声音特横。

"别介,别介!"我只好搬开顶门杠,拉开门插关儿。

门刚开一条缝儿,立马儿被外边的人用力推开。一个当官儿的(小时候只知道穿军装戴大盖帽的是官儿,戴船形帽的是兵)拉着一个烫披肩卷发的女人急忙闯了进来。两个人都淋得跟水鸡子似的,直接奔进屋里。我往门外一看,外边停着一辆帆布篷的吉普车。街门与坛墙之间一片汪洋。地势略高些的地方有乱七八糟的汽车轮子印儿。一个小兵关好车门也奔进了院子。敢情他们是遇上大雨迷了路,要找个地方避雨。让我们全家虚惊一场。这叫什么事呀!

这些事要是比起后来发生的事,真可谓是"小巫见大巫"了。

1948年冬,中国人民解放军发动了平津战役。整个瓜市营房都驻扎了国民党的大兵。我家被一个副官占用了,两间外屋成了他的办公室兼卧室,厨房成了他的马棚。街门板也被卸下来了,在门垛子上钉上了"副官室由此进"的牌子。那时,父亲30岁刚出头儿,母亲还不满30岁,都很年轻。里间屋一个炕怎能挤下老少三代7口人呢?公婆与儿子、儿媳更不能在一个炕上睡呀!同时也为防止出事,父母便带我和弟弟逃难到阜成门内锦什坊街清真寺里去,住在一间堆杂物的小屋里。祖父母带着我妹妹留守在家里。几乎是整整一个冬天呀!小院被糟踏得不成样子了。外屋一天到晚乌烟瘴气。为防万一,里屋炕上比着窗台的高度码了两摞砖头,两扇门板搭在窗台与砖头上。祖父母与我妹妹每天就缩身于门板下面睡觉。厨房里灶台毁了,到处是马粪和尿,草料洒得满地都是,一股臊臭味儿既刺鼻又刺眼。幸亏牛、羊、鸡、鸭早就处理完了,不用担心遭劫了。没想到的是,黑狗下的一窝小崽儿,硬是让大兵偷走两只糊上泥烧着吃了。这些兵连刺猬、猫都吃。好好的一棵金丝小枣树,也被马啃死了。我们的家,我们辛辛苦苦置的小院遭难了!祖父的心里倒还搁得住事,祖母则险些生出一场大病来。

好不容易熬到1949年1月31日,古都北平得到和平解放,国民党的队伍接受改编去了。2月3日,解放军举行了盛大的入城式。当天,父母带着我和弟弟随着奶奶回到自己的家中,一家人终于团圆了。院子里,除了在小枣树的位置改栽了一棵小槐树外，一切照旧如初，又恢复了往日的热闹。

刚解放那几年，日子过得真是"夜不闭户，路不拾遗"。人们响应政府号召，破除迷信，解放思想，讲究卫生，积极参加扫盲运动。人们把小老爷庙里的关老爷、火神爷、马王爷等所有泥胎都搬出来打碎，垫了路。小小庙堂被粉刷得四白落地，成为干部们开会、学习和全营房的人聚会的场所。每天下午，人们听到约定的哨音纷纷走出家门，扫街泼水，用以改变生活环境。按如今的话来讲，在新中国成立初期，政府部门就重视环保工作了。我的祖母和母亲都没读过书，不识字。而且，她们都没有大名儿。娘儿俩积极参加扫盲运动，都起了正式的名字。母亲还打开了在脑后盘了十几年的髻，到理发馆烫了发，显得既年轻又漂亮。祖父母和我父亲对此都没有反对。那时，母亲毕竟还不到30岁。1950年，我又添了一个妹妹。1952年，我又添了一个弟弟。真是，日子舒畅，人丁兴旺。随着年龄的增长，每逢星期天我除了放牛、放羊、放鸭子外，也能在菜地里干些力所能及的活儿了。

1952年，瓜市营房来了测量队，对着城墙、老南礼士路（这时南驴市口已正式更名为南礼士路）及沿坛墙以南的大道和我家前后几排院子又照又画又量的一通忙活。开始时大伙儿还真不知道他们要干什么。因为，此前压根儿就没见过干这种活儿的。秋天的时候，与我们这几排院子隔河相对的城墙根儿来了一支施工队。他们先是清理了城墙根儿下的晾晒粪干儿的一溜粪场子，接着支起了帐篷，安营扎寨住了下来。他们也是这儿那儿地又测又量又画的。宣传队来给他们演节目时，还邀请我们过河去看。就在这年的冬天，他们把城墙拆了一个大豁口。赶到春天的时候，桥也架成了。而且，正对着小老爷庙和我们这几排院子。大伙儿恍然大悟，庆幸着从此进城可就方便了。往后的进展使我们知道，他们哪是光要在这儿开一座新城门呀！是要开一条向西的新马路，要从我们这几排院子通过，再穿过月坛，通到钓鱼台。这条新马路就是现在的月坛北街。街政府和有关单位召集我们这几排的十多户人家开会时，才知道敢情月坛周边和整个阜外大街地区要进行大规模的改造建设工程，我们这十几户是第一批搬迁户。当时的拆迁政策是原拆原盖。就是，你的房契蓝图上有几间什么样的房，就给你择地重新盖几间同样的房。而且，还都是北房，还可以自选相邻的街坊。大家都没意见，因为一分钱不花就可以旧房换成新房了。具体到我家，在蓝图上只有3间灰顶房，就还给盖3间灰顶房。前院的文爷爷家跟我家关系最好，两家的房就盖在了一排上。由于每排房都是 10 间，我们两家一共才 6 间。文爷爷就又挑了有 4 间房的李大姐做街坊。这三家虽然盖在了一排上。可是房顶上不一样，文家是挂"棋盘心"瓦的顶，我家和李家都是灰顶。尽管房顶不一样，间量都是一样大的。

1953 年夏，我们这十几家一起搬到了位于阜外大街下关北露泽园内扣钟庙北边的新高井。北侧是现百万庄大街，东边是尚未竣工的展览馆路（现展览路）。后来，新高井改叫扣钟北。我们的新家离着那块耕种了八年的小菜地太远了，便转让出去了。

半个多世纪过去了，如今每当我经过月坛大厦以东地段时，总是站在月坛北街的路边上，左右看看，感慨一番。因为，这里有我少儿时代成长的足迹，曾经有我至今仍眷恋的小院，思念的家。我在这里尝过苦辣酸甜，有过喜怒哀乐。

2008 年 1 月于京

北平解放亲历记

六十多年前，即1948年冬至1949年春，发生了一件令人激动、振奋、欣喜、欢呼的大事件：中国人民解放军发动了平津战役，和平解放了古都北平。虽然，如今我已年过古稀，但是，对于在六十年前的这件大事件中的所见所闻，仍然记忆犹新，难以忘却。

那时，我正在阜成门外北驴市口与马尾沟交叉路口西北角的陆公墓小学（该校详情请见另文《我的六所小学母校·陆公墓小学校》）读二年级。严冬里的一天上午，我们正在上课。忽然，一阵铃铛声（旧时有的学校上下课摇铜铃铛）急促地响起来。同时有人高声喊着："全校师生紧急集合！"老师立即停止讲课，全校师生迅速在院中体操台前按班级集合完毕。校长上台神情紧张地只讲了两句话："很快就要打仗了，学校从现在起停课放假。什么时候复课听候通知。散会！"大家立马儿回到教室收拾好书包，各自回家了。

那时，我家住在南驴市口内的瓜市营房西南角。其实，头几天大人们就在传说着"仗要打到这边来了"的消息。再往前推，去年（1947年），就有一个自称是从月坛兵营来的便衣探子，三天两头地在这里转悠，打听可疑的事，查找可疑的人。人们就悄声议论起"中央军"（亦称"国军"，即国民党反动派的军队）跟八路军（那时"国统区"的一般老百姓还不知道解放军这个名称）的仗越打越厉害了，早晚得打到这边来。现在，要变成真的了。

第三天上午，八九点钟，甲长通知我们离大道近的十几家住户，要过大兵了，准备供应开水。

不一会儿，就听见从大道的南头儿传来了汽车的轰鸣和喇叭声。祖母带着我提一壶热水，拿着两个磕了边儿的饭碗来到路旁。前院儿的文爷爷和他的小儿子正忙着收小摊儿，生怕这些大兵把摊子上的各种吃食当成"慰劳品"。那十几家邻居陆续带着水桶、水壶、茶碗、粗瓷饭碗也都来到大道旁。甲长指挥大家别扎堆儿，散开了等着。这时，一大溜大卡车拉着大兵，从月坛东南角拐过来了。远远望去，尘土飞扬。这个汽车队在有两道深且干硬的车辙的土路上开得特慢，比老牛拉车强不了多少。车到我们面前时，还真有兵下车喝水。

前院的孙二爷问一个喝水的老兵："这是往哪儿开呀？"

老兵一边喝着水，一边用下巴颏朝北边扬了一下："北边，宣化，张家口。"说完话，他把碗还给孙二爷，追他乘的那辆车去了。

好家伙，足有两个钟头这车队才过完。大卡车、吉普车足有百十来辆，可谓浩浩荡荡。

从这天起，各家就开始收拾东西了。因为，不知道这仗什么时候就会打到这里来。我家的羊和鸡、鸭都卖了。祖母带着我把养了半大的牛送回二舅祖父家。那几年，我家养牛、羊、鸡、鸭都是为了卖钱偿还因买房而借的债和填补日子的。我的祖父和父亲都在月坛菜市干活儿收入不固定。二舅祖父接过牛后塞给我祖母一沓钱。祖母说太多了。老人家说："都要打仗了，菜市准没活儿干了，你们的日子总还得过呀！这回多拿点儿钱吧。缺什么就来。"祖母感动得热泪盈眶。祖母的娘家就是解放前享誉于北平牛行业的"顺城满"。

大约过了半个月，甲长又让我们这十几家准备开水，说是又要过军队了。

这次，大兵是从北边开过来的。一个个疲惫不堪，灰头土脸的，有的还带了伤。除了当官的坐着吉普车，兵们都是步行。细一看，敢情就是半个月前坐着汽车趾高气扬的那些兵。

东院的任叔问一个喝水的兵："咦？头些日子往北边开的不就是你们吗？"

"对。"

"这是——"

"败了。"

"那么多的汽车呢？"

"唉，别提了！到新保安刚一接触，就他妈的稀里哗啦了！所有的汽车都归了人家。就跟专门给人家去送车一个样！"

"那，你们这是往哪儿开呀？"

"还开什么呀！是撤。撤到哪儿算哪儿吧。有烟吗？给一包。"

任叔从怀里摸出半包烟来。他伸手抓了过去，迫不及待地叼上一支："火儿。"任叔又把火柴盒给了他。他点上烟猛抽了两口，连烟带火柴都拿着走了。

真是兵败如山倒呀！

一天，母亲带我到大街上买东西，回来时经过月坛东墙外，看到在这一片空地上有几十个人在挖沟。几个端着枪的大兵在看守着。其中一个半大小子直腰喘气时认出了我们娘儿俩，冲着母亲小声叫着："婶儿。"

我们也认出了他，是我的堂叔伯大哥（我们哥儿俩的父亲是一爷之孙），住在京西蓝靛厂西门外北上坡。当时也就16岁。

我赶紧叫了一声："大哥。"

母亲吃惊地问："孩子，你怎么上这老远挖沟来了？"

大哥用下巴颏朝大兵待的方向扬了一下，低声说："这是挖战壕，是他们强拉来的。您看那几个干活儿的，都是我们老街坊。"

"家里人都好吗？"

"快要打仗了，还有什么好不好的。"

"饿坏了吧？我回家给你拿点儿吃的去。"

大哥连连点了点头。

母亲拉着我快步回到家里，把大哥在北边挖战壕的事告诉了祖父母。祖母心疼地说："孩子准是又累又饿。"祖父催母亲赶快给这个侄孙送干粮去。母亲赶紧拿了4个窝头在炉子上烤热，用手巾包好，又拿了两个咸鸭蛋，大步流星地去了。谁知，挖战壕的地方一个人影也没有了。三年后，19岁的大哥在蓝靛厂北门外的小山坡（此山是在"文革"初期挖平的，我亲眼所见）上放羊时，遇火灾烧死了。

"月坛东墙外挖战壕"的消息，很快传遍了整个瓜市营房。人们更加恐慌了。那时，由于国民党反动派的反面宣传，使得当时住在"国统区"（亦称"蒋管区"）的普通老百姓对共产党和解放军还一无所知。只是知道八路军是打日本鬼子的，还没有听到过解放军这个名称。更不知道共产党领导的解放军同"中央军"打仗是为了把全中国的劳苦大众从国民党反动派的统治下解救出来。真的，人们的恐慌完全出于怕打仗。因为，打仗就要死人，就要破财，就要毁家，就没有了遮风避雨的窝。人们纷纷想辙，那点子破家当除了手边必用的东西外，其余的该藏的藏，该埋的埋。常言说"破家值万贯"嘛！

祖父和父亲一起动手，把靠院墙的那个往日在冬天用来储存菜的小菜窖往深里、宽里扩了扩，里头铺上干草、木板、棉垫子。外边顶上又盖了好些土，泼上水使其冻上，再堆上破烂东西。这样，可以避免人上去踩。晚上，父母带着我们三个孩子就睡在里边。那年，父亲刚31岁，母亲还不到30岁，生怕被抓了壮丁，或是受到欺侮。

几天后，果然又开来了美式装备的人马。几个当官的一下吉普车，就拿着地图在路边上东南西北地指点了一阵子。接着，各家就都住上了大兵。我家由于门向大道出入方便，被在门垛子上钉上了一块写有"副官室由此进"的牌子，而成为一个副官的驻地。这个副官的级别有多大，不知道，反正是有一个勤务兵、一匹马。他有30多岁，脸若冰霜，总是扬着下巴颏，显得特傲气，说话恶横恶横的。我家是两明一暗的三间北屋。两个明间都被他占了，把我们全家老少三代七口人都轰到里间屋住。小厨房成了他的马棚，白天即把马拴在小枣树上。而且，还让把街门的门板都摘下来，门口派了岗。全家三代七口人都挤在一个炕上怎么睡呀？再说，也没有公婆与儿媳住一间屋里的呀！气得祖母一个劲地哆嗦。祖父紧锁双眉。父亲要跟他们讲理，被母亲拉住了。趁他们没在家时，祖母才骂出声来："这帮王八蛋！纯粹是活畜类！主啊，千万别饶了这帮'里白利斯'（穆斯林对魔鬼的称呼）！"当即决定，让父母带着9岁的我和1岁多的弟弟躲（实际应算是逃难）到阜成门里锦什坊街礼拜寺（清真寺）去，说走就走。本来我想跟着祖父母一起留在家里，我是男孩，是老大。可是，大人们都不同意，把我当成这家的一条根，留下来怕出万一。惭愧！结果，6岁的妹妹被留下了，陪祖父母守着家。

那时，锦什坊街礼拜寺内的穆华小学也早已停课放假了，几间教室里都住满了人。床铺都是用课桌或小椅子拼起来的。他们大多是从阜外大街地区来的，几乎都认识，见了面巴巴、奶奶、伯伯、姑妈、娘儿的一通打招呼。我们去得最晚，教室里已经挤不下了，只能住在一间堆放杂物的小屋子里，屋里的东西还不能搬出去。父亲睡在"水溜子"上。母亲带着我们哥儿俩睡在用木板条、破席铺的地铺上。所谓的"水溜子"，是一种有矮帮儿带漏水孔的木板，形状如床。穆斯林"无常"（即亡故）后就放在此木板上进行"搭整"（即入土前的最后一次冲洗）。说白了，就是"亡人"专用的。没办法，将就吧。父亲苦笑着说："没想到，活着就躺在'水溜子'上了！"

此后，几乎每天都能看到、听到卖报的人（报童居多）扬着手中的报纸扯着嗓子喊："号外，号外！看看最新的消息！"到后来又吆喝上："号外，号外！宣化失守了！""号外，号外！张家口失守了！"

晚上，住在礼拜寺里的男人们都聚在院子里听、看、聊。

有的说："听说了吗？敢情石门（石家庄）早就丢了！"

有的说："'中央军'太失民心了！这回呀，民国要亡喽！"

有人跟了一句："'失民心者失天下'呀！"

有一天晚上,从远处传来"嗒嗒嗒"的像是枪声。

于是,大家从屋里跑出来,一边辨别着枪响的方向,一边又议论开了。

"听,准是机关枪!"

"八成儿是德胜门外头吧?"

"不对,像是广安门外头!"

突然,只听得"日——"一声长长的刺耳的响声由近迅速地传远了。

有人推断:"听,准是从城墙上往外打炮了!"

"怎么没听见炮弹出膛的声音呀?"

"嘘——听听在哪儿爆炸。"

大伙儿都侧起耳朵来想"捕捉"到那爆炸声。可是,过了好长时间也没听到那声爆炸。

"这炮弹飞哪儿去了呢?"

"准是远老鼻子去了!"意思是很远很远。

到底是怎么回事,这些民间"军事观察家"们一时谁也说不清道不明了。

突然,又是一声"日——"

众人急忙仰起头来向夜空寻视。

只见一道彩色亮光冲天而起。

原来是外边街上有人在放一种叫"钻天猴"的花炮。

众人都哑然失笑了。

要说呢,离过大年越来越近了。可是,街上的人仍然是明显的少。白塔寺庙会也冷冷清清的。福聚来茶庄门外听话匣子(收音机,旧时,一些茶庄在门外摆放大音箱供人们听戏、听评书、听相声,以聚集人气儿)里播放分别由评书名家王杰魁、连阔如、段兴云、赵英颇等说的评书《包公案》、《水浒》、《济公传》、《聊斋》的人也寥寥无几了。

晚上,在马市桥(现白塔寺东侧十字路口)两侧沟沿儿边上则成为倒卖银元的黑市。在路灯光照不到的地方,能够听到倒卖银元的人手里颠动银元的"哗啦哗啦"声。他们还不断地吆喝着:"买俩卖俩!卖俩买俩!"这"俩"是"两块银元"的意思,在这里是虚数。挨蒙上当者居多。

父亲常去的地方是锦什坊街北口内路东的一家酱园子。因为,这里的掌柜的老在您手里买菜,相当熟识。我们住在礼拜寺里时用的小火炉子就是跟这儿借的。

一天上午,祖母从城外的家里来看我们,熟人们都来打听城外的情况。

一位管祖母叫姑妈的伯伯问："姑妈，看见那边儿的大兵什么样了吗？"指八路军。

祖母摇摇头，说："没有。就数中央军的大兵闹腾得厉害！听口音都是从南方过来的，说话嘀噜嘟噜的一点儿也听不懂。可是真祸害人呀！我们家的黑狗下了一窝崽儿，那些兵硬是偷走两只裹上泥烧着吃了。豆腐房墙犄角有一窝刺猬也让他们掏走裹上泥烧着吃了。住我们家的那个副官更不是东西，特不讲理！对了，有好多家儿街坊嚷嚷猫丢了。"

刘家舅巴巴说："咳，准都是也喂了这些大兵了！"

一位伯伯说："听说南方有一道菜叫'龙虎斗'，就是用长虫跟猫做的。"

"新鲜！"不知谁接了一句。

另一个伯伯说："甭管他了！姑妈，城门好进吗？"

祖母回答："太费事了。我是从我们家南边儿的那个小豁子进来的。一进那个豁子穿过一条胡同就能到锦什坊街。"

我告诉祖母，我想回家看看。起初，祖母和父母都不同意，架不住我一个劲儿地蘑菇，再加上听说那个副官这两天不回来，祖母和父母才答应了。下午，祖母便带我回家了。一进街门，就看见小枣树树干中段的皮被马啃光了一周遭，上下足有二尺多高。祖父说这棵树绝对活不了了。外屋桌上的摆设一件也没有了。祖母告诉我，大兵来的当天晚上就都收起来了。那个副官睡在炕上，勤务兵就睡在桌子上。里间屋内，炕帮上摞着两摞砖，跟窗台一般高，从窗台到砖上支着那两扇街门的门板。晚上祖父母和妹妹就睡在门板下边。说是万一房顶被炸塌，柁梁檩椽掉下来被门板搪一下不至于砸死人。我回来后，祖父就睡到外屋的桌子上了。第二天，我不想离开家了。二位老人说什么也不答应。妹妹也劝我还是走吧。结果，祖母又从那个小豁口把我送回了礼拜寺。

以后，有几天仿佛平静下来了。突然，有一天街上又吆喝起来："号外，号外！天津失守了！快来看呀！"（时值1949年1月15日，农历腊月十七）

人们立马儿又议论起来：

"看吧，北平也快归人家了！"

说着用手比画了一个"八"字，指的是八路军。

"那样倒好，咱们可以回家了！"

"'失民心者失天下，得民心者得天下'，古来如此。"

眼看快到"二十三糖瓜粘"的小年了。往年人们早就张罗着过年了,今年哪有那个心思呀!不过,打仗的事也稀松二五眼了。街上一时也没卖号外的了。

记得大概是大年初三那天吧。一大早,祖母就带着妹妹来了。妹妹实在想父母了。老太太一进门就告诉大家一个好消息:住我们家的那个副官连人带马都走了,看样子再也不会回来了。打昨儿个起,街上连个兵影子都没有了!

大伙儿都叫起好来。一致认为,这仗准是打完了,能回家了。众人都笑了,几个月的愁眉苦脸、担惊受怕一扫而光,一心盼着早些开城门,早些回家。

吃完早饭,祖母要到牛街麻刀胡同去看我娘儿去。因为,我姑伯伯(姑父)托人捎信说我娘儿生了一个闺女。娘儿特疼爱我,我也想念愿了,便跟着祖母去了。在那儿住到第三天(时为1949年2月3日),刚刚吃完早点,就听见从外边传来嘈杂的人声,锣鼓镲也响了几声。我连忙跑了出去。牛街的街道上人很多,都喜形于色地向北口外边的广安门大街快步走去。有的人拿着用彩纸做的花儿;有的人拿着用彩纸做成的小旗子,旗子上还写着字;有的人举着大红旗;还有的人拿着锣、镲,抬着大鼓。街道两侧的墙上、树上、电线杆子上都贴上了各种彩色的大纸条——后来才知道这叫标语。我好奇地凑过去看上边的字。标语上分别写着:"热烈庆祝北平和平解放!""热烈欢迎中国人民解放军!""中国共产党万岁!""毛主席万岁!""中国人民解放军万岁!""打过长江去,解放全中国!"等等,都是以前没听到过的词。我见前边还有人在贴标语,就跑过去问一个大姐姐:"大姐姐什么叫解放军呀?"

"解放军是共产党毛主席领导的军队,是解救劳苦大众的。"

"那,八路军呢?"

"解放军就是从前的八路军。"

"那,解放军什么时候来呢?"

"今天,一会儿就进城了。快到大街上去看吧!"

我赶紧跑回娘儿家,把大姐姐的话告诉了大人们。

大人们都说,行了,不打仗了,甭再提心吊胆地过日子了。

祖母想的是,城门准得大开了,能随便出入城了,该接我们回家了。当即向亲家告辞,拉着我出了门。

此时,大街两侧已经聚集了好多好多的人,大家都喜笑颜开。不少的人手里拿着三角形的、长方形的纸旗子、绸子做的旗子,有的旗子上也写着和那些标语一样内容的字。锣鼓准备好了。茶桌摆好了。要献的花也准备好了。细长的竹竿儿已经挂好了"钢鞭",用来点炮竹的香都点上了……一切就绪,只等解放军来了。

解放军入城时

祖母本想雇一辆三轮车,好快些回到锦什坊街礼拜寺。可是,一辆也没雇着,一些车夫都加入欢迎解放军的人群中去了。我们娘儿俩走到菜市口,才雇到一辆。祖母让他蹬快一些,多给些钱都行。从菜市口到宣武门,路上的人还稍微少一些。一进宣武门,人立马儿多了许多。等到了西单牌楼,人多得三轮车都不好走了,都是在等着欢迎解放军的。

我们娘儿俩只好下了车,祖母付了车钱,拉着我步行。紧赶慢赶地到了马市桥,锣鼓镲的响声、放鞭炮的响声真是震天动地。这里成了欢乐的海洋——其实那天整个北平城都成了欢乐的海洋——随着解放军入城的腰鼓队、秧歌队、霸王鞭队在这里同本城的一些民间花会狮子、旱船、高跷、地秧歌、五虎、少林、小车会、文场等一个紧接一个地表演。围观的人里三层外三层的,喝彩声不断。一打听,敢情解放军的队伍刚过完。我也想进人群去看看热闹,费了好大的劲也没挤进人群里。只好心有不甘地跟着祖母回到礼拜寺。

礼拜寺内已经人去寺"空"了。父母早已收拾好自家的东西,归还了小火炉子,就等着我们娘儿俩一到就立刻回家团聚去了。

从此,古都北平获得新生。人们开始了崭新的生活。

2008 年 11 月一稿于京
2010 年 1 月二稿于京

记忆北京解放初期传唱的革命歌曲

1949年1月31日,古都北京和平解放。东北大秧歌、陕北大秧歌、腰鼓、霸王鞭、秧歌剧《兄妹开荒》、《夫妻识字》和"信天游"等革命老区、解放新区的各种文化艺术形式、节目及大量革命歌曲,随着解放大军开进古城而进了京。一时,得到解放获得新生的老北京人几乎家家都有人在学扭秧歌,学打腰鼓、霸王鞭。许多革命歌曲更是唱响了北京城内外和广大乡镇农村。

时至今日已经六十年了,我还记得一些歌曲的名字、歌词、曲调,有的还会唱。其中有:《没有共产党就没有新中国》、《你是灯塔》、《东方红》、《义勇军进行曲》、《解放军进行曲》、《解放区的天》、《民主青年进行曲》、《团结就是力量》、《咱们工人有力量》、《绣金匾》、《南泥湾》、《在太行山上》、《保卫黄河》、《游击队员之歌》、《翻身道情》、《歌唱二小放牛郎》……

《你是灯塔》也是歌颂中国共产党的。把中国共产党比作灯塔、舵手。唱起来很庄重,情深意切。记得歌词是:"你是灯塔,照耀着黎明前的海洋。你是舵手,掌握着航行的方向。年轻的中国共产党,你就是核心,你就是方向。我们永远跟着你走,人类一定解放。我们永远跟着你走,人类一定解放。"

《解放区的天》,同一个歌名,有两种歌词,两种曲调,两种旋律,都很好听。其一为:"解放区的天是明朗的天,解放区的人民好喜欢,民主政府爱人民呀,共产党的恩情说不完呀,呀呼嗨嗨一个呀嗨。呀呼嗨呼嗨,呀呼嗨,嗨嗨!呀呼嗨海一个呀嗨!"这首歌曲还可以分成二部轮唱,非常欢快。有的人在唱时给前两句加上了儿化韵,变为:"解放区的天儿是明朗的天儿,解放区的人民好喜欢儿。"便又有了京味。其二为:"解放区的天是明朗的天,解放区的人民好喜欢,解放区的太阳永远不会落,解放区的歌声永远唱不完。为什么从前不歌唱?为什么从前不喜欢?今天我们解放了,劳动人民把身翻。

解放区的天是明朗的天,解放区的人民好喜欢,解放区的太阳永远不会落,解放区的歌声永远唱不完。"比前一首更富激情。

还有一些歌曲至今也爱唱,可惜歌名记不准了。例如:"南京到北京那个,哪一个不闻名,人民的领袖,就是毛泽东,领导人民闹翻身,人民的大救星。哎嗨哎嗨哟,人民的大救星。(第二段)毛主席他一来,遍地鲜花开,旧社会的受苦人,一齐站起来,拔了穷根栽富根,生产大发展。哎嗨哎嗨哟,生产大发展。"再如:"高楼万丈平地起,蟠龙卧虎高山顶,太阳出来红又红,边区的太阳红又红,咱们的领袖是毛泽东,毛泽东。"还有:"看我们,我们胜利的旗帜迎风飘扬,看灿烂的太阳升起在东方。嗨嗨嗨,四万万大军向前进攻,那万恶的蒋匪帮,封建和独裁,就要灭亡。""二月里来呀,好春光,家家户户种田忙,指望着今年收成好,多打些五谷送军粮。"有一首专为妇女写的歌,头几句是:"旧社会好比是,黑古隆咚的枯井万丈深。井底下压着咱们老百姓,妇女在最底层。"

有一首专门为青年人写的歌,我也爱唱。记得歌词是:"年青的人,火热的心,跟随着毛泽东前进,紧紧跟着毛泽东前进。挺起胸来,年青的兄弟姐妹们,新中国的一切,要我们安排。新中国的一切,要我们当家做主人。我们,新中国的青年战士们,为人民服务勇敢向前进。生产战斗,努力学习,消灭封建,消灭那蒋匪军。谁敢阻挡我们走向胜利?谁敢阻挡我们万里奔腾?毛泽东是胜利的太阳,照耀着我们前进。我们新中国的青年战士们,永远永远胜利前进。"

那时的这些歌曲都通俗易懂,好听好唱好学好记。就连当时年过花甲的奶奶有时瞅不冷子也冒出一句"南京到北京,哪一个不闻名,人民的领袖,就是那毛泽东"来。更甭说我们这些当时只有十一二岁的孩子了。上学时唱,下学时唱,在学校里唱,在家里唱,就连上街买东西时走在路上也唱。那种兴奋劲儿甭说现在的孩子了,就是"60后"也是体会不到的。而且,不论什么歌曲都是一学就会。所以,如今我年过古稀了,还能够清楚地记得一些。

近些年可就不大一样了。对于称得上歌唱家们唱的歌还爱听,特别是民族风味的。有些青年歌星们唱的歌就不敢恭维了。声嘶力竭,吐不清字,再加上咬牙闭眼乱指画,弯腰瞎扭带跺脚的演唱风格,真让人难以忍受。只好赶紧拿起遥控器换频道。

现在,不仅在北京市,就连全国,老年人都占相当高的比例了。我们这些老年人也需要好听好学的歌曲。烦请各位音乐家们也给我们老年人写写歌，让我们在歌声中也焕发焕发"第二春"。虽然是"夕阳无限好，只是近黄昏"了，但是要知道，晚霞灿烂也迷人。拜托了。

2008年春一稿于京
2010年5月二稿于京

我的六所小学母校

我所就读过的六所小学校，相对中学而言都可称为母校。准确地说，应该是五所小学校和一所私塾。而私塾才是我真正的启蒙之地。五所小学校也各不相同，有的建在天主教堂里，有的建在名人墓地旁，有的建在清真寺中（我家是回族），有的建在佛教寺庙内，只有一所是用街道名称命名的。我的整个小学学习阶段先后经历了国民党反动派统治时期和解放初期，教育制度和办学条件都相差很大。改革开放以来教育事业的迅猛发展、学习环境、软硬件设施、教育理念和教学措施等的巨大变化，甭说在解放前，即便在解放初期也都是连想都不敢想的。本文所忆之内容便是佐证。

育才小学

此育才小学可不是在解放后建在北京先农坛内的那所声名显赫的育才学校，而是位于阜成门外马尾沟北侧西头的天主教大教堂院内的小学。此处即现北京市委党校所在地的前身。由于向南开的校门是用条石建造的，故而又称为石门小学。这是我就读的第一所小学校，也是就读时间最短的一所，只有一个星期。时间是1945年秋天，日本侵略军无条件投降不久。那年我六岁，到了该上学的年龄。如果我没记错的话，那时，整个阜外大街地区也就有四五所正规小学校，该校算是其中的一所。我入学时早已开学了。我没有买到课本，每天上学时书包里只有一个自己订的白纸本，一支铅笔和两个柿子。家里大人说，吃柿子既可以解渴，又能临时搪一下饿。那时，我家吃得起的水果只有柿子、荸荠、桃、杏、枣等少量几样，没有富裕干粮可带。每天都是跟着黄发碧眼高鼻卷须、一身黑色神父装束胸前挂着十字架的老师对着字母挂图学"啊、啊、呃、呃"发音。有一次，我心里说："这不是学老鸹（乌鸦）叫吗？"同时不禁笑出声儿来。被老师用洋话呲了一顿，接着用中国话罚我到教室后边的院子里去扫树叶子。那时正是"无边落木萧萧下"

的季节。院子里大叶杨的叶子不停地往下落，地上已经铺了一层。在明、清两代和民国期间关于写北京的史书上都提到的传播天主教的耶稣会著名传教士利玛窦的坟墓就在这个院子里（他1552年生于意大利，1581年来中国，1610年在京逝世，书上大多写"欧罗巴修士利玛窦"）。我人小力单拿不动大扫帚，就只好手脚并用地往一块儿归拢。不大一会儿，又有一个同学被罚出来扫树叶。于是，我就有了伴儿。我们俩干了一小会儿，就坐在利玛窦坟前的石台上，用杨树叶子的那根粗筋玩儿起了"拉钩"。

这样的学上得实在没意思，离家又太远——当时我家住在月坛东夹道中部，每天上学得经过月坛菜市到阜外大街，再往西穿过教场口和北营房，过马尾沟，往返得有7里多地。再加上我从小体弱多病身体单薄，实在是累。大人们说："得了，孩子还小，别受这份儿洋罪了。"这样，找了个借口我就不去了。

尽管我在这里只上了不到一个星期的学，那也有收获。因为，毕竟我知道了有个字母念"啊"，有个字母念"呃"。在那个时代，我国普遍时兴注音字母"ㄅ玻ㄆ坡ㄇ摸ㄈ佛（读一声）"等，还没时兴汉语拼音字母"b、p、m、f"等，也不知道当时学的是哪国话。

后来，我读私塾了。

"坛角周"私塾

"坛角周"不是这所私塾的名称，而是当地人对位于月坛东南角一周姓人家的称呼。他家有一个北接瓜市营房的大菜园子（即现月坛体育场所在地），人们称为周家菜园子。在周家居住的小院外边，靠近大排子门内侧，农具、牲口棚旁边，有两间灰顶小西屋，这里就是私塾。

这所私塾原本是周家请来先生专教自家子弟的，因而人们便用"坛角周"或"周家菜园子"作为这所私塾的代名称了。从这里往北一直到阜外大街，往南到真武庙，除这所私塾以外再也没有其他学校了。经附近居民与周家和教书先生三方协商，便也收外边的孩子了。1946年春夏之交，我家搬到了周家菜园子北边的瓜市营房，我便于1947年春也到这所私塾就读了。这所私塾便是我的启蒙母校。唯一的老师高先生，便是我的启蒙恩师。

高先生，50多岁，不知道叫什么名字。大人们不问是怕显着不礼貌，小孩子又没胆子问。您是外地人，略微有点儿口音。不知道何时被聘来的，有没有家眷更不清楚，反正在我就读的十个月期间没见过。您不喜欢叫我们您老师，就喜欢叫您先生。尽管当时纳闷，也没敢问。后来，我的年岁大些了，也长学问了才明白。古书《礼记》上有注："先生，老人教育者。"《孟子》也有注："学士年长者，故谓之先生。"由此看来，昔日"先生"一词，是用作对教师的尊称的。当然，对教师还有别的尊称。而"先生"一词，也还有别的含义。高先生瘦高个儿，小胡子，热天儿穿一身白布裤褂，冷天儿穿一件青布长袍，戴一顶小帽盔（俗称瓜皮帽），总是显得干净利落。虽然戴着老花眼镜，但是当您从眼镜框儿的上方斜射出目光来看你的时候，能令你不敢对视。而对大人不管贫富包括在周家扛活的，总是眼角挂上笑纹，说话从不粗鲁。用"一视同仁"来形容，一点儿也不为过。您也很少大声训斥弟子，可是说出话来让你不敢有丝毫的违拗。您对学费不苛求，给多少钱随意，用粮油菜茶烟糖煤柴等代替钱也行，无须月月给。而且，入学、退学灵活。所以，大人们都愿意让孩子来这儿开开蒙，认认字儿，学学好，拢拢心。用他们的话讲，就是让"野鸟儿入笼"。学生多的时候有二三十人，少的时候也有十多个人。大家分别学着《三字经》、《百家姓》、《千字文》、《弟子规》、《名言集》和《六言杂字》等蒙童小书和《论语》、《大学》、《中庸》、《孟子》、《诗经》、《礼记》、《尚书》、《易经》、《春秋》等。先生的起居和教室就在那两间小西屋里。

小西屋一明一暗，合起来也就相当于现在正规小学教室的四分之三大小。明间儿，身兼先生办公、会客、教书、卧室、厨房、餐厅等，套一句时髦话，就是多功能厅。南墙上贴着一幅旧画，画的是老寿星和松鹤鹿蝠，取"福禄双至，松鹤延年"之意。画儿的下边靠墙是小柜橱，上边放着茶壶茶碗煤油灯，火柴烟袋盛烟筒儿。一把旧椅子挤在柜橱与炕之间。炕犄角儿摞着被褥枕头。中间是小炕桌，学生多时，一些人上炕围桌读书，我也曾在其中。屋门南侧在柜橱与窗台之间，放一小方凳，凳上有脸盆。脸盆上方拴一根细竹竿，是搭毛巾的地方。屋门北侧贴墙有火炉子。炉子北边的墙上钉着两个大钉子，分别挂着1根2尺多长的细藤子棍儿和1尺长2寸宽半寸厚的木板儿，都是用来惩戒调皮捣蛋或不思上进者的。不过，一个月也用不了几回，几乎成为"摆设"。但是，有两回有人受到先生的训诫后报复先生，对先生搞恶作剧，险些伤着您，又没人"自首"。先生在盛怒之下打了两次"通堂"——一个不落地每人打三手板儿。我也没能幸免。执板儿的人是大学长段秀生与其弟段秀发，哥儿俩都是我的好友，因而打我的时候那板儿是高高举起轻轻落下。先生虽然绷着脸在旁边看着，却佯装"视而不见"。因为，您坚信绝对不是我干的。为了掩饰假打，我也得大声地叫唤。事后，我们知道了是谁冒的坏，就在放学的路上把他臭揍了一顿。不过，我没上手，怕被报复。

里间屋，摆着两张长条桌子，由于没有抽屉，因而准确地说应该算是案子。座位是几条长短不一的条凳，墙上钉的一溜大钉子是供学生挂书包（冬天挂外衣）用的。但是没有黑板。靠北墙的桌子上放孔子牌位和香炉。新入学者在这里行拜孔子和拜师礼。这里是大部分弟子读书的地方，该算是教室吧。其实，有的学生并没有书包，而只是用一块干净布包着所学的书，用不着笔和纸，更无须有铅笔盒了。但是，读完《三字经》和《百家姓》的学生开始学毛笔字了，因此每天下午得带笔墨纸砚。最初是描红模子。描过两三本之后经先生批准（即每页红模子上描出的字都得经先生用红墨水画满了圈才算通过），再开始练习拓（即描）字帖。最后再练习临帖。我的毛笔字就是在这个时候打的基础。在离开私塾时已经可以临帖了。

里间屋既然是教室为什么墙上不挂黑板呢？因为高先生是因人制宜地逐个儿地教弟子认字读书，用不着在黑板上板书。具体地讲，就是先生根据你念的书的难与易和你的"灵"与"拙"，每次数量不等地给你"上书"，教你认读两行或四行。例如，你读的是《百家姓》，先生教你三遍"赵钱孙李，周吴郑王。冯陈褚魏，蒋沈韩杨"之后，你就回到座位上去熟读至能通顺地背下来，再主动地拿着书到先生面前背一遍，这叫"回书"。回完书，先生再继续往下教。先生还要求不管读什么书，都要读出声音来，而且是高声朗读。时间一长，声音就有高有低了，也有含混不清的了。当有人从菜园子土墙外边（即私塾屋后）经过时，听到的不是整齐的朗朗读书声，而是"混声杂唱"，有时更像是一大群牛蜂在"嗡嗡"。

当学生们在摇头晃脑地各自读或背书的时候，先生也在看着一本颜色发黄的线装书。有时看到得意处，头和身体都悠然地摇晃起来，脸上现出少见的笑容。每逢到这时候，学生们就抓紧时机互做鬼脸儿，或是偷偷搞搞小动作，全体暂时轻松一小会儿。这一轻松，读书的声音自然就小了。先生听不见读书声音了，立时停止看书，一声"嗯"大家赶紧又一本正经地并且格外卖力地大声读起来。

私塾不像正规学校每课时45分钟，中间有课间休息。而是分上、下午。学生需要上厕所，要经先生批准方可出屋。屋中间柱子上挂有两块小木牌儿，上厕所者从柱子上摘下木牌儿挂到门上的钉子上方可出去。勤奋好学的孩子总是快去快回。那些本不爱读书，是被家长"牛不喝水强按头"来的，半天能跑好几趟，好借机会在外边玩儿一会儿。其实在菜园子里也就能捉蜻蜓、逮蝴蝶、逗癞蛤蟆。时间略微长一点儿，先生便派人去查厕所。要是去查的人回来说某某在外边玩儿呢，先生就要动用手板了。要是查厕所的人回来说某某拉肚子了，先生还真着急，能立马儿派人把他送回家去。

还有几件高先生疼爱弟子的事我至今不忘。有时赶上下雨或大雪天，只有少数几个人来上学，您便用香油（那时还没有如今的各种食用油）炸用鸡蛋、白面、白糖做成的"小果子"，犒劳这些弟子。我也赶上过几回。先生怕我不吃，还解释说，您做的这东西干净，回民能吃。先生尽管是位治学严谨的老学究，但是不古板、不守旧。旧时私塾学生入学第一天要先给孔子牌位上香、叩三个头，然后再行拜师礼，也是叩三个头。我们回民不拜任何偶像，更不烧香、烧纸、叩头。先生很理解，只让我给您鞠了三个躬。先生还带我们去春游过西直门外的万牲园（动物园旧称之一），使我们大开眼界。不过，那时没有活的狮子、老虎和大象。

我在这里读了总共不到一年的书，刨去请事假、病假，实际上也就是10个月。从《三字经》念到了《六言杂字》，往下该读《论语》了。家长认为我的计算能力太差，怕将来找不到好工作，便于1948年暑假托人让我进了北驴市口（解放后正式更名为北礼士路）内马尾沟东口的陆公墓小学校。从此，我告别了恩师高先生。

解放后，这所私塾由位于阜外大街南营房的圆广寺小学代管，用上了国家统一规定的教材。1951年暑假后至1953年暑假前，我在该校上高小时还曾多次为高先生转带过工资呢。1953年暑假，我考上了位于牛街北口对面（广安门大街100号）的国立回民学院，家也搬走了。从此，再也没去看望过高先生。

据我童年亦是同窗好友的许金富先生回忆，据说高先生的一位弟兄曾是周恩来总理少年时的老师。解放后，高先生曾与周总理取得联系。高先生还曾经向许金富展示过周总理赠送的个人照片。大约在50年代中后期，高先生因在冬天自己出去买劈柴失足跌倒而去世了。呜呼！当时我不知道我的启蒙恩师会是这样终其一生，从而未能去送别一程，实为抱憾终生之事了。高先生，弟子至今没有忘记您。

陆公墓小学校

学校位于北礼士路与马尾沟交会处的西北角高坡上（是因此沟干涸成马路后西高东低而形成的，沟之详情请见另文《马尾沟的消逝》）。其西侧依次为嘉兴观、明代惠安伯张公园遗址、育才小学和利玛窦墓所在的天主教大教堂。南边与北营房隔沟相望。校门前右侧与嘉兴观之间有零星的麦田。陆公何名何字何号、何乡、何许人、有何业绩，及墓的具体位置，我均不知道。那时的小学生只管上学，从不知道打听这些事，也没听到任何人说起过。我猜测，既然以陆公之墓为校名，该墓不会离得太远，抑或此地曾经有过此墓，再不就是与墓主家有关。我之所以到这儿来上学，是因为听了童年好友殷家小虎哥哥的建议。他在这儿念三年级，老夸这儿的老师教得如何如何好。更重要的是每天上学、下学可以一路同行，并把我送到家，这是家里大人们最为放心的。所以，父亲便托了常在您手里买菜的该校采购员，帮我进了这所学校。

学校是一所大四合院。长方形的院子权充操场，既打不了篮球，也打不了垒球，更踢不了足球，只能做操跑步滚铁环。院子北头即北边教室的前边有一个大木台子，既是领操台，也是开会时的讲台，还可以演小节目。南头有旗杆。西南角有沙坑，是上体育时跳高、跳远的地方。校门在整个院子的东南角。门内以东厢房的南山墙为影壁，上面抹白灰为底儿，画着老大的一个国民党"青天白日"的党徽。每当有师生进校门时，必须得向这个党徽图案恭敬地鞠一个大躬。老师还好说，若是学生敷衍了事地点一下头，把守校门的童子军对你轻则训斥，如果你不服，他们便会把你送到主任室听候处罚。童子军原为许多国家使少年儿童接受军事化训练的一种组织。旧中国的童子军组织首创于1912年。国民党反动派统治时期，初设中国童子军司令部，后改为中国童子军总会。临解放前，童子军组织成为白色恐怖在中小学校内针对进步学生的帮凶。他们有统一着装，帽子（形同旅行帽）、服装均为土黄色，系蓝白两色领巾（象征国民党党徽的颜色），腰扎铜头儿皮带，上边挂着盘绕好的白麻线绳儿——他们管这绳子叫"法绳"，手持木棍。绳子可以用来捆人，棍子可以用来打人。他们不仅在上学前、放学后及中午在校门口站岗，监督尤其是学生向画在影壁上的党徽鞠躬或敬礼，课间时也在校园内巡视。一般学生，特别是胆小怕事的，都对他们避而远之。我就属于这一种。有的学生在背地里称他们为"棍子学生"。

由于我读过十个月的私塾，经校方同意，便迈过一年级插班上了二年级。这样一来倒麻烦了。上算术课时，我不知道什么是横式，什么是竖式。那时的算术作业本每页有六或八个方格，一道题应该占一个格子。之前我没学过算术，哪里懂得这个规矩呀！第一次做作业时我就捅了娄子，为了省着用本，每一个格儿我都挤进了4道竖式题。满页纸像是蚂蚁布成的大阵，密密麻麻。由于没用铅笔写过字拿不好劲，因而笔迹深浅不一，粗细不匀。教算术的赵先生一看，气得小胡子都撅起来了，一下课就拿着算术本拉着我去了您的办公室，雷鸣闪电地训了我好大一阵。您在那儿"打雷"，我在这儿"下雨"。赵先生50多岁，脑门儿大且前倾，眼睛小而明亮，身量不高嗓门儿不小。您听我抽抽咽咽地诉说完自己来这儿之前念的是私塾，没有学过算数，也没用铅笔写过字之后，当即"雷"停"闪"消，缓和了下来。再一听我念的私塾在"坛角周菜园子，先生姓高"时，赵先生笑着摇了摇头。其实这"摇头"是"没想到"的意思。当时，我领会错了，以为您不相信，忙说："真的，高先生还特喜欢我呢！"这回您点了点头说："情有可原。"当场指导我重新又做了一遍。我没有橡皮，您就把自己用的橡皮给我用。在放学回家的路上，我把这件事跟小虎哥说了。由他那里，我知道了赵先生敢情是高先生的同窗好友。您是"爱屋及乌"，我是"因祸得福"。从打那次起，赵先生对我格外关心，不仅耐心、细心地教我，还利用课余时间给我补习以前没学过的最基础的算术知识，使我很快就追上了同班同学的水平。我对赵先生更加敬重了。

就在这年寒冬的一天上午，我们正在上课。突然，下课铃声急促地响起来。"当啷当啷"的铜铃铛声令人心惊。师生们都禁不住向外看。伴着铃铛声有人大声疾呼："全校师生紧急集合！"于是，先生立即停止讲课，学生们蜂拥出教室。全校师生很快在体操台前按班集合完毕。校长上台神情紧张地只讲了两句话："很快就要打仗了，学校从现在起停课放假，什么时候复课听候通知。散会！"学生们"呼啦"一声立即奔回教室收拾书包，急忙忙回家了。自此，战争的风云笼罩了整个儿北平古城。人们忐忑不安地等待着命运的变化。

1949年1月31日，北平和平解放。2月3日，中国人民解放军举行了隆重的入城式。人们开始了当家做主的新生活。不久，学校复课了。

上学的第一天，我发现学校有了非常明显的变化。老远就看见校门两侧的墙上用白灰写了大标语："中国共产党万岁！""打过长江去，解放全中国！"每个字都有将近一人高。校门外没有童子军站岗了。校门内影壁上的国民党党徽图案被刮干净了，重新抹上了白灰。每个办公室、教室的门与玻璃窗上都贴上了密密的宽窄不一的纸条，是为避免国民党飞机空袭轰炸时震碎玻璃伤着人。窗台上码放着盛着土或沙的纸袋，是准备用来灭火的。使人感到尽管北平解放了，但是战争的气氛还没有完全消除。因为，敌人不甘心失败，还要来搞破坏，妄想卷土重来，需要我们提高警惕。

上课之前照例举行朝会，只是不升旗不唱国歌了。那时，新中国还没有成立，还没有新的国旗和新的国歌。校长讲了话，讲了共产党、毛主席的英明伟大，讲了解放战争的大好形势，鼓励大家以实际行动支援前线，迎接全国解放。

老师们绝大多数都回校继续教课了。所学的语文课本换成了临时教材。赵先生仍旧教我们算术课。体育课和课间操都以学习扭秧歌为主要内容了。一个班一个班地在院子里绕着圈子扭。班主任在队伍边上边扭边喊着秧歌的家伙点儿："锵锵锵，起锵起！"老师喊累了就让学生们一边扭一边齐声喊。起初，大家怎么也扭不好。有一位老师找出了窍门：往前迈三步，往后退半步，加上两条胳膊一摆动，齐活。这个窍门一推广，全校师生很快就都学会了。附近的几所小学校还举行了几次扭秧歌比赛呢。每次比赛时我都化装成老渔翁，戴顶草帽，披块大包袱皮当蓑衣，起初在嘴四周粘点棉花当胡子，由于扭完了不好往下撕，还挺疼的，父亲就到白塔寺庙会上给我买京剧老生戴的那种胡子（当然是儿童玩具一类的）。扭的时候，我就模仿戏台上那样让胡子随着脑袋的扭动而摆动起来，大家都看得好笑。鱼竿儿是从扫帚上劈下来的一根竹枝，上边拴着小线儿，线头儿上挂着用纸剪的画成鱼样儿的鱼，再把裤腿卷成一高一低，这样就像不像三分样了。还有的班是全班学习打腰鼓，有的班学习打霸王鞭。音乐老师教的是《东方红》、《没有共产党就没有新中国》、《你是灯塔》、《解放军进行曲》、《义勇军进行曲》、《民主青年进行曲》、《解放区的天是明朗的天》、《团结就是力量》等一大批革命歌曲。再加上童子军取消了，因而原先校园里沉闷压抑的气氛换成了活跃欢快的气氛。真是两重社会两重天。只是有一点，每星期还得进行几次防空演习。警报器一响，大家就得赶紧放下书本有次序地奔出教室，跑到校外那几块零星麦田里或趴或蹲地藏起来。麦子渐渐长高了，也藏得住人了。到麦子抽穗灌浆的时候，仗也越打越远了，这种演习也就越来越少了。天气热了，麦子往黄里变的时候，这种演习终于不再搞了。在麦子成熟即将收割的季节，我们学校奉上级指示与北边的第二中心小学合并为北礼士路一小。从此，陆公墓小学没有了。我又成为北礼士路一小的学生了。

北礼士路一小

  学校位于新华印刷厂南侧路西，校门朝东。这里比陆公墓小学大多了，房子也多，带跨院。每个年级有了一班、二班之分。操场上可以打垒球、踢小皮球了。因而，上体育课的内容也比以前多了。由于白天的时间长了，所以放学后在教室里做完作业总要在操场上玩儿一会儿再回家。那时，老师注重加强课堂练习，家庭作业留得不多，有10多分钟就能写完。因而，学习是轻松愉快的。

  这次合校，有的老师没跟过来。赵先生跟过来了，改教高年级算术课。每次见面的时候，我都一如既往地鞠躬打招呼。先生总是笑着点头。有一次我问先生，我要是有不会的算术题，或者是老师讲的课我没听明白，可以问您吗？赵先生郑重地回答："不可以。应该问现在教你的张老师，我不能越俎代庖。"先生见我直发愣，知道我没听明白，便解释说："我不能超越我的职能范围去干别人该干的事，那样做是对别人的不尊重。比如说，现在教你的张老师对教材如果有吃不透的地方，可以找我来探讨。但是，我不能私下里代替她指导你。那样做就是对她的不尊重。一个人要尊重别人，别人才会尊重你。"赵先生真可谓是尊重他人又自尊自爱的表率。这件事使我铭记一生，而且一直模仿着。

  张老师是我们的新班主任，是一位非常年轻的女老师。她说过自己的名字，可惜已经过了整整六十年了，实在想不起来了，真对不起。她要是还健在的话也得有80多岁了。但是，我仍然能够回忆起她的音容笑貌。她身量不高，朴素大方，虽然长得不算太漂亮，可是能够让人一见就喜欢。她讲起话来声音特别好听，从不大声斥责学生。她一个人既教我们语文，也教我们算术，讲得清楚明白。课间时，她常和我们一起游戏，玩儿到高兴处笑得比我们还欢实，显示出一位青年教师的朝气蓬勃和旺盛的活力。有的同学说她像姐姐，有的同学说她像姑姑。反正我们都挺喜欢她，听她的话。她不让我们叫她先生，说是怕把她叫"老"了。

合校不久,就进入了期末考试阶段。接着就是40多天的暑假。开学以后,我上三年级了。张老师仍然当我们的班主任。

这个时候,解放军已经解放了大半个中国。收音机里、报纸上都说北平正在召开重要会议(第一届全国政协会议)。一天,学校宣布,为了庆祝新中国的诞生,要举办一个全校师生都可以参加的美术作品展览。内容包括:绘画、书法、剪纸、刻纸、剪贴、雕刻、泥塑、刺绣、编织等。很多人都有作品参加。经过选拔,我也有一件作品被选中了。我把一块儿瓦片截成长方形,磨圆四角,父亲在上边郑重其事写了"和平"两个字。我用铅笔刀细心地浮雕出来,涂上红色,最后再画上花边。大家都说好。

10月1日,这是中国人民和世界人民都永远不会忘记的日子:中华人民共和国诞生了!从此,当家做主的中国人民开始了新的生活。人们沉浸在无比欢乐之中,到处是欢欣鼓舞的人群,唱啊、跳啊、扭啊、笑啊……

我们学校在新中国成立后第一天上课的朝会上,升起了五星红旗,全体师生高唱新的国歌《义勇军进行曲》。校长在讲话中鼓励大家要为长大后建设和保卫新中国而刻苦学习、努力锻炼。当天下午,我们学校庆祝新中国成立的美术作品展览会正式开展。我们按班排队入场。在参观时,大家边看边低声品评着。特别是看到自己的作品时,都互相指点着。我也不例外,看到自己的浮雕同样是心里美滋滋的。遗憾的是后来没多看上两眼。因为,我转到新兴办的育生小学去了。实在是张不开嘴将作品从展会上撤下来带走,也算是给学校留个纪念吧。在我向赵先生和张老师告别时,二位恩师都勉励我不论到哪里上学都要刻苦学习,长大好成为建设祖国的有用人才。赵先生还谆谆嘱咐我:切记"少壮不努力,老大徒伤悲"。

育生小学校

阜外大街关厢地区是一处回民聚居地,在教场口内有清真寺。回民群众早就有兴办回民小学的呼声,解放前一直未成。解放后再次申请,终于在新中国成立前夕经有关部门批准,在清真寺内兴办了一所专收回民子女的初级小学(只有一至四年级简称为"初小";只有五至六年级的称为高级小学,简称为"高小";一至六年级全有的为完全小学,简称为"完小"),名为育生小学校。我家是回民,大人们当然愿意让我到这里念书了。因为,在这里不仅在四年级毕业后可以照样去考别的"高小"或"完小",而且还能够在这里学到一些穆斯林应该懂得的常识。当时我已经是三年级的学生了，便仍读三年级。

这里的条件比起我已经就读过的三所小学校都差。教室仅有一大一小两间，而且是由两处堆杂物的屋子改成的，男女、年级都混着。一、二年级共有30多人，在南屋大教室，三、四年级才有10多个人，在东屋小教室。两个教室里只有黑板和板擦是新的，课桌椅都是旧的。有单个的课桌，也有供两个人合用的课桌。桌面有平的，也有坡的，还有翻盖儿的。坐的有椅子，也有凳子。还有一种课桌现在的学生连想也想不到，恐怕就连相关的博物馆都没有藏品。这种课桌是和前边的木板条椅子连在一起的，搬动的时候连前边的椅子一起搬动。三间北房一明两暗，东里间是当时的杨阿訇的屋子，西里间是校长、老师合用的办公室。礼拜的大殿坐西朝东。窄窄的甬路呈十字形，把小小的院落地面分成了四块儿，每块儿栽有一棵松树，大有遮天蔽日之势。这个小庭院和一个不大的跨院就是学生上操、上体育和课间活动的地方。小跨院除了厕所没有其他房屋，原先是用来种菜的，供阿訇等寺里的人员食用，建校后平整为操场。50多个学生在这里做操时前后两臂间隔左右一步距离，把小小的操场站得满满的。这所新学校真可谓设备简陋，条件艰苦。但是，校长、老师、学生都以苦为乐。校长、老师治学严谨，学生学习勤奋。本来幽静肃穆的清真寺，充满了勃勃生机。

校长是位热衷于本民族教育事业、在阜外地区回民中颇有声望的常万春先生（回族）。您当时有40来岁，博才多学，阅历丰富，治校有方。有时，老师因事外出，您就代替上课。有一次上大字课，老师认为我写的字有退步，课后把我叫到办公室，批评之后让我在办公室里重新写。常校长看到了就亲自为我指点，一撇一捺一钩一点地为我示范，几乎是手把手地教了。结果，全篇16个字都得了红圈。我一想起这件事来，眼前就会浮现出您老人家那慈祥关爱的面容。上世纪80年代末，我到您在教场口内的故宅与您的爱子常建忠先生（北京京剧院小生名家）叙旧时，还看到了老校长的相片，一同回忆往事。

育生小学校初办阶段仅有两位男老师，都是20多岁的青年，朝气蓬勃，血气方刚。并且都姓李，也都是回民。高个儿的李老师叫李世斌，是北京昌平西贯市人，教三、四年级所有科目。稍矮一些的李老师叫李心正，是云南人，教一、二年级的所有科目。他不像李世斌老师那样不苟言笑，而是整天都乐呵呵的，让人称羡不已的是，他能双手撑地倒立着走20多步。李世斌老师会武术，教给过我们一套回民弹腿。几十年来没事时我就比画比画，可惜现在已经记不全了。

由于是混班，因而两位老师都采取"复式教学法"。比如，李世斌老师在给我们上课时，或是三年级或是四年级（才四五个人）先自己默默地预习新课，而先给另一个年级讲课。之后，这部分同学或复习或写作业，老师再给那个年级讲课。这样的讲课方式，每节课也是按国家规定的45分钟。这就要求老师备课一定要精熟，讲课时语言一定要精练准确，而且一定讲清讲透；学生更要聚精会神。否则一影响就是两个年级的进度。因此，课堂上基本没有调皮捣蛋的。

那时，与新中国同龄、被誉为"全国回民最高学府"的国立回民学院（现北京市回民学校）已经建成（1949年10月6日正式开学），可以在全国范围内招生。所以，全国各地的回族子弟都渴望着能到这里来上学。而且，都把这当成一种荣誉。一来，外地的学生可以到首都来上学；二来，胸前佩戴着电镀闪亮的校徽走到哪里都会引人注目受到青睐，尤其是在回民聚集地区。

我们育生小学的学生也是如此，都以能考上回民学院为荣。我就向老师说过这样的想法，得到了老师的鼓励。只是当时我才上三年级。四年级的张淑媛及其侄女张锦华姑侄俩也迫切地想报考回民学院。这时，又来了一位也是回民的姓马的青年男老师，三位老师的工作进行了调整。李世斌老师便在按国家制定的教学大纲给她们授课之余，提前给她们讲五、六年级的课。这姑侄俩也真争气，硬是在四年级阶段学完了四到六年级的课，于1950年暑假双双顺利地考上了回民学院。这件事一时在阜外地区的回民当中成为美谈。只可惜，张锦华读了不到一年就因病无常了。这年暑假后，我也上四年级了。本来我也想学张家姑侄那样在一年里学完三年的课，好报考回民学院。不知道什么原因，李世斌老师不再那样教了。但是，这并没有动摇我的决心和信心。

就在这一年，有一件震惊世界的大事件爆发了。6月25日，南朝鲜李承晚集团在美国支持下悍然进攻朝鲜民主主义人民共和国。9月15日，美国又纠集15个国家打着联合国的旗号在朝鲜仁川登陆，正式发动了侵朝战争。战火很快烧到中朝交界的鸭绿江边。并且，不顾我国政府的一再警告，出动飞机轰炸我国东北。为了支援朝鲜人民抗击侵略者，同时也为了保卫我们自己的国家，中共中央作出了"抗美援朝保家卫国"的战略决策。10

月 19 日，中国人民志愿军跨过鸭绿江，与朝鲜人民军并肩作战。从此，刚刚走出战争硝烟的我国人民又以伟大的国际主义精神和极高的爱国热忱，投入了轰轰烈烈的"抗美援朝保家卫国"运动。这是一场全民参加的运动，我们小学生也不例外。各机关、团体、工厂、学校、各行各业纷纷组织文艺宣传队，走上街头进行宣传演出。常校长亲自带队上街游行、宣传。李世斌老师负责组织学生排演文艺节目。我参加了三个节目的演出。有快板剧《铁匠回家》、《我们要过好日子》和相声（记不得名字了，只记得同班好友胡宗森为我捧哏）。在两出快板剧里我都反串老太太，同班好友辛佩来演老头儿。用现在话说，都是领衔主演。一些节目还上大街去演出过，并且多次参加会演。尤其是《铁匠回家》一剧只有两个角色，又不需要任何道具，演了有三四十场，很受欢迎。为此，常校长在全校会上亲自为我颁发了一张毛主席像以作奖励。1951 年暑假后，我到圆广寺小学读高小时，又与同班的何崇元学兄多次合作演出此剧（他原与同班的贺秀英学姐合演，我来以后贺就不演了）。大家仍然都夸好。1953 年春节，阜外大街街政府与菜行公会，为了参加向志愿军捐献飞机大炮的活动组织了以月坛菜市职工为主体的京剧义演。地点在有一千多个座位的新华印刷厂大礼堂，那天真是座无虚席，满坑满谷的。戏码有《黄金台》、《捉放曹》、《法门寺》三出折子戏。我在《法门寺》中饰演贾桂，一大段"状子"念（实际是背）下来，得了个满堂彩。而且，我一道白，台底下就乐，可能因为台上就我一个小孩儿，那年我整 13 岁。我父亲在《黄金台》中饰演伊立，也算是父子同台了。一些亲朋好友和同学都鼓励我：长大了去当演员吧。后来，我也真的向这方面努力了，遗憾的是，祖师爷没赏这碗饭吃。

圆广寺小学校

圆广寺小学校在阜外大街路南的南营房。圆广寺在阜外地区的庙宇中至解放初期时是保存得比较好的一座。内有受戒的戒台，可见规模是比较大的。此庙坐北朝南，有四层大院落，各院均有小门相通。在解放前，就把一至三层院子的配殿与僧房辟为完全小学了。三、四层院子之间小门紧锁，两院不再相通。僧人们只走后门。除了有时从后院隐隐传来唪经声外，对学生们没有影响。

山门不知何时拆除的，我到那里上学时，钟鼓二楼的南边已经砌了一道

北京阜成门外圆广寺遗址

围墙，前院权作操场。钟鼓二楼的底层成了库房。前院的大殿殿门紧锁，蒙窗的芦席已经发旧，不知是何殿堂。按佛教寺庙的规制应该是天王殿。因为此殿有台阶而无月台，而且比后边几层院子的大殿都矮。此殿东边的小门也是"铁将军"把门。全校师生进出学校都走西边的小门。殿门前有用砖砌的小型体操台。这个操场可比北礼士路一小的操场又大了许多，既可以进行跑、跳、投等体育运动，也可以踢足球、打垒球。从这里沿墙往北有路，可直通阜外大街。

第二、三层院子的大殿也都是殿门紧锁，芦席蒙窗。殿前均有1米左右高的月台，可供学生活动。第二层院子大殿后身儿的石基座上有一红漆木架，上边悬挂着一个铁铸的云形的点。每次上下课或全校师生集合，都由工友用小铁锤击点为信号。那清脆的点声能传老远。第三层院子的月台当作小舞台，开会、演节目都在这里。由于这层院子树木较多，因而夏天时阴凉地儿也就较多。尤其是月台下边右侧的那棵银杏树得三个人方能围抱过来，可见年代之久远。

临解放前，这里曾被国民党军队占为医院，到处晾晒被、单、纱布、衣物等，显得杂乱不堪。兵已无斗志，成天骂骂咧咧。解放后，该医院撤走了。学校的环境才安静下来。

1951年暑假后，我到这里来读高小。教室在第三层院子的东配殿。全班才20多人，屋内显得相当宽绰，地面铺着方砖，桌椅也较为整齐。不像低年级班，有的教室里学生坐的是砖砌抹水泥的小方台儿。可见学校尽量为高年级学生创造良好学习环境的良苦用心。只是靠东墙还摆着一溜大玻璃柜子，里边放着一些蓝地儿金字的牌位，有的还很讲究。估计是一些人家早就存放的了。胆小之人看到后有些生悸。我就不敢直接看。尤其是在冬天，天黑得早，放学之后谁也不敢在教室里多停留一会儿。为这事，有的家长找过校长。校长说整个学校都是庙产，学校做不了主。

我们的班主任老师姓关,是位中年女教师。她中溜个儿,较瘦,留短发,平时少有笑容。她对学生要求很严格,作业写得潦草一丁儿都不行,听课时不能有丝毫走神。她让我们每天尽量在校内完成作业,不会的地方她好进行辅导。她不主张多留家庭作业。理由是,如果老师所讲的内容学生没有完全理解、掌握,作业怎能完成?留的作业再多学生不会做,或是都做错了,就会影响学生的学习积极性,不会做与马虎是两码事。她认为,用增加作业量施加压力惩罚学生,只能表明老师无能。在我的记忆中,她是始终把课堂教学放在第一位的,这对我长大以后从事教育工作有很大帮助。无论是教初中、高小毕业班、技工学校,我都坚持把搞好课堂教学放在第一位,从不用增加作业量来惩罚学生,更反对让学生死记硬背和"填鸭式"的教学方法。

我入学不久,校内有了有线广播。几乎每天课后都坐在教室里集体收听中央人民广播电台播送的少儿节目,这使我们能够及时地了解国内外的重大新闻,增加了许多课外知识。再后来,我们教室外边的几棵大树上立了几根拳头粗细的竹竿,下头埋在土里,上头固定在粗壮的树杈上,上下有3米多高。这样,便多了一个新的运动项目爬竿,不仅体育课增加了一项内容,而且课间、课后大家都想一显身手。我没有手劲,最初手脚并用连蹿带踹再加上下边有人往上托,也才能勉强地爬到半截。到毕业时,我居然也能爬到顶端了,这为我后来上中学练爬绳打下了基础,也增强了我的体质。

自打新中国成立以后,少年儿童渴望的第一件事就是能够戴上鲜艳的红领巾,成为一名中国少年儿童队队员(后更名为中国少年先锋队)。我也不例外,每逢看到有同龄人胸前飘动着红领巾都很羡慕,要是看到有人系的是绸子做的红领巾,就更得多看上两眼了。忘记是哪位名人说的了:在新中国,每个人都可以有获得三次政治生命的机会,入队、入团、入党。圆广寺小学建队较晚,在1953年春暖花开的季节

"点"

才传出建队的消息，全校师生无比兴奋。

校长在校会上宣布这一消息后，凡是够年龄的同学都很快交了入队申请书，我也不落后。接着，积极参加学习队章（队章里有一条规定要求队员要做到"爱祖国、爱人民、爱学习、爱劳动、爱护公共财物"，简称为"五爱"），练习敬队礼（当时的队礼与后来的队礼略有不同，即五指并拢从胸前举过头顶，手心向前，代表人民的利益高于一切），练习系红领巾，学唱队歌。至今我还记得第一段歌词："我们是新中国的儿童，我们是新少年的先锋。团结起来继承我们的父兄，不怕艰难不怕担子重。为了新中国的建设而奋斗，学习伟大的领袖毛泽东。"队歌后来改成电影《英雄小八路》的主题歌《我们是共产主义接班人》，则是上世纪60年代末70年代初的事了。我很幸运，第一批被批准为少年儿童队队员。家人、亲朋好友、街坊邻居都为我高兴。因为，那时我家所在的瓜市营房一共就才有五六个队员。家里破天荒地到裁缝铺给我做了新衣裳。而且，第一次走进阜外大街唯一的正规理发馆，美美地理了一个小分头。从此，再也不用剃光头了。这时，我又想起了两年前在育生小学下的决心，一定要考上回民学院，把红领巾戴到那里去。

入队仪式可隆重了。学校特别邀请来建队较早的兄弟学校的队员代表和鼓号队。不仅全校师生都参加了，而且还来了许多家长。我的祖母和母亲带着我的弟弟、妹妹也来了。兄弟学校的队员代表为我们授巾。在校长、大队总辅导员一级一级地授队旗的时候，鼓号队奏起乐来，真令人振奋。接着，大队总辅导员带领我们在队旗下宣誓："准备着，为共产主义事业而奋斗！"大家右手握紧拳头举到右肩奋力齐声高呼："时刻准备着！"一个个分外庄重严肃。最后演出文艺节目，我表演了一小段快板。我一生都没有忘记这一天：1953年4月19日。

从此，我加倍地努力学习，就在这一年的暑假终于考上了心仪已久的国立回民学院。到学校看榜那天，宽敞的校园里到处都是人，有不少家长也陪着来了。张贴大红榜的口子楼下拥挤不堪。我在初中一年级男生班录取名单的靠前位置看到自己的名字时，惊喜得呆愣在那儿了。后来听说，那年整个阜外地区有30多个孩子报考回民学院，只考上了我一个。其实，还有一个叫库舜的同学，由于那年春天他才从山西转到圆广寺小学和我同班，因而不为本地人所知。

后来，圆广寺小学同别的学校合并了，改了校名。再后来，圆广寺拆得只剩下一座大殿了，在 2007 年 7 月 20 日被西城区人民政府公布为"西城区文物保护单位"，名称就叫"圆广寺大殿"。

  1953 年 9 月 1 日，我开始了中学生的学习生活。在我小学阶段就读过的六所小学母校的所有教过我的老师都有恩于我，都为我花费过无数心血，都在我健康成长的道路上铺过砖垫过石架过梯子。不管是仍健在的或是已经作古的恩师，我都将终生不忘。尽管我所就读过的这些小学母校在数十年中大多因拆迁或合校而更名，已不复存在了，但是都曾经在新中国的教育事业整体发展壮大过程中，发挥过积极作用，都曾有过哪怕是一瞬间的闪光，都是培养我健康成长的摇篮，我依然会终生铭记。

2009 年 4 月于京

后　记

　　本人祖居北京，对北京的故乡情结至诚至深。早就想写写我耳闻目睹的古都的老事，祈望能给后人留下点念想，为对研究古都历史感兴趣的人士提供哪怕是一丁点儿有参考价值的东西。为喜欢山侃海聊的人们添点佐料。由于工作数十年忙忙碌碌，无暇顾及，而未能如愿。退休后，想写吧，又怕没地方发表，再加上精力又都放在一些杂事上了，因而一直未能动笔。但是，我总想写写我所知道的老北京往事的心愿始终没有放弃。好像不写又欠着谁点什么似的。

　　2003年的一天，我在翻阅《中国电视报》时，新辟的"京华杂谈"版上的《征文启事》吸引了我的眼球，抓住了我的心。文中写到："新开辟的'京华杂谈'……是一块展示北京历史文化、人文精华的园地。这里将会有讲述京城历史的古城夜话，有沿袭已久的典故民俗小考；有府园名址的介绍、胡同往事的白描；有以京城老字号为首的名楼响铺商海沉浮，以名校为代表的学院文化杏坛忆旧，以及您对北京的点滴记忆……无论是百姓闲聊，还是名家语言，我们都希望看到真情的流露。城市是我们置身的城市，往事是我们经历的往事。写出来寄给我们，让我们一同为心中的北京沉醉。"太好了！这正是我盼望已久的信息。于是，我就构思确定选题，布局谋篇，先以一篇小文《话说信远斋》投石问路。2004年6月中旬，该文在"京华杂谈"版上发表了。这对我来说，真是极大的鼓舞。自此，我陆续写一些稿投寄，隔三差五地在该版面上露一小"脸儿"。可惜一场要命的大病使我不得不停笔了很长一段时间，病情稳定以后才又拿起笔来。后来，《北京晚报》开辟了"四合院"版，我又在《北京日报》上发现了"星期日·古都"版。我便进一步放大了胆量往这两个版面寄稿。同时，还继续给《中国电视报·京华杂谈》写稿。一时间，三家报纸上都编发我的稿件，使我非常欣慰，写起稿来能够忘记一切。2008年秋天，我的几位同窗好友得知我已经发表了20多篇写老北京旧闻的文章，纷纷建议结集出书。由此，我才有了出书的打算。我把发表过和还未发表的文章全部进行了一遍修改润色，又增写了几篇写我小时候亲历事件的文章，挑来选去，中意的有53篇。内容范围大体含有：儿童眼中的重大事件、历史人文、文化教育、古都地理、街道变迁、古建名园、年节民俗、民间娱乐、民谚传说、五行八作、饮食文化等。自认为此书内容包罗的面儿较广，便初拟了《京华旧闻漫忆录》的书名。为了做到文图并茂，我不顾严寒酷暑、年老多病，四处去寻求北京的老照片，去拍新照片。一感到劳累不堪时，耳边就总是响起"老牛已知夕阳晚，不用扬鞭自奋蹄"的励志名言。2009年春末夏初的一天，我到颐和园去拍牌楼的照片，归途中昏迷在公交车上，被同行的老伴儿和闻讯赶到的儿子送到医院抢救。我记得这一天是4月14日。有人说"四·一四"就是"死又死"。我没有死，又活了。出院后休息了几天，又接茬儿干。还有一次，我独自去拍照片，累得我心绞痛发作了。我赶紧坐在路边，含服了一片硝酸甘油（自患糖尿病和急性心肌梗死装支架后，我每次出门必带硝酸甘油片和巧克力，以防心绞痛或低血糖发作）。待症状缓解后，我起来拍拍身上的土，又继续上路了。一天，我得到景山公园正在举办"北京中轴线历史文脉"图片展览的消息，立即赶了过去。果然其中有我需要的老照片。为了不侵犯人家的版权，我特意找到公园管理处文化研究室。负责该展览的张富强先生听了我的来意后，不仅爽快地同意拍摄展览图片，还主动提供了相当数量的展览上没有的北京老照片供我选用。由此，我又多了一位知音好朋友。

历史是人民写的，我自认为有责任为心爱的故乡北京记录下一滴水、一片叶、一缕丝、一块石、一脚印……梦不圆，愿不了，至死也不心甘。因为，我没有尽到责任——对北京的责任，对历史的责任。

新、老照片终于有了100多幅可供出版单位选用。我开始联系出版社了。

就在我为联系出版社而奔波时，我的回忆老北京往事的文章首发之地——也是编发我的文章最多的——《中国电视报·京华杂谈》相继两次为我开辟了临时性的专栏（最近又第3次为我开了专栏）。前不久由北京市文联主管主办的《北京纪事》杂志也编发了我的文章。这些都使我备受鼓舞。

我的老同事好朋友秦剑波先生（时任《人生》杂志社社长兼主编）得知我接连几年发表了许多回忆老北京往事的文章，想结集出版又出书难时，表示非常关注和大力支持，不仅欣然命笔为本书作序，还撰写了推介文章（请见《人生》杂志2012年9月期《童真伴兄灿夕阳》一文）发表。我的另一位老同事好朋友郑胜泉先生（时任《人生》杂志栏目责任编辑）对我也给予大力支持，多次选登了我的一些文章。

这些都使我感动得老泪纵横，对圆出书梦充满了信心。

常言说得好："吃水不忘挖井人。"在拙文集腋成裘终于成书问世之际，怎能忘记对拙文青眼有加真诚扶持编发问世的《中国电视报·京华杂谈》之王红编辑、张斌编辑、赵爱宁编辑、王萍萍编辑、李燕宁编辑、徐凯旋编辑、孙莲莲编辑、赵晖编辑，《北京日报·星期日·古都》（已改版）之张宏编辑（已退休），《北京晚报·四合院》（已改版）之匡峰编辑，《北京纪事》杂志之宋冰华编辑等致以诚挚的谢意呢？对于热情支持我，并为本书出谋划策的秦剑波先生、郑胜泉先生、张富强先生、颜喆女士和支持我并提供素材的杨建东先生、同窗好友李守和先生、魏振声先生、童年好友许金富先生等致以诚挚的谢意。

"上房得竖梯，过河需架桥。"本书之所以最终能够付梓出版，多亏了为我竖梯架桥的燕山出版社编辑部主任（现马明仁工作室主任）马明仁先生。他看了本书目录听了我的述说后，当即表示已计划要出一套有关老北京的丛书，因为这就是古都北京的一种名片，我的这本书可作为其中的一本。终于遇到慧眼了！我长长地舒了一口气，心里有了底。前不久，他又建议我把书名改为《老北京忆往》，我表示同意。从而，也就有了《老北京忆往》这本书。

在此，对马明仁主任和他的同事金贝伦、孙婷、陈赫男等诸位编辑致以诚挚的谢意。他们助我圆了梦，了了心愿，尽了责任。

敬请读者诸君惠正。

作者　张国庆　谨白

2014年仲夏于京